CHEZ SCARLETTE

ÉGALEMENT CHEZ POCKET

Les Sirènes du Transsibérien
Lulu tout simplement
Le Beurre et l'argent du beurre
Chez Scarlette

HERVÉ BELLEC

CHEZ SCARLETTE

Les Presses de la Cité

ISBN 978-2-266-32884-5
Dépôt légal : avril 2023

L'insularité, c'est l'isolement. L'îléité, c'est la rupture ; un lien rompu avec le reste du monde et donc un espace hors de l'espace, un lieu hors du temps, un lieu nu, un lieu absolu. Il y a des degrés dans « l'îléité », mais une île est d'autant plus île que la rupture est forte ou ressentie comme telle. C'est ce qui fait rêver. Mais ceux qui vivent dans l'île sont rarement ceux qui rêvent.

Joël BONNEMAISON,
Vivre dans l'île,
une approche de l'îléité océanienne

pour Laëtitia

Solange

Cet épisode datait de maintenant deux ans mais elle s'en souvenait comme si c'était hier. Au retour d'un rendez-vous à l'hôpital pour une énième IRM, elle avait ouvert le *Grand Atlas mondial* qu'elle possédait depuis ses années estudiantines mais qu'elle n'avait pas ouvert depuis des lustres. *Pour mieux comprendre le monde*, affirmait le sous-titre. Ou pour mieux le fuir, songea-t-elle en esquissant un rictus amer à la commissure de ses lèvres. Elle souffla la poussière qui s'était accumulée sur la tranche avant de poser le vieux livre sur la table de sa cuisine. C'était une table ronde en merisier qui lui venait de l'héritage de sa mère. Ensuite elle alla remplir la bouilloire afin de se préparer un thé. L'idée lui était venue dans le taxi qui la ramenait chez elle, disons plutôt que l'idée s'était imposée d'elle-même, comme une évidence, ou comme un verdict.

Le monde avait bien changé depuis la parution de cet atlas (1964) qui était devenu obsolète. Des pays avaient été rayés de la carte, emportés par les soubresauts de l'Histoire, de nouveaux étaient apparus comme par enchantement. Ou par désenchantement, selon le point de vue de chacun. Mais le socle géographique était resté le même. Malgré l'érosion, malgré la montée des océans, les continents, les mers, les îles, les reliefs avaient peu ou prou gardé leur profil originel. Les contours terrestres et océaniques n'avaient quasiment pas bougé, seuls les pointillés qui délimitaient les frontières restaient à actualiser, mais pour Solange, ça n'avait plus aucune importance. Sans elle mais aussi comme elle, le monde allait poursuivre sa course vers un inéluctable déclin, à ceci près qu'elle n'en serait pas le témoin. C'était désormais une certitude. Le docteur Sanguinetti ne lui avait guère laissé d'illusions, illusions après lesquelles, d'ailleurs, elle ne voulait surtout pas courir. Elle n'en avait plus la force.

Elle laissa infuser le thé dans sa tasse trois bonnes minutes, puis enroula la ficelle autour de la petite cuillère de manière à presser le sachet. L'atlas reposait toujours devant elle, bien au milieu de la table, près d'un bouquet de tulipes jaunes qui commençaient à se flétrir, et son odeur de vieux papier rivalisait maintenant avec le parfum douceâtre du thé. Solange avait toujours eu un odorat très sensible, voire hypersensible, ce qui n'était pas forcément un avantage, loin de là, preuve en était les désagréments qu'elle éprouvait dans le métro, par exemple, ou même dans les amphithéâtres, et qui la rendaient parfois nauséeuse, mais ce sens que lui avait généreusement donné la nature appartenait dorénavant au passé. Solange perdait progressivement l'odorat, seule la mémoire du nez était encore fiable. Elle hésitait à ouvrir le livre, le soupesait, le reniflait encore et encore, comme pour humer les dernières bouffées de ce qu'il fallait bien nommer la nostalgie. C'était une édition à usage pédagogique. La reliure en carton était écornée mais le brochage avait tenu bon après toutes ces années. Solange attrapa un mouchoir en papier pour essuyer ses lunettes avant de les ajuster.

Une île. Dans le taxi qui la ramenait du CHU, elle avait fait le choix définitif d'une île, et de préférence une île de l'Atlantique. Elle avait écarté d'emblée celles de la Méditerranée, et en particulier de la mer Égée, qu'elle connaissait pourtant assez bien pour les avoir maintes fois parcourues et visitées à des fins le plus souvent professionnelles. Elle redoutait désormais les canicules, par conséquent, la Grèce, c'était non. Dommage, soupira-t-elle pourtant. De même, elle s'en tint aux îles européennes. Gauguin et Brel aux Marquises, Stevenson aux Samoa… tous ces tropiques, tristes ou non, étaient évidemment tentants mais elle craignait de devoir affronter un voyage trop long et trop éprouvant. Elle avait tout simplement peur de ne pouvoir arriver à destination.

Elle ouvrit l'atlas aux pages de l'Europe de l'Ouest, suivit de l'index le profil de la mer d'Irlande, remonta vers l'Écosse, où foisonnaient ces chapelets de terres détachées de la Grande-Bretagne. Déjà, les noms la faisaient rêver, si tant est qu'on puisse rêver d'un lieu d'exil, d'une destination d'où elle ne reviendrait pas. À l'aide d'une paire de ciseaux, elle découpa consciencieusement dans des fiches bristol des petits carrés, où elle inscrivit avec méthode et de sa plus belle écriture le nom de baptême de chacune de ces îles. Solange mettait toujours un point d'honneur à soigner la qualité de l'écriture manuscrite. Aran, Valencia, Achill, Man, Shetland, Orcades, Saint-Kilda, Islay, Iona… un petit carré de carton pour chaque île. Puis l'ongle de son index traversa la mer du Nord pour remonter le long de la côte norvégienne. Smøla, Frøya, Vikna. Voici qu'elle craignait désormais le froid. L'éloignement aussi. Son doigt s'arrêta presque avec regret avant les îles Lofoten.

Elle prenait un soin particulier de ses mains et de ses ongles, qu'elle vernissait invariablement de ce même rouge carmin. La manucure du boulevard Lafayette chez qui elle avait coutume de se rendre était une jeune Maghrébine qui était moins écervelée qu'elle en avait l'air. Il leur arrivait souvent, au cours de ces séances de soins, d'évoquer leurs voyages, l'Algérie en ce qui concernait Khadidja, le reste du monde pour Solange, qui avait, comme elle se plaisait à le dire, roulé sa bosse aux quatre coins de la planète ainsi que l'exigeait sa fonction d'universitaire se rendant d'un colloque à l'autre, d'un chantier archéologique en plein air au sous-sol d'une obscure bibliothèque. Oui, elle avait roulé sa bosse. Mais elle adorait entendre Khadidja lui parler de sa Kabylie natale. Et puis, dans ces moments-là, Solange oubliait tout. Et tout, c'était essentiellement cette sale bête qui avait élu domicile sous son crâne avec la ferme intention d'y rester et d'y croître.

À présent, le bout de l'index furetait sur les rivages de la mer du Nord, du Danemark aux côtes hollandaises. Les îles portaient des noms bizarres et compliqués, follement dépaysants. Rømø, Föhr, Helgoland, Borkum, Schiermonnikoog, Texel… Quel dialecte parlait-on là-bas ? Quels dieux adorait-on ? Quelles légendes y avaient fait souche ? Sur la table de merisier, les petits carrés de bristol s'ajoutaient les uns aux autres autour de l'atlas comme des confettis. On arrivait dans la Manche. Les îles Anglo-Normandes. Guernesey lui évoquait

Victor Hugo, bien sûr, c'était un grand classique. Les îles de Sark et d'Aurigny étaient comme deux petites taches perdues au milieu de la Manche. Au large de la Cornouailles anglaise s'égrenait le chapelet des îles Scilly. Solange prit soudainement conscience qu'elle n'avait visité aucune de ces îles. Pas même Jersey ou l'île de Man. Pas même celles que l'on nommait du Ponant. Ouessant, Belle-Île, Groix, Bréhat, Yeu, tous ces noms lui étaient bien sûr connus mais, aussi curieux que cela puisse paraître, elle n'y avait jamais posé le pied. Les Grecs, les Phéniciens et les Romains de l'Antiquité n'y avaient laissé que des témoignages insignifiants.

Après tout, tant mieux, se dit-elle, autant s'installer en terra incognita. Solange Delahaie n'avait plus rien à perdre, sinon la vie, mais ça, c'est l'implacable destinée du commun des mortels. Restait la manière. Veuve depuis bientôt dix ans, elle était maintenant jeune retraitée de l'université – le mot « jeune » la faisait sourire. Bien qu'elle ne fût plus en état d'assurer ses cours en raison de ses migraines récurrentes qui lui broyaient autant la pensée que la parole, elle savait déjà que ses élèves allaient terriblement lui manquer. Ses élèves et aussi certains de ses collègues avec qui elle avait lié de fortes relations d'amitié qui dépassaient le cadre universitaire. Les apéros à la Bastille, les restos libanais, les séances d'aquagym avec Marthe et Laurence à la piscine de la Butte-aux-Cailles, les virées à Fontainebleau, la franche rigolade, les confidences. Au printemps dernier, les médecins lui avaient diagnostiqué une tumeur cancéreuse. Ça n'avait pas été une surprise, elle se doutait depuis plusieurs mois que quelque chose se tramait sous son crâne, qu'un coucou indélicat y avait fait son nid.

Elle ne se confia à personne, pas même à Marthe, pas même à Pascal, autant par pudeur que par crainte des regards qui immanquablement engendreraient une pitié qu'elle ne supporterait pas, et puis tout cela était si compliqué, si fatigant à vivre. Pascal était son amant, son jeune amant, son trop jeune amant, mais de ça non plus, personne n'était au courant. Il ne valait mieux pas. Les langues de pute qui pullulaient dans les couloirs de la fac auraient eu beau jeu de se gausser de cette relation clandestine entre une sexagénaire (ce mot la faisait frémir) et un maître de conférences qui affichait une bonne trentaine d'années de moins. Beau gosse, en plus, un petit air d'Albert Camus quand il était jeune, brillant, charmeur, séduisant, sûr de lui, du moins en apparence car Solange n'ignorait rien de ses failles. Et c'est justement de celles-ci qu'elle avait usé pour l'attirer dans son lit. Trop souvent gauche et parfois arrogant, elle avait peu à peu réussi à faire de lui un amant délicat, patient et attentionné, et ce n'était pas la moindre de ses victoires. À soixante-trois ans, Solange était restée ce qu'on appelle avec respect et parfois un peu de condescendance une belle femme. L'efficacité des longues séances de piscine qu'elle s'imposait avec discipline et assiduité depuis de nombreuses années n'était plus à démontrer et elle aimait prendre soin d'elle. Elle n'était pas amoureuse de Pascal, pas plus que lui ne l'était d'elle, mais il arrivait, c'est vrai, que ce jeune amant la comblât. Restait à comprendre pourquoi un homme de ce gabarit se satisfaisait d'une vieille peau comme elle, ainsi qu'elle se définissait parfois, non sans une pointe de complaisance.

Il y avait maintenant une quarantaine de papiers éparpillés sur la table de la cuisine. Elle referma l'atlas pour le ranger à sa place sur l'étagère, puis retourna chacun des petits morceaux de bristol avant de les plier en quatre un par un. Après quoi elle les jeta en vrac dans un chapeau, un de ces nombreux chapeaux qu'elle affectionnait, et elle les mélangea avec ses doigts, un peu comme des billets de tombola. Chacun portait le nom d'une île située entre les côtes norvégiennes et celles du Portugal. C'était un jeu. C'était plus qu'un jeu. C'était une sorte de roulette russe, un pari avec le destin, à la fois morbide et excitant. Elle ferma les yeux, continua de brasser les bouts de papier, inspira profondément et retira au hasard l'un d'entre eux. Elle souleva lentement ses paupières. Le nom d'une île de l'Atlantique lui apparut, une île dont elle connaissait vaguement le nom pour l'avoir entendu quelque part au cours d'une conversation ou au hasard de la lecture d'un fait divers, d'un naufrage dans les parages ou d'une mémorable tempête. L'île des Maures était située au large des côtes bretonnes, à environ deux heures de traversée. Île des Maures, drôle de nom, aussi exotique qu'énigmatique, et qui pouvait prêter à confusion. Elle l'énonça à voix haute, plusieurs fois de suite, comme pour s'assurer de sa réalité, puis elle jeta les autres morceaux de papier dans une corbeille, brancha son ordinateur et se mit aussitôt en quête d'un site qui proposerait éventuellement une maison à louer ou même à vendre si tant est qu'il y en ait sur ce petit bout de terre perdu au milieu de la grande flaque océanique.

C'est sur cette île qu'elle allait bientôt embarquer et disparaître comme au fond d'une oubliette. Souvent considérées, à tort, comme des paradis, et pas seulement pour les exilés fiscaux en mal de blanchiment, les îles pouvaient être aussi des prisons, des cachots, des mouroirs. Sainte-Hélène, par exemple, en plein Atlantique. L'empereur Napoléon était bien placé pour en parler, comme le capitaine Dreyfus s'agissant de l'île du Diable, ou bien l'île Sakhaline pour les damnés du Goulag, ou encore Alcatraz, dans la baie de San Francisco. Tant d'autres. La liste était aussi longue que sinistre et les perspectives n'étaient pas toujours réjouissantes, Solange ne l'ignorait pas. Elle s'alluma un cigarillo.

Scarlette

C'est épouvantable. Tous les matins les mêmes effluves, tristes et froids, qui prennent aussitôt à la gorge et montent à la cervelle à m'en faire jaillir des larmes de rage, à me demander si j'arriverai à m'y faire un jour, ou plutôt à m'en défaire. Pas le choix. Contente ou pas, je dois faire avec. C'est le métier qui veut ça.

Une vraie infection. Comment dire, puisque les odeurs ne se racontent pas ? Un mélange de tabac refroidi, de poisson faisandé et de bière éventée, et chaque matin le même cocktail me souhaitant la bienvenue. Je dois m'y faire, je me dis ma petite Scarlette, prends sur toi, tu dois t'y faire, mais je sais bien que je ne m'y ferai jamais. Ça pue et ça me décourage avant même d'avoir commencé ma journée. Du temps où les affaires marchaient encore un peu, j'avais embauché Jennifer, une fille de vingt-deux ans, pas bien maligne, faut dire ce qui est, un peu dévergondée sur les bords, mais on ne demande pas à une femme de ménage un bac plus quinze, d'autant que la pauvresse n'avait pas eu toutes les chances dans sa vie, avec un père handicapé des deux jambes suite à un accident de vélomoteur et une mère à moitié ravagée du ciboulot. Au début, rien à dire. Deux heures de ménage, tous les matins de huit à dix, payées tout ce qu'il y a de plus réglo.

Sa besogne, ce n'était pas la mer à boire, mais les choses ont commencé à se corser après quelques semaines. Soi-disant elle n'avait pas pu se réveiller, soi-disant la mère avait eu une crise de plus, soi-disant le père avait fait sous lui ou je ne sais quoi. Toujours quelque chose qui clochait, un pet de travers, une tempête dans un verre d'eau. J'ai commencé à avoir des doutes quand je me suis aperçue que le fond des bouteilles de blanc s'évaporait étrangement. Un jour, je te l'ai prise entre les deux yeux, la petite Jennifer. Toi, ma chérie, j'ai dit, si ça continue, on risque de ne plus être copines, toutes les deux ! Trop gentille, je lui ai quand même laissé une seconde chance. Ça ne semblait pas si mal reparti sauf qu'un matin, vers neuf heures et demie, vous me croirez ou non, je la surprends derrière le comptoir en pleine cabriole avec Fabien Le Scarff en personne, le menuisier qui était censé être là pour me réparer les armoires frigorifiques. Inutile de faire un dessin, il s'est reboutonné plus vite que son ombre, le Fabien. Ni une ni deux, la petite a eu son sac. Désolée, ma belle, mais pas de ça chez moi ! Enfin, quand je dis ma belle, façon de parler, parce que la Jennifer, on ne pouvait vraiment pas dire qu'elle était gâtée de ce côté-là non plus, ce qui n'avait toutefois pas l'air de rebuter le menuisier, par ailleurs mon cousin par alliance depuis qu'il a épousé Marie-Geneviève Quillivéré, notre bien-aimée adjointe à la culture, qu'entre nous soit dit je ne porte pas vraiment dans mon cœur, mais c'est une autre histoire.

— Ton armoire frigorifique, c'était presque rien, a bafouillé Fabien en rajustant sa chemise dans son pantalon, juste un fusible à changer.

— Ah bon ! Juste un fusible. Voyez-vous ça ! Parfois, il suffit d'un rien pour que les plombs sautent. Mais si ce n'est qu'un petit fusible de rien du tout, ça restera entre nous, n'est-ce pas, mon cher cousin ?

Je lui ai demandé combien je lui devais pour le dérangement. Il a fait profil bas. Rien, rien du tout, laisse tomber. Je n'en attendais pas moins de sa part. Il s'est contenté de ranger son matériel, puis il est remonté fissa dans sa camionnette. On ne l'a plus vu rôder dans le secteur pendant plusieurs jours.

Depuis, les scènes de ménage, je me les fais toute seule. J'ai beau m'évertuer à rincer tous les soirs après la fermeture le plateau des bières pression d'une bonne giclée d'eau bouillante, passer l'éponge sur les tables et le comptoir sans lésiner sur l'eau de Javel, un sérieux coup de serpillière sur le carrelage quand j'en ai encore la force, rien n'y fait, ça cocotte toujours autant. Dieu seul sait que je n'ai pas ménagé ma peine, que j'ai essayé tous les détergents qui me tombaient sous la main, tous les pschitt-pschitt à la mode, les désodorisants à la citronnelle, au pin des Landes, à la fleur d'oranger, le printemps dans votre maison, chère madame, la chasse aux mauvaises odeurs, une fraîcheur incomparable. Résultat, zéro ou presque. Un représentant venu du continent avec du bagou plein la bouche pour embobiner le premier pigeon venu avait réussi à me fourguer sa camelote à prix d'or, un appareil soi-disant miracle, vous m'en direz des nouvelles, ma p'tite dame (et d'abord, j'ai horreur qu'on m'appelle ma p'tite dame), un truc du tonnerre selon lui, le mont Blanc à domicile, un jardin japonais sous votre nez. Abruti ! Comme si on avait besoin ici de l'air de la montagne et des cerisiers du Japon, comme si celui venu du large ne nous suffisait pas. Des ondes électromagnétiques étaient censées neutraliser les mauvaises odeurs. Les éradiquer, insistait-il en faisant le geste d'attraper une mouche. Il s'agissait d'une sorte de filtre électrique compliqué qu'il fallait brancher la nuit, mais, attention, la cartouche devait être changée chaque semaine. Le machin n'a pas fait un mois. Pas revu le type en question, mais s'il a le malheur de repointer le bout de son nez dans les parages, je vous prie de me croire qu'il sera reçu avec tous les honneurs qui lui sont dus, je me comprends.

Alors, bon cœur contre mauvaise fortune, je me pince le nez en descendant l'escalier, je respire à tâtons. Ce sont des milliards de molécules qui se reproduisent à vitesse grand V dès que j'ai le dos tourné, mais je les ignore. À moins que l'odeur n'y soit pour rien, et dans ce cas-là, c'est pire, ma pauvre Scarlette, c'est dans ta tête, c'est tout simplement le parfum de la cinquantaine, l'arôme de toutes ces années passées, le Chanel de ta misère, le bouquet final annonçant le grand toboggan, alors autant te dire tout de suite que tu glisses sur la mauvaise pente. J'ouvre la fenêtre en grand, celle qui donne sur la cour, côté falaise. La grande baie qui a pignon sur rue et vue sur mer, je me contente de l'entrouvrir, histoire de faire un léger courant d'air. J'en profite pour jeter un œil sur le quai et sur la grève de Porzmeur. Marée basse, mer calme, températures de saison. Le ménage attendra. Pour l'instant, c'est *niet*. Impossible ou je vais me répandre sur le carrelage. Je dis ça mais ce n'est pas vrai. Je ne vomis jamais. Chez moi, tout reste à l'intérieur. Les bonnes choses comme les mauvaises. Je prends sur moi. Scarlette, tu prends trop sur toi, on me l'a toujours dit. C'est pour cette raison que ça fermente, et ça fermente depuis si longtemps. Dehors comme dedans.

Le plus urgent, pour le moment, c'est d'aérer. Au moins une bonne demi-heure avant l'ouverture. Faut aérer, été comme hiver, ne serait-ce que par respect pour la clientèle. L'air du large va s'engouffrer dans mon bistrot pour m'éradiquer, comme dirait l'autre, toutes ces vilaines petites odeurs en un rien de temps. L'air du large, c'est vital, ici. C'est puissant, riche en iode, en zinc et en sodium, riche en tout. Je me fais un café vite fait sous le percolateur avant de filer me réfugier dans ma chambre à toutes jambes, ni vu ni connu, en chemise de nuit, comme si j'avais volé quelque chose et que je m'enfuyais au nez et à la barbe de la maréchaussée. Après quelques minutes, ça va un peu mieux, mais seulement une fois de retour dans mon lit, bien au chaud sous ma couette. Café au lit, je ne l'ai pas volé, oh que non, je ne l'ai pas volé. Aujourd'hui, je n'ouvre le bar qu'à neuf heures. Toujours un peu de mal à démarrer le samedi matin, toujours un peu dans le coaltar, deux de tension maximum. Il y a une boîte d'aspirine sur ma table de nuit au cas où, mais aujourd'hui, non, besoin de rien, impeccable ou pas loin, pas si mal pour un samedi matin, la bouche un peu pâteuse mais c'est la faute de la cigarette. J'arrêterai un de ces quatre. J'arrêterai, promis. Mais pas maintenant, c'est vraiment pas le moment.

Je vis seule, maintenant que Momo est partie faire ses études à Nantes. Plus d'enfants, plus d'homme à la maison, tout va bien, peinarde, personne pour me dire ce que j'ai à faire, pour me donner des ordres, ou pire, des conseils, je suis la patronne, vous entendez, la patronne. Seule maîtresse à bord. Et celui qui voudrait m'empêcher de fumer au lit n'est pas encore né, croyez-moi. Sauf que Momo, ma Morgane, me manque déjà, bien sûr, et pas seulement pour les coups de main qu'elle me donnait au comptoir ou à la cuisine. Pourrait téléphoner plus souvent, penser de temps à autre à sa pauvre mère – pauvre, je dis ça pour rire, on arrive quand même à s'en sortir, mais le smartphone chinois du dernier cri que je lui ai acheté pour son anniversaire, c'est pas fait pour les chiens non plus. Je traînasse, café au lit, la belle vie, le temps de mettre un peu d'ordre dans mes idées, d'organiser ma journée, de me préparer à toutes les tuiles qui ne vont pas manquer de me tomber dessus une fois de plus, un peu comme cette falaise qui peu à peu s'effrite et dont les pierres dévissent l'une après l'autre sans que la mairie bouge le petit doigt. Elle attend quoi, la cousine Marie-Geneviève, puisqu'elle fait partie de l'équipe municipale ? Qu'il y ait un mort, sans doute, le crâne fracassé par un gros bloc de schiste. Non, un seul mort ne lui suffirait pas ! Il en faudrait une bonne dizaine avant qu'elle se remue le derrière. Je touille le sucre dans la tasse, les yeux fixés sur le vide. Je vais m'en sortir. Je ne sais pas trop comment mais je vais m'en sortir. Je lèche la petite cuillère entre mes lèvres, je me regarde dans le creux, comme dans un miroir. Mon image reflétée à l'envers est déformée, j'ai le visage tout boursouflé, j'ai la tête d'une grosse vache, des yeux de panda faute de m'être démaquillée avant d'aller au lit.

Ce n'est pas la première fois que je me pose la question. Au contraire, je crois même que je me la pose plusieurs fois par jour, cette maudite question. Pourquoi nom d'un chien se voit-on à l'envers quand on se regarde dans le creux d'une petite cuillère ? C'est un miroir menteur, un peu comme pour Blanche-Neige ou Peau d'Âne. Mais dans l'autre sens. C'est bizarre, vraiment bizarre.

Quand on retourne la petite cuillère, côté convexe, on se voit à l'endroit, cette fois-ci. Rigolo. Je m'imagine en grosse, disons avec des rondeurs, des joues, des seins dignes de ce nom, deux ou trois bourrelets, un popotin plein d'embonpoint. Le Malouin faisait parfois la moue en tâtant la viande, comme il disait, aurait voulu en avoir plus sous la paluche. Je manquais de ceci, je manquais de cela. Toujours quelque chose qui clochait. Je fixe mon reflet sur le dos de la cuillère, je fais des grimaces dans la glace, comme une petite fille qui s'essaye en méchante ou en moche. Parfois, je me dis que je n'ai pas beaucoup d'efforts à faire pour y arriver. Je tire la langue. Chargée, la langue. Pourquoi est-ce que je pense encore à ce sale type ? Mon image est floue. Bientôt la cinquantaine et, au final, pas si mal foutue que ça, la greluche, comme il m'appelait parfois, pour déconner, ajoutait-il, pour déconner, te fâche pas ! Les traits un peu tirés, la peau qui commence à se friper, les hormones qui se mettent à bouillonner dans tous les sens, c'est vrai, mais je reste toujours vaillante. Un peu menue, certes, pas de quoi pavoiser du haut de mon mètre cinquante-deux, mais la taille est fine, les cuisses sont encore fermes, les taches de rousseur attendrissantes, non ? Et les yeux, dis, tu en as souvent vu des comme ça, hein, dis-moi ? Ces beaux yeux bleus hérités de mon père, Jean-Marie Quillivéré. Mais le Malouin n'est pas un romantique. N'est pas ou n'était pas, peu importe ! Il s'en foutait, de mes yeux, c'est pas ça qu'il cherchait, d'ailleurs j'en suis encore à me demander ce qu'il cherchait chez moi sinon un coup par-ci, un coup par-là. Vite fait sur le gaz. Cinq minutes douche comprise comme pour Chirac, le président. Faut absolument que j'arrête de penser à ce type. Le Malouin, pas Chirac. Solange a raison. Madame Solange a toujours raison, elle me fait marrer. Je l'adore avec sa façon tout élégante de s'enfiler une gorgée de champagne et de reposer bruyamment son verre sur le zinc avant d'asséner sentencieusement une de ces grandes phrases qu'elle affectionne. Elle a la voix haut perchée, la bouche en cul de poule peinturlurée d'un rouge à lèvres aussi éblouissant qu'un camion de pompiers tout neuf. Écoutez-moi bien, ma petite Scarlette (elle m'appelle souvent ma petite Scarlette), écoutez-moi bien, me chuchote-t-elle à l'oreille comme pour m'avouer un secret, vous n'avez que deux choses à attendre d'un homme. Un, si vous voulez bien me passer l'expression, qu'il ne vous fasse pas chier (à ce moment-là, elle appuie un index contre l'autre). Deux (elle refait le même geste mais avec le majeur de la main droite), qu'il vous baise correctement. J'ai bien dit correctement, vous me suivez ? Elle a une bague presque à chaque doigt, une fortune sur les mains. Je réponds en riant OK, Solange, d'accord avec vous. Je crois même que je rougis, je ne parais pas, comme ça, j'ai pourtant l'air de celle à qui on ne la fait pas, mais je suis un peu timide sur les bords, ni chochotte ni mijaurée, disons un tantinet pudique, et ces choses-là, même entre femmes, on n'a pas l'habitude, sauf quand c'est Solange, même si personne ne l'a jamais vue au bras d'un homme depuis son arrivée sur l'île, il y a de cela maintenant presque deux ans, quand on l'a vue débarquer sur le quai avec son ahurissant barda, de quoi tenir un siège de six mois. Personne ne la connaissait ni d'Ève ni d'Adam. On savait juste qu'elle venait d'acheter la maison de la veuve Pochard sur la route du phare et qu'elle avait bien l'intention d'y rester à demeure.

Elle trinque avec moi et finit son verre cul sec.

« À la bonne heure, dit-elle en hochant la tête, ça s'arrose ! Auriez-vous la bonté de nous remettre ça, ma petite Scarlette ? »

Et je remets ça sans hésiter. La bonté, ça me connaît. Avec sa bouteille quotidienne de champagne, j'ai calculé que Solange représente au moins 15 % de mon chiffre d'affaires annuel, ce qui n'est pas rien par les temps qui courent. On trinque. Entre femmes. Solange m'amuse. Ça me change les idées. Au début, non, elle ne m'amusait pas. Le genre femme du monde avec ses airs de madame Je-sais-tout, fringuée c'est pas permis, quincaillerie de Noël autour du cou et des poignets, tout le tralala, sa façon de parler riche avec tout un tas de mots sortis d'on ne sait quel dictionnaire, de se percher sur un tabouret au bout du comptoir et de zieuter avec un air de regardez-moi-donc-un-peu-ça la populace alentour, mais après, oui. Pas tout de suite, c'est vrai. C'est venu peu à peu. Les Français, ce n'est pas qu'on s'en méfie, mais ce ne sont pas vraiment des gens comme nous, voyez-vous. Elle venait de faire l'acquisition de cette maison pour y vivre une retraite paisible dans un cadre enchanteur, pour reprendre ses propres mots, enchanteur, parfaitement, et passait tous les soirs à l'apéro s'enfiler à la queue leu leu ses coupettes de champagne. Son rouge à lèvres laissait des traces sur le bord du verre, le genre de choses que je déteste par-dessus tout, le lave-vaisselle n'en vient même pas à bout, faut finir le boulot à la main quand ce n'est pas carrément au tampon Jex. Elle lisait le journal, le commentait à voix haute, s'indignait pour un oui pour un non, s'offusquait, c'était son terme, les marées noires, les algues vertes, le dérèglement climatique, la disparition des espèces, la biodiversité menacée, le réchauffement de la planète, comme si on n'était pas au parfum, nous autres, comme s'il avait fallu l'attendre pour savoir tout ce qui se passait ici et dans le reste du monde. M'apportait parfois des fleurs le dimanche, après le marché, un petit bouquet d'iris ou de pétunias, pour égayer, prétendait-elle. Ce n'est pas qu'on se méfie, mais si, justement, c'est qu'on se méfie. Je disais merci, je suis polie, je payais même un verre de temps en temps, la tournée de la patronne. Oh, vous n'y pensez pas, ma petite Scarlette, vous allez me rendre pompette, disait-elle avec toujours son air de ne pas y toucher. Dès qu'elle avait débarrassé le plancher, on se moquait d'elle, le Malouin et moi, le Malouin quand il était là, sinon avec les autres, faut voir l'ambiance à l'apéro chez moi le dimanche midi, faut venir, vous serez pas déçu du voyage. C'est une gouine, disait le Malouin, je te parie que c'est une sale gouine, une putain de gouine, n'empêche que le Malouin, lui, ne m'avait qu'une seule et unique fois offert des fleurs, pour une occasion particulière, qu'entre nous soit dit je préférerais oublier.

Suis toujours au lit en train de m'observer à l'envers dans le creux de ma petite cuillère, des filaments rouges dans le blanc des yeux, des rides tout autour, peignée comme l'as de pique, je crois que je suis fatiguée, sens dessus dessous, que j'ai du mal à mettre de l'ordre dans mes idées. Faut que je téléphone à Laurence, la coiffeuse à domicile, qu'elle vienne mettre un peu d'ordre dans tout ce bazar. Faut que je me rachète de la crème hydratante, le pot est presque vide. Faut que j'y aille mollo sur les Marlboro et le chardonnay. Idem pour les cacahuètes et le chocolat. Faudrait aussi que je consulte un gynéco, mais de devoir aller sur le continent, rien que d'y penser, ça me fatigue à l'avance. Je voudrais, oh, je voudrais tant qu'un homme m'explique ça un jour. Un type bien. Un chic type. Tiens, un petit matin ensoleillé où on prend le petit déjeuner au lit, serrés l'un contre l'autre, les draps blancs, l'air de la mer quand il est purifié, un type bien, pas n'importe quel pèlerin de passage, un gars sérieux qui fait dans la recherche scientifique ou quelque chose dans le genre, mais sans se prendre la tête, un homme avec de l'humour, de la tendresse, voyez, quelqu'un d'intelligent, de sensible, beau gosse si ce n'est pas trop demander, et moi, je me blottis contre sa poitrine nue, je fais des frisettes avec ses poils, on se regarde tous les deux en même temps dans la petite cuillère, comme pour un selfie, on est dans un œuf, dans un cocon, et là, à ce moment précis, je veux qu'il m'explique, avec des mots simples et tendres à la fois, pourquoi diable on se voit comme ça, à l'envers, dans le creux de la petite cuillère. Sûr qu'il doit bien y avoir une explication scientifique, rationnelle ou tout simplement logique. Après, il fait ce qu'il veut de moi, il m'embrasse, il me prend dans tous les sens, je ne sais pas, quelque chose. Je rêve. Je fantasme. Je déraille. C'est du pareil au même, non ? Je finis mon café, j'écrase ma cigarette et je me lève d'un bond. Pas le moment de rester traînasser au lit. Le travail n'attend pas. Au boulot, feignasse ! La saison a été nulle, inutile de revenir là-dessus, les journaux en ont assez parlé, une météo catastrophique, sans compter tout ce qui nous est tombé dessus ces derniers mois, les dégazages en mer, bien sûr, les algues vertes comme d'habitude, et puis ce cargo avec un nom italien qui transportait des tonnes de fuel lourd et qui a fait naufrage au printemps dernier quelque part au sud de Pétaouchnock. Ce n'est même pas arrivé jusque chez nous, sinon quelques galettes de mazout par-ci, par-là, rien de grave.

Princess Frederika, drôle de nom pour un rafiot censé trimballer du pétrole, ça me fait penser à l'autre tête à claques sur l'affiche publicitaire placardée sur le transformateur de l'autre côté de la route, avec ses seins siliconés et ses lèvres en carton-pâte, qui voudrait nous faire croire que ce n'est pas plus difficile que ça. Je dois me la coltiner du matin au soir, cette affiche, je ne m'y habitue pas. Elle est là depuis l'hiver dernier, elle fait partie du décor, à présent. Elle a résisté à tout. Mon auvent s'est cassé en deux en février dernier, au moment des grandes tempêtes, un pan entier de la falaise s'est effondré à moins de vingt mètres de mon établissement, dix mètres cubes au bas mot, mais cette satanée affiche, elle tient toujours. Impossible de ne pas la voir. Depuis la fenêtre de ma salle de bains, elle me nargue. Je sors de ma douche, toute nue devant la glace, en train de me sécher les cheveux pendant que cette blondasse fait de la réclame pour une boisson gazeuse que personne ici ne boit jamais. On a l'air fin, toutes les deux, mais bon, il y a des fois où je préfère être à ma place qu'à la sienne. Facile pour personne de gagner honnêtement sa vie.

Je me tresse une natte, je me brosse les dents, je m'asperge de déodorant, j'ajoute deux doigts d'attrape-couillon sur la nuque, cadeau du Malouin à l'époque où il fricotait avec la Mafia géorgienne, et je souligne mes paupières d'un trait de crayon noir. Pas de chichis aujourd'hui, un jean, mon tee-shirt Société Nationale de Sauvetage en Mer, une paire de sandales et basta. Je me jauge dans le miroir. Mettable, aurait dit le Malouin dans sa grande délicatesse, mettable, oui, c'est ça. Bankable, comme ils disent à Hollywood. Je lance un clin d'œil à l'affiche du transformateur. J'ai passé plusieurs coups de fil à la mairie pour qu'ils me retirent cette horreur de panneau publicitaire. Solange, offusquée par l'image dégradante de cette femme soumise – je la cite – à la lubricité des passants, était prête à adresser une lettre de réclamation. Tu parles, Charles, s'en balancent comme de leur première marée noire, se marrent au téléphone. Hé, tu connais pas la dernière lubie de Scarlette Quillivéré ? M'ont plus à la bonne depuis la pétition à propos de la falaise. Du coup, les anciens qui viennent prendre leur coup de rosé et se taper une partie de dominos ne regardent même plus la mer, ils passent leur temps à mater de travers cette poupée Barbie, se lancent des sourires complices, font des commentaires grivois, risquent la congestion à chaque coup d'œil. Et pourtant, ils en ont passé du temps à regarder leur foutue pataugeoire, à croire qu'ils avaient la nostalgie de toutes ces années en mer. En pleine ligne de mire, l'affiche semble leur redonner un petit coup de fouet. Allez savoir, ça leur rappelle peut-être les filles de Macao ou de Djibouti, de Singapour ou de Dieu sait où. Ce sont mes habitués, chacun au moins une vingtaine de tours du monde à son actif. Manque papa, mais papa, il s'est trouvé au mauvais moment sur le mauvais rafiot contre la mauvaise vague, j'avais dix ans, mon père, je le connaissais à peine, partait pour trois mois, revenait de temps en temps les valises pleines de cadeaux à quatre sous, des masques africains, des colliers de coquillages tahitiens, des mâchoires de requins, puis repartait presque aussi sec. N'a pas eu le temps de m'apprendre grand-chose, le vieux, j'entends encore ma mère hurler au téléphone, un cri sauvage, interminable, j'ai bouché mes oreilles avec mes paumes, lui apprendre ça au téléphone, c'était pas malin, les anciens qui sont là à jouer aux dominos en sirotant leur rosé, ils savent tout ça, ils savent que je suis la fille de Jean-Marie Quillivéré, n'importe où j'irai et quoi que je fasse, je resterai la fille de Jean-Marie Quillivéré, alors un ton plus bas, messieurs. N'empêche que ça reluque sévère vers le transformateur. L'affiche a pris un coup de vieux depuis qu'ils l'ont collée, la fille aussi, d'ailleurs, elle a maintenant un teint grisâtre, une sorte de maladie de peau, pas ragoûtant du tout, ça n'a pas l'air de les refroidir, mes anciens, bien au contraire, on a l'impression qu'elle fait partie de la famille, à présent. Mais le soda aux agrumes qu'elle est censée nous vanter, personne ne le boit ici. Ça a un goût de piscine. Il me reste dans la cave encore deux caisses à peine entamées. Encore un coup d'un représentant du continent.

Pour en revenir à Solange, je dois avouer que les choses se sont peu à peu décantées, non seulement entre elle et moi, mais aussi avec la clientèle habituelle, les vieux, les jeunes, pas plus sauvages ici qu'ailleurs, seulement ils sont d'ici, de l'île des Maures, alors mieux vaut ne pas trop les chatouiller, je les connais, mes gaziers. Comme si je les avais faits. On ne pose pas de questions, on se contente d'écouter les réponses. J'ai fini par savoir qui c'était, cette fameuse Solange, sans poser de questions, c'est bien ce que je dis, juste en laissant gentiment venir les choses. Pas besoin de faire sa Marie-Curieuse, les gens ont besoin de parler d'eux-mêmes. C'est peut-être le dernier de nos soucis, mais enfin, on aime bien savoir. S'ils viennent au bistrot, c'est qu'ils ont besoin de causer, il n'y a qu'à tendre l'oreille, l'air de rien. Je connais tout, ici, j'ai les oreilles comme des entonnoirs. Je pourrais écrire des livres, moi aussi, comme Solange, j'en ai tant entendu, des vertes et des pas mûres, des histoires bancales, des secrets, des rancœurs, des coucheries, des cicatrices mal refermées, des *cold cases* comme on dit à la télé, mais sur la tête de ma fille, rien ne sortira d'ici, je le jure, suis plus muette qu'une tombe.

Une ancienne prof, Solange, docteure de l'université de la Sorbonne, s'il vous plaît, spécialiste de l'Antiquité romaine, les empereurs, Néron, Trajan, Jules César, connaît tout ça sur le bout des ongles, qu'elle a d'ailleurs très longs et très soignés, a écrit des bouquins épais comme une bible, m'en a offert un, *Religions et religiosité dans l'Empire romain au IIIe siècle*, que je n'ai pas lu, que je n'ai pas eu le temps de lire même si je l'ai assurée du contraire. Faut vraiment avoir rien d'autre à foutre, disait le Malouin en feuilletant le livre. La moue qu'il tirait.

Quand Momo passait le week-end à la maison, Solange l'aidait à préparer son bac, lui donnait des cours de philo, d'histoire, comme ça, pour rien, gratuit. Elles révisaient l'après-midi, quand c'était calme, sur la table du fond, derrière le baby-foot, je les entendais parfois rire, ça m'agaçait, je ne trouvais rien de drôle à préparer une dissertation sur la métaphysique de la sagesse, à se triturer les méninges pendant des heures sur le comment du pourquoi du sens de la vie, mais Morgane a eu son bac en juin dernier, juste au début de la saison, mention très bien, parfaitement, la meilleure de sa classe en philo et en lettres. On a fêté ça toutes les trois dans la cuisine après la fermeture, champagne, du bon pour l'occasion, Morgane avait juste trempé ses lèvres dans sa coupe. Morgane ne boit jamais, une chance, ne fume pas non plus, toujours sérieuse, ma fille chérie, raisonnable, un peu trop peut-être, pas de petit copain à l'horizon, autant que je sache. Je ne sais pas de qui elle tient, pas de moi en tout cas. Son père, je l'ai oublié depuis des lustres, je le croiserais dans la rue, pas sûr que je le reconnaîtrais. Quand il s'est fait la malle, ma Momo n'était encore qu'une toute petite fille, un bébé. Son papa avait disparu des écrans radar, voilà tout.

On s'est débouché une autre bouteille de champagne, Solange et moi, on avait eu notre dose auparavant mais on fêtait la mention très bien de Morgane, c'est pas tous les jours, bon sang, ça s'arrose. Solange dégoisait comme à son habitude. Même bien éméchée, elle est capable de vous sortir des phrases à n'en plus finir comme si elle les avait apprises par cœur. Et puis, vers une heure du matin, je ne sais pas ce qui m'a pris, j'ai éclaté en sanglots, bêtement, je suis tombée dans les bras de ma fille en versant toutes les larmes de mon corps. Maman, sois raisonnable, soupirait Morgane, c'est juste un examen, tout le monde ou presque réussit le bac de nos jours, tandis que Solange y allait de concert, allons, allons, ma petite Scarlette, reprenez-vous, je ne vous soupçonnais pas si émotive, mais aucune des deux ne comprenait vraiment. C'était la réussite de ma fille, évidemment, mais c'était tout le reste, c'était que mon bébé, ma petite fille, avait grandi, et qu'elle allait partir, que je ne la reverrais plus ou à peine, de temps en temps, en vacances, Noël, Pâques et la saison d'été dans le meilleur des cas, à moins qu'elle se trouve un jules. Roulée comme elle est, j'en imagine plus d'un à tourner autour, mais c'est la vie, on n'y peut rien, je n'y peux rien, j'ai juste bafouillé excusez-moi, les filles, c'est l'émotion, je suis fatiguée, on a fini la bouteille un peu tristement, Morgane m'a embrassé les cheveux et elle est partie se coucher. Tu es fatiguée, maman, oui, tu as raison, Momo, je suis fatiguée, oh, s'il te plaît, maman, cesse de m'appeler Momo à tout bout de champ, je ne suis plus une enfant, excuse-moi, Momo, tu as raison, va te coucher, je te suis. Mais je ne suis pas allée au lit, j'ai dit à Solange que j'allais faire un bout de chemin avec elle, histoire de me refaire une santé, de recharger les batteries, la raccompagner vers sa maison sur le chemin du phare de Castel-Coz. J'ai enfilé mes bottes et mon ciré, on est parties toutes les deux, en vacillant légèrement dans la nuit, sous le crachin. Je ne sais plus laquelle de nous deux tenait l'autre, Solange portait des chaussures à talons, Solange marche toujours avec ce genre d'escarpins, ça me scie. On la voit gambader du matin au soir à travers les chemins et les dunes et toujours avec ses Louboutin vernis noirs, aussi à l'aise que si elle déambulait dans une galerie d'art ou chez un joaillier de la place Fantôme. Solange me tenait le bras, voyez-vous, ma petite Scarlette, je comprends ce que vous ressentez, c'est difficile pour une mère de voir sa fille soudain voler de ses propres ailes, mais vous devez comprendre que son destin l'attend ailleurs. Soyez raisonnable, Morgane est une fille intelligente, subtile, ambitieuse, vous devriez être fière d'elle, il faut penser à son avenir, son épanouissement, ses projets, elle ira loin, je vous l'assure, elle est brillante, et la revoilà repartie sur les néoplatoniciens, les épicuriens ou je ne sais qui, comme ça, en pleine nuit, sous le vent, la pluie, les bourrasques. Et moi, j'avais quoi comme avenir ? Clair comme de l'eau de roche, j'allais finir seule. Seule et moche, voilà ce qui m'attendait. C'est ce soir-là, je m'en souviens parfaitement, que j'ai enfin osé lui demander comment elle faisait pour tenir debout sur ses satanés talons sans jamais se casser la figure, je crois même le lui avoir demandé assez méchamment, les yeux dans les yeux, comme si je cherchais la faille. Fini les madame, je l'ai tutoyée. Comment tu fais, nom d'une pipe, Solange, pour tenir debout avec ces putains de godasses sans jamais te fracasser la gueule, même quand tu es bourrée comme une grosse vache ? Elle s'est arrêtée, a regardé d'un air étonné ses deux pieds comme si ma question n'avait pas de sens. Plaît-il ? m'a-t-elle demandé. Je ne pouvais vraiment la dévisager qu'à chaque éclat du phare, une seconde sur six. Son Rimmel avait coulé sous la pluie, elle me faisait à moitié peur. Je n'ai même pas attendu sa réponse, tu parles si je m'en foutais, de ses Louboutin, je te l'ai laissée en plan, l'historienne de mes deux, j'ai tourné les talons, moi aussi, comme ça, allez tchao, bonne nuit, et je suis rentrée à la maison, j'ai pissé en route, sur le talus de Marie-Geneviève, ma cousine, et j'ai pleuré parce que je me détestais de les avoir détestées ce soir-là, Solange, ma fille – le monde entier. Solange est revenue le lendemain à l'apéro comme si rien ne s'était passé. Ses souliers, nickel. Rouge à lèvres, impeccable. Bijoux au rendez-vous. C'était il y a quoi ? Trois ou quatre mois. Au début de l'été. On n'en a plus jamais reparlé.

Morgane téléphone parfois à sa pauvre maman, elle s'adapte. Tout se passe bien à Nantes, elle voit des tas d'expos, rencontre des gens hyper-intéressants, travaille beaucoup. De temps en temps, j'ose lui demander. Long soupir au bout du fil. Non, maman, pas de petit copain, lâche-moi un peu, s'il te plaît, tout va bien.

— Te fâche pas, Momo, je demandais juste ça comme ça.

Solange

Elle avait annoncé à Pascal qu'elle projetait dans les jours à venir un petit voyage, juste une escapade, le temps de prendre un peu de large, de distance, besoin de respirer, voyez-vous, de quitter cette ville cannibale pendant quelques semaines pour s'offrir un peu d'air, iodé à point si possible, ce qui laissait sous-entendre qu'elle visait le bord de mer. Qu'il n'en prenne surtout pas ombrage, ses sentiments étaient restés les mêmes. Ses sentiments à son égard, elle voulait dire. Ce n'était pas pour le fuir qu'elle partait, bien au contraire, elle avait juste envie d'un peu d'aventure, ou de nouveauté, ou peut-être de solitude, elle ne savait trop, elle ressentait le désir de « se ressourcer » tout en admettant que l'expression était parfaitement galvaudée. Elle était en manque de légèreté, oui, c'était ça, de légèreté. Qu'il ne s'inquiète pas, il resterait son ami, son amant. Son bel amant. Pour toujours. Pour toujours ou pour un autre jour. Un jeudi, par exemple. Elle adorait le taquiner.

Allongé sur le lit, le bras droit sur l'épaule de Solange, qui avait posé sa tête sur sa poitrine, Pascal fixait une crevasse au plafond tout en jouant avec une bretelle de sa combinaison. Il ne fit aucun commentaire mais n'en pensait pas moins. Lui aussi aurait éprouvé le besoin de se ressourcer, comme elle disait, lui aussi rêvait de temps en temps d'océan, de ciel bleu et d'horizons nouveaux. De plaisirs simples, en somme, ce que d'aucuns appelaient « revenir à l'essentiel ». Encore une expression toute faite que les gens prononçaient à tort et à travers sans en connaître la signification profonde. L'essentiel, il était bien incapable d'en donner sur l'heure une définition crédible. Car pour l'instant, son essentiel à lui était bassement intellectuel. Il lui fallait présenter sa thèse avant Noël, un travail de Titan qu'il avait entamé il y avait déjà huit ans, et qu'il repoussait sans cesse. Certes, il avait de bonnes excuses, et celle de coucher avec sa directrice de thèse en était une et même une de taille, quoique assez difficile à argumenter face à un jury d'universitaires. Souvent, il se demandait ce qu'il fichait là, allongé sur ce lit auprès de sa maîtresse, maîtresse à prendre aux deux sens du terme, d'ailleurs, pensa-t-il non sans une amère ironie. Certes, il ne se voyait pas comme un gigolo, Solange ne l'entretenait en aucune façon en échange de quelques services inavouables, n'empêche que quand ils se retrouvaient au lit, ce n'était pas pour un exercice de simulation. Il fallait assurer avec la vieille, ainsi qu'il venait de le faire à l'instant, comme tous les jeudis après-midi, de quatorze à seize heures, faire si possible coup double et ne pas se laisser impressionner par les exigences parfois saugrenues de madame. Pourquoi le jeudi ? Il n'en savait fichtrement rien sinon que ni l'un ni l'autre n'avait cours à ce moment-là, mais ils auraient pu tout aussi bien trouver une autre opportunité dans leur emploi du temps, et notamment le week-end, et pourquoi pas le soir, et pourquoi pas la nuit, une nuit entière, si ce n'était pas trop demander, mais si, apparemment, même ça, c'était trop demander. Pour Solange, il n'en était pas question. Le jeudi, c'est jour de baise, fanfaronnait-elle en arborant ce petit air faussement coquin qu'il détestait. Qu'on ne vienne pas polluer ce rendez-vous avec des leurres sentimentaux. On baise et on rebaise, un point c'est tout. On se rhabille, on boit un thé ensemble pour se rincer la bouche et chacun repart à ses obligations. Bon gré mal gré, Pascal avait fini par se plier à ce rituel. Il soupira.

— Ça veut dire quoi, ce soupir ? demanda-t-elle.

— Rien, je pensais à ce que vous venez de m'annoncer. Votre voyage. Ou votre fuite.

— Vous vous méprenez, mon cher Pascal, il ne s'agit nullement d'une fuite.

— Une évasion, alors ?

— Disons plutôt une fugue. Juste une petite fugue jusqu'à ce que les gendarmes me rattrapent, vilaine fille que je suis, et me livrent à nouveau entre vos griffes. Vous allez me manquer, Pascal, le savez-vous ?

Il ne répondit pas, préféra se lever pour courir comme à son habitude à la salle de bains. Valait mieux pour lui prendre une sérieuse douche et effacer toute trace du délit avant de regagner ses pénates où l'attendait sa fiancée et donc future épouse. Le mariage était prévu pour l'été prochain dans un château des Yvelines. En grande pompe, comme il se doit. Deux cents invités étaient attendus. On espérait secrètement que monseigneur l'évêque prendrait part à la cérémonie religieuse. Marie-Lorraine appartenait à une famille traditionnelle et pourquoi le taire tant ils s'en vantaient ouvertement conservatrice, en bref, une famille de gros connards, estimait Pascal, de gros pleins de soupe, pleins de fric, pleins de morgue. Toutefois, les parents de cette Marie-Lorraine avaient accepté de mauvaise grâce que les temps avaient changé et toléraient, preuve de leur ouverture d'esprit, la vie commune avant le mariage. C'est ainsi qu'il s'était installé avec sa fiancée depuis deux mois dans un appartement du Marais, au deuxième étage d'un vieil immeuble de charme situé dans une petite rue perpendiculaire aux quais. Le jeudi, il prétextait un rendez-vous hebdomadaire avec sa directrice de thèse, ce qui n'était pas un vrai mensonge en soi. C'était à deux pas, il n'y avait que la Seine à traverser. Il connaissait par cœur le code de l'immeuble du boulevard Saint-Germain, montait les six étages au pas de course, frappait à l'heure convenue deux petits coups à sa porte, puis entrait sans attendre qu'on le prie de le faire. Solange appréciait la ponctualité. Il l'entendait chantonner depuis la salle de bains restée entrouverte. Pascal refermait la porte et s'annonçait. « Ah, vous voilà enfin, mon petit Pascalou ! J'étais folle d'inquiétude. » Bien qu'il fût toujours à l'heure, quatorze heures sonnaient à l'instant même à l'horloge de l'église Saint-Germain, sa directrice de thèse l'accueillait invariablement en ces termes de reproche à peine voilé, mais qui faisaient semble-t-il également partie du rituel. Mettez-vous à l'aise, je suis à vous dans un instant, ce qui voulait dire ce que ça voulait dire, tout simplement. Ainsi, comme tous les jeudis, Pascal ôtait ses chaussures dans l'entrée et se dirigeait sans attendre vers la chambre. Et comme tous les jeudis, il jetait par habitude un œil par la fenêtre vers la banque située de l'autre côté de la rue. L'accueil était au rez-de-chaussée et les bureaux au premier étage, en open space. On pouvait apercevoir une dizaine d'employés en bras de chemise s'affairer devant des ordinateurs. Certains semblaient réfléchir, le nez en l'air, à moins qu'ils ne rêvassassent à d'autres tropiques. Une jeune femme vérifiait son maquillage sur l'application miroir de son portable. Un homme à la carrure de rugbyman traversait la vaste pièce au pas de course. Pascal tira les rideaux et dénoua sa cravate.

C'était bien simple. Autant il s'emmerdait au lit avec Marie-Lorraine, qui pour rien au monde n'aurait accepté qu'on laisse la moindre lumière allumée, autant les rendez-vous du jeudi avec Solange, toute vieille peau qu'elle fût, pour reprendre son expression, étaient comment dire... ravigotants, oui, c'est ça, ravigotants. Il ne trouvait pas d'autre terme. Elle était plutôt de la vieille école, talons hauts, bustier, porte-jarretelles... et le déshabillage faisait partie d'un cérémonial particulièrement sophistiqué. L'érotisme était un art à part entière, répétait-elle. Pascal adorait ça. Avec elle, bien que la plupart du temps soumis à ses désirs et à ses exigences de femelle, il se sentait mâle. À soixante ans et quelques, Solange était indéniablement restée une femme désirable. C'est elle qui se traitait de vieille peau, pas lui.

Elle avait toujours pris grand soin d'elle, fréquentait les bassins trois fois par semaine, s'adonnait au yoga et accordait un soin particulier à son alimentation. Elle avait opté pour un régime sans gluten et privilégiait bien sûr les produits issus de l'agriculture biologique. Le seul écart qu'elle s'autorisait, c'était le champagne. Et du bon, de préférence. Ainsi que quelques cigarillos de temps en temps pour tromper sa douleur quand elle était trop vive, bien qu'elle n'évoquât jamais le sujet en sa présence. Sans oublier bien sûr le sexe, qu'elle considérait avant tout comme un exutoire aussi bien physique que mental. Pascal faisait parfaitement l'affaire. Il était tendre, puissant, viril, attentionné, inventif et en plus, il était beau, ce qui ne gâchait rien. Devoir l'abandonner était pour elle un crève-cœur, mais avait-elle un autre choix ? Qu'il finisse sa thèse et qu'il épouse cette pauvre petite Marie-Lorraine, qui, quoi qu'il en dise, finirait bien par apprendre.

Elle se leva à son tour, enfila un peignoir et se dirigea vers la cuisine pour préparer le thé, qui, lui aussi, faisait partie de ce sacro-saint rendez-vous du jeudi. Solange était très exigeante sur ce point, comme elle l'était sur le reste. Le temps que l'eau parvienne à ébullition, elle resta pensive devant la fenêtre. Elle aimait bien son quartier, les petites places, les terrasses de bistrots, les gens qui déambulaient le long des boutiques, le vieil horloger du bout de la rue, la rangée de platanes. C'était une indécrottable Parisienne et elle aimait Paris, et Paris, elle en était certaine, allait terriblement lui manquer. Tout allait lui manquer, Pascal en premier lieu, bien sûr, qu'elle n'était pas certaine de revoir un jour, eu égard à son espérance de vie, dont elle n'espérait plus grand-chose. L'expression la fit sourire. Espérance était un concept qui évoquait des convictions religieuses qu'elle n'avait plus. Espoir de vie aurait été plus judicieux. Son jeune amant ignorait tout de ses problèmes de santé, c'est à peine s'il l'avait entendue se plaindre ici et là de migraines ou de nausées, qu'elle justifiait simplement par un excès de stress dû à une surcharge de travail. Le travail avait toujours bon dos, n'est-ce pas, de même que la fatigue.

Une fatigue bien méritée, une fatigue de professionnelle, une fatigue légitime et sociale qui elle aussi allait lui manquer. Bientôt, elle serait incapable de se déplacer et même d'envisager de faire un cours d'une heure dans un amphithéâtre surchargé. Lui restait comme unique perspective de partager son temps entre les quatre murs d'une chambre d'hôpital ou en période de rémission entre les quatre murs de son appartement chargé de trop lourds souvenirs. Son mari, Didier Delahaie, était décédé depuis maintenant une bonne dizaine d'années dans un stupide accident au cours d'une randonnée dans les Pyrénées. Il était tombé d'une falaise et s'était fracassé le crâne au fond d'un ravin, sur un roc de granit. Peut-on mourir de manière aussi stupide ? Les amis qui l'accompagnaient n'avaient rien pu faire. Elle s'était rendu compte qu'elle avait oublié son visage. Ce qu'il lui restait en tête à présent, c'était les photos, les plus anciennes sur papier, mais le plus souvent en version numérique. En revanche, son visage, palpable et tangible, elle l'avait oublié, de même que son odeur d'homme, que le timbre de sa voix ou l'intensité énigmatique de son regard posé parfois sur elle quand il la désirait. Des photos, seulement des photos apparaissant sur un écran ou enfouies dans un carton à chaussures. Que reste-t-il de la vie d'un homme qu'on a passionnément aimé ? Solange avait passé les neuf années qui suivirent son décès sans jamais toucher un seul homme, si ce n'est que par une poignée de main ou lors d'un frôlement de joue. Et puis le beau Pascal était arrivé. Sans malice, elle lui avait proposé de travailler dans le calme, chez elle, d'avancer enfin dans cette foutue thèse, en premier lieu d'en redéfinir l'intitulé, qui selon elle demeurait bien trop flou. Il était aussi subjugué qu'un disciple face à son maître. Elle se sentit soudainement happée par son odeur d'homme, son odorat ne l'avait pas encore trahie. Ils franchirent le parapet ici même, dans ce salon du boulevard Saint-Germain, face à une théière et deux tasses de porcelaine, raison peut-être pour laquelle elle tenait tant à se plier à cette mise en scène. Ce n'avait été guère difficile. Il lui avait suffi de prétexter la chaleur et d'ouvrir un peu plus l'échancrure de son corsage avant de poser une main sur celle de Pascal, elle-même posée sur la souris d'un ordinateur portable. Surpris, il eut un brusque geste de recul, et ce qui devait arriver arriva. Par un effet domino, la tasse tomba sur la table et heurta la théière, qui se coucha à son tour. Une bonne partie du liquide se renversa sur le pantalon de Pascal, mais aussi, plus grave, entre les touches du clavier. Ébouillanté aux jambes, le jeune homme poussa un cri, fit un bond. Un désastre. L'écran planta aussitôt. Un moment, ils se regardèrent sans rien dire, comme tétanisés, puis un énorme fou rire les saisit en même temps. Ils se levèrent de concert, se tortillant dans tous les sens. Solange courut à la cuisine en quête d'un torchon. Tapes sur l'épaule, sur les cuisses, accolades, mains frappées puis serrées, regards mouillés, regards appuyés, rires saccadés, reniflements, mouchoirs, rires encore, regards davantage appuyés, pause silencieuse pour retrouver son sérieux et juger de l'étendue des dégâts et après une nouvelle accolade, après un dernier soubresaut de rire au motif que toute cette somme de travail n'avait même pas été sauvegardée sur un disque dur, une négligence impardonnable, vraiment impardonnable, quel imbécile je fais, puis une autre accolade tenant lieu de consolation, plus soutenue cette fois-ci, puis un baiser volé au coin des lèvres suivi assez vite par un second baiser, ce dernier à pleine bouche. C'était un jeudi.

Elle le savait, il était un sparadrap, il n'était qu'un pansement, un ersatz d'amour. Elle en était désolée, il méritait mieux. Sérieux, bel homme et travailleur, c'était le prototype parfait du gendre idéal, à ceci près qu'en règle générale, le gendre idéal n'allait pas se farcir une rombière un rien déjantée de vingt-huit ans plus âgée que lui. Mais elle avait besoin de ce sparadrap-là, besoin de humer l'haleine d'un homme contre son visage, de ressentir la rugosité de sa langue autour de ses mamelons, de se faire happer entre ses bras puissants, de se faire retourner comme une crêpe pour offrir son derrière à la merci de ses pulsions, d'entendre enfin le souffle rauque d'un homme qui jouit et d'écraser son front contre une poitrine en sueur. Et alors ? Quel mal y avait-il à cela ? Qui aurait osé la juger ? Solange Delahaie entendait maintenant le bruit de la douche fouettant le corps de son amant. Elle l'entendait non pas chantonner mais éructer des petits bruits, des soupirs d'autosatisfaction, des reniflements, elle écoutait sa gaieté virile et insouciante, elle devinait cette futile arrogance, et tout d'un coup, elle ressentit l'impérieux besoin qu'il s'en aille au plus vite, qu'il disparaisse à tout jamais. Cette comédie n'avait que trop duré.

Scarlette

Le cirque quand on l'a vue débarquer du bateau, celle-ci, avec tout son barda, ses valises, ses malles et ses paquets, ses cartons à chapeaux, son vélo et sa collection de parapluies, un vrai déménagement. La rigolade. Pour qui se prenait-elle ? Pour la Pompadour ou pour la reine de Saba ? Elle n'était pas descendue du pont que déjà, toute l'île l'avait affublée d'un surnom, la marquise, qui lui allait comme une culotte de soie sur un cul de velours. Endimanchée comme elle l'était, on aurait tout aussi bien pu l'appeler la duchesse Anne, même si, à y regarder de plus près, elle faisait aussi penser avec ses airs de Gina Lollobrigida à une star de Hollywood sur le retour, une vedette de cinéma venue se planquer chez nous pour échapper à quoi ? Au fisc ? Aux paparazzis ? Quelque chose de louche en tout cas, de pas clair et même de pas clair du tout. Tailleurs saumon et talons hauts, longue tignasse grisonnante, chapeau de paille et lunettes de soleil, tout le saint-frusquin, un peu comme si, moi, je me prenais pour Scarlett O'Hara parce qu'on a quasiment le même prénom, sauf le *e* à la fin que mon père avait rajouté, pour faire français, disait-il. Que voulez-vous, vingt-cinq ans dans la marine marchande, ça vous donne des élans patriotiques bien plus avouables que la vraie raison qui l'avait conduit à m'affubler d'un prénom aussi tartignolle. La vérité, c'est qu'il avait vu au moins quarante fois *Autant en emporte le vent*, et qu'il était tombé en amour – je dis amour pour rester correcte – pour Vivien Leigh, l'actrice qui jouait le rôle principal, entre parenthèses une bien jolie poupée. Aussi bien il aurait pu m'appeler Viviane, c'était plus local et ça m'aurait épargné bien des soucis à l'école parce que des scaroles, des scarlatines et autres sous-entendus scabreux, je vous prie de me croire que j'en ai eu pour mon grade. Heureusement que je savais me défendre, il y en a plus d'une qui s'est fait arracher le chignon et refaire le portrait par mes soins, j'étais une teigneuse, les anciens pourraient vous le confirmer, oui une sacrée teigneuse, une *penn kalet* comme on dit ici, la vraie fille de son père. La petite Scarlette Quillivéré, mieux valait ne pas trop la chatouiller.

Donc, pour en revenir à la Solange, elle m'a fait un peu penser quand elle est descendue du bateau par la passerelle à Vivien Leigh alias Scarlett O'Hara, au moment où Clark Gable (Rhett Butler) l'attendait en bas des escaliers avec ses petites moustaches et son rictus de prédateur, prêt à se la croquer toute crue dès que les autres auront le dos tourné, la pauvre fille. Parce que je l'ai vu, le film, pas quarante fois comme le prétendait mon défunt père quand il voulait se la jouer romantique, mais plutôt deux fois qu'une, du temps où il y avait encore un cinéma sur l'île, dans la salle du patronage tenue par les sœurs de l'Assomption, avant que les gens ne s'enferment pour de bon devant leur satanée télé, et avant que les bonnes sœurs ne déguerpissent à leur tour. Belle lurette qu'il n'y a plus de religieuses sur l'île, la dernière en date s'appelait sœur Marie-Clotilde de l'Enfant Jésus. Toute voûtée, toute rabougrie, elle s'occupait encore des fleurs à l'église, faisait de menus travaux pour les uns, pour les autres, vivotait, errait parfois la nuit jusqu'au phare, marmonnait d'interminables prières en ne cessant de triturer un vieux chapelet entre ses doigts squelettiques, complètement frappadingue, nous fichait une peur bleue à nous les gosses. Une nuit de février, elle s'est jetée par-dessus le parapet du quai de la France-Libre. On a retrouvé son corps à marée basse, son petit corps tout desséché de malheureuse petite bonne sœur déboussolée, échoué sur un tas de goémon, portant sur ses épaules un lourd sac à dos chargé de galets. Le curé avait dit que la mélancolie lui avait fait perdre la raison, mais que Dieu, dans son infinie miséricorde, accueillait auprès de lui toutes les créatures quelles qu'elles soient et que sœur Marie-Clotilde de l'Enfant Jésus était désormais plus heureuse auprès de Notre-Seigneur qu'elle ne l'avait été sur son île, et priez pour nous, pauvres pécheurs, pécheurs sans accent circonflexe, bien sûr, à ne pas confondre avec nos pêcheurs de bars et de maquereaux plus en odeur de gas-oil que de sainteté. Sur ces belles paroles, on l'enterra au pied du calvaire dans le caveau des religieuses de l'Assomption et le curé reprit aussitôt la navette pour rentrer dare-dare sur le continent comme s'il avait le diable aux trousses. Désormais, c'est un jeune curé vietnamien qu'on comprend à peine à cause de son accent à coucher dehors qui vient faire la messe un dimanche sur deux pour la douzaine de grenouilles de bénitier qui demeurent sur l'île ainsi que les jours d'enterrement, ce qui est plus courant qu'on voudrait bien le croire, en tout cas bien moins rare que les mariages et les baptêmes.

C'est ainsi, on nous envoie des Chinois comme curés, des Roumaines comme toubibs et des Parisiens comme cette Parisienne qui se prendrait pour la reine mère, à défaut d'être l'héroïne d'*Autant en emporte le vent* parce qu'elle a passé l'âge, parce qu'elle s'approche de la date de péremption, parce que le vent, justement, emporte tout et ça, on est bien placés pour le savoir. Les coups de tabac, on connaît. Les humeurs du noroît aussi. N'empêche, marquise ou pas, quelle prestance, quelle élégance, pas à dire, quelle classe, en un mot. J'ai tout de suite deviné que ce n'était pas qu'une pimbêche de kermesse. Rien qu'à sa façon de se poser sur une chaise de la terrasse et de croiser ses jambes, elle m'a laissée pantoise, la Solange. Moi, polie ainsi que l'exige ma fonction, je me suis approchée d'elle et j'ai lancé par-dessus son épaule un bonjour madame qu'est-ce que je peux vous servir ? Ce qui n'était pas très original, je l'admets, j'aurais pu marmonner gentiment deux ou trois considérations sur cette belle journée printanière, ajouter mon grain de sel en jouant les madame météo avant de passer aux choses sérieuses, mais c'est comme si, comment dire, comme si elle m'intimidait. Elle a soulevé ses lunettes de soleil et s'est tournée vers moi, me gratifiant d'un sourire délicat, oui, c'est cela, délicat, je veux dire sans esbroufe, sans tralala, un sourire large, sans ouvrir les lèvres, en frisant légèrement des narines. Sincère, n'exagérons peut-être pas, faut toujours se méfier avec les Parigots, mais courtois, peut-être même un peu plus que ça. J'ai vu qu'elle portait une alliance à la main gauche et des bracelets d'argent au poignet droit, qu'elle avait un collier de perles autour du cou. Authentiques ou en toc, je n'aurais pas su dire. Ses ongles longs étaient vernis de rouge et délicatement biseautés. Voilà des mains qui n'ont pas souvent trempé dans le bac à vaisselle, me suis-je dit en moi-même, ni essoré beaucoup de serpillières.

— Vous auriez du champagne ?

Quelle question ! Bien sûr que j'avais du champagne, il y a toujours du champagne au bar-tabac de la Falaise, toujours, au moins une bouteille ou deux qui traînent au fond du frigo pour les grandes occasions, même si celles-ci ont tendance à devenir de plus en plus rares.

— Auriez-vous la bonté de me servir une petite coupette ?

C'est en ces jolis termes qu'elle m'a parlé. La bonté, la coupette. Mais qu'est-ce que j'allais faire du reste de la bouteille au prix que ça me coûte ? Le champagne, ça ne tient pas, ça s'évente en un rien de temps. Résultat, je serais perdante sur toute la ligne et une fois de plus, c'est la mère Quillivéré qui allait trinquer. Bonne poire, je suis quand même partie dans la réserve en déboucher une, l'avant-dernière. Puis j'ai réussi à dénicher dans le fond d'un placard une coupe parmi le service qui me venait de ma mère et qui n'avait pas dû servir depuis la Libération. J'ai essuyé le verre avec un torchon propre et voilà ma bonne dame, votre champagne est servi, tout le plaisir est pour moi.

À l'aide d'un briquet qui de toute apparence avait dû lui coûter bonbon à moins que ce fût le cadeau d'un jules, elle a allumé un cigarillo, puis a levé les yeux vers moi, toujours avec ce même sourire, lard ou cochon, figue ou raisin, difficile à dire.

— Permettez-moi, je m'appelle Solange Delahaie. Je viens de me porter acquéreuse de la petite maison sur la route du phare, vous savez, celle aux volets bleus, avec des briques rouges autour des fenêtres et un adorable jardinet. On sera presque voisines.

— Je vois, oui… La maison à la veuve Pochard.

— C'est cela même. Je vais m'y installer pour un certain temps, voyez-vous.

— Elle n'est pas toute neuve, cette maison.

— Peut-être, mais c'est charmant.

L'acquéreuse avait prononcé ces mots entre ses grosses lèvres tartinées d'un rouge écarlate comme si elle avait une patate chaude dans la bouche. Personnellement, je ne voyais pas ce qu'il y avait d'adorable et de charmant – adorâââble et chââârmant – dans les parages, mais les Français, c'est comme ça, faut toujours qu'ils la ramènent. Quant à mon champagne, il était exquis – ekksskiii, comme elle disait –, c'était toujours ça de pris, je ne pouvais pas dire que je croulais sous les compliments. Bien au contraire, les gars du coin avaient toujours quelque chose à me reprocher, mon blanc était trop sec, mon rouge avait un arrière-goût de bouchon, mon rosé était trop tiède, ma bière trop froide, il y avait trop de mousse, les cacahuètes étaient trop molles, la musique trop forte et le café pas assez noir, pas assez fort, toujours trop ceci et jamais assez cela, sans cesse à ronchonner, à chicaner, à pinailler pour un oui pour un non quand bien même je me pliais en quatre, alors, dès que je saisissais un mot gentil, j'étais pas du genre à le laisser s'envoler. Son ekksskiii, j'allais me le garder pour moi, histoire d'enrichir ma maigre collection de félicitations. C'était toujours ça de pris. Elle m'a tendu un billet de vingt euros, me priant de garder la monnaie.

— Je vous remercie, j'ai dit, si vous avez besoin de quoi que ce soit, faut pas hésiter. Je m'appelle Scarlette.

— Comme Scarlett Johansson ? C'est extraordinaire. J'adore cette actrice. Elle a un de ces charmes…

— Ouais, si vous voulez. Sauf qu'il y a un *e* à la fin de mon prénom et que je n'ai ni sa belle gueule ni ses belles fesses. Hélas !

On a ri de concert, un peu comme des sales gamines répétant des gros mots. Je ne sais pas si c'est à ce moment-là qu'on est devenues copines, toutes les deux, ou peut-être un peu plus tard, quand on a parlé de choses plus sérieuses, plus confidentielles, voyez-vous, nos histoires de bonnes femmes, mes bouffées de chaleur, ses insomnies, ma ménopause, sa tumeur.

Elle s'est donc installée dans cette maison qu'elle avait achetée aux héritiers de la veuve Pochard – des neveux, paraît-il – qui voulaient s'en débarrasser au plus vite et surtout récupérer un beau paquet de pognon parce qu'entre nous soit dit, pour se payer de nos jours la moindre bicoque sur l'île des Maures, il faut être cousu d'or. Les prix de l'immobilier avaient tellement grimpé ces dernières années que rares étaient ceux qui pouvaient s'offrir une maison, dans la plupart des cas aux volets clos dix mois sur douze. Résultat, les jeunes couples de l'île qui n'avaient pas eu la chance de recevoir un héritage conséquent faisaient leurs valises, direction le continent. Ne restait qu'une demi-douzaine de pêcheurs, deux ostréiculteurs, un couple de fermiers récemment installés et quelques commerçants comme moi ou la mère

Armande de l'hôtel du Grand Monarque. Il n'y aurait bientôt plus que des grabataires sur l'île, des retraités de la Royale ou de la Marchande, des marins en déshérence. L'école Sainte-Thérèse accueillait bon an mal an moins d'une dizaine de gamins et les deux dernières institutrices n'ignoraient pas qu'elles étaient sur un siège éjectable, n'en déplaise à l'une d'entre elles, ma cousine Marie-Geneviève Le Scarff, l'adjointe à la culture, qui croyait dur comme fer à un rebond des naissances dans les années à venir, et ceci grâce au réchauffement climatique et à la pollution des villes qui inciteraient bientôt des jeunes couples à venir s'installer dans des territoires périphériques comme le nôtre où il reste de l'air à respirer. Foutaises. Des retraités et des touristes, voilà tout ce qu'il nous restait. Et aussi quelques hurluberlus du genre madame Solange. Le seul parmi nous à s'en être tiré haut la main, c'était Marcel Couchouron, le notaire en retraite qui venait de transmettre son étude à sa fille Géraldine, qui faute de prétendants malgré une dot alléchante et un physique qui ne l'était pas moins restait désespérément célibataire.

La Solange, sûr qu'elle avait les moyens de signer un chèque sans se faire mal aux doigts, mais ce qui m'a le plus surprise, c'est qu'elle n'avait rien changé à la maison de la veuve Pochard, pas même les vieux papiers peints. Elle l'a prise dans l'état, telle quelle, les meubles avec, la cuisinière à bois, le sommier à ressorts, le vaisselier, l'horloge en panne depuis des lustres, le fauteuil antique trônant devant une télé qui devait dater de Mathusalem, les assiettes ébréchées, la vieille soupière en faïence de Quimper et toute la quincaillerie d'avant-guerre. Ça faisait bien vieillot, démodé, tristounet, ça puait la vieille fille, mais ça n'avait pas l'air de rebuter Solange, qui trouvait cette maison si charmante – chaaarrrmânte –, si attachante que c'eût été blasphème – je reprends ses dires texto – que d'en déplacer la moindre petite cuillère, qu'elle fût ou non d'argent. Bon, chacun voit midi à sa porte, ce qui ne m'empêchait pas de penser et de lui dire, parce que je ne suis pas du genre à me taire, que si j'étais à sa place, moi, madame Solange, je vous aurais refait tout ça à neuf, un bon coup de peinture pour commencer, ces cloisons, là, à abattre sans hésiter, la cuisinière à bois, du balai, et pour ce qui est des meubles, j'étais toute disposée à lui prêter mon catalogue Ikea, elle n'aurait qu'à commander par Internet, rien de plus simple, le bateau lui livrerait le tout en moins d'une semaine et je connais des honnêtes gars sur l'île assez débrouillards pour monter une armoire en kit en échange d'un petit billet en liquide, ni vu ni connu, seulement elle ne voulait rien entendre, la marquise, c'était parfait, prétendait-elle, tout ce dont elle avait rêvé.

N'insistez pas, Scarlette, je suis la plus heureuse des propriétaires, je suis une princesse en son royaume. Après tout, si elle s'en contentait, ce n'était pas mes oignons. Là-dessus, elle a ouvert ce frigo antédiluvien qui faisait un raffut d'avion de chasse dès qu'il se mettait en branle et en a sorti une bouteille de champagne pour fêter ça. Pour pendre la crémaillère, a-t-elle ajouté, étant donné que j'étais la première personne à lui faire l'honneur d'une visite. Alors, j'ai ôté mon ciré et, à sa demande, je me suis assise à la table de la cuisine sur une chaise plus ou moins bancale. Elle a posé sur la toile cirée deux verres en cristal, de jolis verres à pied rescapés d'un cadeau de mariage du temps où la veuve Pochard n'était pas encore veuve, du temps où elle paradait dans le bourg au bras de Gaston Pochard, lieutenant de vaisseau de la Marine nationale française, qui lui non plus n'allait pas tarder à disparaître comme tant d'autres à Mers el-Kébir, sous les bombardements de l'aviation anglaise. Les touristes venus d'outre-Manche, le moins qu'on puisse dire, c'est qu'elle ne les portait pas dans son cœur. Elle n'avait jamais refait sa vie, la pauvre Louise, elle avait passé tout le reste de ses jours dans cette jolie maison de la route du phare, sous le regard bienveillant de son bel officier à moustache encadré au-dessus de la cheminée, tout le reste de sa vie à attendre va savoir quoi sinon le moment où le bon Dieu l'autoriserait à rejoindre enfin son mari, qui ne lui avait même pas laissé le temps de lui faire un enfant. Ce n'était pourtant pas les prétendants qui lui avaient manqué, il y avait du bien chez les Pochard, mais la Louise ne voulait même pas en entendre parler, elle n'en avait que pour son défunt mari, dont le corps n'avait jamais été retrouvé. Pourtant, elle avait toujours plus ou moins espéré son retour, jusqu'à en perdre à moitié la raison. Louise passait ainsi des journées entières le nez collé à sa fenêtre, et le pire, tenez-vous bien, c'est qu'elle a vécu centenaire. Faites le compte ! Quatre-vingts ans à attendre le retour de son jules, et si ce n'est pas de l'amour, ça, je vous demande bien, sauf votre respect, madame Solange, je vous demande bien ce que c'est.

— À l'amour, alors ! a-t-elle dit en levant son verre.

— Oui, c'est ça : à l'amour ! Ou ce qu'il en reste. À notre âge...

— Il n'y a pas d'âge, a-t-elle souri.

On a trinqué. Entre femmes. Champagne encore une fois, je commençais à y prendre un peu trop goût. C'est ce jour-là que Solange m'a parlé de son mari, un neuropsychiatre de renom, paraît-il, et de son stupide accident de montagne et des gosses qu'ils n'avaient pas pu avoir, sa faute à lui, enfin, sa faute, on se comprend, c'était bien sûr pas sa faute, c'était la faute à pas de chance, raison pour laquelle lui comme elle s'étaient mis à fond dans le travail, lui à la Pitié-Salpêtrière, elle à la Sorbonne, le nez dans le guidon pendant des années, à ne pas profiter de la vie, pas assez. Des regrets ? ai-je demandé. Oui, des regrets, et même des remords pour être franche, mais on ne refait pas le match, c'est ainsi. Et vous, ma chère Solange ?

— Comment ça, moi ?

— L'amour, les hommes ?

— Grands dieux, pas grand-chose à dire, rien de très intéressant. Calme plat. Mer étale. Le géniteur de Morgane n'a fait que passer, trois petits coups et puis s'en vont, comme dit la chanson. Un bon à rien. Et puis il y a eu le Malouin.

— Le Malouin ?

— Parce qu'il venait de Saint-Malo, comme Surcouf, c'est du moins ce qu'il prétendait, ce vieux pirate, parce qu'avec lui, on ne savait jamais vraiment si ce qu'il racontait était du lard ou du cochon. Il est en taule à l'heure qu'il est. Et pour un bon bout de temps, en tout cas c'est à espérer.

— En prison ?

— Trafics en tout genre.

— Je vois. Et vous l'aimiez ?

— Vous auriez de quoi fumer, s'il vous plaît ? J'ai oublié mes cigarettes au bar.

— Essayez. Ils ne sont pas si forts qu'ils en ont l'air.

Elle m'a tendu son paquet et la flamme de son briquet en or. Je me suis servie en la remerciant. Puis elle a croisé ses genoux. Solange avait de superbes jambes, longues, fines, je les avais remarquées dès que je l'ai vue la première fois, à la descente du bateau, pas une varice, rien, des jambes de jeune fille, alors oui, elle pouvait se permettre de porter des robes et des jupes tant que tant, des bas ou des collants, le plus souvent noirs, parfois fantaisie, le genre résille, jamais un accroc, toujours impeccable. Et même quand elle portait des robes longues, on devinait qu'elle avait de belles gambettes. Question de classe. Qu'importe son âge, elle était toujours d'une élégance troublante. Moi et mes blue-jeans et mes vieux pulls, toute patronne de bar-tabac que je sois, j'avais l'air de quoi à côté d'elle ? Je ne ressemblais à rien. Quand Solange me regardait fixement dans les yeux, je baissais la tête, bien obligée. On n'était pas du même monde. Sans compter que son cigarillo me faisait tousser, ce qui visiblement la faisait bien rire. Non, on n'était pas du même monde.

Elle a remis les verres à niveau, je ne pouvais décemment pas refuser. On a de nouveau trinqué, entre femmes, se lançant réciproquement un sourire qui en disait bien plus long.

— Vous étiez follement amoureuse, Scarlette ? C'est bien ça.

— On en reparlera un autre jour si vous voulez bien. Excusez-moi, Solange, mais faut que j'y aille. Je dois rouvrir à dix-sept heures, et si mes joueurs de dominos se cassent le nez contre la vitre, je vous prie de me croire que ça va être ma fête.

— Je comprends.

— En tout cas, merci pour le champ' ! Un délice.

— Tout le plaisir était pour moi.

Je me suis levée pour remettre mon ciré. J'ai lancé mon mégot dans le cendrier où le mari de Louise Pochard écrasait ses cigares et j'ai jeté un dernier coup d'œil sur la cuisine. Rien ou presque n'avait changé depuis le bombardement de Mers el-Kébir. Sinon la télé et le frigo.

— La prochaine fois, je vous apporterai le catalogue Ikea. Je vous jure, il y a des promotions qui valent parfois vraiment le coup.

— Vous êtes impayable, Scarlette.

Elle s'est levée à son tour pour me raccompagner jusqu'à la porte. Je lui ai tendu la main, mais Solange s'est approchée de moi pour poser ses deux mains sur mes épaules et me faire la bise.

Morgane

Elle avait punaisé la carte de l'île des Maures sur le mur de son studio, au-dessus de la minuscule table qui lui servait à la fois pour manger et pour travailler. Il y avait à peine assez de place pour y poser une assiette et une baguette de pain. Le soir tombait sur la ville, les réverbères s'allumaient un par un et une pluie grasse dégoulinait comme des traînées de miel sur l'unique fenêtre. Elle ouvrit une boîte de sardines à l'huile, découpa une tomate en tranches et se beurra une tartine de pain de mie, ce qui constitua son repas. Elle prendrait une banane plus tard dans la soirée si elle avait encore faim, quoiqu'elle n'eût guère d'appétit, ces temps-ci, ni même de courage. Il était pourtant hors de question de se laisser aller, du travail à rendre d'urgence l'attendait. Et puis il y avait cet exposé sur l'œuvre de Chateaubriand qu'elle devait présenter dans quelques jours devant toute la classe, ce qui l'angoissait au plus haut point. Rien que d'y penser lui donnait envie de vomir. Elle savait qu'on l'attendait au tournant et en crevait de trouille.

Morgane soupira devant la carte qu'elle connaissait par cœur mais dont elle ne se lassait jamais. C'était chez elle, tout simplement. Elle y était née, elle y avait grandi vaille que vaille, avait appris à faire du vélo à travers les petites ruelles du bourg et le long des quais, à nager dans l'anse de la Grève Rouge et à godiller sur le canot de Pierrot la Lanterne, le gardien de phare ami de sa mère qui lui avait enseigné l'art de pêcher le bar à la ligne et de dénicher des ormeaux sous les rochers en lui donnant au passage quelques notions de dessin et d'aquarelle. Un père de substitution, en quelque sorte, selon ses humeurs et par intermittence, puisque le vrai, le géniteur, était pour elle inconnu au bataillon, ce qui, à vrai dire, ne l'avait pas vraiment traumatisée. Elle avait vécu son enfance au milieu d'une tribu plus qu'au sein d'une famille et, soyons francs, ne s'en était pas plus mal portée. Cette île, c'était toute sa vie, et le bar-tabac de sa mère était pour elle le centre du monde habité vers où tout convergeait, les nouvelles et les colis, les joies comme les drames, mais sa vie était maintenant ailleurs. Comme la plupart des jeunes de l'île des Maures, elle s'était résolue à l'exil pour pouvoir étudier. Simple question d'habitude puisque de la sixième à la terminale, elle avait dû se résoudre, contente ou non, à prendre chaque dimanche soir le bateau pour rejoindre avec ses camarades l'internat sur le continent. Ils étaient de retour dès le samedi matin, sauf quand les liaisons maritimes étaient interrompues en cas de tempête, ce qui était récurrent l'hiver. Les week-ends étaient alors très longs et le cœur chaque fois un peu plus lourd. Après ses études dans un lycée privé de Brest et l'obtention de son bac, Morgane avait été admise en classe préparatoire de lettres. Elle aurait pu tout aussi bien choisir les Beaux-Arts à Rennes ou à Quimper, ou tout simplement la fac d'histoire, pourquoi pas la philo, ou encore tenter Sciences Po, mais madame Solange lui avait d'abord conseillé hypokhâgne à Nantes. D'une, c'était une grande ville qui offrait un large choix sur le plan culturel, de deux, les prépas lettres avaient une excellente réputation. Et puis, toujours selon Solange, qui avait parfois des formules un rien redondantes, l'éloignement était en soi une étape obligée dans son parcours initiatique et la ville ouvrait le champ de tous les possibles. Il faut bouger, ma petite, disait-elle, le monde est grand et il t'attend à bras ouverts. Ne laisse pas passer ta chance.

Elle avait les reins assez solides, c'est ce que tout le monde lui disait, sa mère en premier, elle irait loin, cette petite, elle en avait dans la caboche. Depuis son primaire, Morgane n'entendait que ce genre de compliments. Prototype de la bonne élève, elle était obéissante, studieuse, déterminée. Tout le contraire de sa mère, s'amusait Scarlette, qui ne pouvait masquer sa fierté devant la clientèle de ses habitués. On se demande de qui elle tient, d'ailleurs, pas de son père en tout cas, ce vaurien qui a disparu du jour au lendemain dès qu'il a su que j'attendais un gosse et que j'étais bien décidée à le garder, les hommes je vous jure. Non, moi je vous dis qu'il faudrait plutôt regarder du côté de son grand-père, Jean-Marie Quillivéré, mon père à moi. Celui-là aussi en avait dans la caboche, il aurait pu finir commandant dans la Marchande. Et ma Momo, c'est pas pour me vanter, mais je la verrais bien institutrice ou même professeur, elle en a les moyens, ou alors journaliste, allez savoir.

S'il te plaît, maman, suppliait Morgane, s'il te plaît…

Plus elle observait la carte, plus le profil de son île lui faisait maintenant penser à la tête d'un rhinocéros. La pointe du Loup Pendu et celle de Castel-Coz auraient pu être ses cornes, la chapelle Sainte-Anastasie son œil, et les rudes falaises de la côte sauvage, à l'ouest, son museau. Le rhinocéros était une bestiole sympathique mais assez moche, songea-t-elle, un mastodonte trapu et paresseux qui pouvait peser jusqu'à trois tonnes, se livrait à des accouplements interminables et n'avait l'air de se complaire que dans la boue, un peu comme son île se complaisait au milieu du gros bouillon océanique, si hostile soit-il. Elle arrêta là les comparaisons fumeuses. Son esprit voguait d'une anse à l'autre, s'attardait à l'ouest, sur la pointe du Dragon, ce long promontoire où elle aimait tant se promener. Des hommes du début de notre ère, sans doute pourchassés par une tribu voisine, en avaient fait un oppidum, une sorte de site défensif constitué d'un fossé hérissé de pieux et d'un talus de trois mètres de haut dont il subsistait quelques vestiges. Lors d'un chantier archéologique auquel elle avait participé durant deux semaines pendant les vacances de Pâques alors qu'elle était en seconde, on avait découvert des tessons de poteries ainsi que des pièces de monnaie datant de l'occupation romaine, mais il semble que l'île avait été colonisée bien auparavant, sans doute depuis le néolithique, disons quatre mille ans avant Jésus-Christ, preuve en était ces pointes de silex qu'on avait retrouvées non loin de l'actuel cimetière. Morgane se demandait intérieurement ce qui avait bien pu pousser ses ancêtres à s'installer au beau milieu de la mer sur ce bout de terre ingrate battue par les mauvais vents et où ne semblaient pousser par la grâce du ciel que des landes rases et des chardons maigrichons. Quelques arbustes teigneux faisaient le dos rond face au vent, pareil pour la centaine de moutons qui peuplaient l'île. Entre les vieux murs de pierres sèches qui quadrillaient les parcelles, des lopins de terre autrefois cultivés de patates et de seigle étaient maintenant pour la plupart en jachère. Seuls une vingtaine de jardinets étaient soigneusement bêchés par quelques retraités de la marine qui voyaient là un moyen de passer le temps en attendant l'heure de la partie de dominos chez Scarlette.

Depuis la fin de l'été, Morgane Quillivéré vivait à Nantes dans ce studio de douze mètres carrés du quartier de Chantenay, sur les hauteurs de la ville. Pour quatre cent cinquante euros par mois, charges comprises, elle avait la jouissance d'une sorte de cuisine rachitique – une kitchenette, avait dit pompeusement l'agent immobilier –, d'une unique pièce meublée d'une commode et d'un lit à une place. Un coin toilettes et douche de la taille d'un placard à balais complétait le dispositif. Par endroits, l'humidité rongeait le papier peint, quant à la vue, n'en parlons pas, l'unique ouverture offrait une vue imprenable sur le pignon décrépi de l'ancien entrepôt d'une boucherie en gros. Morgane s'y sentait comme dans une cellule monacale, à ceci près qu'à la place du crucifix, elle avait affiché la tête du rhinocéros, et en guise d'images pieuses, quelques cartes postales de l'île ainsi qu'une photo où on la voyait auprès de sa mère debout derrière le comptoir du bar de la Falaise, toutes les deux bras dessus bras dessous et hilares. Elle vénérait cette photo. À présent, elle avait dix-neuf ans et habitait en France, ainsi disaient les îliens quand ils évoquaient le continent.

« Mais les gens vivent là toute l'année ? Même en hiver ? » s'étonnèrent ses condisciples d'un air ahuri quand elle avait osé leur parler de son île, ce qui eut pour effet de provoquer dans la classe un éclat de rire général. C'était de bonne guerre, pensa Morgane en ravalant sa rage. Certains garçons la trouvaient plutôt jolie et presque attirante avec ses taches de rousseur sur le visage, cependant un peu revêche, la plupart du temps solitaire, la tête enfouie dans les bouquins, limite sauvageonne, un peu zarbi, non ? N'osaient l'approcher de trop près. Et sa façon de s'habiller, toujours avec le même jean, le même pull trop large, la même parka kaki que plus personne ne portait depuis les années 1980, cette manière de se coiffer avec un pétard en se donnant des faux airs de Patti Smith à l'époque de son premier disque, autrement dit à l'ère paléolithique. En plus, on aurait dit qu'elle avait bronzé à travers une passoire. Devenue un peu la bête curieuse de sa promotion, elle leur répondait par un sourire figé qui avait tout l'aspect d'un doigt d'honneur.

— L'île des Maures.

— Des morts ?

— Non, des Maures.

Le problème, c'est que Morgane avait gardé l'accent de l'île qui ignorait le son du *o* fermé, tant et si bien qu'à chaque fois qu'elle prononçait *Maures*, on entendait *mort*, ce qui faisait beaucoup rire les autres étudiants ainsi que ses profs. On se moquait plus ou moins gentiment de sa façon un peu fruste de s'exprimer. Il est vrai aussi que l'origine même du nom de son île prêtait à confusion.

Des marins venus d'Afrique du Nord s'y seraient installés dès le VIIe siècle, lors des grandes conquêtes arabes, et y auraient fait souche auprès de la population indigène, ce qui pour certains ethnologues du dimanche expliquait le faciès presque méditerranéen des insulaires, hypothèse qui semblait malgré tout un peu tirée par les cheveux. Sur quelques antiques cartes de la fin du Moyen Âge, l'île était simplement orthographiée *île des Morts*. L'épidémie de la Grande Peste noire n'avait épargné personne, ce qui expliquait cette autre interprétation tout aussi hasardeuse. En breton, le mot *Morc'h* signifiait cochon, il était donc fort probable que le nom de l'île trouve ici sa réelle origine, mais, à vrai dire, on n'en savait rien. Le mystère demeurait intact, l'île gardait jalousement le secret de son nom de baptême. Toujours est-il que Morgane, cette fille secrète et solitaire, fut surnommée non sans une once de méchanceté « la Morte ». Elle avait fini par l'apprendre par hasard, en surprenant les ricanements de deux filles au détour d'un couloir à qui elle avait rétorqué sans se démonter et surtout en taisant sa colère que les habitants de son île étaient tout simplement appelés les Maures et les Mauresques lorsqu'il s'agissait des femmes, ce qui, elle le reconnaissait volontiers, avait une connotation assez exotique. Sur ce, elle leur demanda si elles avaient d'autres questions, puis, devant leur air pantois, leur tourna le dos.

Même si l'on ne pouvait pas à proprement parler la qualifier d'élève géniale, ses résultats plus qu'honorables lui apportaient toutefois une incontestable légitimité. Elle était travailleuse et attentive. Ses professeurs parlaient un langage qu'elle comprenait, bien évidemment, mais dont elle ne saisissait pas toutes les subtilités, tous les codes. Elle avait l'impression qu'ils ne parlaient que pour s'entendre parler. Idem en ce qui concernait les filles de sa classe qui l'invitaient parfois à prendre un verre à la sortie des cours dans un des bistrots branchés de la ville, car la ville était branchée, on ne le répétait jamais assez. Selon le baromètre Arthur Loyd, en termes d'attractivité, Nantes s'était hissée au second rang dans la catégorie grandes métropoles de France, juste derrière Rennes, sa grande rivale, et on lui fit comprendre à demi-mot la chance inouïe qu'elle avait d'étudier ici, dans une filière d'excellence, qui plus est. Morgane comprit assez vite qu'elle était devenue à son insu non un monstre de foire, n'exagérons rien, mais une sorte d'attraction, un phénomène de curiosité un rien exotique, raison sans doute pour laquelle on lui proposait de temps en temps de s'asseoir autour d'un verre. Elle n'était pas dupe. Elle ne s'attardait jamais, tenait à payer son demi panaché, déclinait poliment le restaurant, prétextait le travail plutôt que le manque d'argent, insistait sur cet exposé sur lequel elle avait pris du retard, et rejoignait ses deux fois six mètres carrés où elle se sentait incommensurablement seule. Elle croqua une tomate qui n'avait aucun goût et planta sa fourchette directement dans la boîte de sardines. Un filet d'huile d'olive lui dégoulina sur le menton, qu'elle essuya avec la manche de son vieux pull, de même que les larmes qui lui coulaient sur les joues.

Scarlette

La première chose que je fais en descendant dans le bar après ma toilette, c'est d'ouvrir portes et fenêtres en grand. J'aime que tout soit propre à l'ouverture, que ça sente bon, que ça respire le frais, j'ai le respect de ma clientèle, même si ce n'est que rarement réciproque. J'astique les tables et mon comptoir en zinc. Je branche le lave-vaisselle et j'allume le juke-box, un vieux Wurlitzer Jupiter Majesty dont ma mère avait fait l'acquisition en 1964, et qui fonctionne toujours à merveille. J'ai gardé les 45 tours originaux, des collectors, des vrais trésors. Je passe un dernier coup de torchon en écoutant Laurent Voulzy chanter *Belle-Île-en-Mer*. Tout est dit dans la chanson, c'est clair, c'est net.

Faut être vigilante, pointilleuse, il y a toujours un mégot oublié qui traîne, collé sous le pied d'une chaise, un de leurs vieux mégots de tabac gris si peu ragoûtant. Ça n'a pas l'air de les émouvoir. La loi sur l'interdiction de fumer dans les lieux publics, ils connaissent pas, à peine s'ils en ont vaguement entendu parler, alors pourquoi se gêner, c'est la bonne Scarlette qui passe après. Scarlette Quillivéré, votre serviteur à la Falaise, bar-tabac-journaux-articles de plage, maison fondée en 1919 par Marie-Jeanne Troadec, ma grand-mère, reprise par moi-même à la suite de madame ma mère, Suzanne Troadec, épouse Quillivéré, décédée en 2008 après avoir lutté courageusement contre une longue maladie, ainsi qu'il était écrit dans l'avis d'obsèques du journal. Pas difficile à trouver, vous descendez du bateau au quai du Général-de-Gaulle, vous traversez la place de la Libération, vous suivez la rue du 18-Juin-1940 qui longe la falaise et vous arrivez chez moi, juste en face de la plage, si on peut encore appeler ça une plage, vu le nombre de saloperies qui s'y échouent. Chaque marée apporte son lot d'échantillons gratuits. Du plastique en priorité, des bidons, des canettes d'aluminium, des flacons de shampooing, des capotes et même une seringue de temps en temps. Des bouteilles vides en pagaille. Litrons de whisky ou de vodka, flacons louches, fioles en tout genre. Une vraie déchetterie, ma plage, le terminus des courants marins, le dépotoir de l'Atlantique, la grande bimbeloterie océanique.

L'avantage quand on marche sur la plage, c'est qu'on voit du pays. Les épaves en verre ou en plastique viennent d'Irlande, du Portugal, parfois même d'Amérique. Ça me fait voyager. De temps en temps, on découvre un dauphin ou un marsouin échoué, la queue prise dans les mailles d'un filet, mort et déjà à moitié bouffé par les goélands quand il est à l'air libre et par les crabes quand la marée l'a recouvert. Pas beau à voir. Ces sales bêtes commencent toujours par les yeux, puis elles se chamaillent pour s'attaquer au reste. Sacré gueuleton. Ça dure des jours, des semaines et je vous fais grâce de l'odeur qui empire chaque jour quand les vents nous viennent du sud. Mais on a connu pire, oh que oui, bien pire. Un vrai malheur, une pitié. Figurez-vous que pas plus tard qu'au printemps dernier, mon Dieu que le temps passe vite, on a découvert un cadavre humain de l'autre côté de l'île, sur la grève de Porstrein. Une femme, la trentaine à ce qu'on disait, Africaine vu la couleur de sa peau. La police criminelle a été dépêchée d'urgence en hélico. Ils ont passé la matinée à prendre des photos et des relevés dans tous les sens avant de glisser la dépouille dans un linceul en plastique et de remonter la fermeture Eclair, ni vu ni connu. Le corps était dans un état épouvantable, paraît-il, mutilé, tailladé comme une pièce de viande, je ne sais pas, je n'ai pas vu. J'ai juste vu la tête de la policière chargée de l'enquête venue prendre son café à mon comptoir en attendant l'hélicoptère. Une jeune, la trentaine également, pas bien grande. Jolie femme en temps normal, sans doute, mais fallait voir, blanche comme le torchon que je tiens. Sa main qui tremblait pendant qu'elle essayait d'avaler son café. La moitié s'est déversée dans la soucoupe. C'est rien, j'ai dit, c'est la maison qui offre. Finalement, elle a renoncé, m'a demandé aussitôt la direction des toilettes, est revenue au bout d'un quart d'heure en titubant pour me demander un verre d'eau, un grand verre d'eau. Un comme celui-ci ? j'ai demandé en tendant une chope à bière. Oui, comme ça, c'est parfait, merci. A sorti de son sac une boîte de comprimés, a vidé son verre cul sec, puis est repartie aux toilettes en courant. Quand elle est enfin ressortie, elle avait repris un semblant de couleurs, un coup de maquillage était passé par là. Oui, une jolie femme. Brune aux cheveux très courts avec des lunettes rondes et rouges qui lui donnaient un petit côté fantaisiste, en tout cas pas l'air d'une flic pour un sou, comme quoi faut jamais se fier aux apparences. Elle s'est excusée, s'est fendue d'un sourire un peu convenu.

Pas de souci, j'ai dit, vous ne devez pas avoir un métier facile, ça doit pas être la fête tous les jours, surtout un jour comme aujourd'hui, si c'est pas malheureux, la pauvre mignonne.

Elle a oscillé de la tête sans rien dire, les yeux vides, ne m'a pas posé une seule question, si j'avais vu ou entendu quelque chose, quoi que ce soit, ça tombait bien, je n'avais pas de réponse non plus. C'est Marie-Claude Fourn, l'ostréicultrice, qui avait découvert le corps au petit matin au beau milieu de ses parcs. Vu l'heure, j'étais encore au lit. Au plumard avec le Malouin, mais ça n'a rien à voir.

Un policier de son âge a ouvert la porte du bar sans y entrer, sans même lâcher la poignée. L'hélico est prêt, Phanie, faut y aller ! Elle a bruyamment reposé sa tasse, j'ai cru qu'elle allait la briser. Ses mains tremblaient toujours. C'est comme ça que j'ai su qu'elle s'appelait Phanie. Elle m'a à nouveau remerciée en ajoutant que c'était joli ici, chez moi, tout autour, l'île, tout ça, que ça donnait envie d'y revenir. En d'autres circonstances, elle voulait dire, bien sûr.

— Oui, bien sûr, j'ai dit, en d'autres circonstances.

Comme de bien entendu, l'enquête n'a débouché sur rien de concret, ni sur l'identité du cadavre, ni sur un quelconque mobile du crime car tout portait à croire que la malheureuse avait été salement amochée avant d'être assassinée, c'est du moins ce que les journaux avaient écrit dans leurs colonnes et comme ils ne pouvaient pas mettre la photo du cadavre pour illustrer l'article, ils se sont contentés de photographier trois gendarmes de dos en train d'installer les rubans de sécurité autour des parcs à huîtres. Trente ans, la pauvre fille. Peut-être moins. Victime d'un réseau mafieux de passeurs, c'était du moins l'avis de Solange : ces monstres ne reculent devant rien. Elle a commencé à me raconter des choses sordides qu'elle avait lues ou entendues, alors je l'ai suppliée, taisez-vous, Solange, pour l'amour du ciel, taisez-vous, pas besoin de me faire un dessin, la tête de l'inspectrice m'a amplement suffi, vous auriez vu comme elle était pâle, la couleur de mon torchon.

Toujours est-il que cette sale histoire n'a pas arrangé l'image de l'île et encore moins nos affaires. Personne n'a envie de bronzer à côté d'un dauphin ou d'un marsouin en état de putréfaction avancée et personne n'a envie de se retrouver nez à nez avec le cadavre déchiqueté d'une pauvresse venue de l'autre bout du monde. Naturellement, la presse en a fait ses choux gras. Résultat, les touristes se sont mis à réfléchir à deux fois avant de réserver un gîte pour la semaine ou même une chambre pour le week-end et inutile de se voiler la face, la baisse de la fréquentation estivale n'a fait que s'accentuer. Moins 28 % selon les chiffres officiels communiqués par l'office du tourisme. Beaucoup plus que ça en réalité, d'après la petite Solenn Kerfourn qui justement y travaille, à l'office, en tant qu'hôtesse d'accueil, pistonnée entre nous soit dit par feu l'ancien maire, toujours à l'affût dès qu'il y avait une jolie paire de fesses à rôder dans le secteur. Là-dessus, si vous ajoutez une météo calamiteuse, une bonne couche d'algues vertes et quelques galettes de pétrole qui se cachent encore sous le sable comme du Nutella entre deux tranches de pain de mie, inutile de se demander pourquoi le chiffre d'affaires est en berne. Même punition pour l'hôtel-restaurant du Grand Monarque, quoi qu'en dise cette chère Armande, la patronne, une cousine éloignée du côté paternel, ce qui ne l'empêche pas de me rappeler d'un seul regard à chaque fois qu'elle me croise qu'on n'a jamais ramassé les bigorneaux ensemble. Une peste de première, cette Armande, sous ses airs de ne pas y toucher. Une langue de vipère. Notez que je n'ai pas dit une langue de pute, j'ai trop de respect pour les prostituées et entre nous soit dit, avec sa tronche de calamar, je la vois mal faire le trottoir, la belle Armande.

Franchement, Solange, encore une saison comme celle-là, deux au maximum, et je mets la clef sous la porte. On ferme et cette fois-ci, ça sera définitif. Terminé. Je jette l'éponge, je rends mon tablier et je fais ma valise, direction quelque part où il y a du soleil à se mettre sous la dent. Vous qui avez vu du pays, je dois vous avouer que je ne me suis jamais vraiment éloignée de mon rocher. Quelques virées sur le continent, bien sûr, pour aller chez le dentiste ou le gynéco, ou encore au centre des impôts pour dire mes quatre vérités à ces fonctionnaires, mais des échappées pas si belles que ça en fin de compte. On en fait toute une montagne, mais la France, je veux dire le continent, c'est pareil que chez nous, en plus grand peut-être. Les mêmes joies, les mêmes peines. Les mêmes emmerdements. Le Malouin me promettait les tropiques, les Antilles, une croisière forcément inoubliable dans les mers chaudes, Bahamas et trois-étoiles, mojito sur la terrasse à l'apéro, palmiers, piscine, hammam et tutti quanti. Me prenait pour une oie blanche. Maintenant qu'il est à l'ombre pour une bonne demi-douzaine d'années, il doit bien s'en mordre les doigts, le sagouin. Plus besoin de lui, de toute façon, et encore moins de son argent maintenant qu'on sait d'où il venait, son foutu pognon. La cocaïne, ça rapporte, tout le monde sait ça. Et dans les parages, avec toute cette flopée de marins pêcheurs, c'est pas la clientèle qui manque. La demande dépasserait presque l'offre. Hardi les gars ! Une petite sniffette pour tenir le coup, n'est-ce pas, en pleine mer et par tous les temps, au taquet pendant des heures et des heures, de nuit comme de jour, parfois quatorze heures de suite dans la baston, alors un petit rail pour ne pas flancher devant les collègues, hein ? un petit rail pour la route, les gars, mais motus et bouche cousue, sujet tabou, comme ils disent dans le journal. Toujours est-il que le Malouin s'est bien rempli les fouilles avec son petit trafic. Jusqu'au jour où. Forcément.

À moi, il me racontait qu'il faisait des affaires dans l'immobilier sur le continent, qu'il avait reçu un héritage, qu'il prévoyait de développer son business dans l'import-export, carrément, du pipeau, des mots, du flan, et moi, pauvre cruche, je le croyais dur comme fer, je l'écoutais la bouche grande ouverte, je lui tenais le crachoir à ce beau parleur alors que j'aurais dû me méfier dès la première torgnole que j'ai reçue de sa part. Pas grand-chose, peut-être, on ne va pas en faire toute une histoire, d'autant plus que je ne suis pas une tendre non plus, le coup était parti tout seul, comme il a dit, une pulsion, oui, une sorte de pulsion, incontrôlable puisque c'était une pulsion, ben voyons, alors j'ai passé l'éponge une fois de plus, une fois de trop, ça lui remontait à l'enfance, paraît-il, des sales histoires avec son père, ou son beau-père, sais plus trop ce qu'il m'a raconté, il m'a tant baratinée, pour ça il ne manquait pas de bagou, et jamais à court d'arguments, le Malouin.

Qu'il reste à l'ombre, à perpétuité s'il le faut, je m'en balance. Me débrouillerai toute seule. Besoin de personne. Et encore moins d'un homme. Et surtout pas d'un comme celui-là.

Phanie

Elle avait rédigé son rapport en fin d'après-midi, dès sa descente de l'hélicoptère, envoyé les relevés au laboratoire et était descendue dans le bureau de son supérieur pour lui donner de vive voix ses premières analyses d'après les rares témoignages qu'elle avait pu enregistrer. Ces gens de l'île des Maures n'étaient pas très bavards. Il ne s'agissait nullement de s'apitoyer sur le sort de cette malheureuse et encore moins d'étaler ses sentiments personnels. Surtout ne pas lui parler de cette crampe qui lui tordait les boyaux depuis la matinée, depuis la découverte du corps, en fait. S'en tenir aux détails techniques suffisait, lancer une ou deux hypothèses était déjà un risque à prendre. Le commissaire Cabioch l'invita à s'asseoir en même temps qu'il se leva pour se tourner vers la fenêtre. Il n'y avait pas grand-chose à admirer, sinon un parking où étaient stationnées deux ou trois voitures de fonction et un policier en pause qui fumait un cigare en essayant de faire des ronds de fumée vers le ciel. Il ne s'en sortait pas trop mal, jugea Cabioch en regrettant le bon temps où il fumait ses Gitanes maïs au bureau sans que personne lui fasse la leçon, mais voilà, il avait dû céder aux injonctions de sa femme, la seconde.

— C'est notre quatrième cadavre en six mois, dit-il dans un souffle rauque. Pour ainsi dire dans le même état.

— Le quatrième, en effet.

— D'abord la côte de Vendée, puis Noirmoutier, le troisième du côté de la pointe du Raz et maintenant sur cette île. Ça remonte vers le nord, on dirait. D'après vous ? Une histoire de traite de femmes ?

— J'y ai pensé aussi.

— Règlement de comptes entre trafiquants ?

— Ce n'est pas à écarter.

— Un réseau de passeurs contrôlé par les mafias ?

— Pourquoi pas ? Ce ne serait pas la première fois.

— Ou tout simplement l'œuvre d'un sadique, d'un pervers psychopathe, option serial killer ?

— On peut également l'envisager.

— Vous, au moins, on ne peut pas dire que vous êtes contrariante.

— Commissaire, les éléments dont nous disposons à cette heure sont encore trop faibles pour étayer autre chose que des hypothèses.

Cabioch se tourna vers elle en évitant de la regarder droit dans les yeux, préférant s'en tenir à la tablette numérique qu'elle tenait entre les mains, l'écran ouvert sur les photos qu'elle avait prises dans la matinée. Il soupira. Les éléments dont nous disposons ! Quel foutu langage ! On aurait cru entendre une stagiaire au grand oral du concours d'entrée dans la police. Le lieutenant Épiphanie Lhermitte était une jeune femme plutôt menue qui avait une petite tête, une petite tête de bonne élève à lunettes, discrète et appliquée, qui faisait ce qu'on lui demandait sans trop poser de questions. Scolaire et assidue à défaut d'être brillante. Elle n'avait pas le profil de première de la classe, encore heureux, pensa-t-il, car les mademoiselle Je-sais-tout, à commencer par sa propre fille qui végétait en quatrième année de droit et s'imaginait déjà en ténor du barreau, il en avait par-dessus la tête. Au contraire, Lhermitte était sage sans être nunuche et obéissante sans être soumise. Ce cas lui posait un problème. Il n'osa même pas lui proposer un café, qu'elle aurait par ailleurs décliné. C'était le genre de personne à ne boire que du thé bio issu du commerce équitable. Ou du rooibos, comme sa seconde femme, le dernier truc à la mode, insipide au possible. Cabioch ne savait plus y faire avec les jeunes recrues. En règle générale, Cabioch ne comprenait plus rien aux bonnes femmes et n'avait nulle intention d'en apprendre davantage. Il avait renoncé. Il se contentait maintenant d'attendre la retraite. Son canot, ses lignes, la rade, ses potes, une bonne bouteille de blanc dans la glacière et terminé. Debout derrière son bureau, les mains dans les poches et la cravate dénouée, il ressemblait à une masse granitique inébranlable qui ne faisait qu'accroître l'apparente fragilité de sa subordonnée recroquevillée sur sa chaise.

— Tout va bien ? lui demanda-t-il enfin, le regard cette fois-ci planté entre les sourcils de la lieutenante.

Quand il voulait être bienveillant, il y arrivait sans trop de mal.

Phanie avala sa salive et contracta sa gorge pour réprimer une nouvelle envie de vomir, puis elle sortit un mouchoir pour se moucher et en profiter pour essuyer discrètement une larme qui perlait à sa paupière gauche.

— Tout va bien, commissaire. Je vous remercie. Un peu fatiguée, c'est tout.

— C'était la première fois ?

— Pardon ?

— Je veux dire… la première fois que vous tombiez sur…

Il ne termina pas sa phrase, se contenta de lancer un geste du menton vers la tablette. Elle hocha la tête pour dire que oui, en effet, c'était la première fois, puis elle baissa le rabat de la tablette comme si c'eût été suffisant pour effacer d'une pichenette toutes les saloperies dont les hommes étaient parfois capables.

Quittant le commissariat, elle rejoignit la rue de Siam située à deux pas, ne sachant trop dans quel sens aller, si elle devait la monter ou la descendre, cette fameuse rue, acheter des épices chez Kerjean pour varier le menu ou fureter à la librairie Dialogues pour s'acheter un bouquin, en offrir un à Vanessa, de quoi lui changer les idées et l'écarter quelques instants de son écran. Malgré le soleil qui frappait obliquement l'artère, elle frissonnait. Le vent sans doute, avant de se rendre compte qu'il ne s'agissait que d'une brise plutôt douce, un de ces souffles d'avril, qui montait de la rade et caressait la ville dans le bon sens du poil. Elle entra dans la librairie, se dirigea immédiatement vers le rayon voyages. Vanessa et elle avaient toutes deux vraiment besoin de s'offrir une pause, de prendre le temps de réfléchir à leur couple, de se donner une chance, si infime soit-elle, du moins l'espérait-elle. Vanessa détestait vivre à Brest, détestait Brest tout court et ne manquait jamais une occasion de demander à qui voulait l'entendre – et par la force des choses principalement à Phanie – ce qu'elle avait fait au bon Dieu pour échouer dans un trou pareil. Vanessa était amère et aigrie. Elle restait cloîtrée des heures devant des jeux vidéo stupides et ne sortait de leur appartement de la cité des Bahamas – « Bahamas, rien que le nom… ! » pestait-elle – que pour aller s'acheter des cigarettes et gratter des tickets du Loto au tabac du bas de l'immeuble. Le reste, c'est Phanie qui s'en chargeait. C'est-à-dire les courses, la bouffe, la lessive, tout le reste, ce putain de ménage. Elles ne s'étaient pas touchées depuis des semaines et leur amour si ardent au début de leur liaison, du moins l'avait-elle cru, n'était plus qu'un tas de mauvaises braises sur lesquelles seule Phanie semblait souffler avec les dernières forces qui lui restaient dans ses maigres poumons.

Après l'avoir vaguement feuilleté, elle acheta un bouquin sur les îles du Ponant illustré de photos qui ressemblaient à s'y méprendre à celles qu'on voyait sur les murs de toutes les crêperies de la région. Rien d'original, le phare dans la tempête, les moutons perdus dans la brume, un calvaire au bout du chemin, une Bretonne typique avec sa coiffe sur son vélo, mais c'était joli quand même, ça donnait presque envie, peut-être même que ça donnerait des idées à Vanessa, qu'elle bougerait enfin son gros cul.

Aujourd'hui, elle n'avait fait qu'un aller-retour en hélico pour les besoins de l'enquête. Ce cadavre échoué l'avait sacrément secouée, c'est vrai, mais c'était son boulot, elle était flic, ma parole, pas animatrice de jardin d'enfants, et coûte que coûte, il faudrait bien qu'elle s'habitue au pire, et le pire, comme disait Cabioch, qui pour une fois ne racontait pas de conneries plus grosses que lui, était toujours pire que ce à quoi on s'attendait. Comme ce matin, au milieu des parcs à huîtres. Cette Africaine mutilée, traitée comme une bête d'abattoir, violée sans doute, avant ou après, difficile d'effacer cette image. Dans son cerveau, il n'y avait pas de touche « supprimer » sur laquelle appuyer. Alors, dans l'hélico qui la ramenait à Brest, elle avait eu recours à la méthode « pleine conscience », dénichée sur un site dont lui avait parlé un de ses collègues, le lieutenant Kerichen, qui avait l'air de s'y connaître en méditation, comme il s'y connaissait apparemment dans plein d'autres domaines. C'était un policier un peu atypique, pas très bien vu au sein du commissariat, d'ailleurs, et on comprend pourquoi, mais c'était un professionnel consciencieux qui savait mener des interrogatoires d'une manière particulièrement subtile, certains diraient même vicieuse. Il ne se rendait au boulot qu'à vélo, se nourrissait végan, pratiquait le tai-chi-chuan avec assiduité et ne se permettait comme seule entorse à sa déontologie qu'un peu d'herbe locale cultivée par un jeune paysan bio des environs, en échange, disons les choses comme elles sont, d'une certaine protection, mais que cela reste entre nous, Phanie, n'est-ce pas, motus et bouche cousue. Et en effet, cela resta entre eux, à la condition tacite qu'elle puisse elle aussi profiter de l'aubaine. Que Vanessa s'empressait d'ailleurs de fumer aussi sec le soir même.

La pleine conscience était basée sur une technique respiratoire somme toute assez simple appelée « cohérence cardiaque ». C'était sans doute une affaire de mode, mais si ça ne faisait pas de bien, pensa-t-elle, au point où elle en était, ça ne pouvait pas faire de mal. Il suffisait de procéder à d'amples inspirations et expirations de cinq secondes chacune et cela pendant cinq minutes et trois fois par jour. La concentration sur le souffle était essentielle pour superposer aux images toxiques enregistrées par le cerveau de nouvelles images, positives cette fois-ci, de manière à ce que ces dernières cachent les premières, à défaut de pouvoir les effacer. Un peu comme derrière une sorte de paravent mental. Grosso modo la méthode dite de l'autruche. Les yeux grand ouverts sur la magnificence des îles et des côtes déchiquetées que survolait l'hélicoptère, et malgré le bruit assourdissant des moteurs et des pales, Phanie, assise auprès du pilote, tenta de se concentrer. Suivant les consignes à la lettre, elle inspira, puis elle expira lentement et consciencieusement. Chaque respiration était censée dresser peu à peu le paravent jusqu'à ce qu'il cache comme derrière un voile de brume l'image toxique en question, en l'occurrence, appelons un chat un chat, quelques morceaux de viande humaine avariée. Elle n'avait aucune idée de l'efficacité de la méthode.

Et c'était sans aucun doute la première raison pour laquelle elle avait tenu à acheter ce beau livre sur les îles, pour que ces belles images soient gravées sur un livre, comme les mauvaises l'étaient enregistrées sur sa tablette numérique. Elle demanda à la caissière de lui faire un paquet cadeau si toutefois elle avait deux minutes.

Quand elle arriva à l'appartement, Vanessa était assise en tailleur sur le canapé, son ordinateur posé sur les genoux. L'appartement était saturé de fumée et le cendrier posé sur la table du salon débordait de mégots.

Sans prononcer un mot, Phanie ouvrit la baie en grand et s'avança sur le balcon. Du neuvième étage où elles habitaient, on devinait au-delà du centre commercial et de l'hôpital la campagne s'étirer jusqu'à des kilomètres. Des champs, des haies, quelques fermes, au loin un clocher et, sur la crête, huit éoliennes découpaient le vent en tranches. Elle regarda en bas, neuf étages plus bas, y pensa, se cabra. Il n'y avait qu'une rambarde à franchir. Des gosses jouaient au foot sur le parking. Neuf étages, c'est vite passé et ça pardonne rarement. Après tout, ce ne serait pas la première fois qu'on déplorerait un suicide dans les rangs de la Police nationale, ça devenait même épidémique ces derniers temps.

— Putain, ça caille ! Ferme-moi ça tout de suite, Phanie !

Elle ne répondit pas, se contenta de pousser légèrement la porte vitrée derrière elle et, toujours appuyée à la rambarde, respira profondément. Elle aurait sans doute eu envie de se confier à sa compagne, lui dire l'horreur qu'elle avait vue et le choc qu'elle avait subi, vider le trop-plein de ses angoisses, et pleurer, oui, pleurer à chaudes larmes dans ses bras, pleurer au creux de sa nuque, pleurer entre ses gros seins moelleux, pleurer une bonne fois pour toutes, oui mais voilà, les consignes qu'on lui avait inculquées à l'école de police étaient claires : pas d'apitoiement dans le cadre familial. Le boulot, c'est le boulot. La famille, c'est la famille. Entre les deux, une barrière, un mur, une frontière. Un point, c'est tout. On se défait de ses soucis professionnels en même temps qu'on ôte son uniforme et on s'essuie les pieds sur le paillasson avant de rentrer à la maison. Vanessa ronchonna :

— Ça a été, ta journée ?

— Oui, répondit Épiphanie, toujours accoudée à la rambarde, comme d'hab. Suis allée sur les îles, faire un peu de tourisme. En hélico, s'il vous plaît. On a retrouvé un cadavre en sale état. Une femme, une Black, trente ans à tout casser, notre âge.

— Jolie ?

— Après avoir passé plusieurs jours dans la flotte, difficile de se faire un jugement.

— Tu as une idée de ce qu'on va manger ce soir ?

— J'ai pris des sushis en rentrant.

Phanie poussa le cendrier et posa le livre empaqueté sur la table du salon en lui disant tiens, je t'ai ramené un truc, ça peut nous donner une idée de balade. Je vais avoir quelques jours de congé bientôt. S'il fait assez beau, on pourrait se baigner.

Vanessa leva un instant les yeux de son écran, regarda le paquet de loin sans chercher à le saisir, encore moins à l'ouvrir.

— T'en as pas marre, des sushis ? Moi, ça commence à me sortir par les trous de nez.

Phanie se posta debout face à Vanessa, habillée de son éternel jogging rose pâle, ou rose saumon, peu importe, rose moche en fin de compte. Elle était lucide, leur liaison virait au désastre. Une vision fugitive lui traversa l'esprit sans qu'elle fasse le moindre effort pour tenter de la chasser. Le cadavre de sa compagne échoué sur le sable, en état de décomposition avancé, au milieu des goémons pourris, son jogging rose lacéré de partout, une grosse tache de sang coagulé entre ses cuisses, deux trous noirs en lieu et place des orbites, un sein à l'air, tailladé au rasoir par une cicatrice immonde, des traces de brûlure sur les joues.

— Quoi ? Qu'est-ce que tu as à me regarder comme ça ? J'ai chopé la chtouille ou quoi ?

— Rien. Rien du tout. Je vais prendre une douche.

— Ouais, c'est ça. Va prendre une douche.

Scarlette

Je vais vous dire une chose : dans ce métier, il faut être intraitable, in-trai-table, et c'est moi, Scarlette Quillivéré, qui vous le dis en toute bonne foi parce que, excusez-moi, mais les sans-gêne, ça suffit. Je veux parler bien sûr des canettes de bière que j'ai encore trouvées ce matin sur la grève, juste devant chez moi, une bonne douzaine, tout un pack, et ça, croyez-moi, pas la peine d'aller chercher midi à quatorze heures, ça ne vient ni d'Irlande ni du Portugal ou même du Chili, faudrait plutôt chercher du côté des fils Le Boulc'h. Des vandales, des propres-à-rien qui passent leur temps sur leurs vélomoteurs trafiqués à sillonner l'île du nord au sud. Jamais un sou à dépenser au bistrot mais toujours prêts à s'arsouiller en douce sous les hangars ou sur les quais et qui c'est qui va ramasser leurs cochonneries, hein ? Qui ? Les services de la mairie, peut-être ? Laissez-moi rire. Le temps que ces messieurs constatent les faits, en avisent les autorités compétentes qui convoqueront une réunion qui désignera une commission chargée de préparer une autre réunion, les canettes aluminium auront largement le temps de se décomposer, soit dans le meilleur des cas entre deux cents et cinq cents ans. C'est pas que je sois écolo-intello-machin-bobo, mais je veux une plage propre, moi, j'exige un environnement décent, je refuse de travailler devant une décharge publique. Au nom du respect de la clientèle, bien sûr, mais aussi et d'abord pour ma pomme. Un peu de décence, tout de même ! Même si on n'a pas d'homme à la maison, on fait un effort pour se maquiller et s'épiler les poils des gambettes, la moindre des choses. C'est une question d'amour-propre. Là, c'est pareil, même si le client se fait rare, on balaie devant sa porte, sinon où va-t-on ? Je vous le demande : où va-t-on ? Les frères Le Boulc'h, ma parole qu'ils vont entendre parler du pays si jamais ils ont le malheur de me croiser. Depuis que leur pauvre mère que j'ai bien connue a rendu l'âme, ces salopiots passent le plus clair de leur temps à dilapider son héritage. Une pitié.

J'ai ramassé les canettes, les paquets de chips et les mégots. Parmi ces derniers, il y en avait de pas très catholiques, suis pas tombée de la dernière pluie, mais ce ne sont pas mes histoires, et puis je ne suis pas une balance. De toute façon, il n'y a pas de gendarmes sur l'île, sauf pendant la saison estivale, trois planqués plus un stagiaire payé à ne rien faire d'autre qu'enquiquiner le monde, vérifier si les ceintures de sécurité des trois voitures de l'île sont bouclées et si les gens ne conduisent pas bourrés, si ça ne fume pas dans les lieux publics, s'il n'y en a pas qui se baignent tout nus dans les criques alors que c'est interdit, des broutilles de cette trempe. Juste pour embêter les honnêtes gens et moi la première. Depuis que le Malouin s'est fait coffrer pour trafic, ils m'ont dans le collimateur, comme si j'étais capable de planquer des stocks de cocaïne sous mon matelas ou dans le frigo, font des rondes la nuit autour de mon établissement. Et bien sûr, quand les frères Le Boulc'h se roulent des pétards en toute impunité sur la plage, il n'y a plus personne. À la fin de la saison, ils regagnent tout bronzés leurs pénates sur le continent, alors la police, ici, chez moi, gendarmes ou pas, c'est moi qui la fais. Bon débarras. Suis le seul maître-timonier au bar-tabac de la Falaise. Bien sûr, quand un cadavre nous tombe sur le paletot comme cette pauvre malheureuse du printemps, ça fait tout un ramdam.

Cette jeune fliquette, à mon avis bien trop menue, bien trop fragile pour un tel boulot, je l'aimais bien. Elle avait quelque chose en plus, quelque chose d'humain qui pétillait dans ses yeux derrière ses lunettes rondes, mais justement, le monde avec son cortège d'horreurs et d'abominations était trop grand pour ces petits yeux. Elle avait dû se tromper de boulot. Je l'aurais bien vue infirmière ou aide-soignante, ou encore institutrice pour les petits de maternelle, mais flic, ça ne me serait même pas venu à l'idée. Non, même pas à l'idée que ça me serait venu.

Mais n'y pensons plus, c'est déjà de l'histoire ancienne, la journée promet d'être belle, toujours ça de gagné. Belle fin de mois que cette fin de mois d'octobre. Dans mon juke-box, *L'Été indien*, de Joe Dassin. Il reste encore quelques touristes profitant des vacances de la Toussaint, des visiteurs, des randonneurs avec leurs bâtons de marche qui peu à peu nous sapent les sentiers côtiers, des familles accompagnées de leurs foutus gosses venues fleurir la tombe de leurs ancêtres, et deux ou trois couples d'amoureux. On fait encore quelques affaires avec eux, ils consomment, s'attardent à l'apéro avant de rejoindre leur chambre d'hôtes. Oui, une magnifique fin de saison, mais je connais la chanson : un beau temps comme ça fin octobre, soyez certains qu'on va le payer sans tarder. Et cash.

Mon bistrot est orienté plein sud, il est encore temps d'installer les tables de la terrasse et de monter les parasols. Je change l'eau des fleurs, j'ouvre la porte et les fenêtres en grand, je lance un disque de Julio Iglesias. *Vous les femmes*. Je sais, c'est vieux, c'est dépassé et j'ignore s'il est encore vivant ou déjà mort, mais je fonds dès que j'entends sa voix. Julio. Ce type est capable de me donner des frissons jusqu'au creux des reins et impossible de ne pas penser au Malouin quand il m'entraînait dans la danse, susurrant les paroles de la chanson au creux de ma nuque, le bar était fermé, on n'était que tous les deux à danser sur le carrelage, seulement éclairés par le boîtier d'issue de secours, son haleine de cigare, ses mains sur mes hanches, de plus en plus bas, ses doigts fouineurs, Julio Iglesias, n'importe quoi, vraiment n'importe quoi, tu dérailles, ma fille, tu n'as plus l'âge de jouer les midinettes.

Le Malouin voulait toujours faire ça le matin, mais moi, je ne suis pas du matin. Le soir, il était trop bourré, ou trop fatigué, ou trop ceci, trop cela, ou le plus souvent il n'était pas là, tout simplement. Si je fais le compte, il n'a pas été si souvent présent, le Malouin. Si je fais vraiment le compte, entre ses micmacs de tous bords et ses échappées sur le continent, ça peut se résumer à quelques mois à tout casser. Mettons mille et une nuits pour arrondir. Il m'envoyait un sourire qui se voulait complice, un de ses sourires en biais qui me faisaient craquer, se chargeait de ranger les tasses dans le lave-vaisselle et de passer un coup d'éponge sur les tables, faisait son gentil. Alors les jours où j'étais d'humeur, je scotchais un papier sur la porte, *Réouverture à 17 h*, et je fermais le bistrot à clef.

Plus personne n'ose me demander de ses nouvelles et ça tombe bien, parce que je n'en ai quasiment aucune et en aurais-je que je les garderais pour moi. Il est au gnouf à Vezin-le-Coquet, et ce n'est pas pour dire, mais moins je le vois, cet abruti, mieux je me porte. Quand une femme a reçu des gnons de la part de son mec, ça met du temps à cicatriser. Je ne parle pas des bleus aux bras et aux poignets ni même des yeux au beurre noir qui vous obligent à travailler avec des lunettes noires en plein hiver et à se faire charrier par les clients, ça passe, tout passe, je ne parle même pas de mes robes déchirées au motif qu'elles étaient trop aguichantes, trop transparentes, en oubliant que c'était lui-même qui me les avait offertes, ça se rachète, une robe, je parle de ses mots à lui qui m'ont laissé là-dedans des hématomes qu'on ne voit pas à l'œil nu mais qui grossissent comme des tumeurs sans crier gare. Jaloux comme un pou, qu'il était, ou plutôt comme un tigre. Un simple regard de courtoisie échangé avec un client, un des gars des Phares et Balises par exemple, une bise à peine appuyée sur la joue d'un beau marin, et monsieur montait illico sur ses grands chevaux, mais jamais au galop, pardi, non, c'était bien plus subtil. Il avançait au petit trot, rigolait avec les gars des Phares et Balises, trinquait ami-ami avec le beau marin tout en faisant monter doucement la pression jusqu'au soir. Il attendait la fermeture. Il attendait son heure, en somme. Parfois même, il m'aidait à ranger la terrasse, à monter les chaises sur les tables avant que je passe la serpillière, on mettait de la musique en sourdine, des trucs légers, Julio Iglesias par exemple, ou alors Adamo, *Tombe la neige*, alors moi je me disais c'est tranquille, on va bien dormir, un câlin pourquoi pas, et au moment où je m'y attendais le moins, j'entendais une voix toute caverneuse me demander combien de fois je me l'étais tapé. De qui tu parles ? Fallait pas le prendre pour un cave, il avait les yeux en face des trous, même quand il n'était pas là, il n'était pas né de la dernière pluie. Je soupirais : Cesse de dire des bêtises, tu veux bien ! Arrête de mentir, aboyait-il, ne me prends pas pour un con, tu entends ! Et c'était parti. Le grand carnaval, le défilé des injures, toujours énoncées de cette voix rauque, caverneuse comme j'ai dit. Les traînée, les salope, les sale pute, les pouffiasse, les chaudasse, les chienne en chaleur et j'en passe tant il avait de l'imagination en la matière. Oui, ce sont ces bleus-là qui ne s'effacent pas.

Personne n'en a rien su, bien évidemment. Même pas Morgane, encore heureux qu'elle était en pension pendant ces moments-là. Personne n'aurait imaginé un seul instant, et moi la première, que la propre et unique fille de Jean-Marie Quillivéré se serait laissé maltraiter par un malotru qui n'était même pas de l'île, sinon je ne vous raconte pas le grabuge. Sûr qu'ils lui auraient fait sa fête au Malouin, avec pertes et fracas. Pour mon œil au beurre noir, classique, j'ai prétexté avoir bu un petit coup de trop et m'être payé le coin du juke-box en voulant l'éteindre. « Quand on ne sait pas boire, on boit pas ! » a dit Fabien, le menuisier, et tout le monde s'est esclaffé, moi la première. Qu'est-ce que j'aurais pu faire ?

Aller me plaindre chez les flics et passer pour une pauvre fille, une victime, oui, c'est ça, une victime ? De toute façon, je l'ai déjà dit, les flics, ils ne sont sur l'île que l'été, pendant la haute saison, comme ils disent, et ça s'est passé aux environs de Noël, peu de temps avant qu'il ne soit arrêté en gare de Brest, avec deux bons kilos de cocaïne dans son sac à dos. Doit faire moins le malin, maintenant, doit serrer les cuisses à chaque fois qu'il prend sa douche et ne comptez pas sur moi pour me mettre à pleurnicher sur son sort même s'il faisait profil bas dès que la crise était passée, une fois qu'il avait digéré sa cuite. S'excusait comme un petit garçon pris en flagrant délit de branlette, baissait la tête, demandait pardon en sanglotant, se cherchait des excuses, son enfance ceci, ses angoisses cela, son asthme, ses hémorroïdes, promettait croix de bois croix de fer que tout allait désormais changer, jurait sur la tête de sa mère et celle de la Sainte Vierge par la même occasion, ou alors, ce qui était plus courant et tellement plus facile, prétendait ne se souvenir de rien, faisait l'innocent, n'avait jamais dit ça, je délirais, j'affabulais, j'exagérais comme d'habitude, et rigolait avec les autres sur l'histoire du juke-box qui m'avait laissé un œil au beurre noir. Je remettais mes lunettes de soleil, pour qu'on ne voie pas mes larmes cette fois-ci.

Bientôt un an qu'il est à l'ombre, et entre-temps, bien des marées ont monté et bien d'autres ont descendu. S'il savait. S'il savait, ce malade, qu'aucun autre homme ne m'a touchée depuis son départ. Pas même un baiser, pas même une main aux fesses. Je n'irais pas jusqu'à dire que ça ne me titille pas de temps en temps, c'est normal, d'autant plus qu'avec cette maudite ménopause qui s'avance à grands pas, les hormones bouillonnent dans tous les sens en faisant un sacré tintamarre. On s'imagine qu'avec l'âge on sera débarrassée une fois pour toutes de ces histoires, qu'on retrouvera enfin la paix dans la culotte, mais que nenni ! Bien obligée de faire avec, ou plutôt sans, alors on se débrouille avec les moyens du bord, comme dans la marine au long cours, je ne vais pas faire un dessin. C'est la grande traversée en solitaire.

Je ne demande pas la lune, je veux juste de temps en temps les bras d'un homme. Ceux de ce beau marin, par exemple, avec ses yeux de velours, je dirais oui, il dirait pas non, même pour un petit coup vite fait derrière le phare, mais tout se sait sur l'île, un pet de travers et tout le monde en prend plein les narines. Ou alors ce musicien débarqué il y a quelques jours, venu d'on ne sait où, de nulle part à ce qu'il dit, qui passe de temps en temps sur les coups de dix-huit heures s'avaler deux, trois bières à la suite sans rien dire, avant d'aller à pied jusqu'à la pointe du Loup Pendu jouer de la trompette pour les lapins sauvages, qui d'autre, puisqu'il est toujours tout seul ? Un type bizarre. La soixantaine plus que bien tassée, gentil, affable, jamais un mot au-dessus de l'autre, mais bizarre, oui, c'est ça, pas dans son assiette en tout cas, pas franchement boute-en-train, presque ténébreux. Un charme subtil, prétend Solange, à votre place, j'en aurais fait mon quatre-heures ! m'avait-elle soufflé avec malice. Elle avait dû remarquer mon embarras quand je lui ai servi sa bière, à ce type, la mousse qui déborde, le rond de bière qui tombe par terre, la lose totale comme disent les jeunes. À peine s'il m'a regardée sinon pour commander. Le reste du temps, assis sur un tabouret du comptoir, il est resté figé en regardant la grève, les goélands, les nuages et les bateaux, un peu comme s'il voyait la mer pour la première fois de sa vie. C'était l'heure où j'avais du monde, les gars des Phares et Balises, mes joueurs de dominos, quelques touristes attardés, Brigitte, la factrice, en pleine discussion avec Marie-Claude, l'ostréicultrice, pas le temps de lui faire la conversation, jamais une seconde à moi, il a fini sa bière, sorti un billet de vingt euros de sa poche, j'ai rendu la monnaie, il m'a saluée d'un coup de tête et d'un semblant de sourire, et voilà, on n'allait pas en faire tout un film. Ce n'était pas Clark Gable et je ne suis pas Vivien Leigh, inutile de me le rappeler, le miroir de ma salle de bains s'en charge très bien, merci. C'est Solange qui m'a appris le lendemain qu'elle l'avait entendu jouer de la trompette au bout de la pointe de Castel-Coz alors que le soleil entamait sa descente. Paraît qu'il joue comme un dieu grec, je reprends les mots de Solange, que c'était beau et triste à pleurer, ma petite Scarlette, triste, vous ne pouvez pas vous imaginer. Les chants désespérés sont vraiment les plus beaux.

— Je ne savais pas que les dieux grecs jouaient de la trompette, ai-je innocemment lancé dans l'espoir de lui clouer le bec.

— Taisez-vous, Scarlette ! C'était une plainte, une mélopée, un cri qui déchirait l'océan en deux. À côté de cette magie, je vous prie de me croire que le chant des baleines ne vaut guère plus que de la roupie de sansonnet.

C'est toujours ainsi qu'elle s'exprime, la mère Solange. Ses bracelets font un bruit de machine à sous à chaque fois qu'elle secoue les poignets. Il est revenu le lendemain, à la même heure. Ses bières, son billet de vingt euros, ses yeux tournés vers le large, son sourire de teckel, voili-voilà, fin de l'histoire. Plus tard, on a appris que c'était un musicien de renom, disons qu'il avait eu à une certaine époque son heure de gloire dans les milieux autorisés. Célèbre je veux bien, mais bon, trompette ou pas, personne ne l'avait jamais vu à la télé.

Oublie-le, pauvre gourde, oublie-le. Regarde plutôt tes vitres, ma belle, elles méritent un sérieux coup de nettoyage avant qu'on y voie goutte. On a beau dire, on a beau faire, mais il y a toujours de vilaines traces partout, des traces de mains, des traces de doigts, et ce sel apporté par le vent et les embruns qui finit par faire une pellicule grasse sur les vitres, sans compter les dégoûtantes fientes de ces satanés goélands. La corvée. C'est un peu rustique chez moi, un peu *mod kozh* comme on dit chez nous, le formica des tables date du temps de ma mère Suzanne comme le juke-box, le carrelage de celui de ma grand-mère, mais c'est propre, vous pouvez me croire. Au moins une chose qu'on ne pourra pas me reprocher.

Mon Capitaine, il s'en fiche bien de la propreté, ça lui passe au-dessus, voyez-vous. Mon Capitaine est toujours mon premier client, d'ailleurs on le devine avec le nez bien avant de le voir apparaître dans l'embrasure de la porte parce que, dans ce domaine, Mon Capitaine se pose en spécialiste. Il a beau se pointer chaque jour tiré à quatre épingles dans son vieil uniforme d'officier de la marine marchande, c'est pire qu'un dauphin mort. N'a pas dû se laver depuis sa mise à pied pour cause de soudaine incapacité physique et aussi un peu mentale, faut bien le dire. Remarquez, on finit par s'y habituer. On s'habitue à tout. Neuf heures précises le matin et dix-sept heures pétantes l'après-midi. Et comme tous les jours, il fait sonner sa pièce de cinquante centimes contre le zinc, ce qui a le don de me taper sur les nerfs. Il tape sa pièce comme si ce satané verre de rouge était pour lui une question de vie ou de mort, ce qui n'est pas entièrement faux. Il a besoin de sa dose, et que ça saute. Voilà, voilà… j'arrive ! que je lui lance depuis la réserve. Je lui remplis son ballon de rouge, à ras bord, sans le moindre faux col, et le plus étonnant, c'est que toutes tremblotantes que sont ses mains et ses lèvres, il n'en verse jamais une goutte à côté. Pas un mot de sa part et pour cause, Mon Capitaine est muet comme une huître, et pas le moindre sourire non plus, à croire que ses lèvres, emprisonnées derrière sa grosse moustache jaune, sont restées elles aussi figées par la crasse. On a dit qu'il avait perdu la parole suite à un traumatisme qu'il aurait subi en pleine mer, une sorte de vision au milieu du Pacifique alors qu'il était en route pour Valparaiso à bord d'un cargo dont il était le chef mécanicien. Une vision ou une apparition, une sorte de monstre marin prétendent certains qui n'en savent rien, une sirène et pourquoi pas un éléphant rose pendant qu'on y est, ce qui serait somme toute plus crédible connaissant l'engin. On a dit aussi qu'il avait décidé de se taire à la mort de sa femme, à peine le cercueil refermé, et il n'y a pas pire muet que celui qui ne veut pas parler. On murmurait que Victorine Cousquer ne serait pas vraiment morte d'une crise cardiaque, que Mon Capitaine lui aurait donné comme qui dirait un petit coup de main pour passer de vie à trépas parce que la Victorine en question, ce n'était pas une sainte non plus, mais entre ce que les gens disent et ce que j'en sais, mieux vaut la mettre en veilleuse. C'est possiblement racontars et compagnie, bobards et affabulations. Ça les occupe, les gens, ça les fait causer. Toujours est-il qu'on n'a pas entendu le son de sa voix depuis vingt-deux ans et qu'à la place, on a droit au bruit sec et énervant de sa pièce de cinquante centimes frappant le comptoir en zinc pour réclamer son second verre. Mon Capitaine a la cuite disciplinée, comme dans la marine. Chaque matin, chaque après-midi, la même tournée, les mêmes haltes. Il fait sa ronde. Deux ballons de rouge à chaque bistrot du bourg, sauf à l'hôtel du Grand Monarque, bien sûr, chez la mère Armande, où il risquerait d'incommoder la clientèle avec son haleine de vieux crabe, et retour fin saoul au bercail, une bicoque des années 1930 qui ne tient plus debout que par l'opération du Saint-Esprit. Vingt-deux ans qu'il randonne ainsi d'un comptoir à l'autre, le vieux capitaine, dans cet immuable rituel, sauf le dimanche parce que le dimanche, c'est le jour du pastis. Même tarif, deux pastis dans chaque bistrot. Tous les lundis, une femme du continent vient sur l'île pour s'occuper un peu de lui, son ménage, son linge, on ne sait pas trop, on ne la connaît pas, une nièce paraît-il. Le lendemain, quand il parade dans le bourg, ses chaussures sont cirées, sa chemise blanche jaillissant de son vieil uniforme est impeccable. Et la cravate bleu marine, pareil. Le mardi, il pue un peu moins que d'habitude, mais ça ne dure jamais très longtemps, hélas. En tout cas, aujourd'hui on est samedi, et à peine a-t-il tourné le dos, son uniforme, sa casquette et ses galons, que je m'empresse de lancer dans l'atmosphère deux bonnes rasades de pin des Landes avant que commencent les choses sérieuses parce que ce n'est pas avec ses fichues pièces de cinquante centimes que je vais faire fortune.

Phanie

Elle ne se souvenait pas exactement du moment précis où elle se résolut à rompre avec Vanessa. Quoi qu'il en soit, elle en était certaine, sa décision fut prise dans la salle de bains. Avant qu'elle ne se déshabille, ou tout simplement pendant qu'elle était sous sa douche, que l'eau ruisselait sur ses épaules et le reste de son corps, qu'elle se savonnait pour se débarrasser de quoi au juste, de quelle crasse, de quel cauchemar ? Ou peut-être tout de suite après ? Le miroir au-dessus du lavabo était recouvert d'une pellicule de buée. Pour obéir machinalement à une habitude qu'elle gardait depuis l'adolescence, elle s'amusa à la faire évaporer à l'aide du sèche-cheveux pour voir peu à peu apparaître son visage et son torse un peu comme le ferait une photo argentique après plusieurs secondes passées dans le bac du révélateur. Elle se regarda avec attention. Ses cheveux étaient courts, épais et très noirs, c'est ainsi qu'elle les aimait. Par le passé, elle avait bien sûr essayé des coiffures diverses et des teintures un peu fantaisistes, variant du rose (sa période punk) au blond platine (sa période pétasse), mais une fois qu'elle avait rejoint les bancs de l'École nationale de police, elle s'en était tenue à sa couleur naturelle, la meilleure façon de gagner en crédibilité, ce qui était primordial dans son métier. La ribambelle de gugusses qui défilaient dans son bureau devaient comprendre au premier contact qu'ils n'avaient pas affaire à une marionnette. Certains fanfaronnaient, jouaient les gros bras, faisaient tinter leurs menottes comme des grelots en affichant une moue méprisante devant cet insignifiant petit bout de bonne femme avant de poser à leur tour, qu'ils le veuillent ou non, leurs couilles sur la table, comme on dit dans le jargon du métier. Phanie pouvait parfois se montrer redoutable. Sa seule extravagance, le mot est peut-être trop fort, c'était ses lunettes à monture rouge et un tatouage au bas du dos représentant une salamandre qui semblait vouloir s'échapper de sa culotte en rampant, mais qui restait bien sûr dans la sphère de l'intime.

L'intime, parlons-en. Phanie se rapprocha du miroir. Son cou était gracile, ses seins étaient menus, ses épaules plus solides qu'on ne l'aurait cru à première vue, mais dans l'ensemble, elle n'était guère épaisse. Et plutôt longiligne. Presque androgyne. Peu de hanches, peu de cul. Musclée en revanche, résultat de trois séances hebdomadaires à la salle de sport de la rue de Glasgow et d'un ou deux footings d'une bonne heure dans la même semaine. La période d'anorexie qu'elle avait vécue autour de ses quinze ans était loin derrière elle. A contrario, Vanessa sans être obèse était tout en rondeurs, tout en fesses et tout en seins. Elle portait ses kilos avec grâce et désinvolture. Phanie avait-elle cherché son opposé, elle l'ignorait, toujours est-il que toutes les femmes qui avaient atterri dans son lit à un moment ou à un autre de sa vie amoureuse avaient une fâcheuse tendance à prendre tous les draps.

Épiphanie Lhermitte avait perdu l'amour et la considération de son père, maréchal-des-logis-chef de gendarmerie, le jour où celui-ci avait appris que sa fille était homosexuelle, amour qu'elle avait patiemment reconquis lorsqu'elle fut reçue dans les toutes premières places au concours d'entrée de l'École de la police nationale. Sans doute était-ce là qu'il fallait trouver l'origine de sa vocation, si toutefois le mot vocation avait ici sa place. Marc Lhermitte aurait toutefois préféré qu'elle choisisse la gendarmerie, d'une, c'était des militaires, et un militaire, ça obéit aux ordres, point final, de deux, on trouvait selon lui de tout et de n'importe quoi dans la police, suivez son regard, alors qu'à sa connaissance, on n'avait jamais entendu parler de ripous dans la Gendarmerie nationale. Mais c'était mieux que rien. Et depuis que sa fille avait abandonné cette idée farfelue de se teindre les cheveux de toutes les couleurs de l'arc-en-ciel, les rapports entre le père et la fille s'étaient, disons, assouplis et pour ce qui est de l'orientation sexuelle qu'avait semble-t-il choisi Phanie pour succomber à une mode débile et mortifère, pensait-il, c'est bien simple, on éluda prudemment de part et d'autre le sujet, et encore plus à table, c'était déjà assez dégoûtant comme ça. Le maréchal-des-logis-chef jugeait qu'il s'agissait d'un caprice de jeune fille cherchant à faire son intéressante. « Ça lui passera avant que ça me reprenne ! » disait-il à qui voulait l'entendre. Sous des aspects certes un peu bourrus, Marc Lhermitte n'était pas méchant homme, mais c'était un sale con, et la seule personne de son entourage qui ne s'en rendait pas compte, ou faisait mine de l'ignorer, c'était sa fille.

Sa fille unique, d'ailleurs. Madame Lhermitte avait été emportée par un cancer du sein alors que Phanie était encore une enfant. Son père, qui ne s'était jamais remarié et auquel on n'avait par ailleurs prêté aucune liaison, l'avait élevée tout seul, dans le respect des valeurs traditionnelles et la rigueur de la foi protestante.

Devant la glace, Épiphanie se demandait si elle ressemblait à sa mère dont elle ne connaissait le visage que par le biais de quelques rares portraits maintenant anciens dont cette horreur de photo de mariage trônant sur le buffet du salon, maman en robe blanche et papa en uniforme. Sa mère aussi avait les cheveux épais et noirs, sa mère aussi était menue, mais c'est à peu près tout ce qu'elle savait d'elle, son père n'étant guère disert en la matière. Elle enfila un tee-shirt propre, se peigna avec ses doigts, attrapa dans le tiroir une pince à épiler pour affiner ses sourcils avant de dessiner face au miroir une grimace en tirant la langue de manière obscène et en faisant loucher ses jolis yeux sombres, mais ce n'était que le bien piètre avatar de ce qu'elle avait vu quelque temps auparavant sur une grève à marée basse, au milieu des parcs à huîtres. L'image de ce cadavre lui revenait sans cesse, jusqu'à hanter ses nuits. Elle ne parvenait pas à s'en débarrasser et ses exercices de cohérence cardiaque ou de méditation ne lui étaient d'aucun secours, sinon pour canaliser son stress, et encore. Finalement, c'est un bon petit pétard le soir avant d'aller au lit qui restait le plus efficace, du moins provisoirement, et sur ce point elle pouvait faire confiance à son collègue. C'était de la bonne came, garantie 100 % naturelle.

Quand elle sortit de la salle de bains, Phanie retrouva sans surprise Vanessa à la même place, vautrée dans son jogging rose sur le canapé, son éternelle tablette posée sur les genoux, dans l'exacte position où elle l'avait trouvée à son retour de l'île en hélico quelques mois auparavant. Boudeuse. Renfrognée. Phanie y pensait depuis maintenant plusieurs semaines, pesait le pour, pesait le contre, jaugeait sa lassitude, son découragement, attendait peut-être la goutte d'eau, la goutte en trop. Par son indifférence, sa morgue et son égocentrisme, Vanessa avait sans le savoir fait déborder le vase. Le guide des îles du Ponant était resté sur la table du salon et tout portait à croire qu'il n'avait pas été ouvert. Phanie s'assit en face de Vanessa, les coudes croisés sur le dossier de la chaise qu'elle avait sciemment retournée, un peu comme si elle se préparait pour un interrogatoire. Tout absorbée par son jeu, une sorte de réussite de cartes, sa compagne ne daigna pas lever la tête quand Phanie lui demanda si elle avait réfléchi à leur discussion de la veille.

— Pas eu le temps.

— L'aspirateur non plus, t'as pas eu le temps ?

— Suis pas ta bonne.

Vanessa avait perdu cette partie et en recommença aussitôt une autre. Dans un geste d'énervement, elle souffla vers son front pour écarter une mèche de cheveux qui tombait sur son œil gauche. Le Free Spider était un jeu débile mais méchamment addictif et par conséquent chronophage, comme la plupart des jeux de solitaire. C'était de la branlette sans orgasme, pensait Phanie, qui se sentait étrangement sereine, sereine parce que soulagée, soulagée parce que déterminée.

— Arrête de me regarder comme un flic.

— Ça tombe bien, je suis flic.

— Ouais, mais t'es pas en service, que je sache.

— Sache aussi que je ne suis pas à ton service non plus, ma chérie.

Vanessa releva la tête un instant mais ne parvint pas à soutenir le regard fixe de sa compagne plus de trois secondes tant elle eut l'impression de se faire braquer par le canon d'un pistolet. Phanie excellait dans le registre. Des malfrats, des dealers professionnels, des petits voyous se prenant pour des caïds, des pédophiles à qui on aurait volontiers donné le bon Dieu sans confession en avaient fait l'amère expérience quand leur tour était venu de passer aux aveux.

— Écoute-moi bien, Vanessa. Je te donne une semaine avant de débarrasser le plancher. Je pars dès demain matin prendre quelques jours de vacances et j'en ai bien besoin, crois-moi. À mon retour, je veux retrouver un appartement propre et vide. Vide de tes affaires, bien entendu, je ne veux plus voir ton bordel traîner partout et surtout, je ne veux plus te voir. Tu prends tes cliques et tes claques et tu dégages, pas plus compliqué que ça. Je suis désolée, Vanessa, mais je ne veux plus jamais te revoir. Plus jamais. Et sache que je n'ai aucune intention de me justifier en aucune manière. C'est comme ça et pas autrement. Tu as une semaine devant toi, ça te laisse le temps de te retourner. C'est entendu ?

Les doigts de Vanessa s'immobilisèrent sur le clavier, mais elle garda la tête baissée sur sa machine, fit semblant de se concentrer sur son jeu. Ne restait que trois ou quatre cartes à placer correctement et elle emporterait la partie. Heureuse au jeu, malheureuse en amour, ironisa-t-elle intérieurement. Ce que venait de lui dire sa compagne était comme un verdict duquel elle ne pouvait pas faire appel. Même si elle s'y attendait à plus ou moins court terme, elle le reçut néanmoins comme un choc dans la mâchoire et fut d'autant plus fâchée contre elle-même quand elle sentit ses yeux se mouiller. Surtout, ne pas pleurer devant cette connasse de fliquette mal baisée. Phanie reposa sa question, qui n'en était pas vraiment une.

— C'est entendu ?

— Ça va, ça va… suis pas sourde.

Après quoi Phanie se dirigea vers la chambre pour préparer son sac. Elle avait réservé un hôtel près du port d'embarquement où une navette pour l'île des Maures était prévue le lendemain à huit heures trente.

Scarlette

Apéro du dimanche midi. Vacances de la Toussaint. S'agit pas de rester regarder, faut être disponible à chaque seconde, efficace, réactive, le tout enrobé de ma plus belle risette, quelles que soient les circonstances. Un œil sur le coin tabac et les jeux de grattage, un autre sur le kiosque à journaux. À la Falaise, c'est multiservice. *Ouest France* et *Télégramme*. *L'Équipe*. *Femme Actuelle* et *Paris Match*. *Union*, le magazine du couple moderne pour ceux qui veulent se rincer l'œil. *France Football*. *Point de vue-Images du monde*. *Voici*. La princesse Meghan attend un heureux événement. Laeticia Hallyday a retrouvé l'amour. Je vends même des hameçons et des capotes, des épuisettes et des cigarettes électroniques, des piles et des bouées en plastique. Chez Scarlette, c'est la maison Ty Trouve-tout, le superflu comme l'indispensable, le bazar des causes perdues. Aux beaux jours comme aujourd'hui, le présentoir à cartes postales est de sortie. Pour attirer le chaland. Couchers de soleil sur l'océan, recette du far breton, chapelle Sainte-Anastasie, le phare de Castel-Coz sous la tempête, sans oublier les jolies poupées étalant sur la plage leurs petits nichons dorés à point. Souvenirs des Maures. Quarante centimes la carte, désolée ma petite dame, je n'ai plus un seul timbre, faut aller à la poste, dépêchez-vous, ça va bientôt fermer.

Ne pas faire patienter la clientèle, être aux petits soins avec les touristes qui ont envahi la terrasse en un rien de temps, pas étonnant avec un soleil pareil. Vous avez bien raison d'en profiter, m'sieur-dame, c'est cadeau de la maison. Ceux-ci demandent toujours des choses compliquées, des diabolos banane-kiwi pour leurs mioches mal élevés, un doigt de porto pour la grand-mère qu'on a sortie de l'Ehpad pour la journée, histoire de lui faire avaler sa ration mensuelle d'iode, un kir framboise pour madame, sans trop de framboise si c'est possible, bien sûr que c'est possible, suffit de demander, une bière pour le monsieur avec des lunettes noires, mais attention, pas n'importe quelle bière, faut leur proposer du choix, à ces gars du continent, la pression de tous les jours, ça ne leur suffit pas. Exigeants et maniaques, voilà qu'ils exigent du bio. De la bière bio, je vous demande un peu ! Et pourquoi pas de la bière végan pendant qu'on y est. Il y en a, je vous jure, il y en a, c'est à peine s'ils lèvent les yeux de leur smartphone quand je prends leur commande. On aurait envie de leur demander excusez-moi de vous déranger, mais vous avez remarqué qu'il y a la mer juste en face de vous ? Il y en a d'autres, c'est le contraire, faudrait que je leur raconte ma vie en long et en large comme si je n'avais que ça à faire, que je leur fasse l'historique de l'île des Maures de A à Z. Et puis il y a mes préférés, les couples d'amoureux, légitimes ou non, qui trinquent avec leurs verres de chardonnay de l'air le plus niais qui soit et se bécotent à bouche que voilà entre chaque gorgée. Ces deux-là, rien qu'à leur façon de se coller l'un à l'autre, ça sent l'adultère à plein nez, croyez-moi, j'ai l'œil pour ces choses-là. Une escapade romantique le temps d'un week-end sur la belle île que voici, ni vu ni connu, rien qu'un petit coup de canif dans le contrat de mariage, on ne va pas en faire un drame, une nuit à l'hôtel du Grand Monarque réglée en liquide, pas vu, pas pris, un bon dîner, plateau de fruits de mer de préférence, quelques galipettes dans la chambre avec vue sur mer et retour au bercail, chez maman.

Les gars d'ici, les vieux, les moins vieux, les jeunes, ils restent à l'intérieur, quel que soit le temps, de préférence au comptoir, le cul vissé sur un tabouret. Leurs bourgeoises, elles sont à la maison, préparent la popote ou passent des heures à discuter au téléphone avec leur mère qui habite à moins de cent mètres et qui revient de la messe en geignant parce qu'une fois de plus, elle n'a rien compris au sermon du curé vietnamien ou cambodgien, elle ne sait plus trop, une espèce d'Asiatique avec un nez pointu. Les gars d'ici carburent au pastis parce que c'est dimanche, et le dimanche, c'est pastis, sinon à quoi ça sert qu'on soit dimanche. Le reste de la semaine c'est bière, rosé ou rouge, tout bonnement, ou encore menthe à l'eau quand ils ont décidé de se mettre au vert un jour ou deux, le lundi, parfois le mardi, rares sont ceux qui tiennent jusqu'à mercredi. Qu'est-ce que je te sers, Lucky ? La queue mais pas trop fort ! Et il éclate de son gros rire bien gras, bien repu, s'esclaffe comme une baleine et répète à ses collègues autour de lui plusieurs fois la queue mais pas trop fort, la queue mais pas trop fort, tout content de sa blague à laquelle j'ai droit au moins trois fois par semaine, et les autres rigolent à leur tour, sacré Lucky, sacré boute-en-train, toujours le mot pour rire, et moi aussi, je rigole, que voulez-vous, je réponds du tac au tac faudrait d'abord que je réussisse à la trouver sous ton gros bide. Pastis comme d'habitude ?

C'est comme ça tous les dimanches midi chez Scarlette, au café de la Falaise, bar-tabac-journaux-articles de plage. Fañch la Houle fait une entrée tonitruante et se met à brailler à boire ou je tue le chien. De toute évidence, il a lancé les opérations dès l'aube, celui-là, et il a déjà son compte. Je te sers juste un verre et après tu décanilles, compris ? J'ai autre chose à faire qu'à entretenir les pochtrons de ton espèce. Les frères Le Boulc'h jouent au baby-foot contre Cameron Tanguy, la fille de la pharmacienne, et Beverly Le Scarff, ma propre nièce, à qui sa mère ferait bien de serrer la vis avant qu'elle ne se dévergonde pour de bon. Au bout du comptoir, Charlie Poézévara râle parce que la musique est trop forte et que ça lui fait des élancements dans son sonotone, parfaitement des élancements, et d'ailleurs c'est pas de la musique, ton machin, c'est du bruit. Comment ça du bruit ? Sois poli, Charlie, c'est pas du bruit, c'est Etienne Daho, respect, même qu'il est déjà venu en personne sur l'île en vacances pour quelques jours avec sa femme, enfin avec une femme, ça ne nous regarde pas, et qu'il m'a dédicacé son CD, tiens, regarde la signature si tu ne me crois pas, alors camembert, Charlie, ton sonotone tu peux te le mettre là où je pense, je suis chez moi, tu entends, chez moi, et je passe la musique que je veux, quand je veux et où je veux. Tout ça énoncé avec mon sourire de gala, bien entendu, faut entretenir la bonne humeur, maintenir l'atmosphère à température ambiante, ni trop froide ni trop chaude, parce que c'est dimanche, et c'est le dimanche que je fais mon chiffre, j'ai des charges à payer, moi, l'Urssaf, les assurances et tout le bataclan, j'ai une fille qui fait des études à Nantes, l'argent ne tombe pas du ciel.

L'apéro dure parfois jusqu'à treize heures, treize heures trente, pendant ce temps-là, j'encaisse. Les tournées se suivent et se renouvellent, les billets valdinguent d'une main à l'autre, les cartes de crédit commencent à chauffer pendant qu'à l'autre bout du bourg, les bonnes femmes s'impatientent, le poulet va être trop cuit, les patates de la vraie purée, elles ont l'habitude, elles ont déjà débouché une bouteille de blanc, se sont servi un demi-verre en regardant par la fenêtre. Les enfants râlent parce qu'ils ont faim. Papa ne va pas tarder, prenez des chips en attendant. Elles m'en veulent, je sais qu'elles m'en veulent, m'accuseraient pour un peu de débaucher leurs maris et de corrompre leurs fils, jalousie et compagnie, seraient prêtes à m'arracher les yeux, tout ça parce que le dimanche et rien que le dimanche, j'enfile une robe et je me mets du rouge à lèvres, parce que c'est le jour du Seigneur et que j'ai le respect de la clientèle, moi, mesdames, pas de ma faute si votre mari a de temps en temps besoin de s'en jeter un derrière la cravate, c'est humain, faut bien qu'il décompresse de temps à autre, qu'il reprenne pied sur terre après la semaine passée en mer, qu'il trinque avec ses copains, entre hommes, façon comme une autre de se réconcilier avec l'existence. Et si par accident, leurs yeux tombent sur mes jolies gambettes et mes collants verts, on ne va pas en faire tout un mélodrame. Mais attention, pas de provocation, juste un brin d'élégance, un trait de noir sous les yeux, une paire de boucles d'oreilles en argent. Leurs maris, qu'elles se les gardent. Suis pas du genre à confondre travail et vie privée. Juré, craché, jamais une entorse à mon code déontologique, jamais un impair.

C'est le Malouin qui m'avait offert cette robe orange, celle que je porte aujourd'hui, avec un décolleté tout ce qu'il y a de plus raisonnable parce que faut être réaliste, je n'ai pas le matériel pour jouer les bimbos. Du temps de sa gloire, le Malouin m'offrait tout un tas de cadeaux, des robes, des parfums, des roses par douzaines, des dessous fallait voir, flambeur et crâneur, coquin par-dessus le marché, j'étais bien trop stupide ou trop naïve pour me demander, pour lui demander, d'où venait tout ce pognon, lui qui n'en faisait jamais une rame, qui ne se servait de ses dix doigts que pour distribuer les cartes au poker. Mes affaires, me disait-il à chaque fois qu'il retournait sur le continent. Ses affaires ? Mystère et boule de gomme. Son business ? Une entourloupe. N'empêche que je ne disais jamais non, sotte que j'étais, je lui disais tu es dingue, fallait pas, ça a dû te coûter une blinde, cette robe, elle est magnifique, suis pas assez bien foutue pour porter ça, j'aurais l'air de quoi, mais je l'enfilais aussitôt, je me regardais devant la glace, rajoutais un peu de rouge sur mes lèvres, du noir sur les yeux, et de temps en temps, je me trouvais belle. C'est vrai que j'ai de jolies jambes, c'est du moins ce que prétendait le Malouin, qui avait l'air de s'y connaître en femmes et donc en jambes. Ces robes, au prix qu'elles ont dû coûter, je les ai gardées, toujours ça de pris, et avant qu'elles ne soient rongées par les mites ou complètement démodées, je préfère les rentabiliser, et si je reçois quelques compliments au passage, même de la part de Lucky et de sa queue mais pas trop fort, je prends. Parce qu'il n'est pas aussi méchant qu'il en a l'air, le Lucky, juste un peu balourd sur les bords, juste un peu couillon. Il s'était dégoté par petites annonces une Slovaque ou une Slovène, bref une fille de là-bas, un joli brin de blonde avec des yeux de poupée et le popotin qu'il fallait. Elle s'est barrée au bout de deux ans, n'a pas supporté l'île. Disons qu'ils ont tout fait pour qu'elle ne la supporte pas. Ils ? La bande à Lucky, pardi, des grandes gueules qui se croient tout permis bien qu'ils n'aient jamais un sou à jeter au cul d'un chien. Lucky a accusé le coup, s'est remis à picoler de plus belle. C'était ça ou la corde accrochée à la poutre au fond du hangar.

Bientôt treize heures, je commence à fatiguer. La messe est dite depuis un bon bout de temps pour la dizaine de bigotes qui restent sur l'île et qui n'y pigent que couic. C'était bien la peine d'aller chercher un curé au bout du monde, d'autant plus que le malheureux a le mal de mer, paraît-il, et qu'il doit se farcir quand même la navette un dimanche sur deux et par tout temps. Des Slovaques, des Vietnamiens, des Parisiens, on nous amène de tout ici, à croire qu'on entre dans l'île des Maures comme dans un moulin, que le monde entier s'y est donné rendez-vous, mais je vous le donne en mille, novembre est à notre porte et les touristes vont décamper vite fait. Les derniers traînent en terrasse, veulent une autre tournée, réclament des cacahuètes, des olives, un cendrier. Leurs gosses jouent sur la grève. Il fait doux, il fait beau, la vie est belle, tout va bien pour eux. Pendant ce temps-là, je sers, je souris, j'encaisse, pas une minute à moi, je sers, je souris, j'encaisse, faudrait que j'embauche. Momo me donnait un sacré coup de main les dimanches matin, elle plaisait bien à la clientèle, discrète, polie, efficace, toujours un mot gentil, savait se faire respecter par mes loulous du comptoir, un geste mal placé et le pauvre garçon en prenait pour son grade, ne revenait pas de sitôt à la charge. Faut juste trouver la bonne personne. Une fille sérieuse et honnête, si possible pas trop moche, sexy juste ce qu'il faut. Je fatigue. Je transpire à grosses gouttes, je suinte. Me sens gonflée de partout, attaquée par des élancements, comme l'autre avec son sonotone, sauf que moi, c'est dans le bas-ventre que je les sens, ces foutus élancements, et ça fait un mal de chien, mon Dieu que ça fait mal. Comme des aiguilles plantées dans les ovaires. Mes seins sont prêts à exploser. Mes règles, une éternité que je les attends. La douleur se diffuse dans les jambes, mes jolies jambes emprisonnées dans des collants verts et qui ne cessent de courir d'un coin à l'autre, de la terrasse au comptoir, du comptoir au bureau de tabac, du bureau de tabac à la réserve pour aller chercher un jus d'abricot ou pour changer de fût, de la réserve à la terrasse, de la terrasse au lave-vaisselle, du four au moulin pour ainsi dire. J'essuie les verres derrière le comptoir, comme dit la chanson, j'ai bien trop à faire pour pouvoir rêver. Je cours, je sers, je souris, j'encaisse. Je cours, je sers, je souris, j'encaisse.

Morgane

À présent, elle s'en mordait les doigts. Que fichait-elle à Nantes par ce radieux dimanche d'automne alors qu'elle aurait pu profiter des vacances pour revenir ne serait-ce que quelques jours sur son île, là où était sa vraie place, en somme ? Elle avait prétexté à sa mère le coût du trajet, le train plus le bateau, n'avait pas trouvé de covoiturage, une vraie galère en cette période, et puis cet exposé qui n'avançait pas d'un pouce et qui était à présenter pour le 4 novembre, dernier délai, un travail de dingue, je ne sais pas si tu peux t'en rendre compte, maman, Chateaubriand et ses foutus *Mémoires d'outre-tombe*, c'est pas de la tarte, huit cents pages à me coltiner, suis vraiment désolée, à Noël, promis ma petite maman, je viendrai à Noël, mais en ce moment, suis en mode boulot-boulot, pas une minute à moi, et les profs, crois-moi, c'est pas des tendres, ici, c'est marche ou crève, je t'assure, oui, à Noël, je le promets, bisous, t'inquiète, tout va bien, oui, toi aussi tu me manques, maman, mais arrête de m'appeler Momo, s'il te plaît, oui, bisous, bisous.

Bisous.

Passé l'église Sainte-Anne, Morgane emprunta la rampe qui descendait vers le quai de la Fosse, les mains engoncées dans les poches de sa parka. Elle marchait aussi vite que si elle était suivie par un homme aux mauvaises intentions. La Loire lui paraissait énorme, mollassonne et prétentieuse, la ville elle-même était prétentieuse, à l'image de ces anciens hôtels de négriers de l'île Feydeau, qui n'était plus une île depuis des lustres. Tout lui semblait factice, les lieux branchés en premier. Branchés sur quoi, d'ailleurs ? Elle s'approcha du fleuve nappé d'argent et s'assit à bout de souffle sur un des rares bancs libres. C'était un dimanche ensoleillé, les familles étaient de sortie, les couples avançaient lentement, main dans la main ou non, quelques joggeurs bombaient le torse, on faisait prendre l'air aux chiens et aux grand-mères. Elle sortit de sa poche un mouchoir en papier pour essuyer à nouveau ses larmes. Depuis quelques jours, déjà plusieurs semaines, les pleurs lui venaient comme ça, sans raison apparente, à n'importe quel moment de la journée, à tel point qu'elle était parfois obligée de courir aux toilettes pour se cacher et si un autre étudiant ou une autre étudiante surprenait par malchance ses yeux rougis en lui tendant un mouchoir avec une bienveillance plus ou moins sincère, elle prétextait une quelconque allergie, les pollens sans doute. Ce n'est pourtant pas la saison, lui rétorquait-on derrière un voile de soupçon. Elle se sentait prise au piège, baissait la tête sur ses livres, se barricadait derrière une écharpe. Oui, une fille un peu étrange, pensait-on, et cette parka kaki, entre nous, pas très glamour.

Elle était en colère contre elle-même et cette colère se reportait sur tout ce qui l'entourait, ici des badauds qui passaient devant elle en lui jetant de biais un regard bizarre sans savoir que c'étaient eux qui étaient bizarres. Elle en était certaine, tout le monde l'observait. Elle était devenue la bête curieuse, la nouvelle attraction des quais, l'indigène qu'on exposait dans les zoos humains. Quoi ? Ils veulent ma photo ? Ce type avec un blouson de cuir, une grosse barbe et un air louche, ça fait un bon moment qu'il me suit. Il fait semblant de fumer sa cigarette comme si de rien n'était, mais il m'a tout l'air d'un prédateur. M'a lancé un drôle de sourire tout à l'heure, j'ai aussitôt baissé la tête. Je ne suis pas folle, j'ai bien vu où il veut en venir. Bientôt, il va s'approcher de moi pour me parler, me proposer des saloperies, m'embrasser de force. Sale mec. Gros bide. Sale gueule. Dents pourries. Mon cœur qui part en tachycardie, mon sang qui ne tourne pas rond, faut pas que je reste là, faut que je me sauve. Mais non, le type écrase sa clope sur le sol, ramasse le mégot avant de le jeter dans une poubelle et continue son chemin sans se retourner. Comme les autres. Personne ne se retourne. Personne ne me voit. Suis devenue transparente.

Tu deviens complètement parano, ma pauvre vieille. Les gens n'en ont rien à faire de ta petite gueule, de ton petit cul, ils passent sans même te voir, sans faire attention, ont bien d'autres soucis en tête. Il était temps de se ressaisir, c'était une question de survie. L'immobilité la clouait, elle se sentait couler, happée par les sables mouvants des pavés du quai, la marche l'aiderait peut-être à garder la tête hors de l'eau. Elle inspira profondément et se remit debout. Ne pas se laisser aller, avancer coûte que coûte, se remettre au taf, ne pas leur laisser cette joie-là, ne pas flancher, surtout ne pas flancher. Ce n'était qu'un coup de blues qui lui vrillait l'âme, une déprime passagère, ça arrivait à tout le monde, personne n'était à l'abri de ces moments de basse pression, personne. Ça allait passer. Tout passe. Elle se rendrait dès demain à la pharmacie, demanderait des trucs pour dormir, des trucs légers à base de plantes, des granulés homéopathiques que lui avait conseillés madame Solange. Longtemps qu'elle n'avait pas passé une nuit correcte, d'ailleurs c'était là que résidait la clef du problème, le sommeil, tout simplement. Elle aurait dû y penser avant. Deux ou trois gros dodos et tout rentrerait dans l'ordre, tout redeviendrait comme avant, y compris l'appétit, y compris le goût au travail. Elle pourrait se remettre à son Chateaubriand. C'était sérieux, elle devait faire ses preuves, leur montrer de quoi elle était capable.

Fébrile, elle emprunta la passerelle à sa droite et traversa la Loire. Elle n'avait pas peur de l'eau mais se sentait attirée par elle de façon morbide, elle ne craignait pas la hauteur mais fut saisie par un curieux vertige quand elle se trouva au milieu de la passerelle. Elle s'accrocha à la main courante, comme au bastingage d'un navire, avança tel un pantin désarticulé. Elle parvint enfin sur l'autre rive, les jambes flageolantes et les tempes en sueur, puis continua son chemin le long des nouveaux quais récemment aménagés par la ville, dépassa des terrasses de café et s'assit enfin à l'une d'entre elles dès qu'elle vit une table de libre. Elle attendit longtemps, une bonne dizaine de minutes, avant qu'un jeune barman endimanché vienne prendre sa commande sans même la regarder. Un demi panaché, dit-elle d'une voix étranglée.

Elle attendit autant pour être servie. Le barman ne fit pas davantage attention à elle quand il posa enfin le verre et le ticket de caisse. Transparente, se dit-elle à nouveau. Invisible.

Morgane Quillivéré était une naufragée qui avait échoué dans une ville trop grande pour elle, avec des immeubles trop hauts, des bâtiments trop mastoc, des places trop vastes, un fleuve trop mou, des gens trop nombreux. Rien de grave, elle avait tout simplement le mal de mer, un peu comme d'autres ont le mal du pays.

Scarlette

J'étais quasiment certaine de l'avoir déjà vue quelque part, ici même sans doute, on voit tellement de têtes qu'on ne peut pas tout enregistrer, mais une bouille comme celle-ci, foi de Scarlette Quillivéré, ça ne s'oublie pas. On est physionomiste, dans le métier. Elle s'est pointée ce lundi au bar sur les coups de dix heures, peu après l'arrivée du bateau, s'est assise à l'une des tables face à la baie vitrée, la mieux placée pour qui veut jouir d'une jolie vue sur mer, une vue imprenable comme disent les agents immobiliers. Protégée par une vieille digue plus ou moins solide, la petite anse de Porzmeur forme un arc de cercle parfait, délimité de chaque côté par des blocs de rochers aux formes un peu bizarroïdes, raison pour laquelle on a baptisé celui de gauche le rocher de la Tortue et celui de droite le rocher du Chanoine. La mer a déchalé et au fond de l'estran reposent une vingtaine d'embarcations en tout genre : canots, annexes, plates, voiliers, kayaks… Les bateaux de pêche sont amarrés plus loin, au port Saint-Michel, de l'autre côté de l'île. Ici, c'est plutôt la plaisance pour les retraités qui vont lancer deux casiers et jeter quelques lignes, ou pour ceux qui ont un voilier juste pour montrer au voisin d'en face qu'ils ont un voilier, eux aussi. À l'horizon, quand le temps est assez clair, on arrive à distinguer le profil du continent, avec le phare des Ducs dressé au bout de la pointe Saint-Rioc. Et ça tombe bien parce qu'aujourd'hui le ciel est radieux et l'air aussi transparent que ma baie vitrée depuis que je l'ai nettoyée et lustrée. Ce n'est pas pour me vanter, mais force est d'admettre que mon bistrot est le mieux placé de l'île, exposé plein sud, face à un horizon à tomber par terre, je ne vous dis que ça. Il n'y a qu'à jeter un œil sur le site qu'a réalisé Morgane sur Internet pour faire de la réclame à l'établissement, avec ses propres photos, et même un joli poème qu'elle a écrit elle-même.

L'ordinateur m'avait coûté les yeux de la tête. Ce n'était pas le moment, je sais, ce n'était vraiment pas le moment, au vu des résultats de la saison, et puis l'informatique, ça me passe au-dessus, mais le Malouin m'avait tellement vanté les bienfaits d'Internet, genre celui qui n'a pas Facebook ou Instagram, c'est le dernier des derniers, que j'ai fini par céder. Je pourrais correspondre avec le monde entier, argumentait-il, mes cousins de Tahiti, la belle jambe, ma fille à Nantes, autant que je voudrais pour le prix d'un simple abonnement. Je pourrais suivre la météo heure par heure, génial, même plus besoin de regarder par la fenêtre le temps qu'il fait. OK, le Malouin, j'ai dit, OK si c'est pour Momo, suis partante, d'autant plus qu'elle en aura besoin pour ses études quand elle sera à la maison. Tope là, j'ai dit, mais tu me branches ce bazar et après tu m'expliques, je ne suis pas plus bête qu'une autre. Sauf que bien sûr, il m'a fallu un peu de temps avant de comprendre que mon lascar se servait de l'ordinateur pour ses petits trafics, pas si petits que ça d'après ce qu'en ont conclu les flics. Le jour où ils sont venus perquisitionner chez moi avec leurs chiens et tout leur attirail, c'est surtout l'ordi qui les intéressait, ce qui ne les a pas empêchés de fouiller dans mes tiroirs à culottes et de me mettre la maison sens dessus dessous avant de remonter dans l'hélico, presque déçus de ne pas être tombés sur la prise du siècle dans ma réserve. Ils n'ont rien trouvé chez moi, pas un gramme de coke, pas le moindre soupçon de preuve, que tchi, et pourtant, c'est pas faute d'avoir cherché dans tous les coins et recoins, mais le Malouin est un malin, on ne peut pas lui retirer ça, il savait où planquer sa came. Résultat, j'ai été obligée de m'acheter un autre ordinateur alors qu'une fois de plus, ce n'était vraiment pas le moment, mais ce n'est jamais le moment, comme dit la Solange, et s'il faut attendre que ce soit le moment, alors on ne fait rien. On végète. On rouille. Comme la veuve Pochard derrière sa fenêtre.

D'un coup, ça a fait tilt, sans doute parce que cette histoire de perquisition m'était revenue à l'esprit. Je me suis approchée d'elle pour prendre sa commande. Elle voulait un petit déjeuner complet (elle avait sans doute vu l'écriteau sur la vitrine – *Petit déjeuner complet : 7,50 €*). Thé ou café ? j'ai demandé. Elle préférait du thé, une grande théière bien pleine, s'il vous plaît. Bien sûr, bien sûr, j'ai dit, tout de suite, à votre service, et j'ai filé dans la cuisine lui préparer jus d'oranges pressées, viennoiseries, crêpes, confitures fraise ou rhubarbe, pain-beurre, miel, salade de fruits de saison et far breton fait maison, ma spécialité, vous m'en direz des nouvelles, le tout à volonté, en veux-tu, en voilà, vous aurez beau chercher, vous ne trouverez pas meilleur rapport qualité-prix sur toute l'île en ce qui concerne les petits déjeuners, la maison est réputée pour ça, même depuis le continent, à tel point que j'arrive à débaucher les clients de l'hôtel du Grand Monarque, ce qui a le don de mettre en rage la mère Armande, qui peut toujours essayer de s'aligner. Pas de ma faute si mes petits déjeuners sont plus consistants que les siens, mon pain plus croustillant et mon far plus goûtu, bref, la personne pour qui j'en préparais un dans la cuisine, c'était la petite policière, cette jeune femme-flic qui était venue enquêter au printemps dernier, et maintenant que j'y pensais, c'est vrai qu'elle m'avait dit que c'était joli chez moi, et qu'elle reviendrait un de ces jours dans d'autres circonstances. Oui, bien sûr, dans d'autres circonstances.

Elle était en civil, tout simplement habillée comme vous et moi d'un anorak et d'un jean, ce qui ne m'a pas empêchée de la reconnaître au premier coup d'œil. Aux pieds, elle portait des baskets rose bonbon, seule touche un peu féminine parce qu'elle avait plutôt l'air d'un garçon manqué, cette petite brunette aux cheveux courts et aux lunettes rondes. En tout cas, elle mangeait de fort bon appétit, goûtait de tout, ce qui me faisait grand plaisir. Je n'avais rien contre les flics en particulier, sauf quand ils me cherchaient des poux dans la tête, et encore moins contre les fliquettes, mais bien malin celui qui aurait pu deviner que se cachait derrière cette apparente innocence une représentante des forces de l'ordre de la République française. Puisqu'elle semblait en vacances, j'étais bien décidée à la laisser tranquille, m'est avis qu'il aurait été malvenu de lui remettre ce cadavre sous le nez. Pourtant, c'est elle qui a dégainé la première, juste au moment où je lui apportais une deuxième théière.

— Vous vous souvenez de moi ?

— Bien sûr. Sale histoire, n'est-ce pas ! Vous avez eu du nouveau ?

— L'enquête n'a pas avancé d'un pouce. Pas la moindre piste. Nul n'est infaillible et encore moins dans la police.

— Désolée, je ne vous serai pas d'une aide bien précieuse.

— N'ayez crainte, je ne suis pas venue ici pour ça. Je suis en vacances, incognito. Je m'étais promis de revenir au plus vite. Sur les lieux du crime, en quelque sorte. Paradoxalement, il y a sur votre île quelque chose de… comment dire ?

— D'authentique ?

— Oui, c'est peut-être ça. Quelque chose d'authentique, et d'apaisant aussi.

— Apaisant, vous croyez ? Pas toujours. La preuve. Des cadavres comme ça, on préférerait s'en passer, heureusement que ça n'arrive pas tous les jours. On tient pas à être la morgue de l'Atlantique, si vous voyez ce que je veux dire.

— Je vois, oui.

— Bah, oublions ça. Vous avez bien fait. C'est l'endroit idéal pour se reposer. Soyez la bienvenue. Profitez du soleil, ça ne va pas durer. Un beau temps comme ça début novembre, c'est louche. Les vents vont bientôt tourner. Vous avez tout ce qu'il vous faut ? Encore un peu de pain, peut-être ?

Comme elle avait la bouche déjà pleine, elle a fait non de la tête. Plutôt sympathique, cette jeune femme. Discrète. Pas bégueule pour un sou. Si tous les flics étaient comme elle, ça nous ferait des vacances. La journée était bien partie, le ciel avait mis sa belle chemise toute bleue, c'était comme dans la chanson de Joe Dassin que je venais d'enclencher dans le juke-box. *L'Été indien.* Je suis sortie en chantonnant pour installer les tables et les chaises de la terrasse, mettre en place les parasols. Ce soleil me rendait toute guillerette. Mon Capitaine a fait tinter sa pièce sur le zinc et j'ai chantonné vers lui, voilà, voilà, minute papillon, on arrive, on arrive. Un verre de rouge pour Mon Capitaine et sans faux col, un deuxième dans la foulée. Sans trembler. J'ai remarqué que la fliquette jetait derrière ses lunettes un œil autant amusé qu'impressionné. Il y avait de quoi. Son uniforme, ses médailles, sa casquette, ses longs cheveux blancs, une figure que cet homme-là. Elle frissonnait des narines aussi et on comprenait un peu pourquoi, mais comme on était lundi, c'était encore respirable. Mon Capitaine avait une vision très personnelle de l'hygiène, et l'eau de Cologne dont il s'aspergeait ne masquait que très modestement sa misère. J'ai haussé les épaules en direction de la fliquette avant de lui jeter un coup d'œil complice auquel elle a répondu par un sourire indulgent, l'air de dire ne vous inquiétez pas, j'en ai vu d'autres, des vertes et des pas mûres, et ça, je voulais bien le croire. Foutu métier que le sien. Pour une jeune femme, en plus. On me l'aurait dit, je ne l'aurais pas cru.

Au départ, quand je parlais d'elle, je disais la fliquette, mais très vite, je l'ai appelée par son prénom. Phanie tout simplement. Elle a pris l'habitude de venir tous les matins entre neuf et dix heures, après son footing et sa douche, pour prendre son petit déjeuner complet chez moi plutôt qu'à l'hôtel du Grand Monarque où elle avait pris pension. La vue était plus belle, me disait-elle, et ce n'est pas moi qui allais la contredire. Le matin, surtout, quand la lumière rasait la plage et que le soleil frappait le lichen des rochers, toutes les couleurs du monde se donnaient rendez-vous. C'était comme un paquet cadeau que j'ouvrais chaque jour que Dieu faisait.

Elle est revenue le lendemain. Cette fois-là, elle a dit qu'elle aimait bien mon vieux juke-box, la musique qu'il y avait dedans un peu moins, mais c'était de son âge. Qu'elle aimait bien aussi ma collection de coupes et de trophées exposés sur les étagères du haut. Pareil pour les tables en formica rouge et le comptoir en zinc. Elle m'a acheté trois tickets qu'elle a grattés à même le comptoir avec son ongle, mais ils étaient tous perdants. Elle a haussé les épaules, j'ai souri. Puis elle m'a demandé ce qu'on pouvait faire sur l'île, à part se promener. Y avait-il des choses à visiter ? Des activités proposées ? Il n'y avait pas marqué office du tourisme sur mon front, mais j'ai répondu de mon mieux.

— Il y a bien l'écomusée des traditions populaires, mais il a fermé avant-hier et ne rouvrira pas ses portes avant la belle saison. Quant au musée des Phares et Balises, ça fait au moins deux ans qu'il a mis la clef sous la porte, faute de subventions, paraît-il, mais surtout faute de volonté politique de la part de ces bons à rien de la mairie. Des théâtres, il y en a pas. Des cinémas, il n'y en a plus. L'opéra… ? Non, je plaisante. Franchement, mademoiselle, à part courir sur les dunes comme vous le faites ou jouer aux dominos et à la belote tout l'après-midi, suis désolée de vous dire ça, mais hors saison, pas grand-chose à se mettre sous la dent. C'est la vie. C'est notre vie.

— Je comprends.

Elle m'a suivie jusqu'au comptoir en zinc où elle a posé son porte-monnaie. M'est avis qu'elle ne comprenait rien du tout, la fliquette, que couic, comme tous ceux qui viennent du continent, flics ou civils, touristes ou représentants, ethnologues ou curés. Ils débarquent sur l'île comme s'ils abordaient une réserve d'Aborigènes ou de Zoulous, alors forcément, ils sont un peu déçus du voyage. Du pittoresque ? Désolée, messieurs-dames, on n'a que de l'eau salée et du sable gris à vous proposer. J'ai attrapé son billet de dix. Je vous dois deux cinquante, j'ai dit. Mes pièces ont sonné. Elle a haussé les sourcils.

— C'est du vrai zinc ?

— Je veux, ma petite dame. De l'authentique. Pendant l'Occupation, les Allemands réquisitionnaient tout ce qu'ils trouvaient, tout ce qui pouvait servir à continuer leur saloperie de guerre. À l'époque, c'était ma grand-mère qui tenait le bistrot. Marie-Jeanne Troadec. Une sainte femme mais une teigneuse, je ne vous dis que ça. Vous savez, ici aux Maures, les hommes étaient en mer, dans la Marchande en général, quelques-uns dans la Royale, et les femmes restaient sur l'île, se débrouillaient comme elles pouvaient, vivotaient en attendant la paie de leur mari. Un peu d'agriculture, des patates, des poireaux, des moutons. Chez nous, c'était le bistrot. On faisait aussi épicerie, dans le temps, mais j'ai abandonné à la mort de ma mère, qui avait pris la suite. Donc, pendant la guerre, les hommes avaient déserté l'île. Enfin, déserté… je veux dire qu'ils étaient en mer, comme d'habitude, et quelques-uns avaient rallié le général de Gaulle en Angleterre – vous devez connaître l'histoire ?

— Un peu, oui, vaguement.

— Il ne restait ici que les femmes, les enfants et quelques vieillards sans compter les Boches, bien sûr, une garnison d'une cinquantaine d'hommes, ce qui n'est pas rien pour une petite île comme la nôtre, mais l'endroit est stratégique, les bateaux de guerre dessus, les sous-marins en dessous. Voyez le topo. Bref pour en revenir au zinc… mais peut-être que je vous ennuie avec mes histoires ?

— Non, pas du tout, je vous en prie…

— Parce qu'une fois que je suis partie, faut trouver le bouton stop !

— Continuez, s'il vous plaît.

— C'est vous qui l'aurez voulu. Où en étais-je ?

— Les Boches… Je veux dire les Allemands.

— Oui, c'est ça, les Allemands. Donc, comme je vous le disais, les Boches étaient intéressés par tous les métaux, en particulier le zinc. Pas de discussion, réquisition, ça ne rigolait pas. Dès qu'elles ont appris ça, ma mère et ma grand-mère, ni une ni deux, ont démonté dans la nuit le plateau du comptoir devant lequel vous êtes, mademoiselle, et l'ont enterré dans le jardin, juste derrière la maison, près des toilettes, au pied de la falaise. On a installé des planches à la place. Le zinc est resté quatre ans sous terre. Les Allemands soupçonnaient bien quelque chose de louche – un officier était déjà venu au début de la guerre et avait remarqué le zinc –, mais personne n'a pipé mot. Et puis peut-être que ma grand-mère avait, comment dire… des relations. On a déterré le comptoir le jour même de la Libération et on l'a remis à sa place. Retour au pays.

— C'est incroyable.

— Ma mère, Suzanne Quillivéré, une fille Troadec, s'est modernisée dans les années 1970. C'était la mode du formica, de l'orange, du rouge, du clinquant partout, un juke-box, deux flippers, la bière à la pression. Mais elle a tenu à garder le zinc. Fallait pas toucher au zinc, c'était sacré. Et quand mon tour est venu de prendre le commandement du navire, il y a de ça une quinzaine d'années, il m'a fallu à mon tour tout remettre à neuf, la déco, l'ameublement, mais j'ai comme qui dirait suivi la tradition familiale. Le zinc, c'est la grand-mère, le juke-box, c'est ma mère. Voilà, vous savez tout, mon lieutenant.

— Phanie, s'il vous plaît. Appelez-moi Phanie.

— D'accord, Phanie. Moi, c'est Scarlette, pour vous servir.

— Scarlette… comme…

— Exactement, comme la fille Johansson, mais avec un *e* à la fin, et une bonne vingtaine d'années de plus. Que voulez-vous, tout le monde n'a pas les moyens de se payer une esthéticienne tous les matins au réveil…

— Moi, mon vrai nom, c'est Épiphanie, mais c'était un peu lourd à porter, comprenez.

— Un peu que je comprends. De ce côté-là, on peut dire qu'on est vernies, toutes les deux.

— Alors à plus tard, Scarlette.

— Oui, c'est ça. À plus tard… Phanie. À bientôt.

Phanie

Elle courait chaque matin dès son réveil pendant une bonne heure en suivant le chemin côtier, qu'on appelait également le sentier des douaniers, et qui, comme le liseré dentelé d'une nappe en tissu, faisait le tour de l'île. Une quinzaine de kilomètres en tout, avec quelques raidillons assez sérieux et des pentes parfois un peu casse-gueule. Son rythme était mesuré mais précis et régulier. Pour s'échauffer, elle commençait par de petites foulées pendant qu'elle longeait les quais, puis, une fois qu'elle avait traversé le bourg et rejoint les premières landes de bruyères et d'ajoncs, elle accélérait progressivement le pas. Le sentier était étroit et semé d'embûches, de racines, d'ornières. Il fallait faire attention, une entorse était si vite arrivée. Certaines falaises étaient en à-pic et toute chute aurait été fatale. Ici et là, la frange littorale avait été salement mordue par les assauts de l'océan, ce qui rendait le parcours parfois dangereux. Le sentier se resserrait. Par endroits, le trait de côte avait reculé de plus de deux mètres et il y avait fort à croire que certaines maisons construites trop près du rivage basculeraient un jour ou l'autre dans le vide comme c'était déjà arrivé sur le continent. Des pancartes demandaient aux usagers de rester vigilants et la mairie déclinait toute responsabilité en cas d'accident. Les chiens étaient tolérés à condition qu'ils soient tenus en laisse. Ces mêmes pancartes plantées à plusieurs endroits le long du parcours invitaient également les promeneurs à respecter l'environnement et à ne pas s'éloigner du chemin balisé.

Phanie Lhermitte ne sortait jamais courir sans ses oreillettes et son portable qu'elle planquait dans une sorte de sac banane de couleur jaune fluo accroché à sa taille. Étrangement, elle n'écoutait que du heavy metal ou du hard rock des années 1970 et 1980. Le rap ou le hip-hop qui déferlaient sur les ondes et les réseaux, elle ne supportait pas. Le truc de Phanie, c'était Motörhead, Alice Cooper, AC/DC, Iron Maiden. Des trucs de vieux, disaient la plupart des jeunes gens de son âge, de la daube. Elle n'en avait cure. Elle s'enivrait de guitares saturées, de riffs agressifs, de coups ravageurs de grosse caisse, et qu'importe le bruit des vagues et la fureur de l'océan, qu'importe le cri des goélands et les croassements du vent, qu'importe le roulement redondant des galets chahutés par le ressac, elle écoutait *Highway to Hell* jusqu'à s'en écorcher les tympans. Courir, c'était sa manière à elle de danser. C'était aussi une façon de s'affranchir du monde et de ses turpitudes. Elle s'isolait dans un caisson musical.

La sueur commençait à perler sur ses tempes, à couler entre ses seins, sous ses bras et le long de sa colonne vertébrale. Elle avait à présent trouvé le bon rythme, se sentait de mieux en mieux, contrôlait son souffle. Elle domestiquait son corps, les battements de son cœur, le rythme de sa respiration, tout son être. Une chaleur humide se diffusait à travers ses veines, les endorphines et la dopamine commençaient à faire leur travail. C'était comme une jouissance lente et progressive, qu'elle obtenait au mental, par l'effort et avec le soutien de la musique. Le soleil d'automne s'enfonçait presque douloureusement dans ses yeux. Maintenant, le terrain devenait plus plat et longeait une grande plage déserte où un blockhaus brinquebalant recouvert de tags d'un goût douteux semblait s'enfoncer peu à peu dans les sables, qui prenaient parfois des teintes rougeâtres. Elle apprendrait plus tard que ce lieu était appelé la Grève Rouge, du fait des éclats de grenat qui s'y trouvaient. Quand Robert Plant lança sa fameuse introduction a cappella de *Black Dog*, elle accéléra.

Du décor environnant, elle ne percevait qu'à peine la majesté et la grandeur. L'essentiel se résumait au souffle, son souffle. Elle n'était qu'une silhouette sautillant à travers dunes et landes, dans un univers trop vaste pour elle. L'océan la cernait, le vent de face l'oppressait, les ronces semblaient vouloir l'agripper et pourtant rarement elle s'était sentie aussi libre. Maintenant qu'elle avait réussi à parler à Vanessa et lui avouer ses quatre vérités, maintenant qu'elle s'était débarrassée de cette relation quasiment toxique, elle avait l'impression de reprendre enfin pied dans sa vie. Elle n'osait plus parler d'amour, car toutes les amours, pensait-elle à tort ou à raison, sont au bout du compte toxiques. Le sentiment amoureux porte inexorablement en lui une volonté de possession qui tôt ou tard mène à la destruction de cet amour. L'amour n'est qu'un étau qui enserre et étrangle, une mâchoire qui dévore lentement, un fer qui brûle à petit feu, elle était bien placée pour en parler, l'amour n'était qu'un leurre. C'était de la merde. Naïve, elle était tombée dans la gueule de la louve. Vanessa avait eu des arguments solides, des battements de cils aguicheurs, des roucoulements et des promesses. Ça n'avait pas duré, bien sûr. Mais il avait fallu la terrible rencontre dans les bancs d'huîtres pour que Phanie comprenne enfin que ça serait bientôt son tour si elle ne mettait pas immédiatement fin à cette aventure scabreuse avec Vanessa, pour qu'elle comprenne que les mots qu'elle avait reçus en pleine figure ainsi que les messages navrants sur son portable pouvaient être toutes proportions gardées aussi blessants pour l'âme que les coups de cutter lacérant le corps et les mégots incandescents écrasés sur la peau. Putain, elle était capable de tenir tête à des petits caïds de cité, ce n'était quand même pas cette grosse conne qui allait lui gâcher l'existence.

En courant sur les lieux mêmes où le corps de cette malheureuse avait été découvert, Phanie avait le sentiment de boucler enfin la boucle.

Oui, désormais, elle était libre, à la condition bien sûr que Vanessa tienne son engagement, ce qui n'était pas gagné d'avance. Comme à son habitude, elle avait réagi par une morgue méprisante, sous-entendant des menaces à peine voilées avant de lui dire de s'envoyer se faire foutre, d'ailleurs elle se demandait bien comment elle avait pu se mettre à la colle avec une flic, une pauvre flic à la manque, un larbin du système, une pute au final, oui c'était ça, une pute qui passe le plus clair de son temps agenouillée à sucer ses maîtres en disant merci, merci patron, merci monsieur le commissaire en chef de me confier le sale boulot, merci le gouvernement pour mon salaire mirobolant, merci monsieur le ministre de l'Intérieur pour mes délicieuses conditions de travail, merci l'opinion publique qui me fait passer pour un suppôt du régime fascisant et merci à tous les voleurs de pommes et les violeurs d'enfants de me donner une bonne raison de me lever le matin.

Vanessa savait viser juste. Elle s'était laissé le temps de préparer sa contre-attaque en fumant coup sur coup deux cigarettes sur le balcon avant de lancer ses missiles. Phanie en prit acte sans broncher, fit sa valise, vérifia sur son portable les horaires des navettes et passa la nuit même dans un hôtel situé sur le port, non loin de l'embarcadère. Fin d'une histoire qui aurait duré deux ans si elles avaient tenu jusqu'à Noël.

La partie nord de l'île était en grande partie occupée par d'anciens marais salants abandonnés depuis les années 1950. Les eaux croupissantes prenaient à leur surface des reflets roses ou orangés et les herbes étaient couleur de rouille. Une multitude d'oiseaux marins y avaient trouvé refuge. Des bernaches de Sibérie, des fous de Bassan, des goélands argentés, des cormorans… tous aussi braillards les uns que les autres, à croire qu'ils se livraient au concours de celui qui crierait le plus fort, mais Phanie ne les entendait pas. Seules les guitares et les cymbales de Led Zeppelin résonnaient dans ses oreilles. C'était sa drogue dure. Elle était absolument seule au milieu de ce paysage qui semblait ne pas avoir été foulé depuis les premiers jours de la Création, elle planait, elle volait, elle oubliait tout. Son cœur devait maintenant battre à cent quarante pulsations/minute, tous ses muscles étaient tendus comme des arcs parés pour l'attaque et les frottements incessants de ses cuisses l'une contre l'autre provoquaient en elle des picotements et des palpitations qui se diffusaient progressivement depuis son sexe jusqu'au plexus. C'est ici que naissaient son désir et sa rage. Oui, sa rage. Vanessa savait s'occuper d'elle dès qu'elle rentrait couverte de sueur de ses séances de footing. Elle connaissait les codes, elle savait y faire pour la calmer et étancher sa soif. Après quoi, enfin apaisée, Phanie prenait sa douche comme si de rien n'était. Pourquoi fallait-il qu'elle tombe bêtement amoureuse de la première venue au prétexte qu'elle baisait bien ? Pourquoi toutes ses histoires d'amour s'effilochaient en peau de chagrin au bout de quelques mois, parfois simplement quelques semaines ? Comment avait-elle pu être aussi sotte, aussi naïve ? Après les marais s'élevait sur plusieurs centaines de mètres un massif de dunes tapissées d'herbes rases et cramoisies. Phanie emprunta un étroit sentier qui serpentait sur la crête de la butte et semblait n'avoir jamais servi qu'au passage de moutons craintifs et de lièvres farceurs. Il n'était pas aisé de courir sur le sable, ce qui ne l'empêcha nullement de ralentir, bien au contraire, elle accéléra la cadence comme si elle voulait se prouver quelque chose, repousser ses limites, courir à en perdre haleine, à en crever. Se prouver quoi au juste ? Qu'elle était vivante ? Personne dans les parages sinon les goélands n'était là pour en attester.

Le chemin dévala soudain sur une pente abrupte, puis s'entortilla à travers une épaisse lande épineuse. Le sable disparut sous la terre et les cailloux. Phanie évita de justesse un trou de boue, puis un deuxième qu'elle enjamba agilement, entraînée par sa vitesse. En revanche, elle n'eut pas le temps de voir à temps la pierre humide sur laquelle glissa son pied gauche. Elle se vit soudainement propulsée dans les ronces sans avoir eu le temps de faire quoi que ce soit et sa cheville percuta violemment l'arête d'un rocher. Un cri de douleur sortit de sa gorge, un cri rauque. Au même moment, un oiseau s'échappa bruyamment d'un fourré avant de s'envoler vers le large. Phanie s'évanouit alors que dans ses oreillettes Jimmy Page attaquait un solo de guitare qui allait définitivement entrer dans la légende pour tous les aficionados du hard rock pur et dur.

Solange

Une fois de plus, son sommeil avait été chahuté par de mauvais rêves dont elle n'arrivait pas à saisir le sens. Elle s'était levée une première fois vers une heure du matin pour avaler deux gélules destinées à soulager sa douleur et se concocter une tisane aux vertus réputées apaisantes qu'elle avait achetée sur le marché à un jeune couple d'agriculteurs qui s'étaient installés sur l'île voilà plus de deux ans avec l'intention de se lancer dans le maraîchage bio et la culture de plantes médicinales. Visiblement, leur affaire ne marchait pas trop mal, leurs productions étaient également exportées sur le continent et ils s'étaient bâti une solide réputation grâce à la qualité de leur travail même si au départ personne ne les avait vraiment pris au sérieux. Ils exploitaient à présent une dizaine d'hectares au nord de l'île. Elle s'appelait Deborah, on l'appelait Debbie, et elle était galloise. Une belle personne, jugeait Solange, qui régulièrement s'approvisionnait à leur étal en légumes de saison et en fromages. Une femme rousse un peu lunaire qui lançait à ses clients un sourire toujours un peu désarmant. Lui, Thierry Martinot, ingénieur en informatique travaillant pour l'armement stratégique, avait coupé les ponts du jour au lendemain pour se lancer dans l'aventure avec sa nouvelle compagne, et l'aventure ne pouvait selon lui commencer qu'ici. « Ce n'est pas nous qui avons choisi l'île des Maures, c'est l'île des Maures qui nous a choisis », avait-il déclaré un peu pompeusement à la jeune journaliste venue l'interroger sur le devenir économique de ces territoires dits périphériques et marginaux. Il s'était laissé pousser la barbe et avait, dit-on, rompu brutalement avec son épouse, la fille d'un amiral bien connu sur la place de Lorient, ce qui provoqua un petit scandale dans les milieux autorisés et un grand tsunami au sein de cette famille ardemment catholique, soulagée malgré tout que le couple, grâce au ciel, n'eût point encore d'enfants, sa faute à lui visiblement. À cheval sur certains principes moraux, l'amiral en question avait pisté son gendre à la trace pour le surprendre en flagrant délit alors que le couple adultérin s'embrassait à pleine bouche devant l'entrée d'un hôtel du boulevard Leclerc, et cela en plein milieu d'après-midi. De sa voiture garée sur le parking en face, il avait réussi à prendre quelques photos avec le smartphone que lui avait offert sa fille au dernier Noël, photos d'assez bonne qualité, d'ailleurs, qu'il envoya le soir même par mail à Thierry comme preuve irréfutable du délit, bien décidé à obtenir pardon et repentance. Ce dernier ne chercha pas à nier. Bien au contraire, il répondit à l'amiral qu'il n'était qu'un sale con, un détective privé à deux balles et que l'adultère n'était plus considéré comme un argument recevable pour les divorces. Sauf votre respect, mon cher futur-ex-beau-père, je vous pisse à la raie du cul, avait-il conclu dans sa réponse. Ce fut la goutte d'eau. Sans chercher à se justifier, Thierry Martinot mit son épouse devant le fait accompli, lui laissa l'appartement, les meubles et le chien, négocia dans la foulée sa démission de Naval Group, l'entreprise pour qui il travaillait, et grâce à ses indemnités de départ, alla s'installer sur l'île avec sa jeune Galloise dans l'intention de donner un nouvel élan à sa vie, comme il l'avait expliqué avec emphase à la journaliste, un nouveau sens, un vrai sens, un sens vrai. Debbie se contenta d'ajouter qu'ils prévoyaient bientôt de monter un petit élevage de brebis ainsi qu'un atelier de fabrication de fromage et pourquoi pas planter des vignes, ce qui n'était aucunement de l'ordre de l'utopie eu égard au réchauffement climatique. Non, ce n'était pas une plaisanterie. Thierry lui lança un regard aussi admiratif qu'amoureux. Elle était tout le contraire de son ancienne femme.

Solange Delahaie était bien entendu friande de ce genre d'histoires que Scarlette, sa principale informatrice, ne manquait jamais de lui raconter en long et en large tout en prenant bien soin d'ajouter que ce n'était pas ses oignons et que si chacun balayait à midi devant sa porte, les veaux seraient bien gardés, ce qui remettrait les pendules à leur place.

La tisane n'avait pas beaucoup de parfum, sinon un arrière-goût de thym, peut-être un soupçon de passiflore. Elle remonta se coucher avec sa tasse dans le lit qu'avait occupé la veuve Pochard durant toute une vie. Non, elle n'avait rien changé, sinon les draps et quelques babioles, pas même la photo de Gaston Pochard, qui posait fièrement dans son uniforme de lieutenant de vaisseau, pas même l'article de journal de l'époque, lui aussi encadré, qui relatait la catastrophe. Mers el-Kébir, 3 juillet 1940, attaque du cuirassé *Bretagne* par la Royal Air Force, mille douze morts chez les marins français. Cependant, Solange avait décroché le crucifix au-dessus du lit parce que, quand même, fallait pas pousser mémère dans les orties, elle avait assez de tracas comme ça et le bon Dieu n'y entendait rien dans le domaine des neurosciences. Elle ajusta deux oreillers et reprit son livre à la page où elle l'avait laissé en se couchant une première fois avant de le refermer après s'être aperçue qu'elle n'avait absolument rien enregistré des deux paragraphes qu'elle venait de parcourir. Son cerveau lui jouait des tours, sa vue se brouillait, ce n'était pas nouveau, mais la tumeur prenait ses aises chaque jour davantage, faisait comme chez elle, s'incrustait. Solange éteignit la lampe en appuyant sur le vieil interrupteur relié à un cordon de tissu torsadé qui pendait du plafond. Dans cette maison, l'électricité datait aussi des années 1960, c'est-à-dire de l'époque où le courant était arrivé sur l'île, avec un disjoncteur doté d'un antique système de plombs, mais l'installation tenait visiblement le coup. Toutes les six secondes, la chambre obscure était balayée par un éclair du phare de Castel-Coz qui perçait à travers les rideaux. Solange se refusait à fermer les volets. Au contraire, cette lumière automatique la rassurait. C'était la preuve s'il en fallait une qu'elle était vivante, qu'elle avançait encore, par saccades, de six secondes en six secondes, comme en pointillé. Elle se rendormit pendant deux heures, peut-être trois, le temps de traverser un rêve où il était question d'inondation, puis, dans un demi-sommeil, guetta la levée du jour qui s'accordait avec l'extinction des feux du phare.

La journée promettait à nouveau d'être belle. Malgré sa mauvaise nuit, mais toutes ses nuits ou presque étaient désormais tourmentées, elle se leva d'assez bonne humeur. La salle de bains, elle non plus, n'avait pas changé depuis des décennies. Les robinets ne laissaient couler qu'un filet d'eau rachitique et le miroir au-dessus du lavabo était tacheté de vilaines traces noires impossibles à nettoyer, mais Solange s'en amusait. Après tout, on n'a que le miroir qu'on mérite, pensait-elle en s'observant. Le regard de Pascal lui manquait, c'est sûr, on n'est désirable qu'à travers les yeux d'un autre, mais à quoi bon se bercer d'illusions. Elle répondait poliment à ses lettres (ils étaient convenus de ne communiquer que sous la forme épistolaire), qui tombaient dans sa boîte avec une énervante régularité, trois fois, parfois quatre par semaine, espaçait volontairement ses réponses en se contentant du minimum syndical, soleil, douceur, beauté des paysages, repos, évasion, lecture, affectueuses pensées vers vous, l'encourageait dans son travail, lui souhaitait bonne chance, demandait de temps en temps des nouvelles de Marie-Lorraine, sa promise, pendant qu'il insistait parfois même un peu lourdement, espérait son retour en parodiant Barbara, *Dis, quand reviendras-tu ?*, un tantinet immature, et pourquoi le taire, un peu agaçant pour tout dire, un peu collant, mais elle n'osait lui dire la vérité et surtout, elle n'avait aucune envie et aucune intention de la lui avouer. Ça aurait servi à quoi ?

Elle mit la bouilloire sur le feu, choisit un sachet de thé, jeta un œil par la fenêtre de la cuisine. La mer s'était retirée au loin, nous étions bientôt en période de grandes marées, les goélands volaient bas, les vents tournaient. Elle aperçut sur le sommet de la dune une jeune femme habillée de couleurs vives – legging rose, tee-shirt orange fluo – qui courait le long du sentier. Sa foulée était souple, presque métronomique, et son allure assez vive, tout portait à croire qu'on avait affaire à une habituée de la course à pied, une véritable athlète bien qu'elle parût petite et plutôt menue. Solange l'envia, se lança un sourire à elle-même, qui l'instant d'après se transforma en grimace. Le temps qu'elle aille éteindre le feu, la joggeuse avait disparu comme par enchantement derrière la dune. Sans doute s'agissait-il de cette jeune femme qu'elle avait croisée la veille au bourg et qui, selon cette bonne Scarlette, qu'on la croie ou non, était policière de son état, parfaitement, policière. Flic, quoi.

Il était rare qu'on vît sur l'île des sportifs et mis à part les touristes, les marcheurs n'étaient pas légion. Les îliens empruntaient leur vélomoteur pour un oui pour un non, pour aller chercher le pain à deux cents mètres ou même boire un coup au bar de la Falaise, tous les prétextes étaient bons, raison pour laquelle les ventres des hommes et les cuisses des femmes avaient une fâcheuse tendance à s'épaissir, elle l'avait remarqué dès son arrivée, et pourtant, ce n'était pas faute d'avoir à leur portée l'un des plus beaux terrains d'entraînement du monde. Mais non, pestait Solange, pas même fichus de monter sur un vélo, ils s'entêtaient à prendre leurs vieilles pétoires, pour la plupart arrivées à l'état de carcasses, rongées par le sel et la rouille, qui ne semblaient avancer que par l'opération du Saint-Esprit et faisaient un raffut de tous les diables qui souillait le silence auquel l'île aurait eu pourtant droit. Et les pots d'échappement pétaradaient du matin au soir sous sa fenêtre en un infâme brouhaha, ce qui avait le don de lui taper sur les nerfs à chaque fois qu'une mobylette rugissait sous ses fenêtres.

Quelle pitié ! Cette île était pourtant un miracle, se désolait une fois de plus Solange en regardant à travers la vitre le chapelet de rochers noirs qui se découvraient à chaque marée, un sanctuaire qui aurait dû être considéré comme tel mais qui n'était peuplé que de rustres buveurs de bière, de brutes épaisses incapables d'appréhender la beauté du monde, de saisir toutes les subtilités de l'océan, d'apprécier à sa juste valeur la palette de lumières changeantes à chaque instant. Bon d'accord, elle exagérait un peu, les caricaturait injustement, ils n'étaient pas tous ainsi, loin de là, elle retira ce qu'elle venait de penser, la migraine l'égarait, la douleur provoquait parfois chez elle de brusques et injustes poussées de colère. Les Maures et les Mauresques, même s'il n'était pas aisé de les apprivoiser, ce qui était tout à leur honneur, étaient pour la plupart des gens charmants, généreux, francs du collier et entiers de caractère. Mais il était vrai que leur jardin d'Éden se transformait chaque jour en un vrai dépotoir et elle s'en chagrinait. Solange faisait de son mieux. À chacune de ses promenades matinales, elle emportait un sac pour ramasser les déchets qu'elle trouvait le long de la côte. D'une, ça lui faisait de l'exercice, de deux, elle avait l'impression, dans ce geste qu'elle nommait un peu lourdement « écocitoyen », de participer avec ses maigres moyens à la survie de la planète, bien qu'elle ne se fît aucune illusion. Elle n'ignorait pas la vacuité de son entreprise. Elle n'était que ce colibri crachant de son petit bec la minuscule goutte d'eau pour éteindre le monstrueux incendie de la forêt.

Ce matin-là, Solange se sentait néanmoins plutôt bien. L'air lui semblait léger. Elle lui préféra le qualificatif onctueux. Parfois, c'est comme si sa tumeur se faisait oublier, pour un moment du moins, car elle savait pertinemment que cette salope jouait au chat et à la souris. Elle chaussa ses tongs, enfila un peignoir sur son maillot de bain, attrapa son sac de plage et laissa sa porte ouverte derrière elle, de manière à laisser entrer la tiédeur automnale. C'était nouveau pour elle, ne plus s'enfermer à clef, laisser sa maison ouverte à tous vents, ignorer les cambrioleurs, c'était une option assez proche de ce qu'on pouvait appeler la pleine liberté. Il n'y avait plus rien à voler chez elle, que des meubles et des babioles qui avaient appartenu à une autre femme qu'elle n'avait jamais rencontrée mais dont elle partageait à présent le décor et l'odeur, ainsi que la télé, fût-elle en noir et blanc, ce qui lui évoquait délicieusement son enfance. Elle suivit d'abord la route goudronnée jusqu'au phare, puis vira à gauche pour attraper l'étroit chemin des douaniers qui longeait la côte et descendait vers la Grève Rouge, déserte en cette heure matinale. Elle respira à pleins poumons, s'autorisa quelques étirements, puis se déshabilla.

L'eau était fraîche, bien sûr, qui aurait prétendu le contraire, mais elle avait connu pire. Chaque jour ou presque depuis son arrivée aux Maures, été comme hiver, qu'il pleuve ou qu'il vente, Solange s'offrait le rituel de ce bain matinal, sans combinaison, juste vêtue d'un maillot noir qui lui enserrait le buste et les hanches. Les gens de l'île la tenaient pour à moitié folle, ou pour le moins follement téméraire, elle le savait très bien, s'en amusait. « Vous avez ici la plus belle piscine du monde et vous n'en profitez pas », leur rétorquait-elle. « Moi, faudrait me payer cher, s'esclaffait Scarlette, et encore ! » Ainsi, la vieille marquise était devenue sirène, et plutôt bien conservée malgré son âge, d'après les dires des prétendus connaisseurs qui l'air de rien rôdaient dans les parages. Elle entra lentement dans l'océan, qui ici se resserrait autour d'une anse étroite, s'aspergea la nuque, puis les épaules, enfin le haut des cuisses qu'elle frotta vigoureusement. Quand l'eau lui arriva au niveau des hanches, elle s'y enfonça de tout son poids jusqu'au cou et se mit aussitôt à nager vers le large. Les vagues lui mordillèrent aussitôt la peau, elle sentit des milliers d'aiguilles se planter dans son ventre, mais, peu à peu, la stupeur du premier choc thermique cédait place à une sorte de jouissance ou tout au moins un plaisir physique qui se diffusait lentement à travers chaque pore. Dans l'eau, Solange oubliait, s'oubliait. Elle avait l'impression que chaque cellule, chaque hormone se mettait à bouillonner. C'est ici qu'elle se réconciliait avec son corps malade. Son amertume et sa douleur se dissolvaient au contact de l'eau. Tout devenait léger. Elle était seule, prodigieusement seule. Ses fantômes lui fichaient la paix. Ce bain quotidien, c'était à la fois sa morphine et son Lexomil. Ne comptaient désormais que sa respiration qu'elle contrôlait à chaque brasse et la précision de ses mouvements. C'était une nageuse émérite. Dans sa jeunesse, elle avait fait de la compétition au niveau régional, avait récolté quelques médailles, et quand elle était à Paris, elle s'imposait toutes les semaines au moins deux séances de piscine, si barbantes que fussent les longueurs dans des bassins surpeuplés. Elle le faisait par coquetterie, bien sûr, pour plaire aux hommes, à son homme, pour affiner sa taille, sculpter ses formes et raffermir ses muscles, ou tout simplement supporter son image dans un miroir. Mais force était d'admettre qu'elle s'y emmerdait royalement. Seul l'océan lui procurait ce plaisir intense, presque bestial, et même si elle avait gardé d'excellents souvenirs des bords de la Méditerranée au cours de ses voyages et de ses expéditions, c'est l'eau de l'Atlantique, plus tonique, plus vigoureuse, qu'elle privilégiait chaque fois qu'elle le pouvait. Une eau fraîche de préférence contre laquelle elle aimait se battre. Ici, elle était bien. Elle était vivante. Elle sortit du bain dès qu'elle sentit un engourdissement au bout de ses doigts. Puis se sécha. Se rhabilla sommairement avant de se remettre en route.

Elle contourna la pointe du Loup Pendu pour éviter le raidillon qu'elle jugeait trop abrupt pour ses jambes devenues fragiles, préféra emprunter la grève même s'il était plus difficile de marcher sur le sable, puis se dirigea vers les dunes en se faufilant à travers une allée de genêts encore en fleur au bout de laquelle elle aperçut la joggeuse vautrée de tout son long sur le sol. À cet instant précis, Solange pensa un peu bêtement à un poème de Rimbaud, le trou de verdure, les haillons d'argent, *Le Dormeur du val*, bien sûr, c'est la première chose qui s'imposa à son esprit alors qu'elle aurait dû logiquement paniquer, pensa-t-elle a posteriori, crier, sortir son portable, appeler au secours, mais non, elle s'approcha doucement du corps allongé, le secoua un peu, puis, s'agenouillant, le retourna vers elle. Phanie ouvrit à moitié les yeux après avoir reçu deux petites gifles sur sa joue droite, les referma, puis les écarquilla cette fois-ci en grand tandis que sa main empoignait brusquement celle de Solange pour éviter de recevoir une autre claque en pleine figure. Cette dernière fut choquée par la violence et la force de son geste, assurément celui d'une professionnelle du combat.

— Mademoiselle ? Ça va ? Vous vous êtes fait mal ?

Phanie balbutia oui, oui, tout va bien, c'est rien. Elle arracha ses oreillettes.

— Je crois que vous vous êtes évanouie.

— Non, tout va bien, c'est rien, répéta-t-elle. Suis juste tombée, j'ai dû glisser.

— Ne bougez surtout pas, vous vous êtes peut-être cassé quelque chose.

— Ça va, ça va, s'irrita-t-elle, il n'y a pas mort d'homme. Puisque je vous dis que tout va bien.

C'est ainsi que Solange fit connaissance avec Phanie. Elle l'aida à se relever. Bien que Phanie fût d'un petit gabarit, ce fut un peu laborieux mais apparemment il n'y avait rien de cassé, c'était l'essentiel. Peut-être une entorse, même pas, au bout de quelques pas la jeune femme arrivait à marcher correctement. C'était juste une chute idiote, un moment d'inattention, elle s'était évanouie sans raison. Peut-être la fatigue, suggéra Solange, peut-être manquait-elle de magnésium ou de fer, ou tout simplement n'avait-elle pas assez mangé. Sa maison était à deux pas, voyez, on arrive à deviner la toiture et la cheminée, un thé lui ferait le plus grand bien. Non, elle ne la dérangeait pas du tout, au contraire, on est là pour s'entraider, entre femmes, n'est-ce pas, vous êtes certaine que vous pouvez marcher. Allez-y doucement, on ne sait jamais. S'évanouir ici ? Je vous demande un peu. Suivez-moi, prenez mon bras, c'est par là. À moins que ce ne soit quelque chose qui s'apparenterait au syndrome de Stendhal. Vous ne connaissez pas ? On l'appelle aussi le syndrome du voyageur. Devant la beauté des œuvres d'art de Florence, voyez-vous, Stendhal avait été saisi de vertiges, de suffocations et même d'hallucinations, mais ça peut tout aussi bien arriver à n'importe qui devant la puissance d'un paysage exceptionnel, ici par exemple, je ne plaisante pas, c'est fort possible, mais je vous ennuie avec mes bavardages, veuillez m'excuser, allez-y doucement, oui, comme ça, on dirait que ça va mieux, vous reprenez des couleurs, voilà, on y est dans une minute, un bon thé chaud sera le bienvenu, oui, c'est ça, un bon thé chaud, tenez-vous bien à mon bras.

Phanie

C'était une maison qui ressemblait à une maison, jugea Phanie lorsqu'elle s'en approcha. Elle entendait sans doute par là que cette bâtisse d'un étage était sensiblement le modèle qu'aurait dessiné un enfant de huit ans si on lui avait demandé d'en dessiner tout simplement une. Une porte surmontée d'une marquise s'ouvrait en haut d'un petit escalier de six marches et de chaque côté, de manière parfaitement symétrique, se trouvaient deux fenêtres assez grandes pour offrir suffisamment de lumière. Les volets en bois étaient peints d'un bleu presque turquoise. Sur la toiture d'ardoise avaient été percées deux lucarnes qu'on appelle des chiens-assis. Les murs de la façade étaient recouverts d'un crépi gris qui aurait mérité un bon ravalement, la peinture des volets s'écaillait, ça sentait le vieux, presque le dénuement, voire un certain abandon, et pourtant, cette maison semblait lui souhaiter la bienvenue. Elle avait l'apparence d'un visage, la porte pour la bouche, la marquise en guise de nez, les fenêtres pour les yeux grand ouverts, les chiens-assis comme des sourcils relevés. Ce n'était pas une maison traditionnelle bretonne, un *penn-ti*, comme ils disent ici, c'était plutôt une demeure de ville, une villa qu'on aurait pu qualifier de bourgeoise à sa construction, c'est-à-dire il y a plus d'un siècle.

Elle monta les six marches en se tenant d'un côté à la rambarde de fer forgé, de l'autre au bras de Solange, qui la pria d'y aller mollo. La porte n'était pas verrouillée, une jolie porte d'entrée d'autrefois, percée de deux ouvertures défendues par des entrelacs métalliques. Un couloir assez sombre dont le sol était dallé de carreaux décorés de motifs floraux, à la manière des Arts déco des années 1930, menait à un escalier de bois, lui aussi savamment ouvragé. À droite se trouvait la cuisine, baignée d'une étonnante clarté. Solange saisit une chaise et la pria de s'asseoir en attendant qu'elle prépare quelque chose de chaud qui allait la requinquer. Ne faites pas attention au désordre, ajouta-t-elle, mais de désordre, il n'y en avait guère, sinon quelques bouquins et journaux éparpillés en bout de table. Au contraire, tout semblait parfaitement ordonné et en même temps, tout semblait en décalage avec la personne qui vivait là et l'avait accueillie en bonne Samaritaine.

— On ne s'est pas présentées. Je m'appelle Solange.

— Phanie.

— Tiens, c'est étrange ! On n'entend plus souvent ce prénom, c'est pourtant joli, c'est printanier.

— En vérité, je m'appelle Épiphanie, c'est le prénom dont m'ont affublée mes parents. Vous imaginez un peu la galère à l'école ! Alors j'ai choisi Phanie, p-h-a-n-i-e.

— J'imagine, oui. Remarquez, Solange, ça vaut aussi son pesant de cacahuètes. Néanmoins, ça passait plutôt bien dans les beaux quartiers.

— Vous êtes parisienne ?

— Ça se voit tant que ça ?

Elle répondit par une moue espiègle, puis, comme pour diriger la conversation vers un autre sujet, Solange lui demanda si elle avait mal.

— Non, pas vraiment, mais je ne comprends pas.

— Qu'est-ce que vous ne comprenez pas, Phanie ?

— Pourquoi je me suis bêtement évanouie. Alors que c'était juste une petite chute, une chute de rien du tout.

— Je vous l'ai dit. Manque de fer ou de magnésium, sans doute les deux. Vous travaillez trop, peut-être. Le stress, le surmenage, le burn-out à l'horizon, un grand classique. Tenez, prenez ça ! Ça ne vous fera pas de mal. J'en prends un verre tous les matins après mon bain, histoire de partir du bon pied.

— Qu'est-ce que c'est ?

— Gingembre, miel des Maures, citron vert. N'ayez crainte, fabrication maison, vous m'en direz des nouvelles. Ça va vous remettre d'aplomb. Vous êtes encore bien pâlotte.

Phanie but d'abord à petites gorgées, fronça les narines, puis la grimace se convertit peu à peu en un large sourire qui n'échappa pas à l'attention de Solange. Un tel sourire au matin, pensa-t-elle, ça valait une bonne nuit de sommeil, et puis ça ne courait pas les rues, et encore moins sur cette île, où la plupart des habitants avançaient renfrognés comme s'ils avaient la ferme intention d'aller casser la gueule à leur voisin à propos d'une sombre histoire de haie mal taillée ou de dette en souffrance. Celui-ci était aussi franc que le chant d'un merle, d'ailleurs cette jeune femme avait une tête d'oiseau. Elle paraissait si frêle, si fragile, pourtant Solange n'osa aborder de front la question de son métier.

— Merci, dit Phanie en reposant son verre.

— Si vous le permettez, je vais faire une petite toilette et m'habiller convenablement, je suis affreuse. J'en ai pour trois minutes, le temps que le thé infuse.

— Vous vous baignez régulièrement ? Même en automne ?

— Presque tous les jours et même en hiver tant qu'un dieu ou autre me prêtera vie. L'eau commence à se rafraîchir, il est vrai, mais ça maintient en forme une vieille dame de mon espèce qui n'admet pas de vieillir. On a tous droit à ses coquetteries, n'est-ce pas ?

— Vous n'avez peur de rien ?

Solange disparut dans l'escalier en rigolant.

— Peur de quoi ? Des requins ? Des baleines ? Mettez-vous à votre aise, Phanie. Faites comme chez vous, vous êtes mon otage.

Elle se tâta à nouveau les mollets, puis les chevilles pour s'assurer qu'il n'y avait rien de grave, juste une éraflure au niveau de la cuisse, son legging déchiré et un peu de sang déjà séché par le vent. Dans l'affaire, ses lunettes n'étaient même pas tombées. Elle les essuya avec le bas de son tee-shirt. Rien d'inquiétant au demeurant, sinon ce surprenant malaise. Ce n'était pas dans ses habitudes. Cette femme avait peut-être raison à propos du magnésium et de la fatigue, du manque de fer et du stress, son corps lui avait simplement adressé un petit signal d'alerte, une tape sur l'épaule pour lui conseiller de ralentir. Elle avait cumulé les ennuis, ces derniers temps, et cette prise de bec avec Vanessa n'avait rien arrangé. Faudrait qu'elle pense à faire une analyse de sang dès son retour.

Elle se leva, fit quelques étirements en bâillant, puis, sans doute par déformation professionnelle, balaya la cuisine d'un regard pointilleux. On se serait cru dans une autre époque, peut-être dans la maison d'une aïeule, quelque part dans l'entre-deux-guerres. Tout était vieillot, tout semblait hors du temps, désuet. Aux fenêtres, des petits rideaux de dentelle grisâtre qui s'effilochaient. Sur la table, une toile cirée aux motifs naïvement fleuris. Un vase vide. Un cendrier publicitaire aux couleurs de Cinzano. Des mégots de cigarillos. Dans un coin, un carton rempli de bouteilles vides de champagne. C'était étrange et familier à la fois. Elle entendit au-dessus d'elle le bruit d'une douche, ce qui lui laissait une appréciable marge de temps pour aller plus loin dans ses investigations. De l'autre côté du couloir devait se trouver le salon. La porte grinça. Le parquet craqua sous ses pas. Elle entendit le tic-tac d'une horloge. C'était presque excitant. Elle se trouvait dans une maison qui parlait, comme avant. Les résidences modernes, les appartements des villes étaient devenus muets, on leur avait cloué le bec. Les horloges ne faisaient plus tic-tac comme autrefois, elles se contentaient de faire briller dans la nuit des chiffres en rouge. Le vent, bloqué par la double paroi des vitrages, ne parvenait plus à siffler à travers les interstices des fenêtres. Même les sommiers ne grinçaient plus à la moindre partie de jambes en l'air. L'insonorisation maximale était devenue la norme. Les cloisons de béton étaient parfaitement étanches. Motus et bouche cousue. On n'entendait plus les voisins se taper dessus et encore moins les cris des gosses, ce qui ne facilitait pas la tâche de la police.

Elle pénétra dans la pièce à pas de loup, aperçut tout de suite des livres empilés un peu partout, à même le sol ou éparpillés sur les meubles. La pièce était toujours aussi démodée mais plutôt coquette. Deux vieux fauteuils étaient installés devant une cheminée, des fauteuils de style, sans aucun doute, elle ignorait lequel, Empire peut-être, ou Voltaire, peu importe, elle en avait vu de semblables chez sa grand-mère à Vélizy. Celui de gauche était occupé par un tas de bouquins. Il y avait même un piano qui n'avait pas dû émettre la moindre note depuis des décennies. Elle glissa un index sur le cadre et ramassa un peu de poussière. Sur une table joliment marquetée qui faisait sans doute office de bureau, encore des livres, la plupart anciens, et d'ailleurs, c'était comme une odeur de bouquiniste qui régnait dans cette pièce, un mélange un peu âcre de poussière humide et de vieux papiers. Elle en saisit un, celui qui était resté ouvert, fit la moue en voyant le titre. À coup sûr, une intellectuelle, quelqu'un de brillant sans aucun doute, mais, comment dire, un peu décalé, toujours hors du temps, rat de bibliothèque plongé du matin au soir dans ses lectures, sauf que ce rat-là plongeait aussi dans l'océan et ceci par tous les temps, ainsi qu'elle s'en était vantée tout en jouant les modestes. Pensez-vous, juste un peu fraîche au départ ! Mon œil, ricana Phanie.

L'ordinateur portable était quant à lui le seul objet contemporain. Un banal coucher de soleil océanique comme fond d'écran. Machinalement, elle ouvrit le tiroir du bureau, y glissa les doigts. Un passeport, quelques lettres, des boîtes de médicaments en désordre, ainsi qu'une arme de poing. Phanie reconnut sans hésiter le Manurhin F1/X1, un revolver utilisé par la police française jusqu'aux années 2000, et avec lequel elle s'était maintes fois entraînée au stand de tir. Et celui-ci également, on pouvait en toute bonne foi le considérer comme contemporain. D'autant plus qu'il paraissait en parfait état de fonctionnement et que le barillet était plein. Elle referma le tiroir en se mordillant la lèvre inférieure. Retourna dans la cuisine, se mit à la fenêtre pour observer le paysage. De l'autre côté de la route ondulaient déjà les premières dunes hérissées d'oyats. On ne voyait pas l'océan, mais la menace de ses grondements se devinait par le biais d'une rumeur sourde. En revanche, on pouvait nettement distinguer le sentier côtier. Phanie colla son front à la vitre. Avec une telle arme et un tantinet d'expérience, rien de plus simple que de dégommer quelqu'un. Restait à apprécier le mobile.

Les trois minutes d'infusion avaient duré un bon quart d'heure, mais les vedettes se font toujours attendre, pensa Phanie, car nul doute que la personne qui surgit dans la cuisine en faisant mine de s'excuser n'était plus la même que la baigneuse drapée dans son vieux peignoir de plage. Elle vit apparaître dans l'embrasure de la porte une femme d'une élégance rare auprès de laquelle elle se sentit encore plus petite qu'elle ne l'était, rare parce que cependant étonnamment naturelle et presque incongrue dans ce décor. En ce laps de temps somme toute assez court, Solange s'était douchée, coiffée, maquillée, rosi les lèvres et noirci les yeux, avait eu le temps de se parer de quelques bijoux aux poignets, aux doigts et autour du cou, et de revêtir une robe bleu marine qui épousait harmonieusement ses formes et lui tombait juste sous les genoux. Phanie la jugea en deux secondes. Il ne suffisait pas de dire que tout ce qu'elle portait lui seyait à merveille, c'était bien au-delà, parce que ce qu'elle portait, justement, c'était sans intention de le porter. Il ne s'agissait nullement de frime, pas même de coquetterie comme elle s'en était justifiée, c'était une seconde peau. Phanie restait subjuguée. La classe, jugea-t-elle, la grande classe, la grâce à l'état pur malgré son âge. Des jambes magnifiques perchées sur de hauts talons, un décolleté généreux sans être aguicheur, une longue chevelure argentée dégoulinant en boucles sur ses épaules dénudées et, clou du spectacle, deux anneaux d'or aux oreilles, au diamètre aussi large que des soucoupes. Solange versa le thé dans deux tasses en porcelaine blanche.

— Lapsang souchong. Le thé préféré de Sherlock Holmes. Je le fais venir par la poste d'une maison de la place des Vosges. Prenez la peine de vous asseoir.

Phanie saisit une chaise, celle qui était la plus proche de la porte, et s'assit.

— Vous n'êtes pas d'ici, je suppose. En vacances ?

— Comme vous.

— Pas vraiment. En retraite, à la vérité, même si le mot me fait horreur. J'ai acheté cette maison il y a maintenant presque deux ans, sans même la visiter. Une annonce sur le Net, tout simplement. D'ailleurs, je l'ai prise en l'état, avec les meubles, les livres, tous ces souvenirs. On m'a dit qu'elle appartenait à la veuve d'un officier de marine, un homme de toute évidence lettré comme vous avez dû le constater dans le salon, voyageur également à voir le nombre de souvenirs. Il est mort assez jeune, m'a-t-on dit, pendant la guerre. Mais sa veuve lui a survécu des décennies. Elle est morte à cent ans tout rond. En un sens, je squatte chez ce couple, je couche dans leur lit, j'entretiens leur mémoire, ça comble la solitude. En partie, du moins.

— Les gens d'ici vous ont acceptée ?

— Vous savez, ma chère Phanie, il y a sur cette île quatre catégories d'habitants. Un : les nés-natifs, qui ont plusieurs générations dans le cimetière et ne se privent pas de le faire savoir. Deux : les touristes à la journée ou à la semaine. Ceux-là, on leur règle vite fait leur compte une fois qu'ils ont vidé leur porte-monnaie. Trois : les propriétaires de résidences secondaires, qui n'y vivent que trois ou quatre semaines par an, ce qui semble leur suffire pour se permettre de donner des leçons à tout le monde. Enfin, ceux dont je fais partie et que j'appelle les entre-deux, qui y vivent toute l'année mais qui n'ont aucune tombe à fleurir à la Toussaint. Le cul entre deux chaises, en somme. On ne nous jette pas de pierres, c'est déjà ça, mais on ne nous lance pas des fleurs non plus. On nous supporte, oui, c'est ça, on nous supporte. Dans la limite du supportable, si vous voyez ce que je veux dire.

— Veuillez pardonner mon insolence, mais vous semblez, dans ce décor, un peu… comment dire ? un peu… atypique. Vous faisiez quoi avant, si je peux me permettre ?

— Professeur d'université à Paris. Histoire antique. Rien que ce statut peut vous faire considérer comme atypique, voire exotique, pour le moins bizarre, mais n'ayez crainte, je ne suis pas la seule. Beaucoup d'entre nous se sont installés ici pour des raisons qui n'appartiennent qu'à eux. Des musiciens ou des artistes venus sans doute chercher l'inspiration comme si elle allait se déposer parmi la laisse de mer et qu'il suffisait de se baisser pour la ramasser. Mais comme c'est un peu plus compliqué que ça, beaucoup sont repartis la tête basse. Il y a aussi ce couple de citadins, par exemple, qui s'est mis en tête de monter une ferme bio alors que le dernier paysan de l'île a mis la clef sous la porte juste après la guerre. Pourquoi pas ? L'île est à tout le monde après tout, n'en déplaise à la catégorie 1. Et c'est un bonheur tant leurs légumes sont excellents. À propos, vous avez peut-être faim ?

— Merci, mais j'ai réservé un petit déjeuner comme hier au bar de la Falaise, chez Scarlette. J'aime bien l'ambiance. C'est moins sinistre qu'à l'hôtel.

— Ah, Scarlette ! La fameuse Scarlette ! Tout un poème, n'est-ce pas.

— Oui, souffla Phanie, on peut dire ça comme ça. Un poème.

Elle se leva, remit sa chaise en place, remercia pour le thé – comment dites-vous, déjà ? Lapsang machin ? – et s'excusa pour le dérangement. L'accompagnant jusqu'au seuil, Solange lui assura que ce fut un plaisir, qu'elle était la bienvenue, un soir à l'heure de l'apéritif par exemple, et que sa porte était toujours ouverte comme elle avait pu le remarquer, ce à quoi Phanie rétorqua qu'il fallait quand même se méfier de tout, même sur une île, sait-on jamais ?

— Ici, le dernier crime à se mettre sous la dent a eu lieu en 1937, ce n'est pas d'hier ! J'ai appris ce fait divers par un des articles de journaux que l'ancienne propriétaire découpait soigneusement et qu'elle classait dans un dossier en prévision du retour de son mari, pour qu'il ait des nouvelles du pays. Une femme qui en a eu assez de se faire violenter par son ivrogne d'époux lui a planté une fourche dans le ventre. Un grand classique. Puis elle a découpé le corps en morceaux et les a fait cuire un par un dans un grand chaudron destiné à nourrir ses porcs, qui d'ailleurs, je ne vous cache rien, s'en pourlé-chèrent allègrement les babines. Après quoi elle est allée se confesser tout naturellement au curé de la paroisse qui, taraudé par l'énormité du crime, a fait passer sa conscience avant le secret professionnel. Résultat, la réclusion à perpétuité. Voyez-vous, la violence faite aux femmes n'était à l'époque pas vraiment considé-rée par les juges comme un cas pouvant entraîner une légitime défense. Quelques semaines après le jugement, on a retrouvé la pauvre femme pendue dans sa cellule. Depuis cette lamentable histoire, les gendarmes n'ont rien eu d'autre à écrire dans leurs rapports que quelques cambriolages, des broutilles, des casiers à homards vola-tilisés, le vol d'un vélomoteur par-ci, par-là, une bagarre entre jeunes à la fermeture des bistrots… Du menu fretin. Les viols, les incestes, ça reste dans la sphère privée, voyez-vous. Idem pour les violences conjugales. En fait, ce n'est ni mieux ni pire qu'ailleurs, je veux dire sur le continent. On se demande alors bien à quoi servent les gendarmes quand ils viennent fouiner par ici.

Phanie se trouvait maintenant au pied du petit escalier. Elle se retourna. Solange lui paraissait impériale.

— Je ne suis pas gendarme, avoua-t-elle comme pour s'excuser, mais j'appartiens à la Police nationale.

— Je sais, répondit Solange dans un large sourire. À bientôt, Phanie, p-h-a-n-i-e. Prenez soin de vous et n'hésitez pas tant que vous êtes ici à consulter le docteur Ceaușescu.

— Pardon ?

— Ce n'est pas une plaisanterie, c'est son vrai nom. Une Roumaine. Elle s'est installée ici voici quelques années alors que l'île manquait cruellement d'un médecin. Ses méthodes sont peut-être un peu… radicales, dirons-nous, mais c'est une femme adorable, vraiment, qui plus est une excellente praticienne. On en est très satisfaits.

Scarlette

Ici, l'hiver entre sans frapper, à la façon d'un malotru de la pire espèce. Jusqu'à la Toussaint et même pendant les quelques jours qui ont suivi, on a eu droit à un temps splendide, les gens en bras de chemise, les gosses pieds nus dans les flaques, le cimetière sur son trente-et-un, des chrysanthèmes en pagaille, des couleurs en veux-tu en voilà, sur l'air d'un vrai été indien, et puis la dépression est arrivée par l'ouest, comme de juste toujours par l'ouest. Qu'est-ce que je disais dimanche dernier ? Ce soleil, cette douceur, c'était trop beau, on finirait par le payer. Après la fête, la défaite, disait ma mère les lendemains de cuite de mon père.

On les a vus arriver de loin, ces gros nuages balourds qui avançaient lentement mais sûrement, un peu comme une armée de blindés prête à envahir tout le pays. Le ciel était étrange, divisé en deux. Tout bleu d'un côté et presque noir de l'autre. Bleu quand vous regardez à gauche en sortant de mon bistrot et tout gris à droite, un gris chargé de nuances menaçantes, et on se demande ce qui va bien encore pouvoir nous tomber dessus, cette fois-ci. On a beau avoir la peau dure, la couenne tannée par les embruns, les yeux délavés par les bourrasques, se dire qu'on est habitué, qu'on en a vu d'autres, des vertes et des pas mûres, la tempête de 1997, par exemple, on préfère quand même se méfier parce que le pire n'est jamais loin. La mer aussi change de couleur, et même de bruit, et même d'odeur. Tout paraît encore calme, mais elle frissonne imperceptiblement, la houle se charge lentement, tel un cœur gorgé de sang qui accélère son rythme en douce, et les vagues qui s'échouent sur la grève nous chantent à présent une autre chanson. Les sternes volent au ras de l'eau, les goélands cherchent à regagner leur antre, les lapins des garennes se planquent, l'aiguille du baromètre commence à frétiller. L'odeur, je vous le disais à l'instant, est différente aussi. Elle semble venir de plus loin, portée par la brise et ses mauvaises nouvelles. Comment dire ? Une odeur de jument en rut.

Les journaux nous l'ont annoncé, bien sûr. Une tempête de force 8 prévue dans les prochains jours. Ils lui ont déjà donné un nom : Félicité. Entendez ça, bonnes gens : Félicité pour une tempête, fallait oser. Depuis que les gars de la météo ont choisi de baptiser chacune d'entre elles par un prénom, on a l'impression qu'une sorcière nommée Katrina, Xynthia ou Cleopatra va venir avec son gros balai nous caresser dans le mauvais sens du poil, mais c'est pour mieux nous faire avaler la pilule. Un nom pour une tempête, je vous le demande un peu. Elles s'appellent Gunter, Joachim, Ana, des noms à coucher dehors la plupart du temps, mais ce coup-ci, c'est le pompon. On attend la venue d'un cataclysme joliment nommé Félicité. C'est vraiment se moquer du monde. Et pourquoi pas une tempête Scarlette, pendant qu'on y est ? Un bon grain de force 10 minimum, je vaux bien ça, non ?

La fliquette (soyons d'accord, appelons-la Phanie et qu'on n'en parle plus, elle est en congé après tout, chacun y a droit, même si dans la police, ils doivent être également descendus aux trente-cinq heures, aussi flemmards que les autres, alors que moi, je dois faire allègrement plus du double, j'ose même plus les comptabiliser, mes heures), Phanie, donc, est arrivée avec un peu de retard, dix heures trente bien tassées, dans ces eaux-là. D'habitude, j'arrête de servir les petits déjeuners après dix heures parce qu'il y a le tabac à mettre en place, les invendus des journaux à répertorier, faut que tout ça soit d'équerre avant l'arrivée du bateau, pas une minute de repos, pas une seconde à moi, mais pour elle, allez savoir, j'ai fait une exception. D'un geste du pouce, je lui ai quand même fait relire l'affichette derrière le comptoir : *Petits déjeuners servis de 8 h à 10 h.* Elle a haussé les épaules en prenant l'air d'une gamine qui arrive sans motif valable en retard à l'école, alors trop gentille une fois de plus, j'ai dit OK, si vous me prenez par les sentiments, mais je vous préviens, il n'y a plus de croissants, et je suis aussitôt partie lui préparer sa tambouille d'autant plus qu'elle avait la mine un peu déconfite et que les flics, vacances ou pas, mieux vaut les avoir dans sa poche qu'être dans leur collimateur, je sais de quoi je parle.

— On dirait que le temps est en train de changer ! a-t-elle dit quand je lui ai apporté son café.

Elle avait déjà vidé d'un trait son verre de jus d'orange.

— Mmmmh…

La plupart des gens ne parlent que pour parler, c'est-à-dire pour ne rien dire, sauf ceux qui font semblant de ne parler que pour parler alors qu'ils cherchent à vous tirer les vers du nez. À moi, on ne me la fait pas. Flic un jour, flic toujours. Dès la deuxième réplique, elle a attaqué plein pot.

— Écoutez, je viens de rencontrer une dame sur l'île. Charmante, tout à fait charmante. Je faisais mon footing, tranquille, et j'ai eu un petit malaise, rien de grave, ne vous inquiétez pas.

— Je ne m'inquiète pas, j'ai dit.

— Ce qui explique mon retard. Encore désolée. Figurez-vous que cette dame est venue à ma rescousse, puis elle m'a invitée à prendre le thé chez elle, dans sa maison, juste de l'autre côté des dunes. Une vieille maison avec des meubles démodés, des babioles antiques. Comme dans le temps.

— Comme dans le temps, oui. Je crois savoir de qui vous voulez parler. Madame Solange, c'est ça ? Elle est cliente aussi chez nous.

— C'est ce que j'ai cru comprendre. La soixantaine, très élégante. Belle personne, non ?

— En effet.

— Peut-être un peu… comment dire ? Un peu hors norme… Elle sortait de l'eau quand elle est venue vers moi. On peut dire qu'elle n'a pas froid aux yeux.

— Ni au reste. Encore un peu de pain vous ferait plaisir ? Il est tout frais de ce matin.

Elle a dit non avec la tête, s'est essuyé la bouche et le menton avec sa serviette. Règle numéro 1 : se méfier des étrangers. Règle numéro 2 : se méfier des étrangers qui se méfient des autres étrangers. Règle numéro 3 : se méfier de tout. Comme elle a bien compris que je n'étais pas très diserte sur le sujet, elle s'est plongée la bouche pleine dans la lecture du supplément sport du journal de la veille. J'ai jeté un œil par-dessus son épaule. Un grand match de rugby avait eu lieu au Parc des Princes et le XV de France avait infligé une sévère déconfiture au pays de Galles.

— Vous vous intéressez au rugby ? j'ai demandé.

— Un peu, oui. J'en ai fait dans ma jeunesse.

— Vous n'avez pourtant pas le gabarit.

— Ce n'est pas qu'une question de gabarit, il faut aussi savoir courir vite, louvoyer, se faufiler. C'est un jeu beaucoup plus subtil qu'on le croit, vous savez.

— Peut-être, mais si j'étais vous, je la mettrais maintenant en veilleuse.

— Pourquoi ?

Je n'ai pas répondu. Debbie, la Galloise, arrivait à cet instant-là les bras chargés d'un cageot rempli d'un tas de bonnes choses que je lui avais commandées : des œufs, de la salade, des carottes et des patates, une bonne livre de pommes, un potiron, du fromage de brebis, une tuerie comme disent les jeunes, et un grand pot de miel. Le tout venait de la petite exploitation qu'elle tenait avec Thierry Martinot, son compagnon, et question fraîcheur et qualité, on pouvait leur faire confiance. 100 % naturel. Quand je pense que personne n'aurait misé un kopeck sur leur projet…

— Pose ça là, j'ai dit en lui montrant une table de libre. Tu me diras combien je te dois.

On s'est fait la bise. Debbie était sans conteste la plus belle créature de l'île. Une rousse flamboyante avec des yeux verts à damner un saint, et un sourire, je ne vous dis que ça. Les ongles de ses mains étaient noirs de terre, elle était le plus souvent fagotée comme l'as de pique et question parfum, disons que c'était plutôt rustique pour rester polie, mais il émanait d'elle un je ne sais quoi d'irrésistible et quand elle se baignait l'été toute nue dans la crique du Loup Pendu, je connais plus d'un lascar qui rôdait dans les parages avec une paire de jumelles, feignant soudain de s'intéresser aux oiseaux marins, ce qui ne facilitait pas la tâche de Thierry, son jules, qui était dit-on jaloux comme une teigne. C'était un gars de la ville reconverti du jour au lendemain dans l'agriculture mais qui passait visiblement le plus clair de son temps devant son ordinateur pendant que sa belle s'esbignait aux champs. C'est elle également qui tenait l'étal au marché tous les mardis et vendredis matin et, à juger par la file d'attente devant son stand, clair comme de l'eau de roche qu'il n'y avait pas que la qualité des choux-fleurs qui attirait le chaland.

— Un petit café comme d'habitude, Debbie ?

— Désolée, Scarlette, pas le temps. Tu régleras plus tard. Je file.

Quand elle prononçait mon prénom, j'avais l'impression d'être l'héroïne de ce fichu film. Elle est remontée aussi sec dans sa vieille 4L commerciale, une des rares voitures de l'île avec celle de Fabien, le menuisier, et la R12 de l'ancien maire. Je me suis retournée vers Phanie. J'ai bien vu qu'elle non plus n'était pas insensible au charme de Debbie, personne n'y échappait, ni les hommes ni les femmes, quoi qu'en disent ces dernières, qui admettaient que oui, bon, d'accord, c'est un beau brin de fille, mais quand même, elle pourrait s'épiler sous les bras.

Dehors, l'escadrille de nuages noirs se rapprochait. J'étais en train de servir à Mon Capitaine sa deuxième ration de rouge quand on a soudain entendu un grand coup de tonnerre, mais ce n'était pas le tonnerre, ni celui de Brest, ni celui du ciel pourtant de plus en plus menaçant. J'ai sursauté. Le fracas venait de la cour de derrière, là où se trouvait la remise, un cabanon de tôles et de briques ou plutôt de bric et de broc qu'avait construit de ses propres mains Lucien Troadec, mon grand-père. C'était comme un roulement de tambour, un grondement lourd et terrifiant, interminable, jailli du fond des ténèbres ou de Dieu sait de quels abysses et qui m'a fait penser à quelque chose, mais à quoi ? J'y suis. C'était le même bruit que celui du container à verre recyclable que la grue du camion municipal déchargeait tous les lundis matin dans sa remorque. Un bruit dantesque à vous faire arrêter de boire pour le restant de vos jours. Sauf qu'on n'était pas lundi et que le container à verre se trouve à l'autre bout du quai. Le bruit s'est arrêté après une dizaine de secondes. On s'est regardées toutes les deux dans les yeux, sans doute que j'avais ma main devant la bouche. Je ne sais plus si je les ai hurlés ou simplement pensés, mais autant vous dire que les premiers mots qui me sont venus à l'esprit ne sortaient pas de la bouche d'un académicien.

J'ai laissé mon torchon en plan et j'ai couru en trombe vers l'arrière-cour jusqu'à la remise, la fliquette dans mon sillage. Arrivées devant le désastre, je lui ai agrippé le poignet.

— Seigneur, nous voilà bien !

Solange

Les lettres de Pascal étaient interminables même s'il était agréable d'avoir dans sa boîte aux lettres autre chose que *Le Monde*, qu'elle recevait d'ailleurs avec quarante-huit heures de retard et qu'elle ne feuilletait à présent que très sommairement, de moins en moins en réalité. Parfois elle ne prenait même pas la peine de l'ouvrir, les nouvelles planétaires lui paraissaient de plus en plus lointaines et redondantes, trop souvent futiles, barbantes, soyons clair, et les journaux s'empilaient sur un coin de la table de la cuisine comme si elle se contentait d'écarter d'une pichenette les turpitudes de la civilisation des continentaux. L'île des Maures où elle s'était réfugiée était en somme une petite planète, un microcosme qui se suffisait tant bien que mal à lui-même et dont les codes étaient parfois aussi difficiles à déchiffrer que les arcanes de la géopolitique mondiale.

Les lettres de Pascal étaient écrites à la main, ce qui, en ces temps de communication numérique, était un signe d'élégance qu'elle appréciait. D'ailleurs, elle lui avait fait promettre de ne la contacter, si toutefois il y tenait vraiment, que par voie postale. Ni textos ni mails et surtout pas d'appels, s'il te plaît, jure-le-moi. Après maintes supplications, il avait fini par obtempérer, mais par mesure de précaution, elle avait changé de téléphone et de numéro. Il s'était donc résolu à la correspondance et comme il écrivait très mal, la lecture devenait rébarbative. Quoi qu'il en soit, ses pattes de mouche racontaient peu ou prou les mêmes choses, sa thèse, ses élèves, son ennui conjugal, son manque d'elle, les potins de l'université, ceux de la mairie de Paris, les dernières frasques du gouvernement, à nouveau sa thèse, à nouveau son désir ardent de la revoir, ardent, c'est le mot qui revenait sans cesse, et patati et patata, quel boulet, ce pauvre Pascal qui s'accrochait presque désespérément à elle. N'avait-il donc rien compris ou persistait-il à ne vouloir rien comprendre ? Leur relation devenait affligeante et pathétique. Quand elles ne finissaient pas dans la cheminée, ses lettres, dont certaines n'avaient toujours pas été décachetées, rejoignaient la pile de journaux et subissaient le même sort que les nouvelles du monde. Tout perdait son sens. Ce matin-là, elle en eut assez, il était temps d'arrêter les frais. Dans un élan quasiment pulsionnel, elle écrivit au dos d'une carte postale qui représentait en couleurs le phare de Saint-Rioc dans la tourmente ces quelques mots : *Mon très cher Pascal, ne m'écrivez plus, je vous en conjure. C'est inutile et c'est vain. Ayez, je vous prie, la délicatesse de m'oublier. Soyez heureux. Solange.* Puis elle glissa la carte dans une enveloppe, écrivit l'adresse, colla un timbre et attendit la factrice. Onze heures moins dix, c'était son heure.

Depuis de nombreuses années, c'est Brigitte Moal qui faisait la tournée de distribution du courrier. On entendait les pétarades de son vélomoteur jaune à des kilomètres à la ronde. Visite après visite, les deux femmes s'étaient liées d'amitié, le mot est sans doute trop fort, disons simplement qu'il s'agissait d'une sorte de complicité fortement teintée de curiosité réciproque. L'une pensait tout savoir, et l'autre voulait tout savoir. Solange, qui l'avait déjà plusieurs fois invitée à boire le thé, réitéra ce jour-là sa prière. Deux minutes, pas une de plus, prévint Brigitte, qui pourtant pour rien au monde n'aurait raté une occasion de tailler un petit bout de gras avec madame Solange. Vêtue comme à son habitude de son ample ciré jaune estampillé aux armes de la Poste et traînant dans son sillage une vague odeur de gas-oil, elle ôta son casque et essuya les semelles de ses bottes sur le paillasson de crainte de salir le beau carrelage de la veuve Pochard. Habitude des gens de grande taille, elle baissait chaque fois la tête quand elle passait sous le chambranle de la porte de la cuisine. Brigitte Moal aurait pu être pilier de l'équipe de rugby s'il y en avait eu une. Elle se contenta du foot, au milieu d'une bande de garçons qui serraient les fesses dès qu'elle s'emparait du ballon et qui dans les vestiaires baissaient pudiquement la tête quand elle ôtait son maillot. C'est sans doute de cette époque que datait sa réputation d'afficher les plus beaux nibards de l'île.

Le thé avec un drôle de nom que Brigitte n'arrivait jamais à retenir était prêt, il n'y avait qu'à le servir. Les tasses également avaient appartenu à Louise Pochard, de même que le sucrier ainsi que la pince qui ne servait plus à rien étant donné que la plupart des gens avaient renoncé au sucre, mais qui faisait sacrément distingué quand même, jugea Brigitte. Porcelaine de Limoges.

Dites-moi, madame Solange, elle ne s'emmerdait pas, l'ancienne proprio, il y avait du bien dans cette maison.

Solange lui expliqua ce qu'elle savait du destin de la riche et jeune veuve éplorée qui fut chaque jour moins riche et chaque nuit plus vieille. Sa longévité exceptionnelle n'eut d'égale que la vacuité de son existence, passée pour moitié devant cette fenêtre à guetter le retour d'un fantôme.

— Sans vouloir manquer de respect à cette pauvre dame, vous pouvez me croire que si mon chéri avait la mauvaise idée de calancher avant l'heure, je ne l'attendrais pas cent sept ans. Quelques mois de veuvage, je dis pas, faut respecter les morts et les conventions, mais au bout d'un moment, je vous dis que je ne tarderais pas à lui trouver un remplaçant. Faut pas mettre des freins à la nature, sinon ça vous ankylose les ovaires et ça finit par un cancer, c'est pas des menteries ce que je vous dis là, c'est scientifiquement prouvé.

— Je suis veuve, moi aussi, avoua Solange d'une voix à travers laquelle Brigitte ne soupçonna pas la douleur.

— Ah mince, alors ! La gaffe, la méchante gaffe. Je vous demande pardon, madame Solange, désolée, je ne savais pas.

— Ce n'est pas grave, rassurez-vous.

— On ne me dit jamais rien, à moi. J'aurais dû m'en douter, pensez, une femme de votre classe, élégante comme vous êtes, toute seule au comptoir de chez Scarlette devant votre coupe de champagne, avec votre cigarillo, pas pour dire, mais sauf votre respect, madame Solange, vous êtes encore sacrément bien conservée pour votre âge. Chapeau. J'en connais plus d'un sur l'île qui se porterait volontaire pour le rôle du chevalier servant.

— Je vous remercie, c'est fort plaisant à entendre.

— De rien, je vous le dis comme je le pense. À propos de Scarlette, vous avez entendu la nouvelle ?

— Quoi donc ?

— La falaise. Ce matin même, y a pas une heure.

— La falaise ? Fichtre. Que s'est-il donc passé ?

— Paraît qu'un gros bloc s'est écrasé dans l'arrière-cour de chez Scarlette, sur son cabanon, en plein dans le mille, le cabanon qui lui servait de remise pour ranger ses bouteilles, ses fûts de bière, ses paddles de location, son stock d'articles de plage, tout. Un désastre, à ce que j'ai entendu, la mère Scarlette dans tous ses états, vous la connaissez, et voilà qu'ils annoncent la tempête, terminés les beaux jours, mon Dieu, quelle époque on vit, quelle époque !

— À qui le dites-vous, ma chère Brigitte.

— C'est pas le tout mais faut que je me sauve, suis loin d'avoir bouclé ma tournée, c'est comme ça maintenant à la Poste avec ces nouveaux petits chefs à peine sortis de l'école, rendement, compétitivité, productivité, ils n'ont que ces mots-là à la bouche, merci bien pour le thé, j'ai pas de conseils à vous donner, mais si j'étais vous, je fermerais les volets cette nuit et je mettrais les pots de fleurs à l'abri. Ils annoncent le coup de vent du siècle, je file, encore merci, et faites attention à vous, madame Solange, faites bien attention.

Le dos collé à la porte refermée, Solange poussa un gros ouf de soulagement dès qu'elle entendit le vélomoteur démarrer. Une sorte d'ouragan venait de traverser sa cuisine sans laisser, et ça tenait du miracle, de dommages apparents. Pas même l'ébrèchement d'une tasse. De retour à la cuisine, elle s'aperçut qu'elle avait oublié de lui donner à poster la lettre destinée à Pascal. Elle la soupesa un instant, un sourire amer sur les lèvres, sortit la carte postale de l'enveloppe et la relut avant de la jeter dans la cheminée. La carte se tordit sous l'effet de la chaleur et le majestueux phare de Saint-Rioc s'enflamma instantanément au milieu d'un océan en furie.

La journée avait commencé pour elle de façon quelque peu étonnante, se dit-elle, ce qui n'était pas pour lui déplaire, les distractions étant plutôt rares sur le rocher. D'abord, cette jeune rescapée des dunes tombée par un heureux hasard sur son chemin, puis cette impayable Brigitte venue lui annoncer une catastrophe. Il fallait qu'elle aille voir ça de plus près et au plus vite. Elle regarda le ciel. Rien qui puisse l'inquiéter dans l'immédiat, juste cette habituelle armada de nuages gros, gras et gris qui avançaient paresseusement vers l'île tandis que les falaises du continent étaient encore frappées d'une franche lumière automnale. Solange se posta devant sa collection de chaussures. Sans doute eût-il été plus prudent de choisir les bottes en caoutchouc comme la plupart de ses voisins, mais non, elle n'arrivait décidément pas à s'y faire. Elle avait l'impression très déplaisante que les pieds y marinaient dans leur jus. Et qu'importe si ses escarpins étaient la risée de toute l'île puisque c'est ainsi qu'elle se sentait bien, qu'elle était vraiment elle-même. Inutile de singer les îliens et de vouloir s'imprégner de leurs habitudes ancestrales, songea-t-elle, elle savait qu'elle ne serait jamais totalement intégrée et ce n'est pas une paire de bottes ainsi qu'un ciré qui allaient changer quoi que ce soit. Qu'ils aillent se faire voir, elle n'était pas venue ici pour jouer les louves de mer. Elle enfila son imperméable noir, se coiffa de son béret imprimé léopard et délaissa le parapluie qui de toute façon n'était d'aucune utilité eu égard aux bourrasques. Elle attrapa un chariot à commissions. C'était aujourd'hui jour de marché.

Morgane

La vie avait repris son cours, tant mieux. Depuis qu'elle était à Nantes, Morgane haïssait les dimanches et ce dernier dimanche avait été particulièrement éprouvant sans qu'elle en connaisse les raisons profondes sinon un hypothétique mal du pays qu'elle jugea a posteriori déplacé et puéril. Elle s'était obligée à sortir de chez elle une heure ou deux, histoire de s'aérer les neurones et de réfléchir à sa vie par la même occasion, mais, soudain prise d'une incompréhensible panique, elle avait regagné son studio presque en courant pour s'y enfermer à double tour et s'y terrer jusqu'au lendemain matin. Cette ville lui faisait peur. Elle se sentait épiée, suivie, pourchassée alors que tout le monde se fichait bien d'elle. Oui, c'était parfaitement ridicule. Le mal du pays avait bon dos, c'est elle qui déconnait. Elle avait choisi Nantes autant par bravade que par esprit d'aventure. À elle désormais d'assumer son choix. Bon cœur contre mauvaise fortune, il faudrait vaille que vaille qu'elle s'y fasse. Son île était à présent loin derrière elle. Elle était venue ici pour étudier, elle allait étudier, c'était le prix à payer. Elle finirait cet exposé dans la semaine, quitte à travailler toute la nuit. Le cinoche, ça serait pour plus tard. Les boîtes de nuit… non, pour rien au monde, ce n'était définitivement pas son truc. Les expos, peut-être. Il y avait de jolies choses à voir à Nantes.

Au self du resto U, un garçon s'approcha pour lui demander s'il pouvait poser son plateau en face d'elle, ce qui eut pour effet de la surprendre tant elle avait l'habitude de manger seule, non qu'elle fût à proprement parler exclue de la communauté étudiante, mais c'est elle, elle en avait parfaitement conscience, qui préférait se tenir à l'écart, sans doute pour échapper à des questions embarrassantes ou devoir se trouver en confrontation avec d'autres filles plus jolies, plus à la mode, plus enjouées, qui passaient sans doute l'essentiel de leur temps à comparer leurs tatouages et à disserter sur les avantages et les inconvénients de l'épilation intégrale. Son statut de bête curieuse coincée dans sa bulle lui convenait parfaitement, c'était un moyen comme un autre de protéger sa différence et sa solitude. Cela dit, son sérieux, son assiduité et ses résultats lui garantissaient un minimum de respect de la part de ses profs et de ses congénères. Elle était bizarre, la Morte, mais elle était bosseuse, personne ne pouvait en douter et chacun se le tenait pour dit. Et après tout, se disait Morgane, ces filles ne sont peut-être pas aussi sottes qu'elles en ont l'air.

Elle connaissait ce jeune homme, tous les deux suivaient parfois les mêmes cours, mais elle n'arrivait plus à mettre la main sur son prénom, encore moins son nom, qu'elle avait entendu pourtant, mais c'était parfois difficile, avec les Blacks.

Bien sûr, je t'en prie, lui dit-elle, et elle tira son plateau vers elle pour lui laisser davantage de place. Ils échangèrent un sourire un peu gauche, puis baissèrent chacun à leur tour les yeux sur leur repas. Les carottes râpées étaient mangeables, on ne pouvait pas en dire autant du cabillaud, mais Morgane reconnaissait qu'elle était difficile question poisson, ce qui n'avait rien d'étonnant. Tout le monde n'avait pas le privilège d'aller faire ses courses sur le pont d'un fileyeur qui se trouvait amarré à deux cents mètres de chez soi, c'est ce qu'elle s'entendit dire à son voisin d'en face.

— C'est où, chez toi ?

Morgane marqua un temps d'arrêt, étonnée par sa propre audace d'avoir parlé à un presque inconnu sans y avoir été invitée. Elle fit un vague geste du bras vers la gauche et bafouilla.

— Une île, tout à l'ouest, là-bas au bout.

— Au bout de quoi ?

Elle posa sa fourchette et le fixa pour la première fois. Un visage très fin, presque émacié, de longues dreadlocks dégoulinant sur ses épaules, une peau noire et brillante qui semblait très lisse, des dents blanches, solides à croquer du granit, un sourire aussi ample que les ailes d'un albatros. Elle s'essuya la bouche avec la serviette en papier, avala un peu d'eau.

— Si je te disais au bout du monde, dit-elle, ça serait prétentieux et ça serait idiot. Après tout, où qu'on puisse se trouver, on est tous au bout du monde, n'importe où, ici aussi, et dans le même temps, on se sent tous un peu au centre du monde, non ? Tu viens d'où, toi ?

— De La Chapelle-des-Marais, un petit patelin à vingt kilomètres de Saint-Nazaire.

Il y eut un blanc. À en juger par le faciès du garçon qu'elle avait en face d'elle, Morgane ne s'attendait pas à une telle réponse. Pour l'exotisme, c'était raté. Elle écarta le morceau de poisson sur le bord de l'assiette et planta sa fourchette dans le tas de purée. Pas très appétissante non plus, la purée, mais c'était mieux que rien et ça avait le mérite de tenir au corps. De sa main gauche, elle fit glisser une mèche de ses cheveux derrière l'oreille.

— Moi, c'est Morgane.

— Je sais, dit-il.

— Désolée, j'ai déjà entendu ton prénom quelque part, mais j'ai dû oublier. On est tellement nombreux à se croiser. Et puis tout est nouveau pour moi, ici. J'ai l'impression de me retrouver dans un pays étranger, à peine si je connais la langue.

— Moi aussi, tu sais.

Elle s'aperçut de sa bévue, il la rassura aussitôt.

— Cool. T'inquiète.

Il s'appelait Souleymane, d'origine sénégalaise, d'origine seulement puisqu'il n'avait toujours pas été fichu d'aller en Afrique, ne serait-ce qu'une fois. Il expliqua à Morgane que son père était né dans un petit village au nord de Dakar avant d'émigrer en France dans les années 1980, sa femme l'avait rejoint peu de temps après. Ballottés d'un service social à l'autre, ils avaient fini par échouer au cœur de la Brière presque sans s'en apercevoir. Finalement, son père avait trouvé un boulot d'employé municipal dans une ville voisine et il avait fini par obtenir la nationalité française au bout de quelques longues années. Comme il ne savait pas trop quoi faire après le bac, Souleymane s'était inscrit en prépa lettres plutôt que de rester peigner la girafe, mais son truc avant tout, lui avoua-t-il, c'était la zique.

— La zique ?

— Oui, la musique, quoi !

Ah, bon ! Intéressant ! feignit de s'enthousiasmer Morgane, qui n'avait cependant rien compris à cette histoire de girafe, peut-être une référence à son pays lointain, un rituel vaudou, quelque chose de ce genre, elle n'osa pas demander. Ce n'était pas facile pour elle de le regarder en face, ses dents étaient très blanches, sa peau vraiment noire, ses traits très fins, ses lèvres charnues, c'était la première fois de sa vie qu'elle se trouvait nez à nez avec un Black, un vrai, avec une vraie risette de Black. Sur l'île, on voyait parfois débarquer quelques touristes basanés et il y avait bien sûr Jean-Noël Larreur, le gars des Phares et Balises, mais il était café au lait, martiniquais seulement par sa mère recrutée par petite annonce, avec cependant plus de lait que de café, ce qui n'empêchait pas ses collègues de l'appeler Mamadou et il se laissait faire, ce couillon. Morgane attrapa son yaourt, enleva l'opercule, y planta sa cuillère et pria intérieurement le ciel de ne pas se trouver en face d'un authentique rappeur. Avec le bol qu'elle avait ces temps-ci, ce ne serait pas étonnant.

— Dub.

— Pardon ?

— Rub-a-dub music.

— Connais pas.

— Un genre de reggae. Suis bassiste dans un groupe. On n'est pas encore très connus.

— Excuse-moi, Souleymane, je n'y connais rien. Parfois, j'ai l'impression que ma culture musicale se résume à ce qu'il y a dans le juke-box de ma mère.

— Un juke-box ? Ta mère a un juke-box ! Putain, ça déchire !

— Oui, elle tient un bistrot.

— Un bistrot tout à l'ouest ? Là-bas tout au bout du monde ?

— En effet, là-bas tout au bout.

C'était la première fois depuis son arrivée à Nantes qu'elle entretenait un semblant de conversation avec un homme, rien qui puisse porter à conséquence, mais au moins quelques mots qui lui prouvaient qu'elle existait en tant que femme. Ce garçon avait l'air sympathique, c'est tout, pas dragueur pour un sou, même pas charmeur, juste amical, habillé sans esbroufe et il semblait content de vivre. Rien à voir avec les gros lourds du fond du bourg, encore moins avec ces surfeurs snobinards et blondinets qui l'été ne lui lâchaient pas la grappe. Mais elle devait quand même se méfier. C'était connu, le diable toujours se revêt des plus beaux costumes. Cela dit, ce Souleymane avait une gueule plutôt attendrissante. Après tout, lui aussi devait savoir de quoi on cause à chaque fois qu'il entendait des mots comme solitude, exclusion, différence. Après tout, elle avait bien le droit elle aussi d'avoir des copains. Et bien sûr, elle n'osa s'avouer à elle-même que si les dieux grecs avaient été noirs et avaient porté des dreads, il aurait été beau comme un dieu grec. Mais des beaux mecs, on en croisait partout, ça ne voulait rien dire.

— Faut que j'y aille, Souleymane, je dois passer à la BU et j'ai des photocopies à faire. J'ai été enchantée.

— Morgane ?

— Oui ?

Elle s'était déjà levée, son plateau à la main, son sac accroché à ses épaules par une lanière de cuir. À cet instant, son téléphone vibra dans la poche arrière de son jean. Il lui tendit un morceau de papier.

— Si tu ne sais pas quoi faire ce soir. Histoire de te changer les idées.

— Quoi ? Qu'est-ce qu'elles ont, mes idées ? Pourquoi voudrais-tu que je les change ? Tu insinues que je ne sais pas m'occuper toute seule.

L'air renfrogné, elle regarda malgré tout le papier. C'était un ticket d'entrée pour un concert dans une salle nantaise dont elle n'avait jamais entendu parler. Elle se contenta de hocher la tête en guise de remerciement, glissa le billet dans sa poche et tourna les talons. Puis elle décrocha son téléphone.

C'était sa mère. Toujours sa mère. Qu'est-ce qu'elle lui voulait encore ?

Phanie

La falaise était haute comme un immeuble de trois étages, et presque à pic. Elle ne s'était pas totalement effondrée, encore heureux, mais le cabanon avait succombé sous un éboulement de gravats, qui au jugé devait bien peser cinq ou six tonnes. Un nuage de poussière flottait dans l'arrière-cour et, comme par ricochet, quelques fragments de schiste décrochés de la falaise continuaient à dégringoler en solitaire avant que le silence ne repose enfin sa chape comme un linceul sur un cadavre. L'atmosphère était âcre et suffocante. Les toilettes qui se trouvaient sur le côté droit de la cour avaient été épargnées, en revanche, ne restait en lieu et place de la remise qu'un amas informe de cailloux, de fougères, de terre grasse et d'ajoncs, ainsi que de débris de toutes sortes, planches, briques, tôles, bouteilles… On aurait dit qu'une bombe était tombée sur une masure déjà durement frappée par le destin. Rescapé du massacre, un petit drapeau de pirate perché sur sa hampe au-dessus du tas de gravats flottait tristement au vent.

Scarlette était restée figée, aussi muette qu'une statue de sel. Sa main enserrait toujours le poignet de Phanie, jusqu'à lui faire mal, comme si elle se tenait au bastingage d'un navire piégé dans la tempête. Elle risquait de s'effondrer à son tour.

— Bon, il n'y a pas de blessés, c'est déjà ça, osa Phanie d'une voix très prudente tout en additionnant en son for intérieur les émotions de sa journée alors que midi n'avait pas encore sonné : son évanouissement inexpliqué, la découverte d'une arme à feu dans le tiroir du bureau de cette étrange madame Solange, et maintenant le décrochage spectaculaire de tout un pan d'une falaise.

Elle avait imaginé une semaine de vacances plus sereine.

La patronne ne répondit pas, mais elle desserra peu à peu son poing. On entendit le miaulement d'un chat, puis on le vit apparaître et aussitôt sauter sur le tas de gravats. Phanie se frotta le poignet pour rétablir sa circulation sanguine.

— Je ne savais pas que vous aviez un chat, il est mignon.

Le chat renifla les alentours, gratta de sa petite patte droite quelques gravillons, puis prit un air très concentré pour pisser. Chose faite, il remua à nouveau la terre et les cailloux avant de déguerpir.

— Qu'il aille au diable, c'est pas le mien, j'aime pas les chats, suis allergique. C'est celui des voisins, les Cadiou, une sale bête. Comme ses maîtres. Méfiez-vous.

— De qui ? Du chat ?

— Des Cadiou, pardi. Des emmerdeurs, des jaloux. Toujours à râler au motif que la musique de mon juke-box est trop forte, qu'il y a des mégots qui traînent sur le trottoir, que les vélomoteurs de mes clients sont mal garés ou font trop de bruit ou perdent de l'huile ou je ne sais quoi alors que lui ne se gêne pas le moins du monde pour abrutir les oreilles des honnêtes gens à coups de tondeuse à gazon ou de débroussailleuse. Sans cesse à se plaindre de quelque chose, mais jamais de face, ils n'auraient pas le cran. Préfèrent aller geindre à la mairie pour un oui pour un non, ces manches à couilles.

— À propos de mairie, il serait peut-être judicieux de les avertir. Vous ne croyez pas ?

— Ces incapables ? Je veux pas d'histoires.

— La gendarmerie ? Ne serait-ce que pour sécuriser les lieux.

— Je veux pas d'histoires, je vous dis.

— C'est peut-être dangereux ?

— Pensez-vous ! Ce qui est tombé ne retombera plus. Un bon coup de balai et on n'en parle plus. De toute façon, cette remise, elle ne valait plus un clou. Non, ce qui m'inquiète le plus, c'est le champagne. Solange ne va pas être contente. Mais peut-être qu'on va réussir à sauver une ou deux bouteilles, en attendant la prochaine livraison.

— Je peux peut-être vous donner un petit coup de main, proposa timidement Phanie, qui savait pertinemment qu'il faudrait au moins une tractopelle et les bras d'une demi-douzaine de volontaires pour dégager le tout.

— C'est gentil, mais vous risquez de vous salir. Venez, on va d'abord s'offrir un petit remontant, on en a bien besoin. Ensuite, on réfléchira.

Le petit blanc sec à onze heures du matin, elle n'en avait pas l'habitude, mais ce n'était pas le moment de faire la fine bouche. Scarlette le lui avait imposé en lui faisant clairement comprendre qu'il n'y avait pas de négociation possible. Phanie leva son verre, y trempa ses lèvres avec précaution en évitant une grimace qui aurait été jugée inconvenante. À ce moment précis, elle se demanda ce qu'elle faisait là, sur cette île au milieu de nulle part. Elle venait des Cévennes. Après ses études à l'École nationale supérieure de la police à côté de Lyon et divers stages plus ou moins heureux dans le nord de la France, les mutations l'avaient conduite dans un premier temps en région parisienne, puis elle avait récemment demandé la Bretagne, sans doute pour s'éloigner géographiquement de son gendarme de père qui avait rejoint le berceau familial cévenol une fois que l'heure de la retraite avait sonné, peut-être aussi parce qu'elle était tout simplement attirée par la mer, par des souvenirs d'enfance, des châteaux de sable avec ses frères, des crêpes au caramel au beurre salé, des clichés à quatre sous. Happée par la promesse d'un dépaysement, voire d'un redémarrage à zéro, Vanessa l'avait rejointe avec enthousiasme. Je te suivrais jusqu'au bout du monde, lui avait-elle lancé les yeux dans les yeux après une magistrale séance de galipettes. La suite s'avéra moins glorieuse.

Alertés par le bruit de l'éboulement, quelques voisins et usagers du port s'en étaient venus aux nouvelles. Rien de grave, répondait la maîtresse des lieux, quelques cailloux, on ne va pas en faire toute une montagne, ne restez pas là à regarder comme ça comme des nigauds, puisque je vous dis que c'est rien, qu'est-ce que je vous sers ? Tout le monde avait bien sûr envie d'aller aux toilettes, pour juger de l'étendue des dégâts, et tout le monde y allait de son commentaire. C'était à prévoir, des crevasses s'étaient formées, les eaux de pluie s'étaient infiltrées, et puis les coups de gel de l'hiver dernier suivis par cette canicule de juillet, on a beau dire, on a beau faire, mais le réchauffement climatique n'y est peut-être pas pour rien, allez savoir, c'est mauvais, c'est très mauvais tout ça, ça ne sent pas bon, pas bon du tout, rien d'étonnant à ce que tout foute le camp, ça va mal finir, je vous le dis, si ça continue ainsi, toutes leurs conneries, ça va mal finir. Ceux du continent, ils causent, ils causent, ils savent faire que ça, causer, mais quand il s'agit de se bouger le cul, y a plus personne.

Seul Mon Capitaine se terrait dans le silence à la manière d'un vieux chef sioux assis en tailleur en haut de la colline, à ceci près qu'il était soudé à son tabouret et qu'en guise de calumet, il fumait une cigarette de gris par ses soins soigneusement roulée tout en suçotant son nectar à petites goulées. Quant aux Cadiou, un couple de bouchers-charcutiers en retraite qui avaient choisi l'île voilà maintenant cinq ans pour y jouir d'une retraite supposée paisible, ils étaient restés sur le quai à appréhender avec le recul nécessaire la suite des événements, mais avec madame Cadiou on pouvait être certain que la nouvelle avait déjà fait le tour du bourg.

Scarlette remplit à nouveau le verre de Mon Capitaine dès que celui-ci fut arrivé à marée basse et, dans une même foulée, resservit les verres de blanc. Santé, lança Phanie un peu bêtement, ne sachant trop quoi dire d'autre. À nos amours, répliqua Scarlette. Elles trinquèrent. Mon Capitaine fit un salut réglementaire et tourna le dos pour continuer sa tournée. L'odeur se dissipa peu à peu. Les frères Morvan arrivèrent à leur tour aux nouvelles, proposèrent leurs services. Scarlette leur servit un café à chacun, les rassura, c'est rien, juste un tas de cailloux, on a connu pire. Pierrot la Lanterne, l'ancien gardien de phare, entra en même temps que Brigitte, la postière, visiblement catastrophée. Après lui avoir fait la bise, Scarlette lui tendit une cartouche de Marlboro et attrapa sa carte de crédit en lui disant de ne pas s'inquiéter. Puis elle revint vers Phanie.

— À propos d'amour, vous en êtes où, vous ?

— Pardon ?

— Je veux dire… vous avez quelqu'un dans votre vie ? Un amoureux, un chéri ? C'est quand même pas très courant qu'une belle fille comme vous se balade toute seule jusque chez nous. À moins que vous soyez en mission secrète pour les renseignements généraux. On ne sait jamais avec toute cette flicaille.

— Je… non… je…

— Faites pas cette tête-là, Phanie, je plaisantais… Alors, cet amoureux ? Excusez, suis curieuse, c'est le métier qui veut ça. Ne vous croyez pas obligée.

Phanie se sentait déjà un rien pompette et se demanda si c'était bien raisonnable de s'être enfilé à la suite deux verres de chardonnay après ce petit malaise sur les dunes, si bénin fût-il. Tout bien réfléchi, elle avait failli se faire vraiment mal et les choses auraient pu mal tourner si cette femme n'était pas venue à sa rescousse. C'est de magnésium qu'elle avait besoin, pas de vin blanc. C'est d'air pur qu'elle était en manque, pas d'émotions fortes. Une fois de plus, elle se demandait ce qu'elle fichait là, dans ce bistrot de fous tenu par une foldingue, en train de s'arsouiller ou tout comme.

— Pour être franche, souffla-t-elle, c'est une amoureuse. Enfin… c'était.

Scarlette encaissa le billet des frères Morvan et leur rendit la monnaie. Les frères Morvan étaient de braves gars, solides et travailleurs, qui n'avaient jamais un mot plus haut que l'autre. À la mort de leur père, ils avaient repris son bateau baptisé *Marie-Joséphine* et continué la pêche. Eux ne carburaient qu'au café, jamais une goutte d'alcool. Pas du genre non plus à fricoter autour des jupons, ils étaient restés d'indécrottables vieux garçons. On les jugeait un peu fadasses et trop taiseux, mais au moins, disait Scarlette, ils avaient le bon goût de n'enquiquiner personne et de ramener à terre du poisson frais et des homards frétillants pour les jours de fête. C'est tout ce qu'on leur demandait. La patronne leur dit ne vous noyez pas, on a encore besoin de vous, c'était sa façon de leur dire au revoir et de leur souhaiter une bonne marée. Elle rangea les tasses dans le lave-vaisselle et nettoya le zinc. Les traces de l'éponge ressemblaient à des empreintes de pneus dans le sable. Puis, torchon à la main pour essuyer un verre, elle revint vers Phanie.

— Une amoureuse, voyez-vous ça ! Vous voulez dire… une femme ? Parce que vous seriez…

— Oui, en effet, je suis…

Scarlette marqua un temps d'arrêt.

— Vous l'êtes vraiment ? Je veux dire… depuis longtemps ?

— Oui, aussi loin qu'il m'en souvienne. Désolée, je ne voulais pas vous choquer.

— Ne vous excusez pas, Phanie. Si les hommes étaient la solution à tous les problèmes, ça se saurait depuis longtemps. Suis bien placée pour en parler. Certains loulous, croyez-moi, on s'en passerait volontiers. De vrais cuistres.

— Des cuistres ? À ce point-là ? Vous y allez fort.

— Pour tout vous dire, mon ex est en taule. Trafic en tout genre avec un net penchant pour la cocaïne.

— Suis pas dans les Stups, rassurez-vous.

— Ah, elle est tombée de haut, la mère Scarlette, le jour où ils l'ont embarqué. Je n'avais rien vu venir. Rien. Plus cruche que moi vous ne trouverez pas.

— C'est souvent le cas.

— N'y pensons plus. Chacun porte sa croix, ma petite dame. N'est-ce pas. Et votre petite amie, elle est flic aussi ?

— Ce n'est plus ma petite amie, je viens de vous le dire. Elle avait un peu de mal à s'adapter au climat finistérien, disons les choses ainsi, mais n'y pensons plus, comme vous dites. Je prendrais bien un autre verre, il est bon, ce petit blanc. Cette fois-ci, c'est ma tournée.

Phanie se réveilla quelques heures plus tard dans sa chambre au premier étage de l'hôtel du Grand Monarque, la 12. Elle avait un épouvantable mal de crâne et un goût absolument infect dans la bouche. Elle gisait sur son lit, tout habillée, une couverture posée sur elle, mais bien qu'elle ne se souvînt plus d'avoir ôté ses chaussures, elle ne les avait plus aux pieds, c'était déjà ça. D'ailleurs elle ne se souvenait de rien, ou très vaguement. La tête enfouie dans l'oreiller, elle appuya sur ses paupières pour garder les yeux fermés un long moment et essaya de ne plus penser à rien, sinon à écouter les battements de son cœur et reprendre peu à peu le contrôle de sa respiration. Elle se sentait pour l'heure totalement incapable de se lever.

Au bout d'un moment, elle s'aperçut qu'il y avait un bruit bizarre dans la pièce, une sorte de froissement qui revenait à intervalles réguliers, à peu près toutes les deux minutes, un peu comme une vaguelette s'échouant sur le rivage, mais c'était trop proche et trop espacé pour qu'il s'agisse d'un mouvement de la mer. Elle tendit l'oreille, le bruit se fit plus précis. On aurait dit les pages d'un livre qu'on tournait. Phanie écarquilla les yeux, puis se dressa d'un bond, hurla, qu'est-ce que vous faites là ? Solange sursauta. Vous m'avez fait sacrément peur ! Les deux femmes se dévisagèrent. Solange referma son livre et se leva. Qu'est-ce que vous faites là ? bafouilla-t-elle à nouveau. Rassurez-vous, tout va bien. Nous étions juste un peu inquiètes pour vous. Qui, nous ? Scarlette et moi, bien sûr. Qui d'autre ? Ne vous en faites pas, vous avez peut-être juste un peu trop bu, c'est tout. Vous ne devez pas avoir l'habitude, le vin blanc, c'est parfois traître. Sans compter que vous avez eu un malaise ce matin. Le vin blanc n'était peut-être pas la panacée…

— Faut peut-être que je vous dise merci ?

— Ce n'est pas nécessaire.

Phanie se leva et courut à la salle de bains. Elle s'aspergea le visage à deux reprises, puis elle but longuement à même le robinet. Les yeux embrumés, elle chercha une serviette. Solange la lui tendit. Phanie lui répondit par une sorte de borborygme qui avait davantage l'apparence d'un grognement que d'un remerciement. Elle osa enfin se regarder dans le miroir dans lequel se reflétait également la silhouette de Solange. Une grimace de contrition qui se voulait sourire se dessina péniblement sur ses lèvres.

— J'ai une tête à faire peur. Je suis désolée.

— Ne le soyez pas, je vous prie.

— Vous êtes mon ange gardien, madame.

— Solange, s'il vous plaît. Ici, tout le monde m'appelle Solange. Il y a une bouilloire dans votre chambre et j'ai dans mon sac une infusion qui va vous requinquer en moins de deux. N'ayez crainte, c'est de la production locale, garantie 100 % biologique.

Masquant son visage derrière sa serviette, Phanie revint à petits pas s'asseoir sur le bord de son lit. Elle se sentait fragile, prête à chavirer. Les jambes, le cœur, l'estomac, tout tanguait, tout roulait, tout s'embrouillait.

— J'ai trop bu, c'est ça ?

— Il arrive en effet que le vin blanc nous joue de mauvais tours. C'est la raison pour laquelle je privilégie le champagne, ma jolie.

— J'ai trop honte.

— Inutile de battre votre coulpe, ce sont des choses qui arrivent à tout le monde. Plus inquiétant est votre malaise, c'est quand même le deuxième de la journée, rappelez-vous. Je n'ai aucun conseil à vous donner, ma chère Phanie, mais il ne serait peut-être pas inutile de consulter le docteur Ceaușescu, je vous l'ai déjà dit. Prenez cette aspirine en attendant. Et puis une bonne douche bien chaude ne vous ferait pas de mal, croyez-moi.

Solange l'aida à se déshabiller. Sans se rendre vraiment compte qu'elle était toute nue, Phanie attrapa le bras de Solange, qui la mena jusqu'à la douche avec les gestes précis et bienveillants d'une aide-soignante. Étrangement, sans qu'elle sache pourquoi, cela lui semblait étrange, elle se sentait en sécurité auprès de cette femme un peu farfelue au sujet de laquelle elle avait pourtant de bonnes raisons de s'interroger. Mais, pour l'heure, son cerveau était bien trop confus pour envisager l'amorce d'une réflexion soutenue.

— Je vous laisse, dit Solange, l'infusion sera prête dans un instant.

Le fouet de l'eau chaude sur sa peau réveilla Phanie de sa torpeur. En dépit de son nom, l'hôtel du Grand Monarque n'était peut-être pas un palace et les petits déjeuners laissaient à désirer, mais le confort était correct et les sanitaires impeccables. Armande Castrec, la patronne, venait de refaire à neuf les quatorze chambres que comptait son établissement dans le but affiché d'obtenir une troisième étoile. Elle attendait d'ailleurs la réponse de la délégation régionale du ministère du Tourisme dans les semaines à venir. Même si des subventions européennes lui avaient été allouées au titre du développement des espaces périphériques, l'investissement avait été important. Armande Castrec se targuait d'être à l'origine d'un élan économique qui allait bientôt donner à l'île de nouvelles lettres de noblesse. On n'attrape pas les mouches avec du vinaigre, pas plus qu'on n'attrape les touristes avec des vieux sommiers qui couinent, se plaisait-elle à dire à qui voulait l'entendre, et notamment les édiles politiques. Son réseau de relations était paraît-il assez étendu, jusque dans les hautes sphères du conseil départemental. Aux mauvaises langues qui lui reprochaient de voir trop grand, madame Castrec répondait du tac au tac qu'elle voyait loin, elle. Certes, elle était aussi victime de la baisse de fréquentation touristique constatée depuis déjà plusieurs années mais elle avait opté pour la qualité plutôt que la quantité. Son hôtel hébergeait une clientèle qu'on ne pouvait peut-être pas qualifiée de huppée, le mot était peut-être un peu ambitieux, mais pour le moins suffisamment aisée pour sortir une carte de crédit sans trembler. Des honnêtes gens, en somme. Touristes en saison, mais pas seulement. Elle accueillait des commerciaux, des journalistes, des ingénieurs des Phares et Balises, des scientifiques et des universitaires venus observer les oiseaux marins ou procéder à des fouilles archéologiques. Une grande salle dont elle était particulièrement fière car équipée d'un vidéoprojecteur et des toutes dernières nouveautés technologiques était réservée aux séminaires. Et elle comptait bien, à l'instar d'un Etienne Daho qui, bien qu'incognito, était déjà venu chez elle en galante compagnie le temps d'un week-end, elle comptait attirer des personnalités du monde de la chanson et de la télévision, c'est à ce titre qu'elle avait invité à titre gracieux Jean-Pierre Pernaut et Olivier de Kersauson ainsi que leur famille. Aucun des deux n'avait pour l'instant encore donné de suite à sa requête, mais elle ne désespérait pas. Elle avait plus d'un tour dans son sac et un répertoire épais comme ça, confiait-elle à ses proches en écartant les doigts.

C'est sous la douche, dans un état presque second et par la voix de Solange, que Phanie prit connaissance de toutes ces informations dont elle n'avait que faire au demeurant. Elle s'était contentée de réserver une chambre pour une semaine par le biais d'un site Internet et ne s'était pas posé davantage de questions. D'ailleurs, c'était le seul hôtel de l'île. Le gîte communal d'étape n'ouvrait que l'été et Phanie se méfiait des chambres d'hôtes de par la promiscuité avec les propriétaires. Elle était venue là pour être seule, pour se retrouver, se ressourcer, pour oublier sans doute. Sur ce dernier point, c'était déjà gagné. Et en beauté ! Elle avait complètement oublié ce qu'elle avait bien pu raconter dans son ivresse au bar de la Falaise. Le noir total. Elle s'enroula dans une grande serviette blanche et revint dans la chambre, s'assit sur le bord du lit. Solange lui tendit une tasse fumante.

— À la bonne heure, vous voilà plus présentable.

— Merci. Vous êtes une mère pour moi. Je suis impardonnable.

— Allons, allons, comme vous y allez ! Nous sommes là pour nous entraider. Entre femmes, c'est tout naturel.

Phanie toussota pour s'éclaircir la gorge. Puis elle chercha ses lunettes, les trouva sur la table de nuit. Sur le mur opposé était accrochée dans un cadre en aluminium la photo du phare de Castel-Coz pris dans la tempête. Comme pour s'assurer qu'elle avait bien recouvré la vue, elle fixa son regard sur la déferlante qui jaillissait dans une magnifique gerbe d'écume aussi blanche et aussi ample qu'une robe de mariée. Cette image-là, on l'avait déjà vue mille fois. Un photographe de renom en avait fait ses choux gras. Solange s'assit à son tour dans un fauteuil et croisa les jambes. Elle avait ôté ses escarpins. Phanie remarqua le vernis à ongles qui à travers les bas ensanglantait ses orteils. Elle se demandait ce qui pouvait bien pousser les femmes à se peinturlurer ainsi les doigts de pied. C'était de la coquetterie à deux balles, décidément pas son truc.

— Écoutez, Solange, je dois vous dire…

— Oui, je sais. Vous avez rompu tout récemment avec votre petite amie !

Phanie cacha son visage dans ses mains.

— Dieu du ciel, je vous ai parlé de Vanessa ! C'est ça ? Faut plus jamais que je boive…

— N'ayez crainte, il n'y a que moi et Scarlette qui sommes dans la confidence et soyez certaine que personne ne vous jettera la pierre, ma petite. Nous traînons toutes nos casseroles. On a juste papoté entre femmes, comme entre vieilles copines, et s'il fallait que ça sorte, eh bien, parbleu, c'est sorti. C'est un peu comme ce pan de falaise qui s'est effondré chez Scarlette. Il fallait que ça tombe un jour ou l'autre, et qu'importe les dommages collatéraux. À la réflexion, je crois que vous avez bien fait. D'après vos informations, cette Vanessa n'était pas la bonne personne pour vous. Il faut savoir parfois scier la branche, si tant est qu'on ne soit pas assis dessus. Quant à vos questionnements professionnels dont vous nous avez fait part et que nous comprenons volontiers, soyez assurée de notre solidarité la plus compatissante. Ça ne doit pas être amusant tous les jours.

— Vous vous moquez de moi ?

— Que nenni ! Vous êtes une personne courageuse, Phanie. Tout le monde n'aurait pas votre cran.

— C'est quoi ce bouillon ?

— Passiflore et camomille. Avec un zeste de thym. Vous percevez l'arôme ?

— C'est dégueulasse. Vous voulez m'empoisonner ou quoi ? Quelle sorte de sorcière êtes-vous ?

— Ayez confiance, c'est pour votre bien.

— Avec vous, on ne sait jamais.

— Comment ça, avec moi ?

Phanie se mit à glousser, un peu bêtement. Elle avait l'impression de retrouver sa pleine conscience, pour reprendre les mots de son collègue Kerichen. Et cette Solange lui plaisait autant qu'elle l'intriguait. Autant y aller franc jeu, se dit-elle.

— Dites-moi, Solange, de vous à moi, ce flingue ? Vous vous l'êtes procuré comment ?

— Plaît-il ?

— C'est une belle arme, ma foi.

— Dois-je en conclure que vous fouillez les tiroirs ?

— Simple déformation professionnelle.

— Accordé, Votre Honneur. Peut-être aurais-je fait pareil à votre place, je suis curieuse moi aussi. C'est également mon métier. Les archives, les vieux manuscrits, les tessons de poterie, les tablettes d'argile… On fouille… on fouille… Et on finit par trouver.

— Répondez à ma question, je vous prie.

— Je croyais que vous étiez en vacances.

— Flic un jour, flic toujours.

— Faut-il donc que je passe à table, comme vous dites dans votre jargon ? Soit, mon lieutenant. Pour tout vous confesser, mon statut d'universitaire est une couverture. En réalité, je suis une tueuse professionnelle, raison pour laquelle je me planque sur cette île. Mes tarifs sont assez exigeants, mais sachez que mes clients ne plaisantent pas.

— Vous, si.

— On ne peut rien vous cacher. Soyez gentille, Phanie, ne restez pas ainsi, habillez-vous ! Vous semblez déjà avoir repris du poil de la bête, vous reprenez des couleurs à vue d'œil. Une vraie résurrection. Promettez-moi juste de prendre rendez-vous chez le docteur Ceaușescu. Le magnésium, vous dis-je, le magnésium…

— Je vous le promets, chef. Mais d'abord, revenons à ce revolver…

— Habillez-vous, vous dis-je, c'est un ordre. L'heure de l'apéritif approche. Ce serait dommage de ne pas fêter une telle journée avec une bonne coupe de champagne, qu'en pensez-vous ? On en profitera pour remonter le moral à notre chère Scarlette. Les falaises s'écroulent, la tempête menace, nous plions mais ne rompons point. Haut les cœurs. Une dernière chose, Phanie…

— Oui ?

— Vous portez, si je peux me permettre, un magnifique tatouage au creux des hanches. La salamandre symbolise le feu, me semble-t-il, autrement dit l'énergie et le courage. Cela vous sied à merveille.

Félicité

Cette nuit-là, au premier étage de l'hôtel du Grand Monarque, Phanie resta plongée douze heures de rang dans un sommeil de plomb. Il n'est peut-être pas inutile d'ajouter qu'avant de se coucher vers minuit, elle s'était roulé un joint bien tassé qu'elle avait lentement fumé à la fenêtre en observant au loin sans une once de mélancolie les lumières qui scintillaient depuis le continent. Puis elle éteignit son portable. Elle n'entendit pas un seul instant les rugissements de la tempête Félicité, ne fut nullement dérangée par les coups de tonnerre, les trombes d'eau et le déferlement des vagues qui voltigeaient par-dessus les quais, pas plus qu'elle ne se rendit compte de la violence du vent s'engouffrant méchamment à travers les rues du village jusqu'à décrocher les ardoises des toits et faire trembler le thon métallique qui ornait la flèche du clocher de l'église.

Ce fut tout le contraire pour la docteure Marina Ceaușescu, qui ne parvint pas à fermer l'œil de la nuit malgré les deux sédatifs homéopathiques qu'elle avait avalés sur les coups de deux heures du matin alors que l'ouragan entamait son œuvre dévastatrice. Sa maison, ainsi que son cabinet sis au rez-de-chaussée, était située au centre du bourg, entre le Crédit agricole et la supérette. La mairie, qui était restée longtemps sans médecin, avait fait des pieds et des mains auprès du conseil départemental pour en obtenir un, quitte à prendre à sa charge le loyer de son cabinet ainsi que celui de l'appartement du dessus. Marina, chahutée dans son pays d'origine par des démêlés politiques compliqués auxquels s'était ajoutée une déception amoureuse plutôt cruelle, avait répondu à cette annonce sans hésiter. Sa connaissance de la langue française qu'elle avait étudiée au lycée de Constanţa et son expérience professionnelle avaient convaincu les élus. Et comme disaient les îliens, magnanimes ou désabusés, on fait avec, bien obligés, on n'a pas le choix. Après tout, on a déjà un curé vietnamien, une paysanne galloise et une notaire venue on ne sait au juste pour quelles raisons de Toulon, alors une Roumaine de plus ou de moins, qu'est-ce que ça change ? Cette nuit-là, Marina entendit les volets claquer, les pots de fleurs se fracasser sur les trottoirs, les poubelles valser et rebondir contre les murs et à chaque éclat, à chaque bourrasque de vent, son cœur sursautait. Elle était régulièrement sujette à des crises de tachycardie, mais elle préférait éviter les potions chimiques destinées à lutter contre l'anxiété et les insomnies au profit de produits naturels. Ce qui ne l'empêchait pas d'en administrer à ses patients quand ils en réclamaient. Madame Castrec, pour ne citer qu'un seul exemple, en était particulièrement friande.

Armande Castrec dormait profondément, elle aussi, sans doute sous l'effet du Lexomil qu'elle avait ingurgité comme tous les soirs avant de se coucher, ce qui lui permettait de supporter les ronflements de son cuisinier de mari et de mettre en retrait les inquiétudes liées à la baisse de son chiffre d'affaires. Edmond Castrec ignorait superbement l'insomnie, sa femme n'avait pas le temps de compter jusqu'à dix avant d'entendre sur l'oreiller voisin les premiers ronflements annonçant le sommeil du juste travailleur. C'était un bon artisan, sans imagination débordante mais respectueux de la tradition culinaire française. Son plateau de fruits de mer était particulièrement apprécié, de même que son ragoût de homard. C'était aussi ce que l'on appelle un brave homme, toujours enclin au compromis, voire à la soumission lors des discussions orageuses dont sa femme avait le redoutable secret. Armande n'aurait pu dire s'il était bon amant ou non étant donné que c'est le seul homme qui avait posé les mains sur elle si l'on oublie, bien sûr, cet égarement de jeunesse avec un quartier-maître chef de la Royale qui régla la petite affaire derrière la salle patronale en moins de temps qu'il ne faut pour l'écrire. Et si madame Castrec se permettait de temps à autre à travers les hachures de ses nuits quelques inopportunes rêveries sentimentales (pourquoi pas, soyons folle, une envolée sensuelle avec Etienne Daho), elle savait parfaitement comment y remédier dans les plus brefs délais et revenir au plus vite vers des pensées plus honorables, le retour sur ses investissements par exemple. Nous entrions dans la basse saison et seules quatre chambres sur les quatorze que comptait l'hôtel étaient occupées. Un délégué des Monuments historiques venu pour évaluer les vitraux de l'église, un couple plus ou moins légitime qui passait le plus clair de son temps à batifoler dans la chambre (elle n'était pas sourde), cette jeune policière à lunettes rouges venue ici se reposer, c'est du moins ce qu'elle prétendait, et puis ce musicien très discret mais un rien taciturne qui ne se départait jamais de son étui à trompette, même à table, bien que personne n'en eût entendu sortir la moindre note. Cette nuit-là, tous les occupants semblaient étrangement tranquilles, mais, chose curieuse, elle fut réveillée à nouveau vers deux heures du matin par le vrombissement d'un vélomoteur qui passa sous ses fenêtres et elle se demanda qui pouvait être assez fou ou inconscient pour affronter ainsi la fureur des éléments.

Ce qu'elle ignorait, c'est que Brigitte Moal, la postière, fonçait à tombeau ouvert sur son Peugeot 103 vers le petit port de Saint-Goustan où était amarré *Mon Rêve*, le canot auquel elle tenait comme à la prunelle de ses yeux. C'était un héritage de son père, godilleur hors pair, deux fois vainqueur du trophée des fêtes nautiques de la Sainte-Anastasie, et pêcheur émérite de crabes et de homards qui finirent à leur tour par avoir sa peau suite à sa noyade en novembre 2012, qui demeurait à ce jour encore inexpliquée. Suicide ou accident, nul ne l'avait su, toujours est-il qu'à l'instar de beaucoup d'autres marins, il avait obstinément refusé d'apprendre à nager pour la simple et bonne raison qu'on affirmait que la mort était plus rapide et donc moins angoissante en cas de naufrage en pleine mer. Casquée, bottée, emmitouflée sous son vieux ciré jaune, Brigitte Moal traversait plein gaz le bourg avant d'emprunter la route cahoteuse qui, passé le cimetière, descendait en lacet vers Saint-Goustan. Le vent la faisait tanguer de droite à gauche de la route et la pluie lui cinglait le visage, mais elle n'en avait cure, la seule chose qui lui importait à cet instant était de vérifier les amarres de *Mon Rêve*. Passant devant la maison de madame Solange à toute vitesse ou pour le moins à la vitesse maximale que lui permettait son engin, elle aperçut en un éclair le rectangle de lumière jaune d'une fenêtre du rez-de-chaussée. Ce n'était pourtant pas faute de l'avoir prévenue puisque le matin même, Brigitte lui avait conseillé de fermer ses volets, au nom d'un principe élémentaire de précaution, mais cette bonne femme, si distinguée soit-elle, s'acharnait décidément à ne rien faire comme les autres. Qu'elle n'aille pas se plaindre si ses carreaux éclatent, pensa Brigitte. Puis elle se concentra sur sa route, si tant est qu'elle y voyait quelque chose sous cette pluie traversière.

Assise à son bureau, Solange rédigeait une lettre à l'intention de Pascal, son jeune amant qui ne l'était plus, sinon peut-être en pensées. Le vent qui se glissait à travers les interstices des portes et des fenêtres en émettant un sifflement presque animal la rassurait. Il semblait vouloir aussi pénétrer coûte que coûte par la cheminée, comme un père Noël psychopathe. La tempête Félicité arrivait à point nommé, songea-t-elle, c'était une sorte de délivrance. Elle cherchait à sa lettre manuscrite une conclusion qui ne laisse aucun espoir de retrouvailles tout en conservant un ton disons… enjoué, positif et surtout bienveillant. Mais les mots lui manquaient. Solange Delahaie, qui avait publié plusieurs ouvrages historiques dont certains faisaient incontestablement référence dans les milieux universitaires, était d'une maladresse épouvantable dès lors qu'il s'agissait de traduire ses sentiments, son ressenti. Écrire avec ses tripes, ainsi qu'on a bêtement coutume de le rabâcher, comme si l'estomac ou les intestins pouvaient avoir quelque incidence sur la littérature épistolaire, elle en était tout bonnement incapable. Lasse, elle chiffonna la feuille de papier entre ses mains et la jeta dans le feu. En s'enflammant, la lettre émit une jolie lumière orangée autour de l'âtre. Puis Solange ouvrit le tiroir, sortit le Manurhin F1/X1 de son étui et glissa le canon d'acier du revolver dans sa bouche en le faisant lentement coulisser depuis ses lèvres jusqu'à sa gorge. Elle avait parfaitement conscience de l'obscénité morbide de son geste. L'heure d'abréger ses souffrances et de taire définitivement ses angoisses était peut-être venue, mais ce n'était pas une façon très correcte d'en finir, pensa-t-elle. Le seul fait d'imaginer des morceaux de sa cervelle collés au plafond et des éclaboussures de sang maculant le papier peint qu'avait choisi la veuve Pochard dans un autre siècle la rebutait au possible. C'était inconcevable, définitivement indécent. Mais quoi ? Attendre l'intolérable ? Supporter l'inexorable décrépitude ? Se pendre à la poutre comme un paysan accablé de dettes ou s'enivrer délicatement d'un cocktail explosif de somnifères et de champagne ?

La veuve Pochard, quant à elle, dormait enfin pour l'éternité auprès du souvenir de son cher époux dont le destin l'avait séparée pendant de si longues années et atrocement amputée de sa vie de femme. Elle était allongée, la tête en direction du sud-ouest, dans un caveau de l'allée 4 de l'unique cimetière de l'île depuis que celui des victimes de l'épidémie du choléra au début du siècle dernier situé hors la ville avait été abandonné aux massifs de ronces, de fougères et d'orties. La pluie lessivait à grandes eaux les dalles de pierre polie. Sans relâche, le vent balayait comme dans un jeu de quilles les pots de chrysanthèmes et de bruyères en fleurs pieusement disposés ce dernier dimanche à l'occasion de la Toussaint. Le vent semblait même s'en prendre aux croix en granit qui frissonnaient de froid comme le Christ lui-même, écartelé sur la croix du grand calvaire au pied duquel était inscrite la longue et sinistre liste des marins péris en mer, au large de Terre-Neuve ou des côtes islandaises, morts au champ d'honneur en Indochine ou à Mers el-Kébir, disparus dans le naufrage du chalutier *La Belle Angèle* ou du cuirassé *Du Guesclin*, par une terrible nuit de tempête comme celle que Scarlette était présentement en train de vivre.

Dans la tourmente d'un rêve à moitié éveillé, plus ou moins conscient, Scarlette craignait que la falaise ne s'effondre à nouveau, cette fois-là tout entière, et s'écrase dans un chaos de schiste, de boue et de poussière pour emporter au diable la maison qui fut celle de sa mère après avoir été celle de sa grand-mère, autant dire sa vie, sa raison de vivre, mais non, tu dérailles, ma vieille, c'est juste un petit grain de force 7 ou 8 sur l'échelle de Machin-truc-chouette, elle n'arrivait jamais à se rappeler le nom, on a l'habitude des coups de tabac par ici, mais l'océan si proche et si vaste, trop proche et trop vaste, avançait inexorablement, resserrait vague après vague son étau autour de l'île, la grignotait, rongeait ses dunes, mâchouillait ses derniers lambeaux de terres fertiles. Les quais étaient déjà inondés, des gerbes d'eau venaient se fracasser contre les façades des maisons. Scarlette frissonnait sous sa couette. Elle tenta d'allumer la lumière de son chevet, mais rien n'y fit. Et mince, le disjoncteur avait dû sauter. Manquait plus que ça. Sa main gauche tâtonna sur la table de nuit pour attraper son portable. Appeler quelqu'un à cette heure-là ? C'était impensable. Elle songea à sa fille, elle aurait tant voulu lui parler, mais Morgane avait beaucoup de travail, il était hors de question de la réveiller, bien sûr. On ne réveille les gens en pleine nuit que s'il y a une catastrophe, un décès inattendu. Et puis, à Nantes, ils ne savaient pas ce que c'était, une tempête, ils étaient bien à l'abri, ces veinards ne connaissaient pas leur chance. Scarlette jeta un œil sur la météo, soupira, puis changea d'application et démarra une partie de Candy Crush, une façon comme une autre de se changer les idées. Foutue nuit. La tempête, elle aussi, finirait bien un jour ou l'autre par se calmer. Demain serait un autre jour. *After all, tomorrow is another day*, comme disait l'autre Scarlett. On avait l'habitude. Elle haussa les épaules et se concentra sur son jeu plutôt que de penser à autre chose car cette autre chose avait un nom.

Morgane Quillivéré n'arrivait pas à trouver le sommeil, mais pour une raison tout autre. Le bras gauche de Souleymane pesait lourdement sur sa poitrine, de même que sa jambe sur ses cuisses, mais elle n'osait bouger d'un pouce de peur de le réveiller. Elle était prisonnière, délicieusement prisonnière de ce corps à la fois frêle et puissant qui l'enserrait lourdement. Elle était une petite étoile de mer prise entre les pinces d'un crabe mâle et qui pour rien au monde n'aurait voulu se délivrer. Le souffle régulier de Souleymane réchauffait sa nuque. C'était la première fois qu'ils avaient fait l'amour, deux jours après s'être parlé au self. Morgane, d'habitude si réservée, si pudique, certains l'auraient volontiers jugée timorée, était encore étonnée par sa propre audace, mais aussi par la facilité avec laquelle les choses s'étaient passées. C'est elle qui la première avait tendu ses lèvres avant de lui déboutonner sa chemise et de lui ôter son tee-shirt. C'est encore elle qui l'entraîna sur le lit en feignant de jouer les ingénues. Et c'est elle, Morgane, la Mauresque, qui éteignit la lampe de l'abat-jour avant de se déshabiller à son tour pour cacher autant la pâleur de sa nudité que l'étroitesse de ses hanches et dissimuler sa peur. La légende arthurienne affirmait que Morgane était une fée née de la mer, une sorte de sirène tantôt maléfique, tantôt bienveillante, une magicienne ensorceleuse initiée par le mage Merlin, capable du pire comme du meilleur. Elle était reine de l'île d'Avalon et possédait le pouvoir de transformer, une fois consommée l'œuvre de chair, ses amants en bouc ou en lézard. Morgane imagina son compagnon d'une nuit se réveillant métamorphosé en gros lézard et ne put s'empêcher de ricaner bêtement sous le drap. Terrassée de fatigue, elle finit enfin par s'endormir auprès de ce drôle de garçon. Abasourdie plus par son désir que par le plaisir qu'il avait tenté plus ou moins adroitement de lui offrir, elle découvrait pour la première fois ce sentiment étrange et déstabilisant sur lequel elle n'osait encore mettre un nom. Ses rêves confus la ramenèrent aux Maures.

À l'île des Maures, assaillie une fois de plus par une tempête infernale et pourtant familière, à l'île des Maures où Debbie, simplement armée d'une torche pour affronter la nuit, le vent et la pluie, errait désespérément à la recherche de deux brebis qui n'étaient pas rentrées au bercail. Mue par un mauvais pressentiment, elle s'était levée en pleine nuit pour se rendre à la bergerie, les avait comptées et recomptées, elle en était certaine, deux manquaient à l'appel. Effarouchées, tétanisées, tremblantes, les bêtes se serraient les unes contre les autres dans le coin le plus sombre de la bergerie, pas une n'osait bêler, pas une n'osait dormir. N'ayant nulle envie de se lever, Thierry tenta de la ramener à la raison, recouche-toi immédiatement, Debbie, on verra ça demain, ne fais pas l'idiote, tu ne vas pas risquer ta peau sous ce temps impossible pour deux pauvres bestioles, mais la Galloise chaussa ses bottes, enfila un vieil anorak par-dessus sa chemise de nuit et s'engouffra avec sa simple torche dans l'obscure tourmente des landes du Loup Pendu.

À peu près au même moment, peut-être un peu avant, disons autour de trois heures et quart du matin, une vague à la puissance phénoménale, ainsi que la décrivirent les journaux le lendemain, s'abattit contre la digue de l'anse de Porzmeur, arracha les pierres du muretin de la corniche et acheva sa course folle contre la vitrine du bar-tabac de la Falaise, qui, dans un fracas démentiel, vola en mille éclats.

Scarlette

Une falaise qui s'écroule au matin par-derrière, une vitrine qui explose dans la nuit par-devant, ça fait beaucoup pour une seule femme, non ? Et on oserait me faire croire à un simple mauvais coup du sort, la faute à pas de chance, et on oserait me demander d'aller brûler un cierge à l'église devant la statue de sainte Anastasie en rémission de mes péchés passés, présents et à venir, il y a des jours, je vous jure, je préférerais tout simplement ne pas être née. Non mais visez-moi un peu ce binz, regardez-moi tous ces dégâts, ces débris de verre, cette boue infâme, ce fatras. Mon carrelage, le mal que je me suis donné hier soir pour que tchi, et aujourd'hui, voyez-vous ça, une vraie porcherie, si c'est pas malheureux. Et cette maudite tempête qui s'acharne à faire des siennes comme si elle n'avait pas fini son travail, comme s'il lui en fallait toujours plus, fignoler les détails, parfaire le désastre. Et encore, et encore… La pluie, les rafales, des gerbes hautes comme ça, et encore, et encore… des creux de douze mètres, un vent à décorner les bœufs, une marée de 113, un cyclone, un putain de cyclone que cette fichue Félicité.

Suis descendue au petit matin en chemise de nuit avec mes bottes aux pieds, une lampe électrique pour tout éclairage. Mon bistrot ? Une vraie pataugeoire, même si l'eau s'est retirée. Des morceaux de verre, des brassées de goémon éparpillées aux quatre coins de la salle. Des tessons de bouteille et des journaux trempés. Du sable en pagaille. Il y a même quelques galets qui ont voltigé et ont arrêté leur course au pied du comptoir. C'est comme si la guerre était passée par là, le Liban, la Syrie, la Bérézina, tout ce qu'on voit à la télé, sauf que les bombes, elles viennent du large. C'est la guerre. Le débarquement du jour J. Les vagues, ce sont des canons, la houle, des roquettes, la pluie, des grenades. L'ennemi, c'est le destin. Et pas moyen de se faire un café étant donné que ces jean-foutre n'ont toujours pas été capables de rétablir le courant. C'était bien la peine de nous gâcher le paysage en plantant à l'autre bout de l'île quatre éoliennes plus hautes que le clocher de l'église et en essayant de nous les vendre à des fins d'autonomie énergétique. La première cigarette de la journée me fait cracher mes poumons, qui doivent être dans le même piteux état que mon carrelage. Avec cette veine qui me colle au train, rien d'étonnant à ce que je couve une belle saloperie, un cancer mal placé, par exemple, une tumeur grosse comme une pomme dans chaque poumon, des métastases qui se faufilent dans les boyaux comme des vers de terre sous un tas de compost, et pour achever le tableau, une dépression bien carabinée. Au point où j'en suis, je ne vois pas ce qui pourrait m'arriver de pire.

Fait encore à peine jour. La sale odeur habituelle du petit matin a disparu, rien d'étonnant à cela, aujourd'hui c'est journée portes ouvertes, allez-y, messieurs-dames, ne vous gênez surtout pas, faites comme chez vous, on peut entrer chez Scarlette comme dans un moulin, un grand moulin ouvert à tous les vents, le noroît ou le suroît, peu importe, les vents du malheur en tout cas. Pas une seule chaise, pas un seul tabouret n'est resté debout. Les tables, n'en parlons pas. Vous parlez d'un spectacle. La pendule s'est arrêtée à trois heures vingt. Le juke-box a dû prendre l'eau, lui aussi, et ça, je ne m'en remettrai jamais. J'ai froid. J'ai horriblement froid. J'ai pourtant mis mon bonnet et deux écharpes autour du cou, mon gros manteau d'hiver au-dessus de ma chemise de nuit et mes mitaines en laine, mais je ne cesse de trembler de partout, les genoux, les épaules, les bras, le cœur aussi. J'ai l'air d'un épouvantail. Il me faut tout de suite quelque chose de fort à défaut d'un café, quelque chose pour tenir le coup avant de me liquéfier comme le reste, avant de flancher pour de bon. Cognac ? À cette heure-ci, ma belle ? Et alors ? J'attrape sur les étagères du haut une bouteille de Hennessy qui a échappé au massacre, je relève une chaise au hasard pour m'asseoir au milieu de ce capharnaüm. Ma belle vitrine peinte par Pierrot la Lanterne, le gardien de phare, est maintenant transformée en un puzzle géant où l'on peut lire à travers les pièces éparses, pour qui les assemblera, *La Falaise, bar-tabac-journaux-articles de plage*. Je regarde autour de moi sans arriver à y croire. J'attends la fin du cauchemar, le moment où je vais enfin me réveiller, la sonnerie électronique, les claques d'un infirmier pour me sortir de cette anesthésie générale. La première gorgée de cognac me fait l'effet d'un lance-flammes depuis la trachée jusqu'au fin fond des entrailles. C'est épouvantable. Et presque douloureux. Mais c'est bon, c'est sacrément bon. Pour autant, la sonnerie ne retentit toujours pas. Je devrais sans doute en conclure que je ne rêve pas.

Il est encore trop tôt pour appeler l'assurance, de toute façon je n'aurai droit qu'à leur insupportable répondeur automatique, et les pompiers, qu'est-ce qu'ils peuvent y faire sinon me tendre un mouchoir en papier pour essuyer mes larmes et moucher mon dépit ? Inutile puisque je ne pleure même pas. Depuis les coups du Malouin, je n'ai plus une seule larme en magasin, elles se sont toutes évaporées, la source s'est tarie. Désolée. Je suis toute seule, à présent, et j'ai froid. J'ai horriblement froid. La deuxième gorgée passe mieux, la deuxième cigarette aussi. Après, j'arrête. S'agirait pas de se laisser aller, ma petite Scarlette, j'en connais plus d'un qui ne doit pas être trop mécontent de ce qui t'arrive ici, je ne cite pas de noms mais suivez mon regard. L'essentiel, c'est de sauver les apparences, n'est-ce pas, garder la tête haute, se dire qu'on en a vu d'autres, qu'on en verra d'autres jusqu'au moment fatal où les eaux nous engloutiront une fois pour toutes, les quais, les rues, les jardins, les champs, les magasins, les maisons, les bistrots, la banque et même le cimetière où sont enterrés nos aïeux depuis tant de générations, le moment fatal où l'île disparaîtra sous les flots comme dans la légende ancienne, et rien ni personne n'y pourra quoi que ce soit. Ne restera que le clocher de l'église s'il tient le coup. On le sait tous, l'océan se rit des enrochements qu'ils ont aménagés le long des grèves et qui ont coûté une fortune à la municipalité. Les déferlantes te bousculent ces gros blocs de granit aussi facilement qu'un jeu de dominos, et le sable se fait peu à peu la malle, disparaît davantage à chaque marée. Ne reste que la roche à nu émergeant d'une vase visqueuse saupoudrée d'algues vertes et malodorantes. Quant aux dunes, même punition. Ils ont planté des milliers d'oyats pour les stabiliser, installé des ganivelles en bois pour que les promeneurs ne marchent pas dessus, et ça aussi, ça nous a coûté bonbon, mais peine perdue. À chaque grande marée, c'est un petit bout du trait de côte qui nous est arraché, un mètre, un mètre cinquante, parfois jusqu'à deux mètres, et ça dure depuis des années. Sur la Grève Rouge, le grand blockhaus de la dernière guerre est maintenant aux deux tiers enfoui. Il s'enfonce de traviole chaque jour davantage, aussi pitoyable que le mausolée d'un roi oublié depuis la nuit des temps, et malgré les tags peinturlurés chaque été par les frères Le Boulc'h, qui se prennent pour des artistes à leurs heures perdues, le béton finit lui aussi par s'effriter, alors qu'on n'aille pas me faire croire à un simple coup du mauvais sort, à l'ordre naturel des choses ou à la volonté du ciel. Il n'y a pas de fumée sans feu, il n'y a pas de déluge sans eau, l'île est en état de siège. C'est la guerre et je ne miserais pas deux sous sur une issue favorable du combat. Non, je ne donne pas cher de notre peau.

Peu à peu, une clarté sournoise et grisâtre pénètre à l'intérieur du bistrot. Le jour naissant nous annonce la couleur sans nous laisser la moindre illusion. Gris sur toute la ligne. La vision du décor est encore plus sinistre. Un trou béant s'ouvre devant moi sur le grand large, les quais sont jonchés de débris de toutes sortes, bouts de bois, galets, cartons, poubelles, paniers de crabes, goémon, chaussures égarées, boîtes de conserve, cageots… que le vent s'acharne à bousculer comme des boules de flipper. Me frayant un chemin tant bien que mal à travers cet infâme dépotoir, j'ose enfin mettre le nez dehors. Un vélomoteur a valdingué par-dessus le parapet de la corniche et gît sur la vase luisante. Ce n'est plus qu'une carcasse, un cadavre. Les canots sont sens dessus dessous, certaines coques sont éventrées. La seule bonne nouvelle, c'est que le panneau publicitaire avec les fesses de l'autre bimbo a été arraché, lui aussi. Mes gars des dominos vont se retrouver orphelins, les pauvres choux, mais qu'on ne compte pas sur moi pour la regretter.

Une silhouette s'avance sur la jetée, qui elle aussi a pris un sale coup sur son flanc. Des parpaings sont tombés. Je la reconnais, c'est Pierrot la Lanterne, l'ancien gardien de phare, celui qui passe le plus clair de son temps tout seul chez lui, à peindre des icônes et des icônes et encore des icônes, alors qu'il ferait mieux, avec l'or qu'il a dans les doigts, de dessiner des phares ou des chapelles, ou encore de jolis voiliers d'antan, quelque chose qui plaise aux gens plutôt que ces bondieuseries russes ou grecques qui n'intéressent personne. Il en est pourtant capable, le bougre, suffit de penser à la décoration de ma vitrine, enfin… de feu ma vitrine. C'était un vrai chef-d'œuvre. Quelle pitié ! Quand je lui dis que ce n'est pas avec ces têtes à claques de madones de bénitier qu'il va se trouver des clients et se faire du pognon auprès des touristes, il se contente de hausser les épaules en me lançant un sourire de travers, mais ce n'est pas le mauvais gars, mon Pierrot, un taiseux qui n'emmerde personne, pas un mot plus haut que l'autre, jamais d'embrouille pour régler ses consommations, pas comme tous ces rapiats aux poches cousues qui chicanent pour un oui pour un non, pour le moindre faux col, pour une tournée qu'ils auraient prétendument déjà payée.

Mais enfin, qu'est-ce qu'il fait là, le Pierrot, à cette heure-ci, sous ce temps-là, à attendre qu'une rafale le jette par-dessus bord ? Ni une ni deux, je vais chercher ma paire de jumelles dans le tiroir sous la caisse enregistreuse, pas que je sois curieuse, mais j'aime bien savoir. Je ne jurerais de rien, mais ma parole, on dirait qu'il chiale, qu'il chiale à gros bouillons, pour de vrai, tout seul au bout de la jetée, comme un gosse puni pour une faute qu'il n'aurait pas commise. Et de le voir ainsi me broie littéralement le cœur, même si, moi aussi, je voudrais bien avoir des larmes à ce moment-là. Je range mes jumelles et je lui fais un signe de la main, auquel il ne répond pas, au contraire, il me tourne aussitôt le dos alors que je le vois porter sa manche à son visage car lui aussi sait qu'on risque tous d'y passer un jour ou l'autre et que ce jour n'est peut-être pas aussi éloigné qu'on l'aurait imaginé.

Je remonte me changer. Un jean, deux pulls l'un par-dessus l'autre, un foulard en soie pour la gorge. La toilette, on verra plus tard, quand il y aura de l'eau chaude. Le froid s'est incrusté en un rien de temps alors qu'il n'y a pas cinq jours, la terrasse était pleine et les vacanciers de la Toussaint se prélassaient en chemise, certains même en short ou en minijupe ras la touffe comme en plein été, aux limites de la décence ou de l'indécence, ça dépend d'où l'on se place. La tempête, c'est maintenant à la télé qu'ils la voient depuis leur canapé bien moelleux, retransmise en direct par les hélicos de la

Sécurité civile qui nous survolent en faisant des ronds dans l'air comme des mouches au-dessus d'une bouse de vache. Pas d'électricité, pas de liaison maritime non plus, étant donné le caractère exceptionnel de la tempête. Ma fille qui m'appelle sur mon portable alors que je suis encore dans la salle de bains, en train d'essayer de mettre un semblant d'ordre dans mes cheveux. Déjà levée ? je demande. Elle s'inquiète, elle a écouté les infos à la radio, elle a vu des images sur les réseaux, elle me demande si je vais bien. Bien sûr que je vais bien, ma chérie, pourquoi ça n'irait pas, hein ? C'est juste un grain, un peu de grabuge ici et là, mais rien de sérieux, ça va passer, on a l'habitude, suis bien placée pour le savoir, d'ailleurs on avait un temps pareil la nuit où tu es née, pire peut-être, c'est pour cela que j'ai dû accoucher sur place, ici même, dans ma chambre, avec juste l'aide de Fernand, le pompier, et de ta grand-mère, oui, je sais, je te l'ai déjà raconté mille fois, pardon, ma petite Momo, ta pauvre mère vieillit, elle radote.

Dans le miroir, une tête à faire peur. Je ne lui parle pas de la falaise écroulée, ni de la baie vitrée explosée, inutile de l'inquiéter pour ces broutilles, mais je lui annonce que j'ai commandé un nouveau lave-vaisselle plus performant, plus rapide et moins énergivore, c'est pour sauver la planète, je crois, pour retarder le réchauffement climatique, enfin, vrai ou faux, c'est ce qu'ils m'ont promis, mais tu les connais, seraient capables de raconter n'importe quel bobard pour vendre leur soupe, et toi, ça va, ma puce, quoi, qu'est-ce que tu dis, tu as rencontré quelqu'un, attends, j'entends mal, ce satané vent, répète, tu as rencontré quelqu'un ? Un garçon, oui, j'imagine, eh bien pour une nouvelle, ça, c'est une nouvelle, et une bonne, suis trop contente pour toi, et comment il s'appelle, l'heureux élu, j'entends mal, répète encore, j'ai pas compris, pardon, plus fort, ah bon, bien bien, redis-moi encore son nom, j'ai mal entendu, peut-être qu'il est un peu trop tôt pour tirer des plans sur la comète, ma petite Momo, les hommes, ça va, ça vient, écoute-moi, c'est ta petite maman qui te parle, faut surtout pas que tu t'emballes, tu es encore jeune, tu as la vie devant toi, prends ton temps, ma chérie, réfléchis bien, oui, c'est ça, on se rappelle ce soir, ou demain. Je te tiens au courant. Bisous, bisous, c'est ça.

Bisous, bisous.

Je raccroche. Dans le miroir grossissant, c'est encore pire que tout à l'heure. Boursouflée de partout, des valises sous les yeux, des rides en portée musicale sur le front et un code-barres au-dessus des lèvres, les sourcils en bataille, et puis cette vilaine tache à la tempe qui, j'en suis certaine, n'était pas là hier. Pas jolie jolie, ma vieille, mais ce n'est plus le moment de faire ta coquette. Il est grand temps de te remuer. J'attrape la pince à épiler et j'arrache vite fait deux ou trois poils au-dessus des yeux. Je me brosse les dents. Comment il s'appelle déjà, le chéri à ma fille ? Quel nom elle a dit ? J'ai déjà oublié. Ça promet !

Ne pas se laisser abattre, jamais. J'enfile mon vieux tablier, celui dont je me sers pour les grands travaux de nettoyage de printemps, le lessivage des murs et celui de la terrasse avant la saison, et je redescends dare-dare, mon courage à deux mains. De mémoire d'homme, le bar de la Falaise n'a jamais été fermé, excepté le dimanche après-midi de treize heures trente à dix-huit heures, et je ne vois pas en quel honneur aujourd'hui ferait exception à la règle. À la guerre comme à la guerre, on ouvrira coûte que coûte, c'est une question de déontologie. Oui, parfaitement, de déontologie. Un coup de fil à Fabien, le menuisier, pour qu'il me remplace provisoirement la vitrine par des panneaux d'Isorel ou quelque chose du même acabit en attendant que les assurances me remettent tout en état. Il me doit bien ça, le Fabien, depuis qu'il sait que je sais à propos de la petite Jennifer et que je n'ai rien dit à ma chère cousine. De toute façon, presque toute l'île est au parfum, sauf la principale intéressée, comme de juste. Il promet de passer avant midi. Je lui réponds l'air de rien qu'il a intérêt s'il tient à garder la paix dans son ménage. Après quoi je m'attaque au balayage.

Une heure plus tard, c'est comme s'il ne s'était rien passé, à part ce grand trou béant dans la façade. Les vents ont tourné, en conséquence de quoi l'eau ne rentre plus à l'intérieur, mais j'ai déplié l'auvent au cas où. L'électricité a été rétablie sur le coup de neuf heures moins le quart, juste avant l'ouverture. Les tables, les chaises et les tabourets ont été remis en place, bien comme il faut, le juke-box s'est rallumé tout seul, comme par enchantement, un vieux James Brown à réveiller les morts, *Sex Machine*, on ne pouvait pas rêver mieux, j'esquisse un pas de danse avec mon balai, et mon premier client de la journée, je vous le donne en mille, c'est Solange, notre chère Solange telle que je ne l'avais encore jamais vue, trempée comme une soupe, les pieds nus et les cheveux en vrac, catastrophée et méconnaissable.

Pierrot

Chaque matin dès l'aurore, Jean-Pierre Muller, dit Pierrot la Lanterne, entreprenait à pied ce qu'il appelait sa tournée des grands-ducs, autrement dit une promenade d'une bonne heure et demie le long des quais et par les petits chemins sablonneux qui quadrillaient les dunes et les champs à la manière d'une toile d'araignée patiemment tissée depuis des générations. La docteure Ceaușescu lui avait conseillé cet exercice quotidien qui lui permettrait de perdre un peu de poids, d'entretenir sa masse musculaire et de contrôler son rythme cardiaque. Il avait fait toute sa carrière au service des Phares et Balises, avait été trimballé d'un poste à l'autre selon les nécessités et les caprices de l'administration, mais c'était un métier où l'immobilisme était d'évidence la règle. Les Roches-Douvres, l'île Vierge, le Créac'h, Ar Men, il connaissait tous ces phares par leur petit nom. L'heure de sa retraite coïncida avec l'automatisation généralisée et, n'ayant plus de famille proche ni d'attache particulière sur le continent depuis son divorce, il avait choisi les Maures comme port d'attache et avait rassemblé ses économies pour s'acheter une petite maison du côté de la chapelle Sainte-Anastasie avec la ferme intention d'y finir ses jours. C'était une existence plutôt agréable, pensait-il, une vie pas trop compliquée et pour tout dire une vraie sinécure. La peinture, les bouquins, un peu de pêche, les balades, le bistrot de la Falaise, et puis soyons franc, il lui aurait été difficile de trouver ailleurs un décor qui lui seyait tant. Une fois sa promenade achevée, il retournait à son ouvrage et les journées s'étiraient ainsi, un peu mollement, sans prétention ni illusion démesurée, en attendant l'heure de l'apéro du soir chez Scarlette. Certes, il en pinçait un peu pour la docteure Ceauşescu et il se demandait parfois s'il n'y avait pas de réciprocité dans l'air, à en croire la façon qu'elle avait de glisser son stéthoscope sur sa poitrine avec une lenteur et une délicatesse qui lui paraissaient pour le moins équivoques, de même que les sourires qu'elle lui lançait de biais au moment de rédiger son ordonnance, mais elle avait vingt ans de moins, était on ne peut plus secrète sur sa vie privée, et Pierrot était un homme bien trop timide pour oser lui demander de poursuivre la consultation dans un autre lieu que son cabinet.

Par désœuvrement, il s'était mis à la peinture au début de sa carrière alors qu'il travaillait dans les années 1980 au phare de Penfret, dans l'archipel des Glénan. Un de ses collègues l'avait plus ou moins initié à l'aquarelle. Dans ce métier, lui avait-il conseillé, il te faut une sortie de secours, un violon d'Ingres, un dada, les maquettes, la peinture, n'importe quoi, sinon tu te rouilles comme un vieil engrenage et tu deviens fou. Peindre des marines l'avait très vite lassé. En avril 1991, peu de temps après la chute du mur de Berlin et l'éclatement de l'URSS, il s'offrit un voyage à Moscou parce qu'il cherchait précisément un endroit qui ne correspondait en rien à son habituel environnement océanique. Pourquoi Moscou ? Allez savoir. Il était juste tombé par hasard sur le prospectus d'une agence qui proposait d'intéressantes promotions sur des séjours organisés, ce qui, en outre, lui donnerait peut-être l'occasion de rencontrer des gens différents. La révélation – le mot est peut-être un peu trop pompeux, mais allons-y quand même pour révélation – eut lieu au monastère de Novodievitchi, devant l'iconostase de la cathédrale Notre-Dame. C'était une période un peu compliquée de sa vie, tant sur le plan sentimental (un divorce douloureux) qu'existentiel (Pierrot avait toujours été ce genre d'homme à se poser dix mille questions quand bien même il n'y avait qu'une seule réponse), et bien qu'il ne se soupçonnât pas de penchants mystiques particuliers, ni de par son éducation ni de par de secrètes inclinations, il resta littéralement subjugué – ici, le mot n'est pas trop fort – devant ces images sacrées qui pourtant ne représentaient ni plus ni moins que des portraits d'hommes et de femmes au regard la plupart du temps morne et éteint. De retour en France, il acheta un tas d'ouvrages techniques sur le sujet, se ruina en matériel de toute sorte et, à peine revenu en haut de son phare, consacra désormais l'essentiel de son temps libre à la réalisation d'icônes. Dans le même temps, il laissa pousser sa barbe et ses cheveux déjà bien grisonnants jusqu'à se donner l'apparence d'un vieux sage mystique retranché au fin fond de son ermitage.

À ses débuts, il se contentait modestement de recopier les œuvres des maîtres, puis, peu à peu, à force de travail et de pugnacité, sa maîtrise grandissante de l'art lui permit de s'engager dans des créations plus personnelles, n'hésitant pas à prendre pour modèles ses collègues gardiens de phare quand il était sur place, ou quelques personnes de son entourage. On lui passa des commandes. Arrivé à la retraite, il n'abandonna pas la peinture, bien au contraire. Ce fut ainsi que Brigitte, la postière, accepta volontiers de jouer le rôle d'une madone en larmes, et le tableau fut offert à la paroisse bien que le père N'Guyen jugeât plus à propos, eu égard au décolleté un peu trop généreux du modèle, de l'accrocher dans la salle paroissiale plutôt qu'à l'église, ceci pour ne pas heurter les fidèles. L'œcuménisme a ses limites, voyez-vous, et les icônes n'entrent pas dans la tradition de l'Église romaine, lui avait-il chuchoté. Pierrot n'en prit pas ombrage. Scarlette refusa tout net, il était hors de question qu'elle joue le rôle d'une Sainte Vierge éplorée, et puis une vieille greluche de mon espèce a passé l'âge de se faire tailler le portrait. En revanche, Morgane joua pleinement le jeu, plus par amitié que par narcissisme, et toute l'île s'accorda pour considérer le travail fini comme un réel chef-d'œuvre. Car c'en était un, sauf peut-être pour Morgane, qui, rouge de confusion car elle se considérait bien à tort comme vilaine, alla aussitôt planquer le tableau au grenier. Pierrot n'était cependant pas arrivé au sommet de son art et n'y arriverait sans doute jamais, mais c'était un personnage respecté, d'autant plus que, tout original et parfois bougon qu'il fût et bien qu'on prît sa passion pour un passe-temps un peu farfelu, il n'emmerdait personne, ne médisait sur quiconque et payait sa tournée sans sourciller quand son tour était venu. À présent, il se demandait quel subterfuge adopter pour convaincre Marina Ceaușescu de poser pour lui, et ça, c'était une autre paire de manches.

Oui, Jean-Pierre Muller, dit Pierrot la Lanterne, avait pleuré ce matin-là en voyant le désastre provoqué par la tempête Félicité, pleuré toute sa peine et sa colère et son dégoût, pleuré comme un enfant devant le joli château de sable qu'il avait patiemment sculpté et qu'un malotru de son âge avait détruit d'un simple coup de pied en ricanant méchamment. Ces tempêtes récurrentes n'étaient pas l'effet du hasard ou du destin, il le savait très bien, tout le monde un tant soit peu responsable le savait pertinemment, la planète surchauffait, l'océan bouillonnait, le couvercle sautait et les eaux débordaient, c'était aussi simple que cela. Le spectacle affligeant qu'il avait devant ses yeux n'était que le résultat de l'arrogance, de la cupidité et de l'égoïsme des hommes, mais était-ce bien utile de ressasser l'évidence ? Du bout de la jetée, il aperçut Scarlette devant sa façade éventrée, qui lui fit un signe auquel il ne répondit pas. Il rabaissa la visière de sa casquette et préféra se retourner avant de se lancer dans une autre direction, de préférence loin du bourg, loin des maisons, loin des gens. Les mains engoncées dans ses poches, il se remit à marcher d'un pas vif, presque hargneux, emprunta le sentier des douaniers vers la côte sud, qui était plus abritée, même s'il se fichait du vent, son caban de laine l'en protégeait. À vrai dire, il se fichait de tout.

Sur la crête des landes du Loup Pendu, qui à dix-sept mètres constituait le sommet le plus élevé de l'île, une bourrasque de vent lui cingla soudain le visage et sa casquette s'envola à plusieurs dizaines de mètres pour atterrir aux pieds d'un promeneur qui semblait aussi solitaire que lui. Surpris, ce dernier la ramassa et balaya l'horizon pour savoir d'où pouvait bien venir ce couvre-chef de marin qui semblait avoir été de tous les combats. Pierrot s'approcha sans se presser. Il avait déjà vu cet homme, à la supérette, peut-être, ou alors chez Scarlette, ou tout simplement au débarcadère, qui était le vrai centre de l'île, là où tous convergeaient, là où tout arrivait et tout repartait, les hommes, les femmes, les marchandises et les journaux, même si, pour l'heure, les communications avec le continent étaient provisoirement rompues. L'homme portait une sorte de petite valise noire à la main, plutôt un étui. C'était sans doute ce musicien dont il avait entendu parler au bar. Certains prétendaient l'avoir entendu pousser la chansonnette avec une trompette du côté de la pointe du Diable. Les deux hommes se toisèrent un instant avant de se saluer d'un geste du front pour l'un, d'un signe de la main pour l'autre. Pierrot récupéra sa casquette, l'ajusta sur son crâne et le remercia par un grognement.

— Sale temps, n'est-ce pas !

Pierrot hocha la tête en guise d'approbation.

— Vous croyez que ça va se calmer ?

Pierrot la Lanterne leva les yeux vers l'armada de bombardiers noirs qui, poussés par le vent, avançaient d'est en ouest sans laisser grand espoir à la question du promeneur, qui à son tour dodelina de la tête avec un fatalisme de bon aloi. Tout commentaire superflu aurait été malvenu. Les deux hommes se faisaient face et regardaient chacun dans une direction différente, comme s'ils cherchaient, ne fût-ce que par courtoisie, un sujet pour poursuivre la conversation vers des horizons plus cléments. À vue d'œil, ils avaient environ le même âge, la bonne soixantaine, sensiblement la même taille, à peu près la même carrure. L'un portait la barbe, et l'autre, celui avec des lunettes et un étui, était tête nue et les rares cheveux gris qui lui restaient virevoltaient à la merci des caprices de la météo, à la façon des herbes folles de la lande. Ils semblaient aussi gauches l'un que l'autre, flottant dans des manteaux trop larges et engoncés dans des bottes trop étroites. Pierrot sortit de sa poche son paquet de tabac – c'était sa façon à lui, du moins la seule qu'il eût trouvée à ce moment précis, de montrer qu'il n'était pas contre l'idée d'engager le débat.

— Vous croyez vraiment que vous arriverez à rouler votre cigarette par ce vent ? demanda le promeneur.

Souriant dans sa barbe, Pierrot positionna une feuille entre les doigts jaunis de sa main gauche, puis de l'autre main attrapa une pincée de tabac dans le paquet retenu avec dextérité entre l'auriculaire et l'annulaire. Il répondit par une autre question.

— Vous en voulez une ?

— Pourquoi pas. Vous me semblez plutôt adroit. Chapeau.

Le temps que Pierrot roule la première cigarette, l'homme jugea utile de se dédouaner, d'autant plus qu'il n'ignorait pas que l'homme à la casquette ne cessait de baisser les yeux vers son étui d'un air un rien soupçonneux, ce dont il avait l'habitude. C'était un classique dans les films policiers, où, immanquablement, le tueur cachait son arme dans une innocente caisse à instrument de musique.

— Une trompette, s'excusa-t-il en mimant ses doigts en train d'appuyer sur les pistons. Suis musicien professionnel – enfin… j'étais.

Il affirmait être de Brest, ce qui pour les îliens était un moindre mal, avait pris pension à l'hôtel du Grand Monarque pour quelques jours, ne savait pour combien de temps au juste, besoin de repos tout simplement, besoin de faire le point peut-être, on y mangeait très correctement d'ailleurs, le civet à la moutarde était à conseiller, par contre la patronne, comment dire ? Un peu revêche, non ?

— Sais pas. J'y vais jamais, dit Pierrot en lui tendant sa cigarette.

Elle était parfaitement roulée. Il s'attaqua à la deuxième. Le vent qui faisait frissonner la feuille ne semblait pourtant le gêner en aucune manière.

— Vous habitez sur l'île ?

— À deux pas d'ici, près de la chapelle Sainte-Anastasie.

— Je veux dire… vous y demeurez toute l'année ?

— Oui, monsieur. Chaque jour que Dieu fait, du 1er janvier au 31 décembre. Ça vous étonne ?

— Oui et non. Ce ne doit pas être facile tous les jours, surtout dans les périodes comme celle-ci. L'hiver doit être interminable. Mais je comprends. L'éloignement, le décor, la beauté, tous ces horizons… Oui, je comprends. Il y a quand même quelque chose qui me tracasse…

Pierrot sortit un briquet de sa poche, ouvrit son caban en guise de pare-vent, alluma sa cigarette et invita l'homme à faire de même, un peu comme s'il lui proposait son sein pour la tétée.

— Dites toujours.

— Les femmes.

— Quoi, les femmes ?

— Je me trompe peut-être, mais c'est curieux, on a l'impression que c'est une île de femmes. Elles sont partout. Le maire est une femme, le toubib est une femme, le notaire est une notaire, les commerçants sont des commerçantes… Ils sont où, les hommes, à part vous ?

— En mer ou au cimetière, j'imagine.

— Bien sûr, oui, bien sûr.

L'homme baissa la tête, comme honteux d'avoir posé une question aussi saugrenue, presque déplacée. Il se sentit un peu merdeux, mais Pierrot ne sembla pas lui en tenir grief. Son visage était toujours tranché par un sourire un peu énigmatique, comme s'il se moquait du monde en permanence, mais plutôt que de désinvolture ou de mépris, il aurait mieux valu parler de timidité.

— Ne vous excusez pas, dit Pierrot, vous avez raison. Elles sont partout, ces bonnes femmes. Ce sont elles qui font la loi sur l'île. Nous, les mecs, on n'est que des faire-valoir, on se contente de faire de la figuration. C'est culturel et historique, voyez-vous. Les hommes étaient à la pêche, dans la Royale ou la marine de commerce. Ils partaient au mieux pour des semaines, souvent pour des mois. Vous connaissez l'adage : qui va à la chasse perd sa place.

— Je vois.

— Un conseil : ne vous approchez pas trop. Ce sont des farouches.

— Ce n'était pas dans mes intentions.

Le ciel s'obscurcit davantage. Un grêlon gros comme un petit pois tomba sur la casquette de Pierrot, puis un autre, un troisième et ainsi de suite, puis le mitraillage en règle commença. L'averse qui menaçait s'abattit avec une telle violence que les deux hommes durent courber le dos. Suivez-moi, dit Pierrot, qui se mit à courir. Ne sachant trop vers où aller, le promeneur lui obéit. Les grêlons crépitaient sur la lande comme dans un tonnerre d'applaudissements au sein d'un stade de football rempli à ras bord. Tels deux pauvres hères chassés du jardin d'Éden, ils longèrent au trot les marais sur un étroit chemin gorgé de boue, sautèrent au-dessus des flaques, pataugèrent dans des ornières avant de rejoindre une route plus ou moins bitumée au bout de laquelle on apercevait un îlot de maisons recroquevillées autour d'une petite chapelle qui donnait l'impression de plutôt vouloir s'enfoncer dans le sol que de se dresser vers le ciel. Ils arrivèrent trempés devant l'une de ces maisons, une minuscule bicoque hors d'âge qui, elle aussi, semblait s'écraser sous le poids de ses ardoises. Avant de le prier d'entrer, Jean-Pierre Muller, dit Pierrot la Lanterne, demanda à son invité si par hasard il s'intéressait aux icônes.

— Pardon ?

— Les icônes, les images sacrées, la tradition orthodoxe… Vous voyez ce que je veux dire ?

— Oui… à peu près.

— Alors, bienvenue dans mon isba.

Baptiste Kerdéniel s'essuya les pieds sur ce qui ressemblait vaguement à un paillasson. Puis il entra dans la pièce et ce qu'il vit le cloua sur place.

Solange

Se baigner chaque matin au réveil, quel que soit le temps, d'où que viennent les vents, était l'un des impératifs qu'elle s'était fixés depuis son installation sur l'île des Maures et elle s'y tenait avec entêtement et abnégation, car ce n'était pas chose aisée de s'immerger dans une eau qui, à cette époque de l'année, ne devait pas dépasser les dix degrés centigrades. Il lui fallait faire abstraction de bien des désagréments et c'est au mental qu'elle y parvenait. C'était son coup de fouet matinal, son quart d'heure intime de gloire. Une simple question de volonté, répondait-elle d'une pichenette à ceux qui la félicitaient de sa témérité. En elle-même, elle se plaisait à penser qu'elle s'offrait en sacrifice à Nérée, le dieu antique de la Mer, fils de Gaïa et de Pontos, rejeton de la Terre et des Flots. Cela dit, elle regrettait parfois amèrement de ne pas avoir choisi de s'exiler dans une île de la mer Égée, berceau de la mythologie grecque, où la température de l'eau était bien plus supportable, même en hiver. Mais qu'importe, le cahier des charges de son hygiène de vie devait être respecté quoi qu'il en coûte. Et cette satanée tempête, je lui dis zut, flûte et crotte !

dit-elle tout fort en se levant pour s'habiller à la lueur d'une bougie puisque les plombs avaient dû sauter durant la nuit. Elle délaissa une fois de plus la combinaison de mer qu'elle venait pourtant de recevoir par correspondance, se jugeant décidément trop ridicule dans cet accoutrement de surfeuse du dimanche, enfila son éternel maillot noir sur lequel elle revêtit son peignoir à rayures bleu marine. Puis elle se coiffa d'un bonnet de bain qui lui faisait une tête de phoque et se dirigea vers la grève en sautillant dans ses tongs en plastique.

La nuit avait été cauchemardesque, sans doute pour tout le monde, et la tempête ne semblait pas vouloir donner le moindre signe d'apaisement, raison de plus pour ne pas déroger à la sacro-sainte règle du bain. C'était la meilleure façon de braver les éléments, de se sentir forte et vivante, c'était aussi la seule manière de faire la nique à la maladie. Fichtre non, elle n'était pas du genre à plier sous les injonctions mortifères du démon qui vampirisait son cerveau et se repaissait de ses cellules, Solange Delahaie était ce matin-là plus que jamais décidée à se battre jusqu'au bout. Ses mélancolies nocturnes et ses idées noires n'étaient que des égarements qu'elle jugeait à présent immatures. Devant sa maison, la route qui avait été inondée pendant la nuit au moment de la plus haute marée portait les stigmates de l'ouragan. Des galets gros comme des ballons de rugby avaient été déportés par-delà la dune, des congères de sable s'étaient formées sur la chaussée sur laquelle frémissaient de longs rubans roux de goémon. Le ciel prenait des intonations lugubres. Alors qu'elle se dirigeait vers la grève par l'étroite brèche creusée entre les sables, Solange entendait l'infatigable océan qui s'acharnait, devinait les rouleaux qui s'écrasaient bruyamment et voyait jaillir de gigantesques gerbes blanches qui se déployaient à des dizaines de mètres au-dessus des flots, tel un ballet de spectres démesurés. C'est peut-être un peu dangereux, pensa-t-elle avant de parvenir en haut de la dune d'où elle aperçut aussitôt cette énorme chose répugnante qui gisait sur le sable gris. Elle eut un haut-le-cœur, porta une main à la poitrine, l'autre devant sa bouche béante, et resta immobile quelques longues secondes, frémissante et tétanisée, avant de se décider à descendre sur la plage pour en avoir le cœur net, mais il n'était bien sûr plus du tout question de baignade.

À peine revenue chez elle, Solange s'enferma dans les toilettes un long moment avant de se résigner à appeler la mairie. Elle tomba sur un répondeur pour s'entendre dire que les services municipaux étaient fermés le samedi. En cas d'urgence, on orientait la personne vers un autre numéro que Solange composa aussitôt pour écouter un message qui disait que suite à des encombrements, la ligne était provisoirement interrompue. On l'invitait à rappeler ultérieurement. Elle tremblait de froid et se sentait incapable d'émettre le moindre mot. Une migraine sournoise, de celles qu'elle redoutait tant, pointait le bout de son nez. Elle avait besoin d'un thé, un bon thé chaud qui puisse lui nettoyer les entrailles. En Égypte, elle avait travaillé sur des momies vieilles de quatre millénaires et n'en avait ressenti aucune émotion particulière, sinon l'enthousiasme de l'archéologue devant une telle trouvaille car c'était juste un sujet d'étude. Pourtant, il s'agissait également de la mort dans toute sa réalité. Mais ce monstrueux cadavre qu'elle avait vu sur la plage était comment dire… était trop frais, elle s'excusa intérieurement de cet adjectif qui lui vint à l'esprit, trop frais, trop récent, disons, pour être acceptable, oui, c'est ça, acceptable.

Elle avala deux gorgées de thé brûlant et aussitôt courut à nouveau aux toilettes. Sous la douche, elle se sentit un peu mieux. Elle y resta une bonne quinzaine de minutes malgré la parcimonie du débit de l'eau. Oui, cette installation laissait vraiment à désirer. La baignoire, n'en parlons pas, les vaches l'auraient refusée pour abreuvoir. De plus, il y avait des fuites un peu partout. Les joints étaient à remplacer, mais en réalité, c'est tout le système de tuyauterie qu'il aurait fallu changer, ne serait-ce que pour s'épargner ces glougloutements sinistres qui circulaient d'un étage à l'autre. En temps normal, Solange s'en moquait éperdument, advienne que pourra quand je ne serai plus là, mais aujourd'hui, elle aurait eu besoin d'une vraie douche chaude comme si la seule vision somme toute furtive de ce cadavre l'avait souillée sur tout son corps et toute son âme, comme si elle avait été éclaboussée par l'horreur la plus abjecte. Aussi bizarre que cela puisse paraître, elle se sentait responsable. C'était complètement stupide de penser une telle chose, se dit-elle, elle n'avait été que le témoin, le premier sans doute, mais sa conscience n'en démordait pas. Leurrée par les lumières qui étaient restées allumées toute la nuit dans son salon, la pauvre baleine, surprise et affolée par la tempête, s'était en quelque sorte jetée dans la gueule du loup.

Tu perds la tête, souffla-t-elle à son visage épouvantablement pâle qui se reflétait dans le miroir constellé de vilaines taches grises, c'est ridicule.

S'ils avaient changé de direction, les vents ne s'étaient pas calmés pour autant. Au moment où Solange sortait de chez elle, une giboulée de grêle, brève mais d'une rare violence, s'était abattue sur l'île comme une gifle sur le visage d'un innocent. Elle marchait vite, chichement protégée par son béret, elle courait par moments. Cent mètres plus loin, elle ôta ses escarpins, qui lui faisaient mal et entravaient son pas, et continua pieds nus. La route était détrempée, les fossés inondés. Encore une paire de collants foutus, pensa-t-elle. Puis, n'y voyant plus goutte, elle enleva ses lunettes à leur tour et les glissa dans la poche de son imperméable. Dans son affolement, elle ne fit même pas attention à Debbie, dont la silhouette et la longue chevelure étaient pourtant si reconnaissables, et qui semblait parcourir la lande en tous sens, comme si elle cherchait quelque chose au milieu de ce tumulte. Pas plus qu'elle ne remarqua le signe de la main que lui lança Brigitte, la factrice, qui arrivait en sens inverse et fonçait plein gaz et sans casque en direction du bourg.

Quand Solange fut enfin arrivée au café de la Falaise dans un état d'essoufflement frôlant l'asphyxie, Scarlette ne la reconnut pas. Ses cheveux habituellement ramassés sous un élégant chignon tombaient filandreux sur ses épaules. De ce beau blanc argenté, ils avaient viré au gris sale. Son imper était trempé, ses collants déchirés et ses pieds ensanglantés. Elle avait une tête épouvantable. C'était la première fois que Scarlette, habituée à avoir en face d'elle une femme toujours tirée à quatre épingles, la découvrait ainsi et c'était aussi la première fois qu'elle la surprenait en larmes. Au départ, elle crut qu'il ne s'agissait que de gouttes de pluie, mais après lui avoir tendu une serviette, Scarlette lui demanda ce qui pouvait bien l'avoir mise dans un pareil état, regardez-moi un peu ça, Solange, vous ne ressemblez à rien, asseyez-vous là, calmez-vous, tenez, prenez ce mouchoir, je vais vous faire un café chaud, mon Dieu vos pieds, mon Dieu vos pauvres pieds, ces collants, vous pouvez leur dire adieu, enlevez-moi ça tout de suite, je vais vous chercher des chaussons, attendez, je vais vous trouver du désinfectant, une minute, votre café d'abord, bien chaud, avec peut-être un coup de fort, croyez-moi, ça va vous requinquer, faites-moi confiance, restez assise, ne bougez pas, ne bougez surtout pas, il y a des pansements quelque part dans la cuisine, dans ma profession faut toujours avoir une pharmacie à portée de main à cause de tous ces soûlards, les chutes, les bagarres, pas plus tard que le mois dernier, ce sont les frères Le Boulc'h, encore eux, qui se sont chamaillés à coups de tessons de bouteille, imaginez un peu, quelle fratrie de vauriens, tout ça pour une affaire de fille, une histoire de coucheries, toujours la même sempiternelle rengaine, ne bougez pas, je vous dis, restez assise, un instant, je vous apporte votre café, après vous allez me raconter tout ça posément, sans vous énerver, on a déjà assez de soucis comme ça.

Solange se moucha sans la moindre retenue à trois reprises, s'essuya les yeux, puis après avoir regardé autour d'elle en tâchant de recouvrer ses esprits constata qu'en lieu et place de la baie vitrée, il n'y avait qu'un trou, un trou béant, un grand vide hachuré par un rideau de pluie tandis que James Brown continuait à crachoter depuis les haut-parleurs du juke-box.

Elle demanda ce qui s'était passé, ce à quoi Scarlette, les mains chargées de flacons et de pansements, lui répondit que ce n'était rien, juste un coup de vent un peu plus teigneux que les autres, voilà tout, elle n'était pas à un détail près. Le menuisier lui avait promis de passer dans la matinée faire une réparation provisoire, mais pour l'heure, elle devait d'abord s'occuper de ces pauvres pieds parce que le rouge, ce n'était pas que du vernis à ongles, pour sûr, ôtez-moi tout de suite ces collants, je vous donnerai une autre paire, et puis vous m'expliquerez après ce qui vous turlupine à ce point. Dans un mouvement un peu désordonné et guère élégant, Solange obéit. Scarlette s'agenouilla à ses pieds. Ça va piquer, prévint-elle. Et en effet, ça piqua. Solange serra les dents. Ce n'était que des écorchures superficielles et le sang s'était arrêté de couler, mais ce n'était pas joli joli à voir.

— Je vais vous faire une confidence, Solange. Petite, je rêvais d'être infirmière, m'occuper des gens, les consoler, les bichonner, mais je n'étais pas assez bonne à l'école, pensez, les maths, les sciences, ce n'était pas mon fort, alors j'ai arrêté à seize ans et comme on ne savait plus quoi faire de moi, ma mère m'a embauchée à la Falaise.

— Vous auriez pu faire une excellente soignante, je vous assure, ma chère Scarlette. Vos gestes sont précis et vous êtes très douce.

— Très douce ? C'est bien la première fois que j'entends ça ! D'habitude, on me traite plutôt de vieille taupe ou de *penn kalet*, comme on dit ici. Passez-moi les ciseaux, s'il vous plaît, j'ai presque fini.

— *Penn kalet* ?

— Tête de lard.

— Disons que vous avez un caractère affirmé, sourit Solange, ce qui serait plutôt une qualité, non ?

Scarlette releva la tête vers son amie en se demandant si c'était vraiment une amie et ce que ça voulait dire au juste, une amie. Elles n'étaient pas du même monde, parlaient à peine la même langue, ne répondaient pas aux mêmes codes. Solange l'impressionnait par sa prestance, son élégance, sa culture, sa façon de s'exprimer, ses chaussures à talons et tout le reste, et voici qu'elle s'était présentée ce matin dans toute sa vulnérabilité, les cheveux défaits et les larmes aux yeux. La marquise était déchue, tombée de son piédestal. Leur seul point commun, c'était d'être des femmes qui traînaient chacune derrière elle toute une batterie de casseroles plus ou moins cabossées, mais cela était une autre histoire. Le pied à présent bandé de Solange reposait sur le genou de Scarlette, qui, dans un geste de servante dévouée, l'enveloppa entre ses mains et le massa avec précaution.

— Vos pieds sont gelés. Vous tremblez, ma parole. Que s'est-il passé, Solange ? Dites-moi.

Solange cacha son visage derrière ses mains, puis bafouilla :

— Une baleine, là-bas… Une baleine morte, c'est monstrueux. Je viens de voir son cadavre à l'instant, échoué sur la Grève Rouge, aussi grand qu'un sous-marin, juste en bas de chez moi. C'est… c'est atroce.

— Une baleine, Seigneur Dieu. Vous êtes sûre ?

— Je ne sais pas. Je n'ai pas eu le cran de m'approcher.

— C'est le bouquet ! Vous avez prévenu la mairie ?

— J'ai essayé. Je n'ai eu que le répondeur.

Un tintement désagréable retentit sur le zinc du comptoir. Les deux femmes ne s'étaient même pas aperçues de l'entrée de Mon Capitaine, qui, aussi imperturbable qu'une bitte d'amarrage, ne semblait pas avoir remarqué le moindre changement dans son bar de prédilection. C'était son heure, tout simplement. Mon Capitaine était réglé comme une horloge et ce n'est pas une tempête, si dévastatrice soit-elle, qui aurait fait obstacle à sa petite routine d'alcoolisation quotidienne.

Voilà, voilà, on arrive, on arrive…

Mon Capitaine souleva sa casquette en direction de Solange, qui lui répondit par un pincement de lèvres qui se voulait un ersatz de sourire. Scarlette lui remplit son verre, à ras bord comme il se devait, qu'il éclusa cul sec avant de le reposer bruyamment sur le comptoir en attendant le suivant. Le premier verre était destiné à étancher sa soif, le second qu'il buvait à petites lampées à la dégustation. On avait l'impression qu'il ne regardait rien d'autre que son reflet dans le miroir accroché derrière les rangées de bouteilles et la collection de coupes et trophées qui les surplombait, comme s'il cherchait à percer le mystère de sa propre existence de laquelle personne pourtant ne doutait, ne serait-ce que par l'odeur qu'il trimballait derrière lui même si le café de la Falaise avait laissé ce matin-là l'entrée libre à tous les courants d'air.

Scarlette revint au chevet de Solange, cette fois-ci avec un verre de cognac, puis s'agenouilla à nouveau à ses pieds. Calmez-vous, je vous en prie, inutile de se mettre dans tous ses états, c'est juste une baleine, juste une grosse bestiole, on ne va pas en faire tout un fromage, buvez-moi ça et ça ira mieux.

Solange avala d'un trait. Son visage se contorsionna quelques secondes avant de se reconstituer peu à peu en une figure humaine et regardable. Merci, souffla-t-elle, merci Scarlette, il y a bien longtemps que je n'avais pas eu d'amie comme vous. Je suis sincère.

Scarlette interrompit son geste un instant, sans lever les yeux, sans chercher à répondre quoi que ce soit, puis elle reprit le massage avec cette fois-ci davantage d'attention.

Morgane

Elle mit la bouilloire à chauffer en espérant que Souleymane apprécie son thé car elle n'avait plus de café en réserve, mais qu'il aille se faire voir ailleurs s'il n'était pas content. Elle jeta un regard vers lui, qui semblait encore dormir profondément, la tête tournée vers le mur. Il était couché sur le ventre et, à travers la faible lueur qui perçait entre les interstices des volets, elle ne voyait que sa nuque et ses dreads tombant sur ses épaules nues, qui émergeaient de la couette. Sa peau était luisante, ses omoplates saillantes. Les choses étaient entendues, pensa Morgane. Il avait eu ce qu'il voulait et salut, à la prochaine, bonne continuation, toujours le même refrain. S'il avait un minimum de savoir-vivre, il resterait un moment avec elle le temps d'un petit déjeuner, mais Morgane ne se faisait guère d'illusions et la galanterie appartenait désormais au passé. Il était trop beau mec pour être un gentleman. Elle n'aurait pas dû, c'est tout. Tout était de sa faute. C'est elle qui lui avait fait du rentre-dedans à peine étaient-ils sortis du concert en lui prenant la main, puis en l'embrassant à pleine bouche sous un réverbère alors ne va pas te plaindre, pauvre gourde, estime-toi heureuse du bon quart d'heure qu'il t'a fait passer et oublie cette histoire au plus vite. Ce bon vieux François-René de Chateaubriand t'attend de toute urgence.

La pluie tambourinait contre les volets. Elle n'osa les ouvrir de crainte de faire du bruit, mais elle percevait nettement les humeurs du vent qui se faufilait entre les tours et les immeubles du quartier. Si cette tempête Félicité était arrivée jusqu'ici avec une telle violence, elle n'avait aucun mal à imaginer ce qu'il pouvait en être à trois cents kilomètres de là, chez elle, sur son île flottant au milieu de la grande bouilloire. Elle consulta la météo sur son portable, chercha davantage d'informations. Les liaisons maritimes avec le continent étaient ajournées et on déplorait déjà de nombreux dégâts sans donner davantage de précisions sinon la chute d'une éolienne qui par bonheur n'avait fait aucune victime. Morgane aurait voulu être présente, auprès d'eux, auprès de sa mère, qui, elle la connaissait, devait être dans tous ses états.

Souleymane se tourna dans le lit et la devina dans la pénombre. Elle était debout, de dos devant le frigidaire, simplement vêtue d'une culotte et d'un ample tee-shirt sur lequel il réussit à voir le dessin stylisé d'un navire accompagné du logo de la Société nationale de sauvetage en mer. À en juger par sa posture, elle était concentrée sur son portable. Souleymane n'osait bouger, il se contentait de la regarder et de reconstituer mentalement la nuit qu'il venait de passer entre ses draps. Morgane, elle s'appelait Morgane, c'est ça, et il n'en revenait toujours pas d'être tombé sur cette drôle de fille qu'on surnommait la Morte et qui avait réussi à le mener jusqu'ici par le bout du nez.

Une morte sacrément vivante, se dit-il en songeant à la nuit qu'ils venaient de passer ensemble. Il se rendit compte qu'il était complètement nu et chercha à tâtons son caleçon au pied du matelas, puis au fond du lit. Il fit sous la couette un discret balayage avec ses pieds, mais ne le trouva point, et ça, c'était plutôt embarrassant, non seulement à cause de cette érection matinale qui le tarabustait depuis son réveil, mais aussi parce qu'il avait une terrible envie d'aller aux toilettes et qu'il était pudique à un point quasi maladif.

Il toussota.

Morgane se retourna.

Souleymane fit glisser ses doigts à travers ses dreadlocks comme s'il avait voulu les peigner si tant est que ce fût possible, puis il lui sourit un peu piteusement, mais Morgane reçut ce sourire comme argent comptant et tenta de faire de son mieux pour lui répondre avec les mêmes armes.

— Bien dormi, l'artiste ?

Il releva la couette sur lui pour cacher ce qu'il y avait à cacher et hocha la tête pour dire que oui, en effet, il avait bien dormi, merci, et toi ?

— Couci-couça. Tu sais, ce n'est pas dans mes habitudes de partager mon lit. Quoi qu'il ait pu se passer entre nous cette nuit, autant te dire tout de suite que je ne suis pas celle que tu crois. D'ailleurs, je me demande bien ce qui m'est passé par la tête. Thé ou café ?

Punaise, il avait envie de pisser à s'exploser la vessie et ce satané caleçon restait introuvable. Il n'allait quand même pas sortir du lit avec ce diable à ressort jaillissant de sa boîte, on ne l'avait pas éduqué ainsi. Ses parents étaient des musulmans pratiquants qui certes votaient à gauche, mais défendaient des valeurs morales qui tenaient selon eux tout simplement du bon sens, et puis soyons honnête, il n'avait rien d'un Don Juan.

— Café, bredouilla-t-il.

— Perdu, je n'ai plus de café, même pas en poudre. Ça sera du thé ou rien.

Souleymane répondit que ça lui était égal après tout, que le thé, c'était parfait, merci. Il avait failli ajouter une niaiserie romantique pour la flatter dans le sens du poil, du genre peu me chaut le café, l'important c'est que tu sois là, qu'on soit là tous les deux, ensemble, mais s'était ravisé à temps. À vingt-deux ans, il avait entériné le fait que la plupart des filles n'étaient pas naïves au point d'avaler la première couleuvre venue. D'une manière plus prosaïque, il se résolut à avouer enfin qu'il était désolé, qu'il ne trouvait plus son caleçon et qu'il avait comment dire… qu'il avait un besoin urgent d'aller aux toilettes. Morgane s'esclaffa.

— Je ne regarde pas, promis !

Elle ne put s'empêcher de jeter un œil dès qu'il lui tourna le dos et fut bien obligée d'admettre que d'aussi belles fesses, même si elle n'avait pas grande expérience en la matière, elle n'en avait jamais vu chez un homme. Comme souvent en pareil cas, il lui était difficile de faire la part des choses entre ses sentiments et sa raison, et puis elle n'avait que très peu dormi. Tout était flou, confus, presque irréel.

Ils s'habillèrent chacun à leur tour dans la salle de bains et prirent leur première tasse de thé sur la minuscule table du studio, sans presque se dire un mot, sinon quelques banalités se rapportant aux conditions météorologiques et aux examens qui les attendaient à la fin du mois. Morgane lui proposa du pain de mie avec un fond de confiture qui traînait dans le frigo, en précisant que les fraises venaient de son île, qu'elles étaient bio et cultivées en pleine terre, et que c'était bien sûr du fait maison. Il saisit une tranche et s'apprêta à plonger sa cuillère dans le pot. Morgane l'arrêta dans son geste en posant une main sur la sienne.

— Ne te sens pas obligé, Souleymane.

— Et comment ! Cette confiture m'a tout l'air d'une tuerie.

— Je ne parlais pas de ça.

— Qu'est-ce que tu veux dire ?

— Disons que tu disposes d'un… droit de rétractation, disons les choses ainsi. Je comprendrais et je ne t'en voudrais pas.

— Un droit de rétractation ?

— Tu m'as très bien comprise.

Souleymane leva les yeux vers elle et dans le même temps lui prit la main pour la porter à ses lèvres. En quelques secondes, ils étaient à nouveau nus, allongés et soudés l'un à l'autre comme deux racines enchevêtrées, immobiles et silencieux. Ils restèrent ainsi un long moment, puis Morgane prit l'initiative et grimpa sur lui. Au pied du lit, le thé refroidissait dans les tasses.

Phanie, Scarlette, Solange

Si la plupart des habitants de l'île avaient vécu une nuit cauchemardesque, celle de Phanie avait été délicieusement réparatrice. Elle avait éteint son portable avant de se coucher, ne serait-ce que pour s'épargner le mitraillage de textos incendiaires de Vanessa, qui devenaient de plus en plus affligeants et qu'elle découvrit au matin, tout aussi affligée. Le registre s'étendait désormais de l'apitoiement tenant du chantage de bas étage (menaces de suicide, de mettre le feu à l'appartement...) aux insultes les plus sordides (fille de pute, pouffiasse, lécheuse de chatte, etc.). Étrangement, Phanie ne se sentait pas directement concernée, comme s'il y avait eu erreur sur la personne et que ces messages étaient adressés à une inconnue, raison pour laquelle elle ne jugea pas utile d'y répondre. De surcroît, ç'aurait été s'abaisser. Cela dit, en professionnelle aguerrie, elle ne les effaça pas.

À peine fut-elle levée qu'elle sauta dans ses baskets et enfila sa tenue de sport. En dépit de ce temps exécrable, mais selon elle ô combien ravigotant, elle avait ce matin-là opté pour un autre parcours, dans un secteur de l'île qu'elle n'avait encore jamais arpenté et qu'elle avait repéré sur la carte. Le sentier côtier risquait d'être dangereux et elle n'oubliait pas sa chute et son malaise de la veille, qu'à cela ne tienne, elle choisirait par précaution les routes bitumées. Elle courut une quarantaine de minutes, pas une de plus, le temps d'écouter en entier un album de Deep Purple enregistré en public à Tokyo, celui qu'elle préférait, et de loin. Le médecin qui l'avait examinée hier en fin de journée et dont elle était incapable de se remémorer le nom s'était inquiété de sa tension et lui avait conseillé de faire des analyses de sang dès son retour. Sans doute s'agissait-il d'une simple carence en fer, mais il fallait rester vigilante. En attendant, elle lui avait prescrit des babioles, de la vitamine, des compléments alimentaires… C'était une femme mystérieuse, avait pensé Phanie, fascinante à bien des égards, non par son accent mais plutôt par son regard perçant et sa façon d'écouter, en hochant lentement la tête à la façon d'un métronome à chaque confidence que lui livrait le patient, et d'économiser chacune de ses réponses. Son rouge à lèvres était trop rouge, sa peau trop tartinée de fond de teint, sa blouse trop blanche et ses cheveux trop noirs et trop lisses pour qu'on se sente vraiment à l'aise face à elle. On avait déjà l'impression d'être à la morgue.

En termes de confidence, Phanie s'en était tenue au strict minimum. Le stress lié à son travail, la fatigue, une légère baisse de moral, rien que de très banal. Concernant le sport, la docteure lui ordonna de mettre la pédale douce, au moins pour quelque temps. Elle exigea de jeter un œil à sa cheville. Phanie ôta ses chaussettes. Marina Ceaușescu hocha la tête d'un air entendu sans ajouter un seul commentaire et la pria de s'allonger sur le dos. Après quoi elle lui massa un instant la nuque et les épaules, puis, lui ayant préalablement demandé de se détendre, elle prit la tête de Phanie entre ses mains, un peu comme on attrape un ballon de basket, l'enserra fermement et d'un geste d'une brusquerie inouïe, c'est du moins le ressenti qu'en eut Phanie, lui fit craquer les vertèbres cervicales. La douleur fut vive et brève, un peu à la façon d'un choc électrique ou encore d'un coup de matraque, d'un couperet de guillotine, dans tous les cas de quelque chose de violent. Phanie se braqua :

— Hé, vous pourriez prévenir ! hurla-t-elle en portant la main à son cou afin de vérifier s'il était toujours soudé à la même place.

— Vous aviez le dos en compote et la colonne légèrement de travers, expliqua le médecin sans se formaliser, j'ai rétabli l'équilibre.

— Mais je ne suis pas déséquilibrée, que je sache.

— On l'est tous un peu, vous savez, à des degrés différents peut-être, mais on l'est tous d'une manière ou d'une autre. Contrairement à ce qu'avance la science, rien n'est droit sur cette planète, et encore moins sur cette île. Tout tremble, tout tangue, tout est à la limite de la bascule. Regardez les rares arbres qu'il nous reste comme ils plient ! Pensez aux falaises qui s'écroulent ! Nous nous croyons sur la terre ferme, mais nous sommes sur le pont d'un navire en pleine mer, d'un bateau ivre, comme l'a écrit Rimbaud, votre poète national, et le corps encaisse, à son corps défendant, oserais-je dire, les vertèbres s'entrechoquent les unes contre les autres, puis se tassent, les articulations se figent, les muscles en tension perpétuelle finissent par s'atrophier, la moelle coagule, le cartilage s'encroûte. On essaye vaille que vaille de s'accrocher au bastingage pour ne pas tomber par-dessus bord, mais le stress ne fait qu'empirer cet état de fait. La peur aussi. Vous devriez éviter également le gluten et le lactose.

En lui tendant sa carte Vitale, Phanie en conclut qu'elle était tombée une fois de plus sur une folle furieuse qui laissait planer le doute sur le niveau de ses compétences et conséquemment sa dangerosité sur ses patients, mais le lendemain, qui l'eût cru, elle se sentit plus légère. Oui, c'était ça, légère. Aucune douleur musculaire ou articulaire, aucune contracture ne semblait vouloir la contrarier. Bien au contraire, elle se sentait dans une forme olympique et elle se demandait si les méthodes un peu spéciales de cette doctoresse (quel nom déjà ?), qui tenaient davantage de la sorcellerie que de la médecine, étaient à l'origine de son bien-être, à moins que ce ne fût tout simplement cette satanée tempête qui lui transmettait sa force motrice. Elle ouvrit ses poumons en grand. Ses semelles battaient le bitume, qui lui semblait être de velours, et elle sautillait, aérienne, en d'amples foulées, tâchant d'éviter autant que faire se pouvait les flaques d'eau, les tas de goémon et tous les résidus de plastique ou de papier qui envahissaient la route et ses bas-côtés. Le vent s'était chargé de vider les poubelles. L'île était devenue une décharge à ciel ouvert. Elle aperçut même quelques étoiles de mer qui avaient atterri jusque-là, propulsées hors de l'eau par la violence des vagues, ainsi qu'un gros crabe affolé qui rampait à l'aveuglette. Elle accéléra le pas, enjamba une palette de bois, shoota dans une boîte vide de cassoulet à la toulousaine et augmenta le son de ses écouteurs. La pluie ? Quoi, la pluie ? Elle s'en fichait pas mal. Phanie était déjà trempée par sa propre sueur, elle jouissait par tous ses pores. Elle avait le vent dans le dos.

Au moment où Deep Purple lançait le riff de *Smoke on the Water*, un hélicoptère de la Sécurité civile surgi de nulle part entama sa tonitruante descente vers le stade de foot, qui servait plus souvent d'héliport que de terrain de sport. Le SCM (Sporting-Club Mauresque), dont l'équipe A avait pourtant tenu le haut du pavé en ligue régionale jusque dans les années 1970, avait mis la clef sous la porte depuis des années, faute de combattants mais aussi d'adversaires, et les lapins, profitant de la place vacante, avaient envahi le territoire en y creusant tout un réseau de galeries, tandis qu'une armée de taupes érigeaient impunément leurs petites pyramides de terre, en conséquence de quoi le stade de foot offrait désormais la triste image d'un misérable champ de bataille d'une guerre oubliée. Les deux cages de gardien plantées aux extrémités du terrain restaient les seuls témoins de ce désastre. Leurs filets, aux trois quarts grignotés par les goélands, s'effilochaient en peau de chagrin.

L'hélico se posa. Phanie ne pouvait le voir, il était caché par les dunes. Elle ralentit son rythme et s'interrogea un instant, mais après tout, elle était en congé et la Sécurité civile n'était pas son employeur. Quoi qu'il arrive, ce n'était pas son problème. Elle avait choisi ce séjour sur l'île pour se vider la tête, se laver de toute cette merde qui s'accumulait par strates horizontales, comme des piles de dossiers en souffrance : les textos de Vanessa, la morgue de son chef, les allusions salaces de ses collègues sur la gouinasse de service, l'arrogance des petits caïds des cités, le rictus insupportable de ces types qui tabassent leur femme, la tête baissée de ces femmes violentées, le regard ahuri des enfants, le déni des pédophiles, la défiance de l'opinion publique, les provocations des gauchistes à la petite semaine, les heures de planque à se cailler les miches, les frustrations, les échecs, elle était en vacances, oui ou non ? Elle aussi avait droit à des congés payés, comme tout le monde, elle aussi avait droit à sa part du gâteau, alors qu'on ne vienne pas la faire braire. Elle avait juste besoin d'une bonne douche chaude et elle avait faim de tartines beurrées, point final. Dès qu'elle eut en vue l'hôtel du Grand Monarque, elle jeta un coup d'œil à sa montre. Quarante minutes les doigts dans le nez et pas la moindre raideur, pas le moindre petit bobo. Que des bonnes sensations. Merci, docteure Folamour.

Le bar de la Falaise était en branle-bas de combat. Un menuisier était affairé à découper à la scie électrique de grandes plaques de bois destinées à combler ce vide où pas plus tard qu'hier se trouvait encore une altière vitrine sur laquelle était peinte en lettres stylisées l'enseigne de *La Falaise, bar-tabac-journaux-articles de plage*. Pour le reste, rien ne semblait avoir changé sinon Scarlette et madame Solange, qui, se faisant face d'un côté et de l'autre du comptoir, affichaient au mieux des allures de pochardes, sinon des têtes de mortes-vivantes ou peu s'en fallait. Pourtant, le bar était propre, plutôt bien rangé, les tables et chaises parfaitement disposées selon l'immuable ordre établi par la patronne. Mon Capitaine achevait de déguster son deuxième verre de rouge en émettant des sons qui faisaient penser à un bébé suçant sa tétine. Il régnait une odeur inhabituelle et peu définissable de vieux vin et de sciure de bois à laquelle il fallait ajouter les relents venus de l'estran. Fait rare, le juke-box était éteint. Phanie entra, salua de loin et, sans dire un mot, se contenta de faire la moue et de lever le menton vers les deux femmes en guise d'interrogation. Solange paraissait dans un bien piètre état. D'un geste de l'index, Scarlette lui fit signe d'approcher. Phanie eut l'impression d'avoir affaire à deux conspiratrices.

— Vous en faites, une de ces têtes !

— On doit vous parler, Phanie.

— Je peux avoir mon petit déjeuner ?

— C'est sérieux. Vous avez entendu l'hélico ?

— Oui, bien sûr. Un accident ? Rien d'étonnant avec cette tempête. Des victimes ?

— Oui. Une. Mais rien à voir avec la météo. Tenez-vous bien, Solange est tombée dessus ce matin. Juste en face de chez elle. Sur la Grève Rouge.

— Tombée sur quoi ? Ne me dites pas que c'est un cadavre ! Pas comme la dernière fois ! Pas encore !

— Justement si, un cadavre, et pas n'importe lequel. Une baleine, s'il vous plaît ! On vient d'appeler Brest. L'hélico, c'est sans doute pour sa pomme. Vous savez comment on l'appelle, ici, l'hélicoptère de la Sécurité civile ?

Phanie fit une moue dubitative.

— On l'appelle l'Ankou, dit Scarlette. L'Ankou, en Bretagne, c'est l'incarnation de la mort, le squelette sous la grande cape noire, la faux, tout le folklore, voyez un peu le topo. Quand on appelle l'hélico, en général, c'est qu'il est déjà trop tard, le bonhomme a largement eu le temps de passer l'arme à gauche, raison pour laquelle on le surnomme l'Ankou. Vous pigez ? Je prépare votre petit déjeuner. Accordez-moi deux minutes.

Phanie se laissa choir sur la première chaise venue. Solange vint s'installer en face d'elle et enveloppa ses mains dans les siennes. Phanie remarqua aussitôt les ongles vernis et l'absence de bagues qu'elle portait pourtant invariablement.

— Je sais que vous êtes ici pour vous reposer, ma chère Phanie. N'y pensez plus, ce n'est pas votre affaire.

— Vous avez une sale mine, Solange. Dites-moi comment ça s'est passé.

— Je ne sais pas trop. C'était comme dans un cauchemar, au milieu de cette tempête dantesque. J'allais comme tous les matins me baigner sur cette petite grève en bas de chez moi, celle où je vous ai trouvée hier, vous voyez ?

— Je vois, oui.

— Et j'ai vu. C'est tout.

— Qu'est-ce que vous avez vu, au juste ?

— C'est un interrogatoire ?

— Non, une question.

— J'ai vu ce monstre marin échoué sur le sable. Aussi grand qu'un sous-marin. Ou un autobus, si vous préférez. C'était… comment dire ? C'était surréaliste. Je me suis approchée de quelques mètres. Je ne voulais pas y croire. C'était atroce… je n'ai pas de mots. Et cette puanteur, mon Dieu, cette odeur de charogne… Vous ne pouvez pas vous imaginer.

— Épargnez-moi les détails, Solange, j'imagine très bien.

Scarlette apporta le petit déjeuner, toujours aussi copieux à première vue, viennoiseries, pain frais, beurre et confitures maison, yaourt bio et salade de fruits de saison. Phanie regarda le plateau sans le moindre appétit. Cette macabre nouvelle le lui avait coupé.

Elle avala une gorgée de thé et repoussa le plateau.

— Je suis désolée, je n'ai plus faim.

— Prenez au moins le yaourt.

— La docteure, sais plus comment elle s'appelle, m'a déconseillé le lactose.

— C'est du lait de brebis, vous ne craignez rien. Fabriqué sur l'île. Ils sont savoureux, n'est-ce pas, dame Solange ?

— Exquis ! Divinement exquis !

— Elle, c'est Deborah, mais on l'appelle Debbie. Une Galloise, joli brin de fille, travailleuse, entêtée. Lui serait plutôt du genre à donner des leçons à la terre entière sans jamais se lever de sa chaise. Paraît qu'il aurait quitté sa femme pour cette jeunette en deux coups de cuillère à pot.

Solange soudainement pouffa.

— Qu'est-ce qui vous fait rire ?

— Excusez-moi, c'est sans doute nerveux. C'est votre expression…

— Quoi, qu'est-ce qu'elle a, mon expression ? J'ai une sale tête, c'est ça ?

— Ne prenez pas la mouche, ma chère Scarlette, ce n'est pas vous, loin de moi cette idée. Je parlais juste de cette délicieuse expression : en deux coups de cuillère à pot. Vous en connaissez l'origine ? C'est trop drôle, je vous assure…

La policière et la tenancière se regardèrent interdites, comme si elles s'attendaient au pire. Solange reprit son sérieux.

— Eh bien voilà. Selon la légende, mais chacun sait que les légendes ont un fond de vérité, ici aux Maures, on est bien placé pour en parler, n'est-ce pas, selon la légende, donc, encore qu'il puisse s'agir d'un fait dûment attesté ou tout simplement de la fantaisie d'un chroniqueur et c'est pour cette raison que nous, historiennes et historiens, devons prendre avec des pincettes chaque information qui est parvenue jusqu'à nous par les voies impénétrables des témoignages de toutes sortes et quand je dis pincettes…

Scarlette s'impatientait :

— Oui, bon, accouchez…

Solange cette fois-ci s'esclaffa de tout son saoul à tel point que Mon Capitaine abandonna son verre pour détourner son regard.

— C'est justement de cela qu'il s'agit, Scarlette, vous ne pouviez pas mieux tomber. Figurez-vous qu'à la naissance d'Henri de Bourbon, le futur roi Henri IV, vous savez, celui qui a fini assassiné, ça vous dit quelque chose ?

— Oui, merci, j'ai été à l'école, moi aussi, même si ça fait un sacré bail.

— Je vous demande pardon. Bref, son père, Antoine de Bourbon, pour ne pas le nommer, aurait dit à ses proches que sa femme, la fameuse Jeanne d'Albret, aurait mis le prince au monde en « deux coups de cul, hier, à Pau ».

Les visages de Phanie et Scarlette se figèrent tandis que le rire de Solange se fit si franc que des larmes lui coulèrent des yeux. Elle chercha un mouchoir en papier dans son sac et se moucha bruyamment. Une fois calmée, Solange leva les yeux vers elles. On avait l'impression qu'elle récupérait lentement ses esprits. Visiblement, elles n'avaient rien compris.

— Excusez-moi, c'est sans doute nerveux. Je recommence si vous le voulez bien, plus lentement cette fois-ci : en deux coups... de cul... hier... à Pau... qui a donné par rapprochement phonétique en deux coups de cuillère à pot, vous voyez ? À Pau puisque c'est dans cette ville qu'avait eu lieu l'accouchement. Vous saisissez ?

— Je vois pas ce qu'il y a de drôle, murmura Scarlette, visiblement déboussolée.

— Mais si vous le permettez, je connais cependant une interprétation plus fantaisiste et plus cochonne pour tout dire, mais tout aussi crédible, pourquoi pas. Selon une autre source, le géniteur se serait vanté d'avoir honoré sa femme, devinez comment, je vous le donne en mille : en deux coups de cul hier à Pau. En deux coups... de cul hier... à Pau !

Scarlette répéta plusieurs fois à voix haute mais pour elle-même la suite de mots que venait de prononcer Solange, puis elle ouvrit la bouche en grand et explosa littéralement.

Phanie éclata de rire à son tour, puis le rire devint communicatif, entier, indécent et quand Pierrot la Lanterne entra dans le bar accompagné de Baptiste, les deux hommes se demandèrent si ces trois femmes étaient déjà complètement ivres à cette heure encore matinale ou si les mauvaises nouvelles qui s'écrasaient sur l'île comme une pluie de pierres leur avaient tout simplement fait perdre la raison. L'une se renversait sur sa chaise en gloussant, la deuxième, assise en face, se cachait le visage derrière ses mains, la troisième frappait le comptoir en zinc de la paume de ses mains et toutes les trois, comme atteintes de la danse de Saint-Guy, étaient assaillies de tressaillements délirants. Désabusé, Pierrot se tourna vers Baptiste et lui glissa à l'oreille :

— Je te présente les Trois Grâces de l'île des Maures.

Baptiste dressa ses sourcils en accent circonflexe.

— Je t'avais prévenu, mon pauvre garçon : les bonnes femmes, ici, mieux vaut ne pas trop s'en approcher !

Baptiste

Pourquoi l'île des Maures ? Je n'en savais fichtre rien. Encore une idée farfelue de mes filles, qui avaient sans doute cru de bon ton de m'offrir un séjour à l'occasion de mes soixante-cinq berges. Foutu cadeau qui sentait déjà le sapin. Comme à leur habitude, elles s'étaient occupées des réservations et de tout le reste. M'incombait seulement la charge de remplir mon sac de fringues en ajoutant deux ou trois babioles qu'elles jugeaient indispensables pour une telle aventure, paire de bottes et de jumelles, appareil photo, guides, etc., et de prendre un bateau qui après deux heures quinze d'une traversée plutôt mouvementée me déposa sur ce caillou perdu au beau milieu de l'océan, visiblement pas perdu pour tout le monde, preuve en était les trois ou quatre cents âmes qui tentaient de survivre ici tout au long de l'année. J'avais le mal de mer, j'ai toujours eu le mal de mer, et en règle générale une sainte horreur de tout ce que touche de près ou de loin à la navigation. Ceux et celles qui embarquent pour plusieurs semaines sur des rafiots hypersophistiqués pour des courses au large, des tours du monde sans escale, de préférence en solitaire, me laissent non pas admiratif mais aussi pantois que devant ces cosmonautes qui décollent pour d'impossibles missions spatiales sans avoir une certitude absolue du retour. La mer n'était pas mon monde, voilà tout, l'espace non plus d'ailleurs. Je n'étais qu'un indécrottable terrien, au grand dam de ceux qui prétendent que c'est de l'eau salée qui coule dans les veines d'un vrai Breton, ce qui m'aurait fait une belle jambe. Tout au long de la traversée, je m'étais calé sur un siège du pont inférieur en essayant de contrôler mes nausées et de faire taire mes craintes. Je ne m'étais levé qu'une fois pour aller vomir dans les toilettes et j'ai bien cru ne jamais pouvoir y arriver. Éviter les sacs et les valises qui encombraient les allées tenait du parcours du combattant.

Une île, ce n'était qu'un bout de terre, après tout, la version d'un continent à échelle miniature, rien de plus, et celle-ci ne dérogeait pas à la règle. Certes, c'était joli, parfois même pittoresque, et même spectaculaire à certains égards, les rochers, les plages, l'horizon vous en mettaient plein la vue, mais question exotisme, il n'y avait pas de quoi sauter au plafond ni pousser des cris d'admiration. On y trouvait les mêmes produits indigestes que partout ailleurs, ils regardaient les mêmes âneries à la télé et la patronne de l'hôtel où je logeais, en vérité le seul de l'île, s'était empressée de me donner le code Wi-Fi de l'établissement avant même de me montrer la chambre. Vue sur mer, bien sûr. Vue imprenable sur le port et l'embarcadère, et par temps clair, vue sur le continent, m'avait-elle assuré. De quoi me plaindrais-je ? J'avais aussitôt envoyé un texto à mes filles pour leur assurer que j'étais toujours en vie et les remercier une fois de plus de cette excellente idée qu'elles avaient eue. Non, « excellente idée », c'était trop convenu, trop lèche-bottes, j'étais revenu en arrière et j'avais tapé au final « chouette idée », ça suffisait amplement, inutile d'en faire des tonnes, elles étaient déjà assez collantes comme ça.

Je passais des heures allongé sur le lit de ma chambre à lire *Notre-Dame de Paris*, par défaut ou par défi, je ne sais trop, et quand j'en avais assez du père Hugo, j'allais me promener le long de la côte. Le premier week-end avait été radieux, sans charre, vraiment radieux, les femmes se baladaient vêtues du strict minimum et les gosses batifolaient dans les criques, les terrasses des bistrots étaient pleines à craquer, et puis l'île s'est vidée comme par enchantement dès le dimanche soir. Tous les touristes ont pris tête basse la navette du retour, de même que les natifs qui étaient obligés de retrouver leur taf en ville. Les choses ont commencé à se gâter dès le lundi. La pluie, le vent, les bourrasques, la brume, un peu comme s'il était tacitement entendu qu'on entrait du jour au lendemain dans la période que les professionnels de la profession nomment hors saison. Ça me convenait parfaitement. Moi-même, je me sentais un peu hors saison, en léger décalage, en bref à côté de la vraie vie, ou du moins de la vie normale. Depuis le décès accidentel de la mère de mes filles, dix ans déjà, bon Dieu dix ans, et cette histoire avec cette fille un peu tordue, Lulu[1], que j'avais rencontrée par hasard et avec qui j'avais fait

1. Voir *Lulu tout simplement*, Les Presses de la Cité, 2019 ; Pocket, 2021.

un bout de chemin, et quel bout de chemin quand j'y repense, j'avais l'impression de marcher à côté de mes pompes, un peu comme sur ce maudit navire qui m'avait emmené jusqu'ici. Ça tanguait et ça roulait dans tous les sens, je n'arrivais plus à avancer droit, il fallait éviter les embûches, les sacs et les valises, ne pas vomir sur les genoux de cette pauvre vieille dame qui, les doigts rivés à son chapelet, marmonnait des prières comme on déplume un poulet. J'étais obligé de m'accrocher à tout ce que je trouvais à ma portée, m'accrocher aux dossiers des fauteuils, aux comptoirs des bistrots, aux bavardages de Victor Hugo, aux pistons de cette satanée trompette que j'avais bien failli oublier avant d'embarquer, pour être plus précis que j'aurais bien voulu oublier avant que ma fille aînée la ramène de gré ou de force à mon bon souvenir alors que je montais sur la passerelle. Papa ! À quoi tu penses ? Tu allais partir sans le plus important ! Elle m'avait tendu le coffret noir que finalement je m'étais résolu à emporter lors de mes randonnées en solitaire sur une quelconque pointe de l'île, un endroit désert, bien planqué entre deux balèzes de rochers qui faisaient fonction de chambre d'écho. Je ne tenais pas à me faire repérer. Je jouais pour les moutons, les phoques et les goélands, je leur poussais la chansonnette, de préférence un vieux standard de jazz, *Summertime*, *Tenderly*, des choses de ce genre, un petit Schubert de temps à autre, et le vent emportait vers le large la mélodie que la houle broyait aussitôt entre ses mâchoires.

Le froid engourdissait mes doigts et durcissait mes lèvres, il était alors temps d'aller me payer une bière. J'aimais bien ce petit bar-tabac de la Falaise, situé au creux d'une anse à la sortie du bourg, un peu plus loin que le port. La patronne s'appelait Scarlette, drôle de prénom qu'elle assumait plutôt fièrement. Une jolie femme, brune, pas très grande, la cinquantaine, visiblement célibataire, ou divorcée, ou peut-être veuve, allez savoir, des taches de rousseur plein la figure, adorable, ou tout au moins l'avait été dans ses jeunes années, du chien, un caractère bien trempé. Trempé dans quoi, je ne savais au juste, dans un bain d'acide à certains moments, ou dans un bol de lait d'ânesse à d'autres, en tout cas, ce n'était pas le genre de personne à se laisser marcher sur les pieds ni à offrir son cœur au premier venu. De toute façon, je ne m'étais pas inscrit sur la liste des soupirants. J'avais amplement eu mon compte d'emmerdements et ma dose de chagrin, merci.

Il y avait de l'ambiance chaque soir à l'heure de l'apéro, je m'y sentais bien. Les mobylettes se gelaient les calandres contre le parapet du quai et quels que soient les caprices de la météo, on avait toujours chaud à l'intérieur. Un vieux juke-box en parfait état de marche, un Wurlitzer des années 1960, s'il vous plaît, un vrai petit bijou, égrenait des rengaines délicieusement rétro. Joe Dassin, Johnny, Etienne Daho, Michel Delpech et bien sûr l'inénarrable Laurent Voulzy et sa *Belle-Île-en-Mer*. Sans que ce soit la foule, on retrouvait immanquablement les habitués, les anciens assis aux tables jouant aux dominos, les pêcheurs qui liquidaient leur paie au comptoir, un ou deux vieux pochtrons de service et cette dame toujours assise à la même place au bout du comptoir, d'une élégance qui détonnait quelque peu dans cette atmosphère enfumée puisque de toute évidence, la loi anti-tabac n'était pas encore parvenue jusqu'ici. Elle, c'était cigarillos et champagne. Elle paraissait faire partie du décor et nul ne semblait s'offusquer de sa présence, bien au contraire, on lui donnait du madame Solange par-ci, ou du ma chère Solange par-là. Femme d'un certain âge, comme on dit, les jambes croisées, les bas résille, les joues poudrées, une longue chevelure argentée qui dégringolait joliment sur ses épaules, toujours sur son trente-et-un, elle semblait être l'égérie de ce microcosme. Tandis que Scarlette me tirait ma bière à la pression, je lui lançais un discret signe de tête de salutation auquel elle répondait par un sourire que j'avais du mal à interpréter et qui se situait quelque part entre la politesse la plus banale et la méfiance la plus subtile. Non, je n'y arrivais pas. J'avais un peu de mal avec les femmes depuis toutes ces histoires, tous ces drames, cette poisse qui me collait au train. Je redemandais une bière. Scarlette avait toujours un petit mot sympathique, elle avait ouï dire que j'étais musicien, comment le savait-elle, mais tout se sait sur l'île, mon bon monsieur, pas besoin de journal, les nouvelles vont plus vite que sur Internet, croyez-moi, et vous jouez quoi ? Du rock ? De la grande musique ? Même si c'était la vérité, je n'ai pas osé lui répondre que le solo de trompette sur cette chanson d'Etienne Daho qui sortait présentement de son juke-box, eh bien, sans vouloir me vanter, c'est moi, parfaitement, oui, c'est moi, croix de bois, croix de fer. Au lieu de ça, je faisais profil bas, je lui racontais que c'était juste un petit passe-temps, une sorte de hobby, j'apprenais, ça m'occupait. J'espérais toutefois que ça ne dérangeait personne.

— Pensez-vous, bien au contraire. La musique, on aime ça, ici. Ça nous change des piaillements de ces maudits goélands et ça nous empêche de devenir complètement fous.

Cachée derrière les volutes épaisses de son cigare, celle qu'on appelait madame Solange en public et la marquise derrière le manteau approuvait d'un signe de tête et de ce même sourire un peu énigmatique. Celui qu'on surnommait Pierrot la Lanterne était assis à une table un peu éloignée, près du baby-foot, et lisait le journal de la veille tout en se roulant une cigarette. De temps à autre, il levait les yeux soit vers son verre de Paddy, soit sur l'assemblée bavarde de cette faune qu'il contemplait comme on examine en connaisseur un tableau de maître exposé au Louvre, *Le Radeau de la Méduse*, de Géricault, par exemple. Oui, par exemple. Je ne connaissais rien de lui, sinon son prénom quand il avait levé son verre vide en direction du comptoir et que Scarlette lui avait répondu deux minutes, Pierrot, je n'ai pas quatre mains, on arrive, on arrive, personne n'est encore mort de soif au bar de la Falaise, que je sache. Je ne lui ai parlé que le surlendemain, tout à fait par hasard, alors que je me livrais à ma petite promenade matinale tout en essayant de passer entre les gouttes. En vain. Je faisais un bras de fer avec le vent et je m'en sortais rarement gagnant.

On avait discuté le bout de gras entre gens de bonne compagnie, entre hommes civilisés bravant la tempête. Avec sa grosse barbe noire et sa longue tignasse grisonnante, il me faisait penser à un vieux pirate tenant en parfaite sérénité la barre d'une goélette au milieu d'un océan en furie. Long John Silver. Un cliché, mais pas tant que ça, tout bien réfléchi. On ne croisait que des dingues sur cette île, des illuminés, des éclopés, des déclassés. Des naufragés, en somme. C'était une raison amplement suffisante pour expliquer ma présence en un tel lieu. J'avais le sentiment de devenir soudain légitime, d'avoir trouvé ma place.

Quand il m'a ouvert la porte de sa petite baraque, j'ai été saisi, non pas d'effroi mais d'étonnement. Les murs de la maison étaient tapissés du sol au plafond d'icônes et il y en avait partout ailleurs. Dans la cuisine, sur le frigo, posées sur un chevalet ou au bout de la table où un nouvel ouvrage était encore à l'état d'esquisse. Il y en avait même deux ou trois qui traînaient par terre. Une Madeleine en pleurs, un père de l'Église, un saint quelconque auréolé d'un cercle d'or, un Christ en souffrance, un apôtre, une Sainte Vierge peut-être, je n'y connaissais rien. Du matériel était éparpillé dans tous les recoins, des tubes d'huile ou de gouache, des pinceaux par centaines dans des bocaux, des chiffons pendant au dos des chaises, des palettes dégoulinantes. Je ne savais quoi dire. Tout n'était que dorures étincelantes et couleurs incandescentes. Beaucoup de rouge et d'ocre. Je n'étais pas expert en la matière, mais même si on ne pouvait parler de génie, il n'était pas difficile de se faire une idée de la dose de talent, de travail et d'acharnement qu'il y avait mise.

— Fais pas attention au désordre, a dit Pierrot. La peinture, ça prend de la place.

J'ai posé mon étui sur un banc et je me suis tourné vers lui. La pièce était sombre, chichement éclairée par une ampoule qui pendait au-dessus de quelques pommes posées en vrac sur la toile cirée de la table de la cuisine. Une grosse bûche de bois rougissante se consumait lentement dans la cheminée. Ce n'était plus Long John Silver que j'avais en face de moi, c'était un saint, une sorte de François d'Assise, un ermite barbu au regard doux et rassurant qui nous aurait donné en un généreux tour de passe-passe le bon Dieu sans confession avant même qu'on lui demande quoi que ce soit. Pierrot la Lanterne ressemblait comme deux gouttes d'eau à l'un de ces personnages mystiques qu'il ne cessait de peindre. Il a ouvert le meuble sous l'évier, là où on range en général les produits d'entretien, pour en sortir une bouteille, puis il a attrapé deux verres à pastis dans une grande armoire qu'il avait dû hériter de son arrière-arrière-grand-mère.

— C'est peut-être un peu tôt pour le whisky ? ai-je marmonné.

— Après la saucée qu'on vient de se coltiner, on mérite bien un petit remontant, non ? Rassure-toi, c'est du bon, du vingt ans d'âge. Un cadeau de monseigneur l'océan. Assieds-toi. Fais comme chez toi.

J'ai écarté un chiffon souillé et je me suis posé sur un bout du banc. Mon regard ne cessait d'aller et venir d'une icône à l'autre. Pierrot semblait s'en amuser.

— Faut bien s'occuper, a-t-il dit. Les journées sont bigrement longues sur cette île et les hivers interminables. Si tu n'as pas quelque chose pour remplir ton temps, si tu n'as pas une passion, la pêche, le jardinage, la poésie, peu importe, tu risques de péter une durite avant l'heure. Dans les phares, c'est la même chose. C'est là que j'ai commencé ma peinturlure, aux Roches-Douvres, au large de Paimpol. J'ai appris par des bouquins, peu à peu, je me suis perfectionné. Santé !

On a trinqué. Finalement, ce whisky passait parfaitement bien. C'était comme une cuillerée de miel qui descendait lentement par le larynx avant de se diffuser dans les poumons. J'ai respiré très fort.

— Et si je peux me permettre, pourquoi les icônes ? Pourquoi pas les marines, les bateaux, les phares justement ? Ça correspondrait davantage à ton environnement, non ?

— Novodievitchi.

— Pardon ?

— Trop long à t'expliquer, mon pauvre garçon. Un voyage en Russie pour me changer les idées, une visite au monastère de Novodievitchi, pas loin de Moscou. Tchekhov et Chostakovitch y sont enterrés.

— Chostakovitch, bon Dieu ! Je ne savais pas.

— Et tant d'autres. Des pointures. Mais la cerise sur le gâteau, je te prie de me croire, c'était la cathédrale. Jamais vu une telle merveille. Devant l'iconostase, j'ai reçu comme un coup de poing dans l'âme, tu vois, un coup de poing en plein dans le mille. J'en pleure encore.

Il y a eu un long silence entre nous, le temps qu'il se roule une cigarette. Je sentais qu'il ne tenait pas à en dire plus. S'est contenté de glisser le paquet de tabac dans ma direction. J'ai décliné. Ou cet homme était un gentil dingue inoffensif, ou il était complètement fou, je n'arrivais pas vraiment à faire un choix définitif dans mon appréciation. Il y avait une grosse boîte d'allumettes sur la table, ce genre de boîte que l'on ne voit plus nulle part, sauf ici, justement. La flamme a éclairé un instant sa bonne gueule d'apôtre. Sa barbe prenait des reflets ocre et roux, comme ses icônes. Il a changé de sujet.

— Tu es là pour combien de temps ?

— Quelques jours, on verra bien.

— On peut dire que tu as bien choisi ta semaine, mon pauvre garçon. Tempête sur tempête. Désolé, on n'a que ça en magasin pour te souhaiter la bienvenue.

— Ça ne me dérange pas. Je dirais même au contraire. C'est un bon lessivage pour l'esprit.

— Pourquoi ? Tu avais besoin de te récurer l'âme, toi aussi ?

— En quelque sorte.

— Raconte.

— Y a rien à raconter.

— Une femme ?

— Comme toujours.

Il nous a resservi un verre et cette fois-ci, j'ai pioché dans son paquet de tabac pour m'en rouler une à mon tour, ne serait-ce que pour le simple plaisir de frotter une allumette sur la tranche de cette grosse boîte, un peu comme si je retrouvais un geste oublié depuis la nuit des temps. C'était la première fois que je parlais de Lulu et, à sa manière, Lulu avait été mon icône, d'ailleurs j'avais l'impression que cette Vierge qui se trouvait accrochée en face de moi, à gauche de la fenêtre, lui ressemblait un peu. Ce mélange d'espièglerie et de naïveté, avec au fond des yeux, en y réfléchissant bien et sans vouloir se voiler la face, quelque chose qui était de l'ordre de la pure démence. En une dizaine de minutes, j'avais tenté de résumer pour Pierrot la Lanterne, gardien de phare en retraite et artiste peintre devant l'Éternel, les quelques semaines que j'avais passées aux côtés d'une douce illuminée qui marchait d'un pèlerinage à l'autre pour réaliser les vœux de ceux qui la payaient en monnaie sonnante et trébuchante et qui considérait l'amour charnel comme une véritable action de grâce. Le genre de gonzesse à faire un signe de croix avant de baisser sa culotte, si tu vois ce que je veux dire. On se remettait difficilement de ce genre de rencontre. Pour ma part, je me considérais encore en convalescence. Pierrot a hoché la tête un peu tristement.

— Les femmes, nom d'un chien !

— Comme tu dis, l'ami.

Je me sentais bien dans cette maison, au milieu de ce décor un peu surréaliste. On ne savait pas trop si l'on se trouvait dans un atelier d'artiste ou dans une chapelle baroque ou encore dans une caverne d'Ali Baba. Les personnages peints sur ces icônes me semblaient vivants. Le whisky n'y était sans doute pas pour rien. Subitement, je ne sais pas ce qui m'a pris, j'ai ouvert mon étui, sorti ma trompette, attaché l'embouchure et j'ai ajouté la sourdine. Je peux ? Bien sûr, a-t-il dit, fais comme chez toi. Alors je me suis levé et j'ai joué. J'ai joué pour Pierrot dit la Lanterne et pour Lulu aussi et pour chacune de ces foutues icônes, pour la Vierge Marie et saint François d'Assise, pour l'apôtre Jacques et pour le Christ aux liens. La sonorité de la pièce était excellente, je voyais les notes rebondir d'un mur à l'autre avant de s'envoler à travers le conduit de cheminée. Je retrouvais la pleine sensation de mes lèvres, je retrouvais le contrôle de mon souffle. J'avais la certitude que je n'avais pas aussi bien joué depuis des lustres, depuis quand exactement ? Je l'ignorais, depuis trop longtemps, sans doute. J'ai reposé mon instrument sur la table. Pierrot ne m'avait pas quitté du regard une seule seconde et ses yeux n'avaient cessé de briller.

— Punaise, c'était quoi, ce bazar ?

— *Tenderly*, pour vous servir, maître. Un vieux standard de Chet Baker. Un saint à sa manière, lui aussi.

— Nom de Dieu de nom de Dieu de nom de Dieu. Et tu voudrais me faire croire que tu ne joues que pour passer le temps !

C'est ainsi et aussi simplement que je viens de le narrer que je suis devenu l'ami d'un gardien de phare. Une éclaircie perça à travers l'étroite fenêtre et apporta suffisamment de lumière à la pièce pour nous donner envie d'oser mettre le nez dehors. On a remis nos manteaux, nos écharpes et nos bonnets et on a repris la route du bourg. Chemin faisant, des gens de l'île que Pierrot connaissait nous croisaient. Les nouvelles n'étaient pas bonnes, des dégâts considérables, des inondations, la vitrine du bar-tabac qui avait explosé, tout un pan de la falaise qui s'était effondré, des brebis qui avaient disparu, une baleine paraît-il aussi grosse qu'un autobus qui s'était échouée à la Grève Rouge et on redoutait le pire, la queue de la tempête et les grandes marées, c'est pour toutes ces raisons qu'on a été un tant soit peu surpris quand on est entrés dans le bistrot et qu'on a vu Scarlette, madame Solange et cette jeune policière en train de rigoler comme des tordues. Ou comme des bossues, des bécasses, peu importe, en tout cas, elles avaient toutes les trois l'air de s'en payer une sacrée tranche.

Marina

La salle d'attente était pleine. C'était une pièce minuscule chichement meublée d'une table de salon un peu brinquebalante et de quatre chaises disparates sur lesquelles étaient assis autant de patients. Trois femmes et un homme. Sur la table, les magazines n'étaient pas ceux que l'on voit habituellement dans un cabinet médical, mais plutôt consacrés à la médecine alternative, à l'alimentation végétarienne et aux énergies renouvelables. La docteure Marina Ceaușescu était un peu bizarre sur les bords, entendait-on ici et là sur l'île, un peu fantasque, voyez-vous, non seulement à cause de ses origines et de son accent (on avait l'habitude avec le père N'Guyen), mais surtout par ses méthodes. Pour avoir une ordonnance de Lexomil, de Valium ou de Xanax, il fallait insister, autrement elle vous prescrivait par kilos de la poudre de perlimpinpin ou peu s'en fallait, vous empêchait de manger ce que vous vouliez et vous incitait fortement à laisser votre vélomoteur à la maison pour aller faire vos courses à pied. Sans compter qu'elle tenait en détestation l'alcool, même une malheureuse bouteille de rouge pour le repas, ainsi bien évidemment que le tabac, selon elle source de tous les maux de la terre. Chez elle, on avait davantage l'impression d'être devant un tribunal de l'Inquisition que devant un toubib normal, aussi, quand madame Armande, patronne du Grand Monarque, déboutonna son chemisier pour se faire ausculter (elle ressentait un point sur le plexus), elle exigea d'emblée, avant que la docteure ne pose son stéthoscope sur sa poitrine, des somnifères et des antidépresseurs, des vrais qui font de l'effet, parce qu'elle avait besoin de dormir, elle travaillait, elle, pas comme certaines, suivez son regard, et non ses herbes de sorcière qui, pour être tout à fait franche, ne lui faisaient guère plus d'effet que les caresses de son mari quand il avait ses humeurs, le pauvre homme.

— Vous devenez dépendante de ces médicaments, madame Castrec, c'est mauvais pour vous.

— Taratata, je sais ce qui est bon pour moi et pour mon plexus. Le docteur Lamour, Dieu ait son âme, savait très bien ce dont j'avais besoin, lui. Aucune raison de changer de louzous.

— Louzous ?

— Bien oui, des médicaments, quoi ! Vous parlez français, oui ou non ? Mettez-moi trois boîtes de chaque, ça m'évitera de repasser. Je n'ai pas que ça à faire. J'ai du travail, moi. Et ce n'est pas cette tempête qui va arranger les choses, croyez-moi.

— Madame Castrec, vous n'êtes pas raisonnable, soupira Marina après avoir vérifié sa tension. 14/8. C'est trop !

— C'est très bien comme ça ! J'ai l'habitude.

Par souci de précaution, elle voulut lui tâter les seins, mais Armande Castrec refusa tout net de dégrafer son soutien-gorge. Elle se méfiait de cette étrangère que personne n'avait vue au bras d'un homme. Elle ne sortait que rarement, ne fréquentait presque personne sinon ce couple de hippies qui s'étaient mis en tête de fabriquer du fromage de brebis qui puait la bergerie et de cultiver des radis qui puaient la pleine terre, c'était du moins son avis. Cette doctoresse avait une façon de vous regarder comme si vous étiez sa proie. Que les choses soient claires, madame Castrec ne mangeait pas de ce pain-là. Aucune intention de se laisser tripoter par cette Roumaine aux grands airs. Pas de fumée sans feu, pensa-t-elle, si Marina Ceaușescu avait quitté son pays, c'est qu'il devait y avoir des raisons. De bonnes raisons. À moins qu'ils l'aient bannie, tout simplement, ce qui n'aurait rien eu d'étonnant.

De guerre lasse, Marina rédigea une ordonnance pendant que la patronne de l'hôtel remplissait son chèque. Elles s'échangèrent les papiers sans s'adresser le moindre signe de courtoisie. Marina lui rendit sa carte Vitale comme on délivre un bon de sortie. Armande lui tourna le dos sans prendre la peine de la saluer. Une fois seule dans le cabinet et avant de faire entrer son prochain patient, Marina vérifia son maquillage dans un miroir de poche de peur qu'une larme impromptue ne soit venue faire couler son Rimmel, mais non, cette fois-ci, elle avait tenu le coup. Elle progressait. Elle s'endurcissait. Combien de temps allait-elle rester en poste sur cette île ? Elle l'ignorait. Le conseil municipal avait même voté l'achat d'un vélomoteur d'occasion pour qu'elle puisse se déplacer dans les cas d'urgence, alors de quoi pouvait-elle se plaindre ? Son boulot se résumait ni plus ni moins qu'à celui d'un médecin de campagne. Les gastros, les angines, l'arthrose des vieilles femmes, les règles douloureuses des jeunes filles et, de temps à autre, quelques points de suture en cas d'incidents domestiques. Quand c'était trop grave, on appelait l'Ankou, autrement dit l'hélicoptère de la Sécurité civile. Pour le reste, dentiste, gynéco, ophtalmo, etc., il fallait se rendre sur le continent et c'était à chaque fois toute une aventure, raison pour laquelle les gens hésitaient à se faire soigner. Les dentures laissaient à désirer, les artères prenaient du plomb dans l'aile, l'hypertension était ici une pathologie chronique et l'alcoolisme un art de vivre. Sans parler bien sûr des maux de l'âme. Pour ces derniers, trois solutions. 1 : Les fameux louzous dont parlait à l'instant madame Castrec. 2 : L'église, qui ne faisait plus guère recette hormis pour les obsèques. 3 : Le bar-tabac de Scarlette Quillivéré. Marina s'était fait une raison. Cela dit, elle s'était intéressée très tôt alors qu'elle exerçait déjà en Roumanie aux médecines dites parallèles, ou encore alternatives. Elle avait appris auprès d'un vieux praticien qui n'était autre que son père à manier les corps, à les manipuler selon les principes de l'étiopathie qui considère le corps comme un tout et non comme une addition d'organes, d'os ou de tissus qu'il faudrait soigner séparément chez des spécialistes se cantonnant à leur unique domaine de compétence. Son père, considéré comme un vulgaire rebouteux, avait été rayé de l'ordre des médecins avant d'être jeté en prison sous des prétextes fallacieusement politiques et c'est là qu'il mourut quelques mois plus tard d'une leucémie alors que Marina se trouvait en pleine tourmente conjugale, laquelle fut conclue par un divorce douloureux où le tribunal lui donna tous les torts, ce qui n'avait rien d'étonnant, preuves à l'appui, puisqu'elle passait le plus clair de ses nuits hors du domicile familial, de préférence dans le lit des jeunes internes qu'elle fréquentait à l'hôpital de Constanţa et dont elle abusait sans l'embryon d'un remords. Une fois le divorce prononcé, elle abandonna tous ses biens, prit ses cliques et ses claques direction la France, renonça à toute vie amoureuse, et plus personne en Roumanie n'entendit jamais parler d'elle, ce qui correspondait d'ailleurs à son souhait le plus cher. C'est ainsi qu'elle atterrit, ou pour être plus juste qu'elle échoua sur cette île atlantique, dans ce petit cabinet de douze mètres carrés financé par la collectivité et où, en cette matinée de novembre marquée par une effroyable tempête, elle fit entrer à la suite de madame Castrec Brigitte Moal, postière de son état, qui suite à une chute de vélomoteur ressentait de sérieuses douleurs dans le dos et présentait à la cuisse droite de bien vilaines cicatrices.

— Pensez, avec cette foutue houle, il fallait quand même que je vérifie les amarres de mon canot, des fois qu'il aurait envie de se faire la malle, ce con. Mais pas de bol, Nicole, j'ai dérapé sur un tas de goémon dans la descente, celle qui mène au port. Putain, la valdingue ! J'ai dû me casser au moins trois côtes ! Si vous voyiez mes fringues… En charpie, je ne vous dis que ça, en charpie… Et encore, vous n'avez pas vu l'état de ma mob ! C'est pas Dieu possible.

— Auriez-vous l'obligeance de vous déshabiller, s'il vous plaît ?

Marina Ceauşescu avait appris le français à la vieille école, et de manière très classique, ce qui expliquait son langage parfois un peu châtié. Brigitte écarquilla les yeux. Aucun homme ne lui avait demandé de se mettre à poil avec de tels mots, d'ailleurs ils n'avaient même pas besoin de s'en donner la peine, elle était assez grande pour se désaper toute seule sans faire sa mijaurée. Ici, c'était différent. Avec la Roumaine, d'après les on-dit, on ne savait jamais si c'était du lard ou du cochon, autrement dit de la voile ou de la vapeur. Et puis elle n'avait pas eu le temps de s'épiler les jambes. La docteure sentit sa gêne.

— Vous pouvez garder vos sous-vêtements. Je ne pense pas que vous ayez une quelconque fracture, mais on va regarder ça de plus près si vous le voulez bien. Veuillez vous allonger.

Brigitte avait tout prévu. Trois ans auparavant, elle avait acheté par correspondance un ensemble de couleur beige sans la moindre fioriture qu'elle n'utilisait que pour les visites médicales. Propre, correct et pas du tout aguicheur. La culotte remontait presque au nombril et le soutien-gorge enveloppait la poitrine sans que rien ne dépasse. Elle avait été formée à rude enseigne par Lamour, le prédécesseur de la docteure Ceauşescu, qui était connu pour avoir la main baladeuse, or Brigitte, qui savait qu'on n'attache pas les chiens avec des saucisses, avait quand même gardé quelques principes. On était là pour la santé, pas pour la bagatelle.

La cuisse était en effet bien éraflée, mais la blessure restait superficielle. Ça va piquer, prévint Marina. Brigitte serra les dents. C'était une dure au mal, une fille élevée comme ses frères et sœurs à la va-comme-j'te-pousse dans une de ces minuscules maisons du port par un père pêcheur qui fit son trou dans l'eau alors que Brigitte n'avait pas encore fait sa première communion et une mère sardinière. La conserverie Despinoy avait été fermée du jour au lendemain à la fin des années 1990, laissant sur le carreau une vingtaine d'ouvrières. C'était la dernière usine de l'île. Les jeunes chômeuses n'eurent d'autre choix que d'émigrer en France et les moins jeunes avaient fait comme elles avaient pu, c'est-à-dire pas grand-chose. Des ménages, de la dentelle pour les touristes. Quand Brigitte fut admise au concours des Postes, ce fut pour la famille un vrai gage d'ascension sociale. Après quelques années de purgatoire sur le continent où elle avait failli en plusieurs occasions rencontrer l'homme de sa vie, qui chaque fois avait pris la poudre d'escampette au bout de quelques semaines, et donc essuyé autant de chagrins, elle fut mutée à cette affectation qui n'était demandée par personne et pour cause. Qui aurait eu envie de faire carrière sur ce misérable caillou ? Des beaux gosses à marier, il n'y en avait plus un seul sur l'île, que des pochtrons ou des voyous, souvent les deux à la fois à l'image des frères Le Boulc'h. Brigitte s'était fait une raison. Elle s'occupait de sa vieille mère, jouait de temps en temps au ballon avec les garçons, pêchait le bar et le homard à ses heures perdues. Ne lui restait à se mettre sous la dent que les époux légitimes qui ne dédaignaient pas de temps à autre une petite escapade dans la plus stricte clandestinité, le menuisier était bien placé pour en parler, mais mieux valait pour son grade ne justement pas en parler. Son épouse ne l'aurait que moyennement apprécié.

— Vous n'avez rien de cassé, je vous assure. Par contre, cette douleur au dos m'inquiète. Allongez-vous bien droite, là, comme ceci, détendez-vous…

La docteure se posta derrière elle et lui empoigna fermement la nuque. Depuis la salle d'attente, on entendit dans la même fraction de seconde le hurlement de Brigitte et le craquement de ses vertèbres. Les patients qui se trouvaient là se lancèrent des regards muets comme s'ils s'étaient trouvés piégés dans l'antichambre de la mort. Ils étaient venus pour renouveler leur stock d'anxiolytiques, pas pour se faire marabouter.

— Doucement… doucement… détendez-vous, ça va aller.

— Eh ben, vous, on peut dire que vous n'y allez pas de main morte !

— Laissez-vous aller. Votre colonne avait besoin d'un sérieux rééquilibrage. Votre profession vous oblige à emprunter chaque jour votre vélomoteur et les routes ici sont en mauvais état. Les petits chocs s'accumulent jour après jour, bosse après bosse, et vos vertèbres en pâtissent. Je vais vous masser, ça va vous faire du bien. Vous buvez ?

— Évidemment, un petit coup de temps en temps, ça ne se refuse pas.

— Vous fumez ?

— Marlboro light en début de mois, des roulées après le 15. Ne dites rien, je connais la chanson.

Elle se leva avec précaution, un peu comme si son corps avait été démonté en pièces détachées et qu'elle devait ressouder les morceaux un par un. Mais aussi bizarre que cela puisse paraître, elle ressentit un soulagement inattendu. La douleur n'avait pas vraiment disparu, mais elle devenait diffuse et semblait s'atténuer.

— C'est quoi, votre truc ? C'est de la magie ?

— Non, de l'ostéopathie.

— C'est remboursé, j'espère ?

— Ayez l'obligeance de me tendre votre carte Vitale.

Brigitte se rhabilla, chaussa ses bottes et enfila son bonnet. C'était donc vrai ce qu'on disait dans le bourg.

Cette toubib avait des méthodes particulières qui n'avaient qu'un rapport très lointain avec celles du docteur Lamour. Lui, au moins, n'était pas avare de prescriptions médicamenteuses, et si l'on ne se montrait pas trop farouche, on avait droit à des échantillons gratuits. Toujours est-il que cette Roumaine avait de l'or dans les mains. Brigitte n'osait la regarder en face. Elles étaient à présent toutes les deux assises de chaque côté du bureau et bien que la postière fût plus haute de taille et bien plus costaude que la docteure, Brigitte se sentait minuscule. Elle se tassa sur son siège. Le visage du médecin était trop pâle, ses lèvres trop rouges, ses cheveux trop noirs, ses yeux trop verts, on ne savait pas trop si l'on était face à un être humain de chair et de sang ou si l'on avait affaire à un mannequin des magazines ou une poupée de porcelaine grandeur nature. Une poupée qui parlerait avec un drôle d'accent. Ou encore une de ces statues de marbre exposées dans les musées que Brigitte n'avait jamais visités, mais qu'elle avait vus à la télé. Je parie qu'elle doit se raser la chatte, pensa-t-elle, je parie qu'elle doit l'avoir aussi lisse que la paume de la main.

— Une question ?

— Non, rien.

— Je vous conseille un peu de repos. Pas d'effort inutile. Maintenant vous allez rentrer chez vous et prendre un bain bien chaud. Ajoutez-y une bonne poignée de sel marin. Quant à l'alcool et au tabac…

— Je sais, je sais… coupa Brigitte.

Marina se leva et la raccompagna jusqu'à la porte. C'est vrai que Brigitte était plus grande, d'au moins une demi-tête, mais ça ne comptait pas. Elle se sentait toujours toisée. Dès qu'ils entendirent la porte s'ouvrir, les trois occupants se figèrent. Marina Ceaușescu leur sourit et consulta sa fiche.

— Madame la maire, je crois que c'est à nous.

À peine sortie du cabinet, Brigitte essuya une méchante averse de grêle. La tempête semblait redoubler d'ardeur et le ciel ne laissait visiblement aucun espoir dans les heures à venir. Engoncée sous son ciré, elle ajusta son casque, enfourcha son vélomoteur de fonction et lança trois bons coups de pédale pour démarrer le moteur. En vain. Elle essaya de nouveau, puis encore une fois, toujours en vain. Ce n'était pas une catastrophe en soi. Les liaisons maritimes étaient interrompues depuis deux jours et l'île était pour ainsi dire coupée du continent, il n'y avait donc pas de courrier à distribuer, mais quand même, rentrer à pied sous cette saloperie d'averse, c'était bien son jour de chance. Elle lança un coup de pied dans la roue arrière, abandonna l'engin contre le muret de l'enclos de l'église paroissiale et prit la direction de son appartement, qui se situait à quatre cents mètres en haut de la côte. Des grêlons gros comme des noisettes tambourinaient violemment sur son casque, et en quelques minutes les rues du village devinrent aussi blanches que s'il avait neigé.

Un bain bien chaud, un bain bien chaud ! Elle en avait de bonnes, la toubib ! Brigitte n'avait pas de baignoire, juste une douche dont le débit laissait à désirer. Ça faisait des mois et des mois qu'elle en parlait à la mère Armande, sa rapiat de proprio à qui on prélevait dix litres de sang chaque fois qu'elle devait sortir son carnet de chèques. Ce n'était pas une douche, maugréait-elle, c'était du goutte à goutte, tout le contraire de ce qui lui tombait dessus au moment présent. Des larmes lui coulèrent des yeux, mais si quiconque l'avait croisée, il ne s'en serait pas aperçu sous ce maudit cyclone.

Scarlette

Bon. Récapitulons. Et dans le calme, si possible. La falaise s'est effondrée, le cabanon, n'en parlons plus, la vitrine a explosé, tout est saccagé, les liaisons avec la France sont coupées, une des quatre éoliennes s'est couchée, l'électricité a été plus ou moins rétablie, une baleine de quarante tonnes s'est échouée sur la Grève Rouge, les deux derniers grands ifs du cimetière ont rendu l'âme, l'île ressemble désormais à une décharge à ciel ouvert, ma fille s'est dégoté un chéri et par-dessus le marché, mes hormones se remettent à faire des leurs. Sous mon crâne, c'est tempête force 10.

Respire, Scarlette, respire.

À part ça, tout va très bien madame la marquise, qui entre nous soit dit est tout aussi chamboulée que nous tous. Sous ses airs de celle à qui on ne la fait pas, je suis certaine qu'elle n'en mène pas large, la Solange. Fallait la voir ce matin. Dans un état… Il ne faut pas vous démoraliser, ma chère Scarlette, il faut positiver. Po-si-ti-ver. À chaque jour suffit sa peine et carpe diem, ajoute-t-elle pour montrer qu'elle sait parler le latin.

Fabien, le menuisier, est venu dans la matinée poser des plaques de contreplaqué en lieu et place de la vitrine. C'est moche, mais c'est mieux que rien. On est obligé d'allumer les lumières comme en pleine nuit et l'ambiance s'en ressent, forcément. Tout le monde fait sa tête des mauvais jours, à croire que ce serait de ma faute. Pas de bateaux, donc pas de journaux aujourd'hui et encore moins de courrier. Les clients geignent comme des chiens devant une gamelle vide. Qu'ils ne se plaignent pas, il me reste un stock de tabac de quoi tenir un siège de quinze jours et suffisamment de bouteilles pour trinquer jusqu'au bout de la nuit à la gloire de notre chère Félicité. En fin de matinée, on a enfin cru à une accalmie, des nappes d'un joli bleu essayaient de percer à travers la masse de ces nuages plus noirs que le trou du cul du diable, mais les prévisions météo de la radio ont refroidi l'atmosphère aussi sec. Les grandes marées sont prévues pour demain, coefficient 111, on s'attend à des débordements.

Eh oui, ma pauvre Solange, chez nous, c'est cyclique. Tous les quinze ans environ, vous diront les anciens qui en ont vu d'autres. 1930 : quatorze marins péris en mer. 1954 : l'année terrible, l'hiver le plus froid du siècle. 1973 : la digue du quai de la France-Libre emportée par la houle. 1987 : des rafales à deux cent quarante kilomètres à l'heure. 1999 : tempête Lothar, des dunes arrachées, la route côtière dévastée. 2001 : record de précipitations. Et ainsi de suite. On finit par prendre l'habitude. On panse nos blessures sans se plaindre, on lèche nos plaies en silence. Je me souviens, j'étais encore jeune fille, c'était l'année de la mort de papa, les vagues avaient envahi tout le bourg. Dans le bistrot, on avait de la flotte jusqu'aux genoux, les crabes et les maquereaux s'invitaient à l'apéro, mais le pire, de mémoire d'homme, c'était paraît-il en 1911, quand on a bien cru que toute l'île allait disparaître, submergée par les flots. Un véritable raz-de-marée. Un tsunami comme chez les Japonais. Tous les insulaires s'étaient réfugiés dans l'église, le point culminant du bourg, quatorze mètres, pour recevoir la bénédiction du curé, autant dire l'extrême-onction, et chanter à la Vierge Marie des cantiques à n'en plus finir en attendant d'être emportés à tout jamais par les flots. 1911 : un 118 de coefficient, du jamais-vu. L'eau était arrivée jusqu'au porche de l'église. Des vagues cognaient contre le grand portail de bois, puis à la troisième marche, au moment où les fidèles croyant leur dernière heure venue entonnaient de tous leurs poumons le *Cantique du paradis*, la marée s'était enfin arrêtée de monter. Miracle ! braillait le curé qui dans ce temps-là vivait à demeure sur l'île dans le grand presbytère, miracle de la Sainte Vierge, miracle de saint Rioc et de sainte Anastasie, miracle de tous les saints du calendrier, priez, priez, mes frères, et repentez-vous. Petit à petit, l'océan était redescendu des marches, puis s'était dégagé de l'enclos et du cimetière, car à l'époque on enterrait encore les morts autour de l'église, ce n'est qu'après la guerre, la seconde, qu'on a inauguré un nouveau cimetière et qu'on a fait un parking à la place pour accueillir le marché et les trois malheureuses voitures de l'île, bref les eaux ont fini par se retirer, abandonnant dans leur décrue tout un cortège de misères, de pitié et d'ossements qui gisaient à travers les rues du bourg. On a compté quatre morts, des enfants imprudents emportés par les flots, un pêcheur qui était parti à leur rescousse et un bébé noyé dans son berceau, et puis deux disparus corps et âme. 1911, parfaitement. De vieilles photos sont là pour témoigner de la catastrophe. Ce n'était pas une inondation, c'était une submersion. Ce n'est pas une légende ce que je vous raconte là, ma pauvre Solange, ce n'est pas la ville d'Ys du roi Gradlon et de sa dévergondée de princesse Dahut, c'est la réalité, la triste réalité qui nous pend à nouveau au nez.

Après quoi les autorités de l'époque ont voulu évacuer l'île de tous ses habitants, en faire une sorte de sanctuaire pour les oiseaux et les mammifères marins, un laboratoire d'observation scientifique, quelque chose dans le genre. Et puis quoi encore ? Il aurait fallu abandonner nos maisons, nos biens, nos morts, notre histoire pour déménager en France dans des immeubles modernes avec des gens qu'on ne connaît même pas. Les Maures ont dit non tout net. Levée générale de boucliers. Refus total. Pas question. Plutôt mourir de faim que de crever de honte. Pensez, les gens d'ici sont accrochés à leur île comme des poux sur la tignasse d'un pauvre gosse. Ils étaient prêts à prendre les armes. On est nés ici, on va y mourir. Finalement, on nous a laissés tranquilles, démerdez-vous, ont-ils dit, on vous aura prévenus, et ça fait plus d'un siècle que ça dure, tempête après tempête, et ce n'est pas ce petit coup de tabac qui va nous faire changer d'avis. Pour sûr. Une vitrine, ça se change, une éolienne, ça se remonte, une digue, ça se reconstruit, suffit de retrousser ses manches et de ne pas lésiner sur l'huile de coude. Est-ce que j'ai eu besoin de quiconque ce matin pour nettoyer tout ce merdier ? Vous pouvez me croire sur parole, Solange, une Quillivéré ne se laisse pas impressionner par le premier grain venu. Ici, on est taillé dans le granit.

C'était bien la première fois que la mère Solange n'avait pas réponse à tout. Bien au contraire, on ne l'entendait plus. Notre fou rire avec l'histoire d'Henri IV et sa cuillère à pot l'avait calmée semble-t-il pour un bon moment. Elle restait prostrée sur son tabouret, les yeux dans le vague, un cigarillo pendant à ses lèvres, et n'écoutait que d'une oreille distraite les conversations qui allaient pourtant bon train. Le bar s'était rempli petit à petit, à croire que le dernier refuge où se réchauffer et se consoler, le cabaret de la dernière chance en quelque sorte, l'ultime radeau du *Titanic*, c'était chez moi, chez la mère Scarlette, comme jadis l'église, encore que tout bien réfléchi, je faisais un peu le même boulot que les curés d'antan, à ceci près que les chansons de mon juke-box avaient quand même une autre allure que leurs cantiques à endormir un tigre affamé. Mon comptoir, c'était leur confessionnal. Le vin de messe, un muscadet bien frais, et je servais des chips en guise d'hosties pour leur offrir une petite absolution pour la route. Chacun y allait de son commentaire, de ses petits malheurs, de ses ardoises décrochées du toit. Celui-ci avait vu la serre de son jardin emportée par une rafale et pffffuit, elle s'était envolée aussi aisément qu'un cerf-volant. Celle-là avait perdu son annexe, jadis fabriquée par son grand-père. Les pots de géraniums de madame Landuré s'étaient écrasés sur le capot de la 4L de monsieur Landuré. La carrosserie était toute cabossée et où trouver des pièces de rechange ? demandait-il à qui voulait l'entendre. Où ? Sa bagnole, une des rares de l'île, c'était sa fierté d'homme. Tous les dimanches, il lui faisait faire le tour de l'île un peu comme on promène son chien pour le faire pisser et depuis 1964, il la bichonnait amoureusement, la lustrait, la cajolait, lui parlait même. De toute évidence, sa femme ne pouvait pas en dire autant et ses pots de géraniums assassins n'allaient pas améliorer la situation. Untel avait vu sa cave tout inondée, sa réserve de pinard emportée dont un château-margaux de 1959. Untel avait ramassé une tuile sur le front, qui lui avait fendu l'arcade, pour preuve les trois points de suture de la docteure Ceaușescu qu'il montrait à qui voulait les voir. Mon bistrot était devenu le bureau des pleurs, le guichet des plaintes et doléances. J'encaissais la misère des uns et des autres en échange de quelques billets, qui mine de rien s'amassaient dans mon tiroir-caisse plus vite que je ne l'avais espéré. Les catastrophes ont parfois du bon, me disais-je intérieurement. Les catastrophes, ça donne soif. Le dérèglement climatique, ça s'arrose. La baleine échouée, oui, bien sûr, c'était malheureux, la pauvre bête, c'était triste, et qu'est-ce qu'on allait faire de ces tonnes de bidoche en putréfaction, si au moins ça se mangeait, même pas, mais ce qui leur importait en priorité, c'était leurs oignons pourris, leur canot éventré, leur poulailler dévasté, leur sommeil contrarié, pauvres choux. Pendant ce temps-là, Félicité continuait son grand ménage à coups de grêlons qui tourbillonnaient au-dessus de la plage devenue toute blanche. Le loup soufflait sur la maison en carton des trois petits cochons. Seul maître à bord au milieu de ce cataclysme, j'essayais de tenir la barre tant bien que mal, avec des passagers sujets au mal de mer tous autant qu'ils étaient et un équipage qui ne tenait plus la route. Quelle journée, par tous les saints, quelle journée !

Et puis, sans que je lui demande quoi que ce soit, Phanie, la petite policière, a ôté son anorak et est passée derrière le bar pour me donner un coup de main qui, pour dire vrai, n'était pas de trop au vu des circonstances. En deux mots, elle m'avait glissé à l'oreille qu'elle avait bossé dans un McDo pendant ses études et qu'entre servir un soda dans un gobelet en carton et un demi dans une chope, il n'y avait pas grande différence. Je pouvais lui faire confiance. Tope là, j'ai dit. C'était une bien brave fille et pas bégueule. Mine de rien, elle savait se débrouiller derrière un comptoir. Remplir le lave-vaisselle, essuyer les tables, servir des verres pleins sans une seule goutte à côté, on aurait dit qu'elle avait fait ça toute sa vie. Et toujours un petit mot gentil pour le client, toujours un sourire. On approchait de midi, le bar ne désemplissait pas, bien au contraire. Il y avait une bonne couche de buée contre le miroir du bar et sur les lunettes de ceux qui en portaient, de la fumée de cigarette dans l'air, aussi épaisse que de la mélasse, et de la brume dans les cœurs pendant qu'Adamo chantait à pleins poumons *Les Filles du bord de mer*, mais c'est à peine si on l'entendait tant ça causait de partout. Accoudé au comptoir, Pierrot la Lanterne trinquait avec ce type, sais plus son nom, le musicien pouët-pouët, tout en zieutant les fesses de ma nouvelle petite barmaid. Tsss, tsss, j'ai dit, laisse tomber, c'est pas pour toi, Pierrot, tu as passé la date de péremption. Depuis un sacré bout de temps, d'ailleurs. J'ai réussi à lui décrocher un sourire et ce n'était pas gagné. Pas le méchant gars, Pierrot, juste un peu lunaire, la tête dans les nuages, les doigts dans sa peinture, raison pour laquelle on l'appelle aussi parfois Pierrot la lune, ou Pierrot l'embrumé ou encore Pierrot l'artiste quand on n'a pas de meilleure idée. À vrai dire, on a oublié son vrai nom de famille. Le musicien m'a fait un signe pour remettre sa tournée. Deux muscadets. Ils avaient l'air de s'entendre comme larrons en foire, ces deux artistes. J'ai appelé Phanie : tu peux servir ces lascars, s'il te plaît. Faut que j'aille faire pipi. Ni une ni deux, elle a sorti la bouteille du frigo sans que j'aie eu besoin de lui dire où c'était. Oui, on pouvait lui faire sacrément confiance, à cette gamine.

C'était trop. Les suées, les ovaires, les tiraillements dans le ventre, les seins gonflés comme des montgolfières, le bruit, le vent, la grêle, la vitrine et la falaise, c'est bien simple, je n'en pouvais plus. Suis montée fissa à l'appartement direction les toilettes. J'ai baissé mon pantalon et c'était bien ce que je pensais. Un coquelicot au fond de mon slip. Ce n'était pas trop tôt. J'ai pris mon temps pour me débarbouiller le visage et le reste, ensuite pour me changer de la tête aux pieds, j'en ai profité pour me refaire une beauté d'un coup de crayon sous les yeux et d'un petit trait de rouge à lèvres. Pour être honnête, il ne me déplaisait pas ce petit musicien qui n'était pas si petit que ça, tout compte fait. Discret, charmeur, pas trop mal conservé, j'en aurais bien fait mon quatre-heures, comme dit Solange. J'ai ajouté une goutte de parfum derrière le lobe de mes deux oreilles. Depuis le Malouin, aucun homme ne m'avait serrée dans ses bras, encore que le Malouin, la tendresse, ce n'était pas le premier mot qui me venait à l'esprit quand je pensais à lui. J'avais le sentiment que depuis la nuit des temps, aucun homme ne m'avait vraiment regardée autrement que comme une patronne de bar-tabac dont la fonction était de remplir sans faux col un verre de rosé bien frais et d'attraper sur les étagères du haut un paquet de Marlboro light. J'entendais résonner à travers le plancher les bruits du bar, comme venant du fond d'une mine, la rumeur confuse des bavardages, les verres qui s'entrechoquaient, le sale clebs de monsieur Landuré qui aboyait comme s'il était chez lui dès que quelqu'un entrait, le tintement de la sonnette quand ce même quelqu'un entrait, Adamo qui matait les filles du bord de mer, Joe Dassin qui sifflait là-haut sur la colline, Otis Redding qui loving you too long, Abba qui knowing me knowing you et encore et toujours cette tempête qui rugissait comme un lion en cage, je me suis brossé les dents, gargarisé la gorge, j'ai avalé un grand verre d'eau et me suis lancé un clin d'œil dans le miroir avant de redescendre à la mine.

Phanie assurait en vraie professionnelle, c'était plaisant à voir, et ce qui ne gâtait rien, c'est qu'on avait l'impression qu'elle aimait vraiment être à la barre. Elle savait se servir d'une éponge, d'un tire-bouchon et d'une caisse enregistreuse, le b.a.-ba du métier. Que demander de plus ? On s'est fait une accolade. À en juger par cette bonne humeur renaissante, ça ne déplaisait pas aux clients d'avoir une nouvelle tête face à eux, ce qui les changeait de la vieille peau qu'ils avaient l'habitude de voir et qu'ils ne regardaient plus. Je suis repassée derrière le comptoir. Tout était propre et bien rangé. J'ai essayé de saisir le torchon qu'elle avait entre les mains. Merci, Phanie, vous êtes adorable ! Allez vous reposer maintenant, je vais vous servir quelque chose.

— Non, au contraire ! Ça me change les idées. Je trouve cela vraiment chouette, vous savez.

Elle y tenait, à son torchon.

— Ça doit quand même vous changer de votre métier habituel.

— Carrément. C'est un autre monde. Un putain d'autre monde.

— Dans ce cas, allez servir les vieux de la table du fond. Vous n'êtes encore qu'à l'essai, ne l'oubliez pas.

Elle me lança un sourire grand comme ça :

— Bien, chef !

Après quoi je me suis postée devant mes deux loulous assis devant le comptoir sur un tabouret. J'ignorais de quoi ils parlaient, mais je voyais que leurs verres étaient vides. Derrière ses lunettes, on devinait que le musicien avait de très beaux yeux, qu'il baissa dès qu'il s'aperçut que je le regardais en face. Un timide, c'était bien ma veine. Il ne s'était pas rasé depuis deux ou trois jours et ses poils de barbe étaient d'un gris qui virait au blanc sale. Son écharpe rose pâle ne lui allait pas, mais alors pas du tout, et je me retins de lui demander quelle pétasse avait pu lui faire un tel cadeau. Le reste était correct. Chemise canadienne sur un tee-shirt noir, pas de montre mais un bracelet de cuir autour du poignet. Un sourire en coin. Il donnait l'impression d'avoir atterri sur une autre planète et de chercher le code d'entrée. Au pied du tabouret, une petite valise noire, ou plutôt un étui. Sa trompette, sans doute. Celle qu'on n'avait jamais entendue. J'ai attrapé leurs verres.

— C'est ma tournée, les garçons !

Pierrot la Lanterne n'était pas du genre à dire non. Lui, on ne lui voyait que les poils, bien drus, bien noirs, trop longs. La barbe lui remontait jusque sous les yeux et descendait en bas de sa gorge. Ses trous de nez, on avait du mal à les trouver tellement c'était touffu dans les parages. Je ne l'avais jamais connu autrement, ni autrement vêtu qu'avec son vieux caban. C'était un drôle de type, Pierrot, un sacré gaillard mais un type bien, qui donnait gracieusement des leçons de dessin à Morgane dès qu'il avait deux minutes devant lui. Une belle âme, comme on dit. Je me suis servi un verre à mon tour, puis j'ai lancé un coup d'œil vers Solange en l'invitant à se joindre à nous. Toute chamboulée qu'elle fût, elle n'aurait pas refusé un peu de compagnie même si la réserve de champagne avait disparu corps et biens sous les décombres de la falaise, écrabouillée comme de vulgaires insectes sous la semelle d'un sale gosse. On a trinqué. Santé.

— Selon la formule consacrée, ma chère Scarlette, nous voici dans la merde ! a-t-elle énoncé.

À chaque fois qu'elle parlait, on avait l'impression qu'elle ouvrait des guillemets.

— À qui le dites-vous, Solange ! Et ce n'est pas terminé. Il faut attendre les prochaines grandes marées. Pour le moment, faudra se contenter du chardonnay.

— Ça risque de faire encore du grabuge, a grommelé Pierrot, qui d'habitude était du genre taiseux. Le ciel ne prête pas à l'optimisme.

On pouvait lui faire confiance. Après trente-quatre années passées au service des Phares et Balises, il avait fini par avoir une petite idée assez précise sur les questions de météorologie. Les tempêtes, il connaissait. Les hivers interminables en haut de son phare, il connaissait aussi. Parfois, les conditions empêchaient toute relève pendant plusieurs semaines. Le navire ravitailleur ne pouvait approcher du phare en pleine mer où il était affecté. Le confinement total, il connaissait également, de même que les réserves qui se vidaient à vue d'œil. Plus une bouchée de pain, plus une goutte de rhum. Des nouilles et de l'angoisse à devenir fou. Il avait connu du dur, le Pierrot. On l'a écouté un bon petit moment, le temps qu'il roule sa cigarette entre ses gros doigts de gardien de phare qui avaient passé trente-quatre ans de leur existence à lustrer des cuivres. Moi, ses histoires, je les connaissais par cœur et depuis longtemps, mais on ne se lassait pas de l'entendre. C'était un conteur-né. Le musicien dont je ne savais pas le nom était très attentif. Je lui ai lancé un clin d'œil sans malice. Il n'a pas répondu. Quand Pierrot a fini son histoire, un long silence s'est installé entre nous. Le juke-box venait de lancer une perle de ma collection, un vieux tube des Beatles du temps de ma jeunesse. *Yesterday*, un vrai collector qui se perdait dans le brouhaha de la salle.

Au bout d'un moment, Solange a levé son verre et a rouvert ses foutus guillemets :

— « Vivre, ce n'est pas attendre que l'orage passe, c'est apprendre à danser sous la pluie. »

Ça nous en a bouché un coin. J'ai haussé les sourcils :

— Pardon ?

— Sénèque.

— Qui ça ?

— Un auteur latin du premier siècle, un stoïcien.

— Un quoi ?

— Un stoïcien. Un philosophe qui accepte les choses telles qu'elles sont dès lors qu'on ne peut rien y changer. Une tempête, par exemple. Une falaise qui s'écroule. Ou encore une maladie incurable.

— Prendre la vie comme elle vient ? Danser sous la pluie. *Singing in the Rain*. C'est bien beau ce que vous dites,

Solange, mais ma vitrine ? Qui c'est qui va me la remplacer ? Hein ? Qui ? Votre Sénèque, peut-être ? Regardez-moi un peu ces panneaux de contreplaqué. On se croirait dans un cercueil !

— Sans vouloir vous contredire, madame, votre cercueil me semble plutôt accueillant. Si l'éternité se présente ainsi, je signe tout de suite, et des deux mains.

On s'est tous les trois tournés vers le musicien comme si on entendait sa voix pour la première fois, ce qui n'était pas entièrement faux. Jusque-là, je ne l'avais entendu que marmonnant pour me demander un verre.

— Y a pas de madame, ici ! j'ai dit. Il n'y a que Scarlette, un point, c'est tout.

— Dans ce cas, enchanté, Scarlette. Moi, c'est Baptiste.

C'était aussi la première fois que je le voyais vraiment sourire. Une jolie fossette s'était creusée au creux de chacune de ses joues et une portée de rides s'étirait de la commissure de ses yeux jusqu'à ses oreilles. Et pour la première fois, il m'a dévisagée avec des yeux d'homme. Je me suis sentie rougir comme une jeune fille.

— Bon, on reste pas sur la tournée de la patronne, a dit le Pierrot comme pour changer de sujet de conversation, ça ne se fait pas. Rhabille les gosses, Scarlette, veux-tu !

J'ai ouvert une autre bouteille. On a continué à plaisanter un peu.

Petit à petit, le bar se vidait. Les vieux se levaient de leur chaise, ajustaient leur casquette et restaient un petit moment devant la porte avant d'oser franchir le pas. Il était temps d'aller rejoindre bobonne, c'était l'heure de la soupe. Le vent s'était un peu calmé. La pluie avait cessé.

La brume s'était partiellement levée et à l'horizon, une gerbe de lumière enflammait le continent. Vivre, ce n'est pas attendre que l'orage passe, c'est apprendre à danser sous la pluie. Solange a dit qu'elle préférait rentrer, toutes ces émotions de la nuit et de la matinée l'avaient lessivée. Pierrot a proposé à Baptiste de se requinquer devant une bonne assiette si toutefois il n'avait rien contre un ragoût de homard fait maison, après quoi ils iraient voir la baleine à la Grève Rouge. Je me suis retrouvée toute seule avec Phanie, qui astiquait la table des vieux. J'ai attrapé un torchon neuf et je me suis mise à l'essuyage des verres.

— Vous voilà coincée sur notre île, ma pauvre Phanie. Je ne sais pas quand les liaisons maritimes vont reprendre. Pas avant plusieurs jours en tout cas.

Elle a ri. Elle avait un joli rire. De jolies lunettes aussi, qui lui donnaient un air d'institutrice.

— Il y a pire comme prison, non ?

— Écoutez, Phanie, j'ai réfléchi, mais c'est juste une proposition. J'ai pensé… Au cas où vous trouvez le temps long à l'hôtel du Grand Monarque, toute seule… Parce qu'il n'y a pas grand-chose à faire sur l'île…

— Oui ?

— J'ai une chambre, là-haut. La chambre de Morgane, ma fille, elle fait des études à Nantes. N'est pas près de rentrer. Les draps ont été changés.

— Et… ?

— Je ne vous demanderai rien, vous savez. Pas un sou. Peut-être un coup de main de temps en temps, pas plus. Si vous êtes d'accord, bien sûr. Moi, en tout cas, ça me ferait de la compagnie.

Elle a réinstallé les chaises exactement comme il le faut, elle a vidé le cendrier Cinzano dans la poubelle, l'a nettoyé avant de le remettre à sa place, bien au milieu de la table, puis elle a enlevé ses lunettes pour les nettoyer avec un pan de son foulard et s'est tournée vers moi.

— Vous êtes sûre, Scarlette ?

— Ma parole. Je ne le répéterai pas deux fois.

C'était la seconde fois en moins d'un quart d'heure que je recevais en plein cœur un tel sourire et ça, ça n'avait pas de prix. Phanie a attrapé son anorak.

— Je vais chercher mes affaires à l'hôtel. J'en ai pour une petite heure, pas plus.

Elle est partie en sautillant tel un korrigan.

Morgane

— Répète-moi un peu ça, maman, je crois que j'ai mal entendu. Tu es en train de m'expliquer que tu as mis un flic dans mon lit ?

— D'abord, c'est pas un flic, c'est *une* flic. Une fliquette, si tu préfères.

— Flic ou fliquette, c'est la même race !

— Écoute, Momo…

— Pour la millième fois, ne m'appelle plus Momo ! J'ai dix-neuf ans, je te le rappelle. Et je te rappelle par la même occasion que je suis ta fille, au cas où tu l'aurais oublié, sait-on jamais.

— Mais enfin, Momo… Morgane, ne prends pas la mouche ! C'est juste pour la dépanner quelques jours, le temps que tout se calme. On est coincés ici, tu le sais bien. Tu verrais l'état de la mer, une furie. Et le bistrot, comme si un cataclysme était passé par là… D'autant plus qu'elle me rend un sacré service.

— Elle te rend service ? Ça, c'est le pompon. Je rêve. Dis plutôt qu'elle rend service à la Police nationale, depuis le temps qu'ils crèvent d'envie d'aller fouiner dans nos affaires. Tu ne connais pas leurs méthodes ? Ils ont infiltré une taupe, voilà tout, une mignonne petite taupe à lunettes, et toi, tu te fais berner comme une oie blanche, tu laisses entrer la première venue. Tu as déjà entendu parler du cheval de Troie ?

— Morgane, s'il te plaît… écoute-moi… calme-toi…

— Ça ne t'a pas suffi, tous ces interrogatoires de shérifs à cause de ton connard de Malouin ? Toutes ces perquisitions. Purée, ils cherchaient cette foutue came jusque dans ma chambre. Ils ont éventré mes vieilles poupées. Mes poupées, maman ! Mes poupées ! Tu as déjà oublié ?

— Non, bien sûr que non, mais bon, c'est du passé, tout ça.

— Si tu as la mémoire courte, tant mieux pour toi. Les flics, ils savent ce qu'ils font. Eux. Tu ne me feras pas sortir de la tête l'idée qu'ils t'ont toujours dans le collimateur…

— Je n'ai rien à me reprocher, je te le jure.

— Parce que tu crois, ma pauvre maman, qu'il faut avoir quelque chose à se reprocher pour que les emmerdements te tombent dessus.

— En parlant d'emmerdements, justement ! J'ai de mauvaises nouvelles à t'annoncer.

— Quoi ? Le Malouin a été libéré ?

— Seigneur Dieu, parle pas de malheur.

— Que s'est-il passé, alors ? Dis-moi.

— La falaise.

— Quoi, la falaise ?

— Figure-toi que tout un pan s'est effondré dans la cour, en plein sur le cabanon de la réserve, celui qu'avait construit Pépé après la guerre. Littéralement englouti sous les pierres. Ça ressemble à la fin du monde.

— Il serait tombé tout seul, de toute façon. Il ne valait plus un clou, ce pauvre cabanon. Pas de blessés ?

— Non, rassure-toi, plus de peur que de mal. Mais ça ne sera pas une mince affaire de dégager tous ces gravats. Et puis, tiens-toi bien, c'est pas fini… La vitrine, la grande baie vitrée…

— Non… ?

— Si.

Morgane se rongea un ongle. Elle était debout auprès de la fenêtre, simplement vêtue d'un long tee-shirt blanc qui descendait sur ses cuisses, et regardait la pluie qui frappait les carreaux. Dans la rue, les gens essayaient de se protéger tant bien que mal sous une capuche ou sous un parapluie que le vent prenait un malin plaisir à retourner. C'était comique et un peu tragique à la fois. Si ici c'était ainsi, elle n'eut aucun mal à imaginer comment c'était là-bas. Elle se retourna. Souleymane faisait semblant de dormir, la tête enfoncée dans un oreiller.

— Maman…

— Oui, ma chérie ?

— J'arrive au plus vite.

— Mais ce n'est pas possible, Momo ! Il n'y a plus de liaisons. On est coincés, je te dis, coincés comme des rats. Il n'y a plus qu'à attendre que Félicité se calme.

— Félicité ? Qui c'est encore celle-là ?

— C'est le nom qu'ils ont donné à cette saloperie de tempête, et encore, quand je dis tempête… je ferais mieux de parler d'ouragan. Ou de cyclone, de typhon ou de tout ce que tu veux. On n'a jamais vu ça depuis 1986, tu n'étais pas née.

— Ah oui, Félicité, bien sûr. Pardon. Je l'ai entendu à la radio, mais j'avais oublié. Drôle de nom pour une tempête.

— Tu vois que tu oublies de temps en temps, toi aussi ! Et avec ton chéri, quel nom déjà, ça marche toujours ?

— Je te laisse, maman, je serai de retour à la maison dès demain. Après-demain au plus tard.

— Momo, sois raisonnable ! Et ton école, tes cours ? Et ton examen ?

— Je t'embrasse.

Morgane éteignit son portable et le reposa au-dessus du frigo. Elle bâilla. Cette discussion l'avait autant épuisée que cette deuxième nuit consécutive qu'elle venait de s'offrir avec Souleymane. Dans l'exiguïté de son studio, ils avaient travaillé ensemble jusqu'à une heure du matin, puis s'étaient couchés et n'avaient que très peu dormi, mais elle ne regrettait rien, bien au contraire, et s'étonnait de sa propre audace. Dans ses bras, elle ne se sentait ni trop maigre, ni trop blanche, ni trop ceci et pas assez cela, elle s'était juste sentie femme. Il venait de se lever et était en train de se rhabiller. Elle regarda son dos, ses fesses, le tracé de sa colonne, le triangle de ses épaules, jugea de ses muscles et trouva délicieusement grotesque la façon qu'il avait d'enfiler son caleçon aux couleurs du drapeau jamaïcain. Il s'aperçut qu'il l'avait mis à l'envers, recommença l'opération en manquant de perdre l'équilibre, ce qui la fit rire. Elle aurait voulu que ce moment dure et dure encore. Qu'il ajuste son caleçon ridicule à l'envers, et qu'il l'enlève et qu'il le remette à l'envers à nouveau et qu'il finisse par se casser la figure.

Torse nu, il revint vers elle en bouclant le ceinturon de son jean.

— C'était ma mère.

— J'avais deviné. En général, quand on appelle quelqu'un maman, c'est qu'on a des relations assez étroites avec cette personne.

— Fous-toi de moi, je ne te dirai rien.

Aussitôt, il réalisa à la mine de Morgane que ce n'était pas vraiment l'heure de plaisanter et toussota deux fois en guise d'excuse. Sa chemise à carreaux traînait sur le plancher. Il se baissa pour la ramasser, la secoua avant de s'en vêtir, s'attaqua aux boutons en commençant par ceux d'en bas.

— Il s'est passé quelque chose ?

— C'est le bordel, là-bas.

— Sur ton île ? La tempête, je suppose…

— Félicité, tu parles d'un nom !

— J'ai connu une Félicité quand j'étais au lycée. On la surnommait Fifi, sais pas pourquoi…

Elle posa bien à plat sa main droite sur la poitrine glabre du jeune homme, un peu comme on touche une paroi pour s'assurer de sa solidité, puis elle laissa glisser sa paume sous sa chemise encore entrouverte jusqu'à ses épaules. Mon Dieu qu'elle le trouvait beau. Et puissant. Et rassurant. Elle en souffrait d'avance.

— Une de tes anciennes conquêtes, j'imagine ?

Il gloussa :

— Même pas. Je te refais du thé ?

— J'ai une faim de loup. Tu ne veux pas aller chercher du pain ? Il y a une boulangerie à deux cents mètres. Une baguette tradition, elles sont délicieuses. J'ai du beurre et de la confiture. Les fraises de mon île. Je m'occupe du thé. Tu serais un amour.

— Je suis un amour.

Et il l'embrassa sur la bouche. Souleymane était visiblement de bonne composition, restait à appréhender la suite des événements. Deux nuits, c'était déjà pas si mal. Deux nuits à cocher d'une pierre blanche ou d'une croix noire, advienne que pourra. Il acheva de s'habiller, chaussa ses baskets et tourna le dos en une fraction de seconde. Morgane l'entendit descendre l'escalier à toute vitesse. Ses pas étaient souples, tout était souple chez lui, ses gestes, ses mains, sa voix, tout semblait facile. Trop facile. Ils s'étaient emboîtés de la façon la plus naturelle qui soit, elle n'avait pas eu mal, il avait su prendre son temps, patienter, l'attendrir, lui demander d'un simple regard si ça allait, s'il pouvait continuer, s'il n'était pas trop lourd. Il était à la fois tendre et maladroit. Une vague intense et inattendue l'avait soudain submergée. À présent, elle reniflait devant son petit frigidaire, autant de joie que de peur, car elle se sentait amoureuse, bêtement amoureuse, tristement amoureuse, et c'était la dernière des choses à laquelle elle s'attendait. Bon sang, ouvre les yeux, tu n'es plus une gamine ! Son exposé sur les rapports de Chateaubriand avec la Bretagne, qui était prévu en début d'après-midi, n'était pas vraiment prêt, pourtant elle y avait passé des nuits. Elle redoutait les séances d'oral, la crainte d'être jugée, de paraître gourde. Bien qu'elle n'eût aucunement à souffrir de brimades ou de moqueries, elle sentait bien les regards complices des autres étudiants qui s'amusaient de cette fille un peu cheloue qu'on surnommait la Morte. Seul Souleymane semblait la prendre au sérieux, ou tout simplement telle qu'elle était, mais qu'allait-il advenir désormais ? Le scénario était écrit d'avance. Elle n'était qu'une meuf de passage. Un coup. Peut-être même un bon coup, encore que. Surtout ne pas se faire d'illusions, pensa-t-elle, ne pas se monter le bourrichon, comme disait Flaubert. Il trouverait bien un prétexte quelconque pour déguerpir au plus vite. Et les prétextes, ce n'était jamais ça qui manquait.

Quelle conne ! se dit-elle en s'éclaboussant le visage au-dessus de l'évier. Non mais quelle conne ! Puis elle arracha une feuille de Sopalin pour s'essuyer les yeux.

Une dizaine de minutes plus tard, Souleymane revint les bras chargés. En plus du pain, il avait apporté des croissants. En plus des croissants, il tenait un petit bouquet de roses jaunes en boutons.

— Tu es fou ! On n'est pas dimanche.

— Pas besoin d'attendre le jour du Seigneur pour se faire plaisir. C'est pas grand-chose, mais je voulais fêter ça.

— Fêter quoi ?

— Notre rencontre, pardi ! Ce n'est pas rien.

— Et ça, c'est quoi ?

— Ben, c'est des fleurs, juste des fleurs. Tu n'en avais jamais vu ?

Il s'assit devant sa tasse de thé et posa sa main sur celle de Morgane. Le noir de l'une contrastait avec le blanc de l'autre. Souleymane avait des doigts longs et très fins. Il portait à l'index un anneau en argent et à l'annulaire une bague fantaisie qui n'était pas très jolie, jugea-t-elle avant de réaliser que c'était ces doigts-là qui avaient arpenté son corps une bonne partie de la nuit.

Morgane frissonna. Il lui fallait botter en touche, changer de conversation au plus vite, éviter de s'engager sur la pente glissante qui la ferait basculer au fond d'un cul-de-sac.

— Je suis inquiète.

— Ton exposé ?

— Entre autres.

— Ta mère ?

— Oui. L'île est ravagée, c'est un désastre, paraît-il. Je ne peux pas la laisser seule. Elle a tendance à paniquer et dans ces cas-là, elle ne contrôle plus rien. C'est une furie, ma mère. Si tu savais…

Souleymane ne demanda pas davantage de précisions. Il trempa son croissant dans son thé et en avala la moitié en une seule bouchée. Puis il s'essuya la bouche avec la feuille de Sopalin sur laquelle Morgane venait de sécher ses larmes l'instant précédent et qu'elle avait laissée par négligence traîner sur la table. Elle y pensa en le regardant faire et se sentit gênée. Pas blessée mais juste gênée. Il prit soudain un air grave.

— Quoi ?

— À quelle heure, ton exposé, déjà ?

— Quatorze heures. Pourquoi ?

— Il nous faut trois heures de route. Ma sœur me prêtera sa Twingo, c'est pas un problème. Elle est hypercool, la frangine, je te la présenterai. Si on part vers seize heures, on peut y être avant la nuit.

— Tu es dingue ? Il n'y aura pas de bateau. Tu veux y aller à la nage ?

Souleymane rigola.

— Mince, je n'avais pas pensé à ça.

— En tout cas, c’est gentil de ta part de me l’avoir proposé.

Ils se turent un instant. Souleymane reversa du thé dans les tasses, s’attaqua à un deuxième croissant. Morgane se tourna vers la fenêtre, pour réfléchir sans doute, mais aussi pour masquer l’émotion qu’elle avait ressentie aux propos de son compagnon. Sans parler des fleurs. Punaise, des roses ! Ou bien il n’en voulait qu’à son cul, ou bien… N’y pensons plus. Infatigable, la pluie tambourinait contre les carreaux tandis que des rafales de vent giflaient méchamment la ville. La rumeur de la rue se faisait poisseuse. Elle se souvint que chez elle, le mois de novembre était appelé *miz du*, le bien nommé mois noir.

— Il y a peut-être une autre solution, chuchota-t-elle entre ses lèvres mi-closes, comme pour se parler à elle-même.

Solange

Pour une belle bête, c'était une belle bête, et pour tout dire, une sacrée belle bête auprès de laquelle le vieux blockhaus à moitié enfoui dans les sables se faisait tout petit. Vingt mètres au jugé, des tonnes et des tonnes de viande, d'huile et de sang, une mâchoire béante et gigantesque hérissée de centaines de dents acérées comme des lames de rasoir, des nageoires aussi grandes que les ailes d'un albatros et un aileron dressé vers le ciel. En somme un gros tas de barbaque, rien de plus, que les goélands se préparaient à dépecer avec méthode et voracité. Le mammifère marin était couché sur le flanc et ses yeux morts étaient restés grand ouverts, rendant le monstre encore plus monstrueux. Son ventre était blanc, le reste d'un gris foncé, presque métallique, un peu comme les navires de guerre, d'ailleurs, pour reprendre la comparaison de Solange, le cadavre faisait plus ou moins penser à un sous-marin rescapé d'une guerre oubliée. C'était à la fois comique et infiniment triste.

— Pourquoi est-elle venue mourir ici ? demanda-t-elle.

Passé sa première frayeur, elle avait tenu à revenir sur les lieux. Sa réaction avait été stupide, presque puérile, elle le reconnaissait, mais la surprise avait été si brutale qu'elle n'avait pu la supporter et n'avait eu d'autre réflexe que de prendre ses jambes à son cou. À présent, elle s'en approchait, tâchant de se protéger des effluves de putréfaction derrière le paravent d'un foulard de soie qui ne lui était que d'une faible utilité. L'odeur était épouvantable.

Bien sûr, cette baleine était devenue la nouvelle attraction de l'île qui pourtant n'en manquait guère en ces temps de grandes perturbations. Une vingtaine de curieux ne craignant ni les averses de grêle ni les bourrasques du mauvais vent étaient descendus sur la Grève Rouge à la rencontre du cétacé. Certains parlaient de baleine, d'autres de cachalot, mais Pierrot la Lanterne était formel. C'était un rorqual commun, le deuxième plus gros mammifère de la planète après la baleine bleue. Une espèce en voie de disparition, ajouta-t-il. Une de plus. Durant des décennies, on les a chassés pour leur huile avec laquelle on fabriquait de la margarine ou du savon ainsi que la glycérine qui entrait dans la composition de la dynamite.

— De la dynamite, quelle horreur ! Mais pourquoi diable est-il venu s'échouer ici ? Expliquez-moi cela, Pierrot. C'est inconcevable. C'est ahurissant. On a parfois l'impression d'une météorite tombée du ciel.

— Ce sont des choses qui arrivent de temps en temps, madame Solange. On n'en connaît pas très bien les raisons. Si l'animal est mort de mort naturelle, comme on dit, ou bien de maladie. Peut-être a-t-il été victime d'une collision avec un cargo, quoique je ne voie pas de blessure apparente, ou bien, ce qui serait le plus regrettable, est-il mort d'une indigestion de plastique. Oui, c'est hélas souvent le cas. Une overdose de ces satanés plastiques qui pullulent dans les océans. Personnellement, j'opterais plutôt pour cette dernière hypothèse.

Le gardien de phare s'était proposé de l'accompagner. Elle avait sans ambages accepté, n'hésitant pas à le tenir par le bras s'il n'y voyait pas d'inconvénient, non qu'elle eût un quelconque béguin pour cet homme connu pour être un peu bourru et qu'elle considérait cependant comme un être charmant si on voulait bien se donner la peine de gratter un peu la carapace, mais plutôt parce qu'elle se sentait encore fragile et que ses pieds la faisaient toujours souffrir malgré les soins prodigués le matin même par Scarlette.

— Si j'étais vous, je prendrais rendez-vous avec la Roumaine, lui conseilla-t-il.

— Mais vous n'êtes pas moi, n'est-ce pas ?

À vrai dire, ils formaient un drôle de couple. On ne les montrait pas du doigt, mais on se retournait discrètement, on chuchotait derrière leur dos. Lui et sa tignasse et sa barbe, son vieux caban et sa casquette élimée, elle sous son imperméable Chanel, pardon, son trench-coat, qui lui avait coûté pas moins de mille deux cents euros (une folie !) dans une boutique de la rue de Rivoli et son chapeau de pluie qu'elle s'était dégoté sur Internet pour la modique somme de cinquante euros (une affaire !). Seul bémol à sa tenue, elle s'était chaussée de baskets pour soulager ses pieds blessés. Elle boitait légèrement et, bien que plus grande, s'appuyait au bras de Pierrot. Un drôle de couple, vraiment. La Belle et la Bête. La marquise et l'ours. Ils contournèrent l'énorme masse du rorqual auprès duquel ils se sentaient comme de misérables représentants de l'espèce humaine au pied d'une pyramide.

— Normalement, une bestiole de cette trempe peut vivre une centaine d'années. Celle-ci paraît encore assez jeune.

— C'est la première fois que je vois un tel spectacle. C'est affligeant.

— Vous avez lu *Moby Dick* ? demanda Pierrot. Herman Melville. Une histoire de chasse à la baleine.

— Jamais, hélas. C'est une lacune impardonnable, je vous l'accorde.

— C'était mon livre de chevet quand je travaillais au phare. Un chef-d'œuvre. J'ai dû le lire dix fois, quinze fois. Je vous le prêterai.

— Vous êtes un homme exquis, Pierrot.

— Ce n'est rien qu'un bouquin, vous savez.

— Vous dites ça, mais à la façon dont vos yeux brillent quand vous en parlez, il me semble que pour vous, c'est bien plus qu'un bouquin.

— Pas faux.

Solange, se tenant toujours à son bras, se serra davantage contre lui. Elle avait besoin de sa chaleur d'homme. Pierrot se cabra.

— Les gens nous regardent, murmura-t-il.

— On s'en fiche.

— Je suis à peu près certain qu'il doit y avoir ici la plus forte densité européenne de langues de pute au mètre carré.

— C'est fort possible. On ne peut pas émettre un pet de travers sans que toute l'île soit au courant dans la minute qui suit.

— Ce n'est pas vraiment de la médisance, vous savez, encore moins de la méchanceté.

— Je n'en doute pas. À vrai dire, je n'en doute plus maintenant que je connais un peu la mentalité des Maures.

— C'est comme une famille, on appartient à la même tribu, on est tous sur le même bateau. Ou la même galère si vous préférez. D'accord, les commérages, les on-dit, les racontars, les bobards circulent plus vite que sur leurs putains de réseaux sociaux, mais dès que l'un d'entre nous est prêt à chavirer d'une façon ou d'une autre, soyez certaine que tout le monde rapplique dans la seconde. C'est un peu comme en mer au beau milieu de la tempête. Hors de question d'abandonner un naufragé, quel qu'il soit. Ici, on dit qu'il y a deux dieux dans le ciel. Le premier, le plus grand, c'est pour les terriens, les continentaux, les gens normaux, quoi. L'autre, un petit dieu tout riquiqui de rien du tout, un subalterne en somme, c'est pour nous, les îliens.

— Pour quelqu'un qui a la réputation d'être un taiseux, sachez que vous êtes un fieffé bavard quand vous vous y mettez.

— Excusez-moi, madame Solange, je parle trop.

— Ne vous méprenez pas sur mes propos, Pierrot, je vous taquinais. Vous parlez joliment. Je suis sérieuse. C'est un réel ravissement que de vous entendre. Et sans vouloir vous flatter, vous êtes un homme fort galant.

Pierrot se mit à rougir violemment, mais sous cette barbe hirsute et cette longue tignasse, nul ne s'en aperçut, pas même la première concernée, d'autant plus qu'une nouvelle giboulée surgit sans crier gare. Cette tempête était décidément interminable. À cette heure de la journée, le peu de lumière qu'il restait commençait à se ternir et le ciel n'avait rien d'autre à proposer qu'un sinistre méli-mélo de nuages galopant d'ouest en est. Fouettés au visage par la violence de la grêle, ils accélérèrent le pas autant que Solange pouvait se le permettre et remontèrent la plage en direction de sa maison, qui, de l'autre côté de la dune, était la plus proche.

— Entrez, dit-elle.

— Je ne voudrais surtout pas…

— Ne faites pas l'enfant, mon cher Pierrot, entrez, je vous dis. C'est un ordre.

Il essuya ses bottes sur le paillasson une bonne dizaine de fois avant d'oser pénétrer dans le couloir, puis il les ôta et s'aperçut qu'il y avait un gros trou dans sa chaussette à l'emplacement de l'orteil droit. Celui-ci émergeait comme une anomalie grotesque. Solange fit mine de ne pas le remarquer. C'était la première fois depuis une bonne dizaine d'années qu'il mettait les pieds dans cette maison, qu'on appelait toujours celle de la veuve Pochard même si Solange y avait élu demeure depuis bientôt deux ans. Il avait jadis donné un coup de main à la veuve, une de ses gouttières s'était décrochée du toit à la suite d'un énième coup de vent, et il s'était proposé de venir avec son échelle. La veuve lui avait offert une boisson qui ressemblait davantage à de l'eau chaude qu'à du café mais ne l'avait pas invité à s'asseoir. Elle avait cependant laissé sur la table à son intention un billet de cinq euros, qu'il déclina au motif qu'il n'était venu là que pour rendre service, c'était la moindre des choses, entre voisins. Depuis, rien n'avait changé. Ou presque rien. Il se souvenait, dit-il à Solange, de cette vieille à moitié folle qui passait l'essentiel de son temps à guetter à travers les rideaux de dentelle de sa fenêtre le retour d'un homme dont le cadavre gisait sans doute depuis des décennies au fond de la Méditerranée.

— Si ce n'est pas de l'amour, ça, dites-moi donc un peu ce que c'est, mon cher Pierrot. Mettez-vous à votre aise, donnez-moi votre caban, je vais le mettre à sécher face au poêle. Vous êtes trempé, je vais vous concocter quelque chose. Un grog. Ça vous dirait, un bon petit grog ? J'ai dans mes placards une excellente bouteille qui me vient de Martinique.

— Ce n'est pas de refus, madame Solange.

— Solange tout court, ça me va très bien. Nous sommes amis, n'est-ce pas ?

Pierrot ne répondit pas. Il s'assit en bout de table et se gratta la barbe, observant de biais Solange, qui s'affairait dans la cuisine autour d'une bouilloire, d'un citron vert et d'un litre de rhum à peine entamé.

— Je trouve cela très noble et particulièrement émouvant.

— Je vous demande pardon ?

— Une femme qui attend toute sa vie le retour d'un mari dont elle sait pertinemment au fond d'elle-même qu'il ne reviendra jamais, mais qui continue à lui vouer une irrémédiable fidélité. Oui, une fidélité irrémédiable. Je ne trouve pas d'autres mots. Dites-moi, Pierrot, si vous me le permettez, vous en pensez quoi ?

— Je pense quoi de quoi ?

— De l'amour, bien évidemment. De l'amour, gros bêta. Vous semblez plus bavard quand il s'agit de baleines que lorsqu'il est question de femmes…

— Oh, vous savez, nous, les gardiens de phare… ça va, ça vient ! Ou plutôt, pour être plus juste, ça allait et ça venait. Tout cela est à présent derrière moi. Mes peintures me donnent suffisamment de fil à retordre, pas besoin d'en rajouter une couche.

— Vos icônes sont splendides, vraiment. Très touchantes. Plus que ça, elles nous parlent. Vous avez été marié ?

— Pendant dix ans.

— Et… ?

— C'était une continentale, une fille des terres, de la montagne, je veux dire… la montagne bretonne, les monts d'Arrée. On était un couple à mi-temps. Bancal. Quinze jours au phare, quinze jours à terre, chez elle, dans son pays, avec les vaches et les cochons. Je ne me sentais pas chez moi. C'était comme si je manquais d'air. Et sans vouloir être raciste, les gens de là-bas, croyez-moi, ce n'est pas des gens comme ici.

— Des enfants ?

— On a essayé. Après sa deuxième fausse couche, on a jeté l'éponge. Elle vit toujours là-haut, d'après ce que j'ai appris. Elle s'est remariée avec un gars du coin, un paysan qui fait dans l'élevage bio avec des vaches qui mangent de l'herbe, tout simplement. De l'herbe verte des prairies naturelles. Un type bien, apparemment. Suis content pour elle. La ferme, c'était son truc. Moi, je sais à peine me servir d'un râteau. Excusez-moi, Solange, je ne sais pas trop pourquoi je vous raconte tout ça.

— Parce que je vous l'ai tout bonnement demandé. Un peu de sucre de canne ?

— Pas trop. Faut pas altérer le goût du rhum. Le sucre, c'est pas bon pour la santé, ni pour le reste non plus, d'ailleurs. On en met partout, dans les assiettes des gosses, dans les programmes de la télé, dans les discours de ces bonimenteurs de politiciens, du sucre, du sucre, du sucre, et que je te rajoute du sucre histoire de faire passer la pilule, de nous maintenir dans les grandes illusions tout en nous enfonçant la tête sous l'eau, mais ce n'est pas ça la vie. La vraie vie n'est pas sucrée. La vie, nom d'un chien, c'est salé, aussi salé que du beurre salé, salé comme cette foutue mer, salé comme les larmes, et je sais de quoi je parle.

— Saperlipopette, comme vous y allez !

— Désolé, Solange ! Je m'emporte bêtement. Je sais que je ne devrais pas, c'est pas bon pour mon cœur, mais parfois, c'est plus fort que moi, je ne peux pas m'empêcher. Faut que ça sorte d'une manière ou d'une autre. Je peux fumer ?

— Je vous en prie.

— Il est très bon, votre grog. Vous voulez que je vous dise, il sent la Martinique à plein nez et c'est un délice. Je n'y suis jamais allé. Ça doit être un peu comme ici, une île avec des gens dessus et de l'eau tout autour. Sauf que l'eau est sans doute un peu plus chaude. Vous vous baignez toujours tous les matins ?

— Vous m'avez espionnée ? Une vieille carne comme moi ? Vilain voyeur.

Pierrot se mit à rire.

— Bien sûr. Je n'allais pas me priver d'un tel spectacle. Gratuit, en plus. Les distractions sont tellement rares ici. Sans compter que ça me donne de l'inspiration pour mes icônes.

Solange s'en amusa, elle aussi. À son tour, elle alluma un cigarillo et but une gorgée. Puis elle se leva pour rajouter une bûche dans la cuisinière à bois. À présent, la pièce baignait dans une chaude torpeur. De la fumée s'échappait de leurs manteaux mouillés pendus à des dossiers de chaises, et se mélangeait aux volutes de leurs cigarettes. Pierrot la regarda de dos. Elle avait rechaussé ses chaussures à talons et n'en paraissait que plus grande. La robe bleu marine qu'elle portait l'enveloppait au plus près comme une seconde peau. Mentalement, il fit le croquis de la courbe de ses hanches, du creux de sa taille, de la rondeur de ses fesses. Lorsqu'elle se retourna, il sursauta, comme pris sur le fait. Elle lui sourit, écrasa son cigarillo dans le cendrier, se rassit en face de lui et ôta son gilet en prétextant la chaleur. L'échancrure de sa robe laissait entrevoir la naissance de ses seins. Pierrot avala une bonne rasade de grog comme s'il en éprouvait le besoin pour retrouver l'usage de la parole.

— Solange ?

— Oui, Pierrot ?

— J'aimerais vous demander quelque chose.

Elle se raidit imperceptiblement. Ce n'était pas le genre de femme à laisser paraître son trouble.

— Je vous écoute.

— Voilà, c'est un peu délicat à demander et je ne voudrais surtout pas vous importuner, c'est juste une proposition, même pas, une suggestion, une idée en l'air…

— Dites toujours.

— Accepteriez-vous, ma chère Solange, de poser pour moi ? Sans vouloir vous commander, bien sûr.

— Plaît-il ?

Phanie

La première pensée qui lui vint à l'esprit lorsqu'elle se réveilla fut celle de sa démission ou non de la police. Elle se trouvait dans une chambre qu'elle ne connaissait pas. C'était un lit à l'ancienne, taillé dans le merisier, un peu étroit mais très joli, de même que la parure. Toute blanche. D'ailleurs, elle y avait passé une excellente nuit sans le moindre rêve perturbant. Elle dormait mieux depuis qu'elle était sur l'île, et pourtant, toutes les circonstances semblaient s'être donné rendez-vous pour gâcher son séjour, cette météo pourrie, les textos de Vanessa tout aussi pourris, le stress ambiant suite à cette série de catastrophes inattendues et ce sentiment de se sentir piégée sur un tas de cailloux flottant au beau milieu de nulle part. Tout bien réfléchi, cette parenthèse à l'île des Maures lui paraissait plutôt amusante. Dépaysante, pourquoi pas. En tout cas, surprenante. Ce n'était qu'une tempête, une vitrine brisée, des dégâts secondaires, ce n'était qu'une baleine échouée, ce n'était qu'un petit malaise et qu'à cela ne tienne, elle s'offrirait une cure de magnésium comme le lui avait conseillé la doctoresse qui l'avait étonnamment remise d'aplomb après cette petite séance de torture particulièrement raffinée. Fallait-il accorder crédit à ses méthodes de sorcière ? Phanie restait sceptique, il n'empêche, elle était ce matin-là toute prête à entamer un footing d'une bonne quinzaine de bornes, *fingers in the nose*, pour reprendre une expression qu'elle affectionnait. Mais avant toute chose, elle glissa sa main droite sous son tee-shirt, se caressa les seins, pinça un téton entre le pouce et l'index et de l'autre main se masturba en revisionnant d'une façon très personnelle la scène du cabinet médical. Posé sur la table de nuit, un ourson éborgné semblait la regarder d'un air réprobateur. Elle le tourna dans l'autre sens et reprit sa caresse. L'affaire fut réglée en deux minutes trente.

C'était une chambre classique de jeune fille, non un foutoir d'ado mais plutôt le domaine d'une demoiselle bien rangée, à en croire les livres et les objets soigneusement disposés sur les étagères, ainsi que les décorations aux murs. Aucune star de la chanson ou du cinéma, seulement quelques aquarelles assez adroites. Scarlette ne lui avait pas dit que sa fille faisait dans la peinture. Elle savait qu'elle avait dix-neuf ans, qu'elle était en hypokhâgne à Nantes et qu'elle s'appelait Morgane, voilà tout. Sur le mur, au-dessus de la table de nuit, était accrochée dans un cadre la photo noir et blanc plutôt stylisée d'une jolie jeune femme au sourire timide et au visage constellé de taches de rousseur. Ses cheveux mi-longs, très noirs, flottaient en désordre. Un peu maigrelette mais pas mal, se dit Phanie, pas mal du tout. Un petit air de Patti Smith à ses débuts. Elle se leva en bâillant, s'étira et ouvrit la fenêtre puis les volets en grand. Malgré la tourmente du ciel, la vue était prodigieuse et modeste à la fois. Protégée par une digue, la plage dessinait un arc de cercle parfait délimité de chaque côté par des éperons rocheux qui avec un brin d'imagination auraient pu ressembler à des chiens montant la garde autour de l'anse. La marée était basse, la mer s'était retirée à des centaines de mètres. Sur l'estran reposaient en désordre quelques barques brinquebalantes ainsi que la carcasse pathétique d'un vélomoteur qui avait perdu ses deux roues. De grosses chaînes rouillaient sur la vase luisante entre des dépôts de goémon et des épaves de bois échouées. Un méchant coup de vent s'invita dans la chambre et renouvela l'air en un instant. Phanie s'emplit les poumons. On ne pouvait pas vraiment dire que ça sentait la rose. Comment dire ? C'était une odeur rustique, virile, presque animale. La mer était en rut et son écume chargée de phéromones. Sur la plage, comme sur la route côtière, elle ne vit personne, mais elle entendit monter du rez-de-chaussée une chanson de Joe Dassin qui devait sortir du juke-box de Scarlette, une rengaine antédiluvienne qu'elle se souvenait d'avoir entendue chez ses parents quand elle était petite fille et qu'elle considéra délicieusement ringarde et décalée. Elle fut cependant étonnée de pouvoir se rappeler les paroles des *Champs-Elysées* par cœur.

C'est en courant qu'elle songea de nouveau à sa démission. Devrait-elle écrire une lettre pour se justifier ou se contenter de déposer avec solennité son arme et son insigne sur le bureau du supérieur ? C'était une chose qu'on ne lui avait pas apprise à l'école de police. Peu importait la manière, en fait, mais il lui fallait réfléchir, se trouver une autre voie, assurer ses arrières. Elle savait que si elle continuait dans ce métier, elle allait y laisser sa peau. Il n'y avait pas trente-six issues, il n'y en avait que quatre : appuyer sur la détente contre sa tempe comme plusieurs de ses collègues l'avaient déjà fait, recevoir en plein cœur une balle perdue lors d'une interpellation délicate ou bien encore, troisième hypothèse tout à fait envisageable, finir comme un légume rongé à petit feu par des tonnes d'antidépresseurs, ou alors, dernière solution possible, faire son travail comme si de rien n'était et passer à travers les gouttes en attendant la retraite, ce qui était moins aisé qu'on pouvait le croire.

Il fallait regarder les choses en face : elle n'avait pas le cran, et surtout, elle n'avait plus la foi. Son boulot, elle le faisait correctement, du moins le mieux qu'elle pouvait, elle s'accrochait vaille que vaille, mettait les menottes aux petits caïds qui étaient relâchés l'après-midi même, perdait son temps à rédiger des pages et des pages de rapports qui n'étaient jamais vraiment lus et subissait, tout en tâchant de rester imperturbable, le regard outré de ce monsieur propre sur lui qui avait fracassé l'arcade sourcilière et le poignet de sa femme, et expliquait que madame était tombée du haut de l'escalier parce qu'elle avait trop bu et qu'elle était de nature fragile. Inutile de se voiler la face, les perspectives d'avenir n'étaient pas très reluisantes.

Alors quoi faire ? Travailler dans un premier temps chez Scarlette ? Le bar, le ménage, les apéros… L'idée ne lui déplaisait pas, d'autant plus que Scarlette semblait parfois elle aussi au bout du rouleau. Ouvrir un petit magasin de souvenirs, ici sur cette île où elle avait retrouvé le sommeil, vendre des cartes postales, quelques livres, des thés parfumés, des produits artisanaux et des épices exotiques ? Se lancer dans une petite exploitation agricole comme l'avait fait ce couple de babas cool qu'elle avait rencontré au marché ? Même pas en rêve, ma pauvre fille, se dit-elle, c'est n'importe quoi ! Tu déconnes à plein tube. Ton bureau t'attend, ma belle, avec son vieil ordinateur asthmatique et cette pile de dossiers en souffrance. Ton petit bureau de fonctionnaire de l'État. Ton tout petit bureau de toute petite fliquette.

Le vent chargé de poussière de sable lui cinglait le visage. Elle portait un bonnet et une écharpe autour du cou et courait à grandes enjambées sur la route qui mène au phare de Castel-Coz. Dans ses écouteurs, le chanteur d'AC/DC s'égosillait pour lancer *Highway to Hell*. C'était puissant, solide, carré, binaire, elle sentait les vibrations des guitares électriques se répandre à travers tout son corps, depuis les semelles de ses baskets jusqu'à la racine de ses cheveux, elle en frissonnait de plaisir, de joie aussi, se sentait enfin libre. Une odeur nauséabonde la ramena à la réalité. Elle se rappela qu'elle passait à présent devant la Grève Rouge où s'était échouée la baleine et par curiosité remonta le sentier pour apercevoir le monstre qui depuis maintenant deux jours et deux nuits pourrissait sur le sable. C'était infect et fascinant. Une rangée de goélands et de sternes s'étaient alignés sur l'arête de l'animal et semblaient attendre que les agapes commencent. Ils n'auraient pas trouvé meilleur festin, mais c'est comme si, par politesse ou par pudeur, ils n'osaient pas encore s'y attaquer. Phanie eut un haut-le-cœur. Elle repensa à cet intolérable cadavre de femme sur lequel elle avait dû faire quelques mois auparavant les premières constatations. Et ce qu'elle avait constaté également, c'est qu'elle avait trouvé ses propres limites en dégueulant tripes et boyaux dans les toilettes du bar de la Falaise. Elle avait pourtant essayé de faire bonne figure, mais peine perdue, c'était trop abject. C'est pas un boulot pour les gonzesses, s'était-elle entendu dire à son égard. Connards, pauvres connards ! Elle enrageait encore et toujours, mais peut-être avaient-ils raison, après tout, peut-être qu'elle n'était pas faite pour ce métier, tout simplement. Cette histoire lui semblait proche et lointaine à la fois. Elle s'approcha de l'animal en tâchant de se protéger derrière son foulard. Un rorqual et non une baleine, affirmait-on dans le bourg, comme si cela changeait quelque chose. Baleine, cachalot ou rorqual, c'était la mort grandeur nature, la mort dans toute son horreur et toute son arrogance. Phanie décrocha ses écouteurs. Une autre rumeur parvint à ses oreilles, plus sourde et mille fois plus oppressante qu'un morceau de hard-rock, fût-il signé AC/DC. C'était ce grondement au loin, continu et menaçant, qui venait de l'océan qu'on voyait à peine à l'horizon tant il était voilé derrière une chape de brume. Mais la rumeur persistait, gonflait parfois selon le sens du vent, se permettait quelques envolées lyriques avant de se faire plus discrète, de replonger dans les basses fréquences, sans jamais s'éteindre. Rarement Phanie s'était sentie aussi minuscule, aussi vulnérable. Les insulaires devaient avoir l'habitude, encore que rien n'était moins sûr. En quelques jours elle avait eu le temps de les observer. Ils écartaient les jambes quand ils se tenaient debout, rasaient les murs en allant au bistrot et jetaient des regards inquiets vers les grèves et les falaises comme s'ils étaient poursuivis par le mauvais œil. La mer n'était pas leur amie, encore moins leur amante. Ils étaient pris en étau entre les cieux et les eaux, chaque jour sous la menace des vents et des marées. Ne leur restait où s'amarrer que ce radeau de landes et de terres ingrates dodelinant à la merci des vagues. Une bouée de sauvetage. Un leurre.

Arrivée au bourg, elle vérifia son portable. Quinze bornes, donc. Une heure vingt. Elle tenait la cadence. Fallait bien ça quand on est flic, ça et les entraînements de tir, ça et les séances bihebdomadaires de muscu à la salle de sport du sous-sol, ça et leurs stages de perfectionnement orchestrés par des coachs en développement personnel qui auraient mieux fait de commencer par eux-mêmes. Quelle foutaise. Elle passa par le bar avant de monter à sa chambre, salua la compagnie d'un franc sourire, s'excusa auprès de Scarlette de se présenter ainsi trempée de sueurs et d'embruns.

— Je t'ai laissé une serviette propre sur le tabouret près de la baignoire. Va prendre ta douche, mignonne, je te prépare un petit déjeuner à réveiller un mort.

C'était la première fois que Scarlette la tutoyait, et l'appelait mignonne de surcroît, ce qui ne la gêna nullement, bien au contraire, cela lui donnait l'impression de faire partie de la famille, enfin presque. Elle n'était pas naïve à ce point, mais puisqu'on lui offrait l'hospitalité en échange de quelques menus services, autant en profiter. C'était une excellente façon de se changer les idées, et pourquoi le taire, cette tempête arrivait à pic. Elle n'avait pas la moindre envie de rentrer. Bien sûr, elle avait eu vent des démêlés judiciaires de Scarlette à cause de ce dealer, dit le Malouin. Elle s'était fait avoir par un petit truand, voilà tout, un beau parleur qui avait juste besoin d'une base de repli et tant qu'à faire, d'un nid bien au chaud où pouvoir se planquer. Un coucou, en somme. Sans qu'elle lui demande quoi que ce soit, Scarlette lui en avait touché deux mots la veille après la fermeture. Puis elles étaient toutes les deux montées dans le salon pour boire une dernière tisane à la bergamote, après quoi elles allumèrent la télé pour visionner assises côte à côte sur le canapé une comédie sentimentale avec Hugh Grant et Julia Roberts dans les rôles principaux. Elles rirent beaucoup à certains moments. Un peu moins à d'autres. Elles croquaient des carrés de chocolat noir.

Dans le même temps, Scarlette se concentrait sur l'état de ses ongles. Le vernis s'était écaillé par endroits, la faute à tous ces produits d'entretien. Elle attrapa sous la table un flacon de dissolvant et se mit à la tâche. Le vent frappait contre les volets et on entendait déjà les vagues se fracasser sur le quai.

— Cette tempête ne finira donc jamais, lâcha Scarlette à voix basse, presque lugubre. J'en ai connu une qui a duré presque trois semaines. C'était en 1986 ou 87, je ne sais plus. On a bien cru qu'on n'en sortirait jamais.

Après les pubs, Hugh Grant réapparut sur l'écran, plus charmeur que jamais. Scarlette le considérait comme l'homme le plus sexy du monde et à chaque fois qu'elle le voyait dans un film, elle en frissonnait de plaisir. Elle avait l'impression de se revernir les ongles rien que pour lui.

— Quel bel homme !

— Je ne suis pas très connaisseuse en la matière, je vous l'ai déjà dit, mais je dois reconnaître qu'il est plutôt craquant.

— Vous ne savez vraiment pas ce que vous ratez, ma pauvre Phanie.

Sans qu'il y ait de raison précise, Scarlette était donc passée au tutoiement dès le lendemain de la façon la plus naturelle qui soit et Phanie ne s'en formalisa point. Elle prit sa douche, se sécha les cheveux et s'habilla comme à son habitude d'un jean et d'un gros pull. Le temps avait bien fraîchi depuis son arrivée, déjà quatre jours et seulement quatre jours. Elle revint à sa chambre, en vérité celle de Morgane, fit le lit avec soin et consulta ses messages. Les téléphones portables étaient devenus les poupées vaudoues des temps modernes. On y plantait des aiguilles par textos interposés, on accusait, on insultait, on menaçait, on jetait des sorts. C'était bien sûr affligeant, mais c'était ainsi. De toute évidence, Vanessa n'avait pas encore quitté l'appartement des Bahamas. Avec ce qui s'apparentait désormais à du dégoût, Phanie l'imagina avachie, le nez sur sa tablette, un grand paquet de marshmallows de la même couleur que son jogging à portée de main. À présent, elle se demandait comment elle avait pu se fourvoyer dans une relation aussi lamentable, ça la rendait malade. Et puis elle tenta d'oublier, au moins pour un moment, ses histoires de cœur, de cul et de taf. Qu'ils aillent au diable, tous autant qu'ils étaient, que le vent les emporte au large à tout jamais. Elle fit quelques derniers étirements, rajusta ses lunettes et descendit au bar. Non, elle n'avait aucune envie de revenir en France, comme ils le disaient si bien ici.

Il semblait que les clients commençaient à s'habituer à la nouvelle configuration des lieux depuis que la vitrine avait été remplacée par des grands panneaux de bois. Le décor, ils s'en moquaient bien, ils ne venaient pas chez Scarlette pour ça. Ils commandaient une bière ou un café, un paquet de Camel et un ticket de grattage, dépliaient sur une table ou sur le comptoir les journaux locaux de la semaine précédente qu'ils lisaient à la lueur artificielle des lampes. Depuis que les liaisons avaient été interrompues, il n'y avait que la télé pour donner des informations. Les gros titres étaient bien sûr consacrés à la tempête Félicité, qui laissait derrière elle un cortège de désolation et n'avait aucune intention de s'arrêter là. Les journalistes la surnommaient déjà la tempête du siècle. Des arbres avaient été arrachés, des routes coupées, des secteurs entiers étaient privés d'électricité, on déplorait des blessés ainsi qu'un mort, victime de la chute d'un pylône, du côté de Quimper. À la pointe du Raz, certaines rafales de vent avaient dépassé les cent quarante kilomètres à l'heure et des navires au large se trouvaient en difficulté. Depuis vingt-quatre heures, on était sans nouvelles d'un chalutier de Concarneau.

Un reportage illustré par des images prises depuis un hélicoptère était entièrement consacré à l'île des Maures. Coupée du monde ! Tel était le commentaire du présentateur, qui ne craignait pas de faire pleurer dans les chaumières. On redoutait des risques de submersion totale, on remettait sur le tapis la question de la montée des eaux suite aux changements climatiques, un député envisageait avec des intonations de croque-mort l'abandon définitif et l'évacuation de tous les habitants de l'île dans un futur proche.

— De quoi il se mêle, cet abruti ? lança Scarlette.

Désappointés, les clients regardaient défiler les images sur l'écran. Certes, elles étaient spectaculaires et parfois magnifiques, mais ils se voyaient comme des micro-organismes marinant dans leur jus à travers l'œil d'un microscope, au vu et au su de n'importe quel voyeur devant sa télé. Ils se sentaient épiés, surveillés, surpris dans leur malheur, trahis dans leur pudeur.

— Bientôt, ils viendront nous filmer dans les chiottes, ces foutus salopards !

C'est Brigitte la postière qui râlait ainsi devant son chocolat chaud, le cœur lourd et la fierté égratignée. Les autres se contentèrent de l'approuver soit par un hochement de tête, soit par un grognement sourd.

Pour l'instant, le ravitaillement ne posait pas de problème, on était habitué à faire des réserves, mais Scarlette voyait son stock de cigarettes fondre comme beurre au soleil, et si les accros n'avaient plus leur dose de nicotine, ça risquait de faire du grabuge dans les parages, prédit-elle par expérience, aussi mit-elle en place un système de rationnement. Pas plus d'un paquet par jour et par personne. À la pharmacie, c'était un peu pareil concernant les anxiolytiques et les stimulants sexuels pour hommes. L'une comme l'autre, la débitante et madame Deslauriers, la patronne de l'officine, surnommée Marie Louzou, avaient de sérieuses raisons de s'inquiéter. Elles tiendraient une semaine, guère plus, et préféraient pour l'heure garder cette information dans la plus stricte confidentialité. À la supérette, c'est le chocolat et le papier toilette qui allaient bientôt manquer.

Au final, dehors comme dedans, c'était un peu pareil. Les âmes chaloupaient, les respirations étaient lourdes. On était silencieux, ce matin, on maugréait plus qu'on ne parlait et même le juke-box s'était tu. Scarlette n'avait pas le cœur au badinage, elle servait des paquets de cigarettes et des tickets à gratter, encaissait, passait machinalement un coup d'éponge sur l'antique comptoir de zinc qui n'en avait nul besoin. Désœuvrée, Phanie attrapa un torchon et essuya verres, tasses, cuillères, gobelets et tout ce qui se trouvait à sa portée. Elle ne souriait aux clients qu'avec retenue et parcimonie, de crainte de trancher trop brutalement avec l'atmosphère ambiante qui, c'est le moins qu'on puisse dire, n'était pas à la fête. Ni au chagrin d'ailleurs, mais plutôt à une sourde appréhension, presque au recueillement. Les prévisions météo n'étaient guère encourageantes et les grandes marées arrivaient. On attendait un coefficient de 111 dans la soirée.

Baptiste

Je me suis remis à fumer. L'air est trop pur sur cette île, trop vivifiant, trop riche, il faut compenser par un peu de goudron, sinon on serait vite enclin à croire que la vie se boit comme du petit-lait. Pas grand-chose à faire. Se balader, ça va un moment, surtout sous un tel déluge. Rester bouquiner au sec dans ma chambre au premier étage de l'hôtel du Grand Monarque, c'est pareil, ça n'a qu'un temps. La trompette ? Laisse tomber. Quand ça ne veut pas, ça ne veut pas. Picoler au bar de la Falaise, l'idée est déjà plus excitante. La patronne ne me déplaît pas. Sans forfanterie, j'irais même jusqu'à penser que j'ai un ticket avec elle. Des sourires en coin, des regards soutenus. Pas touché une femme depuis des mois, des années, depuis Lulu en fait. Quitte à se remettre à fumer, autant se remettre à baiser dans la foulée, tant qu'à faire. Pourquoi pas. Ça me changerait les idées et un peu d'exercice n'a jamais fait de mal à personne. On dit même que c'est bon pour le cœur.

Esmeralda me fatigue, je ferme le bouquin de Victor Hugo, le repose sur la table de nuit et file à la salle de bains jeter un œil à ma tronche. Pas de quoi pavoiser.

Si je me rasais, je rajeunirais d'au moins dix ans. Disons plutôt cinq. Donc, je me rase. En douceur et en prenant mon temps. Une fois la corvée accomplie, je me tartine les joues d'un après-rasage parfumé à la lavande. Cadeau de mes filles. Je m'habille chaudement. Mes chaussures de randonnée sont toujours un peu humides, mais je n'ai rien d'autre à me mettre aux pieds. Par prudence, j'enfile deux paires de chaussettes. J'étais parti pour juste quelques jours et me voilà coincé sur cette île pour une période indéterminée, assigné à résidence en quelque sorte, consigné, confiné, puni pour ainsi dire. Que faire, nom d'un chien ? Que faire ? Pas même un cinoche de patronage, juste ce petit écran scellé sur le mur qui radote les mêmes histoires du matin au soir. Une chaîne d'info en continu me montre peu ou prou ce que je vois de ma fenêtre. La tempête, la tempête, la tempête. Merci les filles ! Chouette idée de m'avoir offert ce séjour inoubliable dans une île paradisiaque. Le tiaré sent le goémon pourri et les vahinés déambulent sous leur gros manteau noir en baissant la tête pour éviter les flaques.

Même s'il ne l'est pas, l'hôtel me paraît sinistre. Au dîner, on n'entend que le tic-tac lugubre d'une grande horloge rustique et le cliquètement des fourchettes ponctués des horripilants « Ça a été ? » de la mère Armande quand elle dessert les plats. Cela dit, leur cuisine est bien appétissante et donc, oui, en effet, ça a été, merci, lui dis-je en me tapotant le ventre, ce qui a l'air de la ravir. Insidieusement, je prends du lard. La petite joggeuse aux lunettes rouges qui occupait la chambre à l'autre bout du couloir a pris ses cliques et ses claques et s'est installée au bar de la Falaise, c'est du moins ce qu'elle m'a dit quand je l'ai croisée hier dans l'après-midi avec ses sacs. Pas mon genre mais mignonne. Une bonne tête bien qu'elle soit flic, à ce que j'ai entendu. Trop jeune de toute façon, n'y pensons plus. Ne reste que ce couple dans la chambre voisine, que je ne vois jamais, sinon au restaurant, mais que j'entends, et pas qu'un peu, ou plutôt que j'entendais, car il me semble que leurs ardeurs se sont calmées, comme si la tempête leur avait coupé la chique. Un couple illégitime, ma main au feu, venu ici pour s'envoyer en l'air du matin au soir avant de se rendre compte que la vie, c'est un peu plus compliqué que ça, mes petits agneaux, et parfois moins rigolo qu'une bonne partie de jambes en l'air. Au début, je les enviais, et puis non, finalement, mille fois non. Eux aussi sont piégés dans la nasse. J'imagine le scénario. Le type a dû raconter à sa légitime épouse qu'il partait trois jours pour un séminaire à Rennes ou à Paris, quelque chose dans le genre, et le voilà coincé sur cette île à cause d'un ouragan avec une jeune attachée commerciale de sa boîte qu'il avait juste envie de se taper le temps d'un petit week-end. Va expliquer ça à une honnête mère de famille. Je ricane, je ricane, mais ce n'est pas drôle. Pas drôle pour un sou. On ne les entend plus, sinon chuchoter, le plus souvent au téléphone, ils rasent les murs, ils ruminent à deux et chacun de leur côté leur infinie solitude. Et alors ? Moi aussi, je suis seul, seul à bouffer de la poussière, seul à lécher les plinthes de ma chambre et je n'en fais pas toute une histoire pour autant.

Si j'allais boire un verre chez la mère Scarlette, je tomberais à coup sûr sur Pierrot la Lanterne, le gardien de phare, ou sur madame Solange, sacrée numéro elle aussi. Je ne serais pas étonné s'il y avait anguille sous roche entre ces deux-là même si tout les oppose, et pas seulement physiquement. Ce ne sont pas mes affaires, mais quoi qu'il en soit, on rigole auprès d'eux. On rigole et on picole. Ce sont des gens qui savent danser sous la pluie. Ils ne sont pas si nombreux qu'on croit.

Justement, voici le retour de la pluie, une pluie bien grasse, bien épaisse, qui tombe comme au travers d'une passoire juste au moment où je mets le nez dehors alors que j'étais décidé à faire un tour du bourg, en touriste aguerri. Coup de chance ou coup de grâce, l'église est ouverte, non que j'aie une quelconque appétence pour les choses de l'au-delà, et d'ailleurs j'ai grassement eu mon compte lors de mon périple avec Lulu, mais enfin, il n'y pleut pas, c'est toujours ça de gagné. Je soulève le loquet du portail, entre et referme après moi. Pas un chat mais un moineau, qui s'est laissé enfermer, lui aussi, et qui virevolte tout affolé comme un papillon de nuit contre une vitre éclairée. Pour seule lumière, les cierges allumés à un candélabre posté devant la statue d'une Sainte Vierge en robe d'apparat, coiffée d'une couronne et portant contre son sein un petit Jésus qui ressemble davantage à un élève de CM2 qu'à un chérubin.

Les grandes dalles de schiste du parterre sont mouillées et l'humidité suinte de partout. Le bas des piliers est recouvert d'une mousse verdâtre exhalant une odeur de fin fond marécageux. Derrière l'autel, il y a un grand retable qui mériterait restauration. Les dorures s'effritent. Les bois se fendent. C'est une église de pauvres. Je m'assois sur un banc du premier rang, face à la statue de Notre-Dame des Maures, me penche en arrière pour admirer le plafond de la nef. De la voûte peinte en bleu ciel avec des étoiles pendent au bout d'une cordelette trois grandes maquettes de bateaux à voile datant sans doute de la fin du XIXe siècle ou du début du XXe. Ils oscillent très légèrement, poussés par un courant d'air qui se faufile à travers le carreau brisé d'un vitrail. Dehors, la grande kermesse des nuages et des vagues bat son plein, mais d'ici, on n'entend qu'un brouhaha confus, comme de l'intérieur d'un caisson. C'est très étrange.

Bousculé par le froid, je me relève laborieusement. À ma gauche, la statue de Jeanne d'Arc, celle qu'on voit partout, s'accrochant à son drapeau comme à un mât en pleine tempête et levant béatement les yeux au ciel. Derrière la statue, un grand panneau de bois où est inscrite en lettres stylisées la liste des disparus en mer depuis 1840, avec leur âge, leur nom, celui de leur unité. J'en lis quelques-uns au hasard. Joseph Laot, 14 ans, goélette la *Belle-Angèle*, disparu le 6 novembre 1921 au large de Terre-Neuve. Clet Quillivéré, 21 ans, goélette le *Saint-François*, disparu le 14 février 1919 en mer d'Irlande. Gaston Pochard, 31 ans, cuirassé *Provence*, disparu lors du bombardement de Mers el-Kébir, le 3 juillet 1940. La liste semble interminable. Ils avaient sans doute embarqué le cœur vaillant, leurs mères leur avaient préparé quelques dernières gourmandises qu'elles avaient glissées dans leur valise, leurs fiancées leur avaient soufflé du quai un dernier baiser, et puis voilà, terminé, disparus, happés par le bas, dévorés tout cru par le grand silence des mers froides, effacés de la grande tribu des vivants. Un trou dans l'eau, une plongée dans les abysses, une mise en bouche pour les requins. Pas de corps à embaumer, aucun œil à fermer, aucune tombe sur laquelle verser des larmes et se souvenir, rien qu'un nom parmi une ribambelle d'autres noms. Au pied du panneau, une couronne de fleurs artificielles. Je fouille dans mes poches, trouve une pièce de deux euros, le prix demandé pour un cierge, et la glisse dans le tronc métallique prévu à cet effet. Le bruit de ma pièce s'écrasant au fond résonne d'un tintement caverneux dans toute l'église. Plop ! J'allume le cierge à l'aide d'une allumette, mais la boîte est humide et je dois m'y reprendre à plusieurs fois avant de voir une flamme apparaître. C'est une grosse boîte, comme celle que j'ai vue chez Pierrot. À cet instant, je pense à Lulu. On ne pouvait pas entrer dans une église sans qu'elle allume un cierge et qu'elle s'agenouille au pied de la première statue venue pour se lancer dans une prière qu'elle marmonnait d'une voix blanche. La mèche grésille un instant, puis la flamme se dresse et vacille, chahutée par un capricieux courant d'air venu du vitrail éborgné et pour la somme de deux euros je pense à elle, ma disparue, ma chère disparue.

Un bruit soudain derrière moi, la porte qui s'ouvre, une femme me surprenant en flagrant délit de recueillement. Signes de tête discrets, presque embarrassés. On n'entre pas impunément dans une église, surtout quand on est seul. Je crois l'avoir déjà vue quelque part, à la supérette ou au bistrot, non, plutôt à la supérette, elle n'a pas une tête à fréquenter les comptoirs. Ou peut-être tout simplement dans la rue. Sur cette petite île, on finit par croiser les mêmes silhouettes, c'est inévitable. D'une flexion rapide, elle pose un seul genou sur la dalle humide face à l'autel et se fend d'un signe de croix avant de se relever. Je recule de quelques pas tout en l'observant de biais. Des cheveux noirs et très lisses, un visage trop pâle, recouvert de fond de teint j'imagine, une bouche exagérément rouge, une tenue austère, tout en noir, les collants, les chaussures, le manteau, les gants. Jolie personne cependant, mais le regard est sévère. Le genre de femme à ne prendre qu'avec des pincettes. Elle s'assoit sur le banc où j'étais à l'instant, ferme les yeux et prie, les deux mains enchevêtrées contre sa poitrine. Autant la laisser tranquille, et puis c'est une vraie glacière, cette église. Je me dirige vers la sortie, lentement, tâchant de faire le moins de bruit possible. Mes semelles semblent vouloir coller au schiste.

— C'est vous, le musicien ?

Interdit, je me fige. Voilà que j'entends des voix, comme la Jeanne d'Arc et ses moutons. J'ai l'impression qu'on m'appelle depuis l'au-delà.

— C'est à moi que vous parlez ?

— À qui d'autre croyez-vous ? À la Sainte Vierge ? Elle n'a jamais soufflé dans une trompette, me semble-t-il. Vous, si.

— Comment le savez-vous ?

— Mon métier est de tout savoir, dit-elle en se fendant d'un sourire. Je suis le médecin de l'île. Marina Ceaușescu.

Je m'approche d'elle à petits pas. Elle ôte ses gants et me tend la main. Très froide, sa main. Les doigts un peu rêches aussi, comme le reste. Elle a un accent bizarre, des *r* plein la bouche qui résonnent dans toute l'église. Marrrrrina…

— Enchanté. Baptiste.

— Je sais, oui. Baptiste Kerdéniel. Vous ne m'êtes pas inconnu. J'ai écouté vos disques, savez-vous.

— C'est du passé.

— C'est vous qui le dites. Je vous ai surpris l'autre jour du côté du phare. Entendre l'*Ave Maria* de Schubert à la pointe de Castel-Coz, admettez que ce n'est pas commun, même s'il n'y avait que les mouettes et les bigorneaux à vous écouter. Et moi, qui passais par hasard. Permettez-moi de vous dire que c'était splendide. Un tel talent ne passe pas inaperçu. Vous vous êtes déjà produit dans une église ?

— Euh… oui, ça m'est arrivé. Il y a longtemps… très longtemps. Pourquoi ?

— Je joue de l'orgue à mes heures perdues. Je ne vais pas vous apprendre que la trompette se marie très bien avec l'orgue. Il y a ici un vieux bastringue du XIXe siècle qu'il faudrait restaurer. J'ai appris qu'il a été offert par la reine Victoria en personne pour remercier les habitants venus au secours de l'équipage d'un navire de Sa Majesté qui s'était brisé en 1899 contre les rochers de la pointe du Dragon. Ils avaient accueilli en leur cimetière les victimes du naufrage. Les soufflets sont poussifs, je vous l'accorde, la tuyauterie laisse à désirer, mais le clavier fonctionne encore et on arrive à en tirer des sons potables. Qu'en pensez-vous ?

— Pardon, je ne vous suis pas.

— Vous m'avez très bien comprise. Ça ne coûte rien d'essayer, n'est-ce pas ? Vingt heures, ça vous irait ?

— Je…

— Disons vingt heures trente, alors. Après le souper. Parfait. N'oubliez pas vos partitions. À ce soir, Baptiste. Ravie de vous avoir rencontré, vraiment ravie.

Puis elle tourne les talons, me laissant Gros-Jean comme devant. J'attends un peu avant de sortir à mon tour et d'affronter l'extérieur. C'est comme si j'étais soudain projeté dans le tambour d'une machine à laver.

Morgane

Ils avaient quitté Nantes aux alentours de dix-huit heures, au moment même où la circulation était la plus dense. Sur la rocade, les voitures empêchées par la pluie ne roulaient pas au-delà de quarante kilomètres à l'heure. Les remorques des poids lourds étaient ballottées par le vent et leurs roues lançaient de chaque côté de grandes gerbes d'eau. On n'y voyait pas grand-chose, sinon les éclats rouges des clignotants et des feux de freinage qui éclaboussaient le pare-brise.

— Ma sœur est bien gentille, dit Souleymane, mais faudra qu'elle pense à changer ses essuie-glaces.

Morgane se rongea un ongle. Souleymane le remarqua pour la première fois. Il lui tendit son paquet de chewing-gums. D'abord, elle refusa, puis elle accepta.

— Purée, ça n'avance pas ! Je n'en peux déjà plus.

— Tu as ton permis ? lui demanda-t-il avec l'idée d'embrayer vers une autre conversation.

Elle haussa les épaules.

— Pas besoin. À quoi cela me servirait-il aux Maures ?

— Comment vous vous déplacez, alors ?

— À mobylette, le plus souvent. Sinon à vélo ou tout simplement à pied. L'île ne fait qu'une dizaine de kilomètres d'est en ouest et les seuls embouteillages que je connaisse, c'est dans le bistrot de ma mère, à l'heure de l'apéro.

Il gardait sa main sur le levier de vitesse, n'osait la poser sur le genou de Morgane. C'était compliqué, avec les filles. Parfois, on pouvait les déshabiller en un rien de temps sans qu'elles fassent de chichis, à d'autres moments, le moindre geste de travers pouvait être interprété au mieux comme une balourdise, au pire comme une goujaterie. Et Souleymane, qui avait connu comme tout un chacun son lot de déboires et de déconvenues, était un garçon timide et souvent anxieux. Il s'était laissé embarquer dans cette histoire abracadabrantesque sans même avoir eu le temps de dire ouf et il lui était bien sûr impossible de faire maintenant marche arrière. Certes, il reconnaissait que c'était de son fait, l'imbécile. Il lui avait proposé de la conduire jusqu'au bout du monde si tel était son désir, mais ce n'était qu'une basse manœuvre de séduction. De plus, il était quasiment certain qu'elle aurait décliné l'offre et renoncé à ce projet ahurissant. Elle était où, sa putain d'île ? Au bout du monde. Mais de quel monde parlait-elle ? Traverser la Bretagne sous ce temps calamiteux dans l'espoir de trouver une embarcation de fortune demain dès l'aube, à l'heure où blanchit la campagne, comme elle le lui avait suggéré avec un brin de dérision, c'était pure folie. D'ailleurs, il y avait chez cette fille un grain un peu inquiétant. Oui, un grain. Mais elle lui plaisait tellement. Jamais une fille ne lui avait fait autant d'effet, jamais une fille ne s'était offerte à lui de cette façon. C'est comme s'il s'était fait dépuceler une seconde fois. C'était aussi la première fois de sa vie qu'il tombait amoureux. Enfin, il n'en était pas vraiment certain. Ce n'était qu'un mot, galvaudé de toute manière. Inutile de se prendre le chou. Mais tout au long de son exposé sur les rapports de Chateaubriand avec la matière celtique, mené d'ailleurs avec un étonnant brio, pour preuve les applaudissements dont elle fut la première surprise, il n'avait cessé de bander sous son pupitre. Bon ou mauvais, c'était sans doute un signe. Il soupira.

— Pourquoi tu soupires comme ça ?

— Pour rien. C'est la circulation, suis fatigué.

Elle s'esclaffa et posa sa main sur la sienne elle-même arrimée au levier de vitesse.

— La faute à qui ? Tu n'avais qu'à mieux dormir la nuit dernière plutôt que...

Il se tourna vers elle, esquissa une grimace qui se voulait sourire.

— Plutôt que quoi ?

Elle ignorait que les Noirs pouvaient rougir aussi. À moins que ce ne fussent simplement les feux de freinage de la voiture de devant qui se reflétaient sur son visage. Elle rougit à son tour.

Une fois sur la voie express, le trafic se fit plus fluide, mais il était difficile d'accélérer vraiment. La nuit commençait à tomber et la pluie inondait le bitume. Ils avaient parfois l'impression de rouler sur un lac. C'était la Twingo de sa sœur et Souleymane tenait à être prudent, d'autant plus qu'il lui avait raconté des bobards pour pouvoir la lui emprunter, une histoire de rendez-vous à Rennes pour un entretien, pas vraiment un entretien, mais comment dire ? Une fille ? lui avait demandé sa sœur d'une mimique taquine. Oui, c'est ça, une fille, je t'expliquerai. Il se sentait nerveux, encore excité par la nuit qu'il venait de passer et en même temps étreint d'une sourde angoisse qu'il avait du mal à gommer. Tout bouillonnait à l'intérieur. Morgane sommeillait à ses côtés, ou faisait semblant, la tête penchée contre la vitre droite. Il aurait préféré qu'elle le soit sur son épaule, cela l'aurait peut-être rassuré. Était-elle amoureuse, elle aussi ? Avec les filles, c'était toujours compliqué, on ne savait jamais vraiment ce qu'elles avaient dans la tête. Il mit la radio en sourdine sur une station locale. Du rap, encore du rap, toujours du rap. Souleymane était bassiste dans un groupe qui s'appelait The Breizh Warriors et qui ne jouait que du reggae. Du dub, plus précisément. Maintenant que l'ordre des choses était un peu bouleversé, il lui faudrait hiérarchiser ses priorités. Morgane, la musique, les études. La musique, les études, Morgane. Les études, Morgane, la musique. Pas simple.

Ils s'arrêtèrent dans une station-service aux environs de Lorient. Elle avait envie de faire pipi, lui aussi. En outre il n'était pas contre l'idée de croquer dans un sandwich et de s'avaler un café. La route l'avait stressé, il avait besoin d'une pause. D'accord, mais vite fait, avait-elle concédé après avoir posé un bref baiser sur sa bouche.

Sortis des toilettes chacun à leur tour, ils s'assirent l'un en face de l'autre sur des tabourets autour d'une haute table ronde en aluminium qui laissait à peine de place pour poser deux gobelets et deux sandwichs. La lumière des néons ne les mettait pas en valeur. Ils avaient tous deux les traits tirés, le cheveu mouillé, des cernes sous les yeux. Ils mangeaient en silence, à grands coups de mâchoire, sans s'adresser un seul regard. Finalement, Souleymane se décida.

— C'est quoi ton plan, au juste ?

Morgane mit un certain temps avant de déglutir, avala une gorgée de café pour se rincer la gorge, leva la tête vers lui. Même sous cette lumière agressive et avec cette tronche de cocker, elle le trouvait diablement désirable. Pas seulement sexy, tous les bassistes de reggae sont sexy, pensa-t-elle, mais tout simplement beau, tendrement beau, miraculeusement beau, et elle savait qu'elle paierait cher le jour où cette aventure prendrait fin. Elle s'en apitoyait déjà.

— J'espère que tu n'as pas le mal de mer.

— Comment ça ? Tu veux vraiment m'emmener sur un rafiot ?

— Écoute, tu verras bien. On n'a pas le choix de toute façon. Allez, faut qu'on file.

Ils firent le plein, se disputèrent pour payer, mais Morgane dégaina sa carte de crédit la première. Il leur restait deux heures de route au minimum avant d'arriver à destination. De temps en temps, le téléphone de Morgane bipait et elle envoyait aussitôt un texto en retour sans lui donner davantage d'explications. Il la sentait nerveuse, tendue, elle l'était. Lui aussi. Ils firent une autre pause-pipi sur une aire de repos déserte, en profitèrent pour se bécoter un peu avant de repartir, mais les choses dégénérèrent en une fraction de seconde. Pulls arrachés, soutien-gorge dégrafé, braguette déboutonnée, glissements de fermetures Eclair, pantalons descendus aux genoux, ils firent l'amour dans une confusion totale et une précipitation avide, se ruèrent l'un sur l'autre, l'un contre l'autre, l'un dans l'autre, autant que le leur permettait l'exiguïté de la petite Twingo tandis que la pluie tambourinait sur la carrosserie comme pour accompagner en musique cette danse barbare. D'ailleurs, pouvait-on réellement parler de scène d'amour ? Quelqu'un serait passé par là qu'il aurait davantage pensé à deux lutteurs revanchards plutôt qu'à un couple de tourtereaux se livrant à d'aimables cajoleries. Morgane avait joui, des gouttes de sueur perlaient sur son visage. Lui aussi. Ils se reboutonnèrent sans un mot, le souffle court, s'essuyèrent sommairement à l'aide de mouchoirs en papier. Souleymane remit le contact et se racla la gorge.

— Ça va ? demanda-t-il un peu gauchement avant d'enclencher la première.

Elle se contenta de hocher la tête, un sourire un peu béat aux lèvres. Qu'il ne compte pas sur elle pour lui faire avouer que c'était la première fois que le plaisir l'avait surprise de façon aussi violente. Son ventre en frissonnait encore, en même temps qu'une vague apaisante envahissait lentement son cerveau et tout le reste de son corps. Un authentique orgasme. Dieu du ciel, se dit-elle en elle-même, c'est quand même quelque chose ! Elle posa une main un peu mollassonne sur la cuisse du jeune homme.

Il était à peu près vingt-deux heures trente quand ils arrivèrent à destination. Une fois sortis de l'autoroute, le GPS de Morgane les avait trimballés pendant une bonne demi-heure par des petites routes qui n'en finissaient pas. Les ronds-points succédaient aux ronds-points, la

Twingo tanguait d'un bord à l'autre. Puis les routes devinrent plus étroites, plus sinueuses, cahoteuses la plupart du temps. Les essuie-glaces faisaient ce qu'ils pouvaient, mais hélas, ils n'y pouvaient pas grand-chose. Régulièrement, Souleymane jetait des regards inquiets vers sa compagne, l'air de lui demander tu es sûre que c'est par là, tu es sûre que tu sais où on va, dis-moi, sois franche, tu en es vraiment sûre et certaine, mais il préférait se taire, les deux mains solidement cramponnées à son volant en suivant les indications parfois confuses et contradictoires de Morgane. Punaise, dans quelle galère s'était-il encore fourré ? Ils arrivèrent en haut d'une colline.

— La mer !

Souleymane sursauta. Toute à son excitation, elle avait presque hurlé. Devant lui, il ne devinait à travers la faible lueur de ses phares qu'une masse noire striée de pluie, un gouffre de ténèbres seulement pointillé çà et là de quelques lumières rouges qui clignotaient à l'horizon, tout là-bas quelque part au bout de tout. La Twingo descendit prudemment la colline par une série de lacets pour arriver à une autre route qui cette fois-ci longeait une sorte de plage. Des vagues se cognaient violemment contre la paroi rocheuse du trait de côte avant de se déployer en de vastes gerbes écumeuses qui s'écrasaient sur la route et par la même occasion sur la pauvre Twingo qui n'avait jamais pris une telle douche de sa carrière. Cette fille est folle, pensa Souleymane, complètement barge !

— Prends par là, à gauche !

— Peux-tu me dire enfin où on va ?

— À gauche, je te dis, à gauche ! Ma parole, tu ne sais plus distinguer ta droite de ta gauche. Concentre-toi un peu !

Au bout d'une route blanchie de flocons d'écume que le vent s'amusait à bousculer, ils aperçurent un petit village, quelques réverbères allumés, des maisons aux volets clos regroupées devant la mer et plus loin encore un établissement aux lumières allumées, qui semblait être un restaurant ou un bar ou peut-être même un hôtel. Épuisé et vaincu, Souleymane ne rêvait à présent que d'un lit, un grand lit avec des draps frais. D'une douche aussi, une douche bien chaude. Et puis d'une bière, pourquoi pas, avec une grande assiettée de frites faites maison.

Il gara la Twingo sur un terre-plein, éteignit les phares et le moteur. L'obscurité n'était pas totale. Il y avait la lumière de ces deux réverbères qui éclairaient très modestement le parking et, de temps à autre, une grosse lune orangée arrivait à montrer sa bouille toute ronde à travers la masse noire des nuages qui galopaient en tous sens comme un troupeau de bisons devenus fous furieux. Ils se turent un instant, observèrent la mer déchaînée, le harcèlement de la houle, le grondement des vagues bien décidées à annoncer la fin du monde sans grand risque d'erreur. Morgane se tourna vers lui.

— Merci, Souleymane. Tu es un ange. Non, tu es un dieu.

— N'en faites pas trop, jeune fille.

— Souleymane…

— Oui ?

— Tu gardes ça pour toi, mais je crois…

— Tu crois quoi ?

Elle se rongea l'ongle du pouce droit. Il tapota des deux mains sur son volant.

— Non, rien. Laisse tomber. On y va. Je vais te présenter à un loup de mer, un vrai. Ou plutôt une louve.

Scarlette

Les choses ont vraiment commencé à se gâter le vendredi en fin d'après-midi, à l'heure de la marée montante. Un sale pressentiment m'a saisie par l'épaule. J'ai pensé à ma maison et à mon commerce, à mon entêtée de fille, portrait craché de sa grand-mère, qui s'était mis en tête de vouloir nous rejoindre, va savoir comment. À la nage, peut-être ? Et puis j'ai fini par avoir peur pour l'île des Maures tout entière puisqu'il fallait bien qu'elle disparaisse un jour ou l'autre depuis que les malédictions venues de la nuit des temps nous le rabâchaient. On avait bien espéré une accalmie sur les coups de midi, la houle paraissait moins forte, le vent plus clément, quelques brefs rayons de soleil avaient même réussi à se frayer un passage au milieu de la tourmente, mais ce qui nous attendait au tournant était bien plus redoutable. On pensait avoir déjà payé notre tribut, et plutôt deux fois qu'une, cash en plus, mais le ciel tenait visiblement à rajouter une couche, à peaufiner le travail. On se sentait punis comme du temps du père Guichaoua, qui promettait tous les dimanches la damnation éternelle à ceux qui ne filaient pas droit.

L'atmosphère se refroidissait, on avait été obligés de se rajouter une laine sur le dos. J'ai prêté un de mes châles à Phanie. Elle avait entrepris de nettoyer l'un après l'autre tous les trophées et toutes les coupes de ma collection, ceux et celles des tournois de pétanque, des concours de dominos ou de belote, des régates, des records à la godille, de l'élection de Miss Maures du temps de sa splendeur, une soixantaine de pièces en tout, parfaitement rangées et mises en valeur sur les étagères au-dessus du juke-box, mais c'est vrai qu'elles avaient perdu de leur lustre d'antan. La poussière s'était accumulée, figée par la fumée des cigarettes, encalminée par le salpêtre des embruns.

Phanie, qui n'avait rien trouvé de mieux à faire, ce qui n'était guère étonnant par ce temps, prétendait que cette occupation la relaxait. Pas la peine de réfléchir, disait-elle, il suffisait de frotter, de frotter et encore de frotter. Et puis ça lui rappelait le service en argenterie de sa grand-mère qui datait de son premier mariage. À ta guise, ma belle, mais m'était plutôt avis qu'elle cherchait un moyen de penser à autre chose. Je n'ai pas posé de questions, j'avais assez de tracas de mon côté. Pendant qu'elle s'escrimait avec son Miror et ses chiffons, je faisais mes comptes, écoutant en sourdine une vieille chanson de Jean-Michel Caradec, un gars de chez nous, disparu bien trop tôt.

Île
Tu es née de la pluie
De ma folie
Assaillie par les vagues...

... Ô le
Fille de l'infini
Narguant la mer
Narguant le ciel

Mes comptes : le tabac, les magazines, les articles de plage (épuisettes, pelles, seaux, râteaux, bouées...) et les cartes postales. Je n'en avais pas vendu une seule depuis des semaines, mais je devais les enregistrer, les classer par genre et les ranger dans le tiroir du bas en attendant la saison prochaine. Après réflexion, je les ai placées dans le tiroir du haut et maintenant que j'y repense, je dois admettre que j'ai eu le nez fin, vu ce qui s'est passé après. C'était toujours ça de sauvé.

À part Jean-Michel Caradec et nous deux, aussi actives et silencieuses que des novices dans un couvent d'ursulines, le bar était désert. J'attendais mon quatuor d'anciens pour la belote quotidienne d'après la sieste, signe qu'on entrait dans l'hiver. La pétanque, c'était bien sûr en été, mais la belote, c'était l'hiver, qui pour eux commençait le 2 novembre et s'achevait le 31 mars. Entre les deux, il y avait les dominos. Le dimanche et les jours fériés, c'était relâche. Leur table était prête. Un jeu de cartes, un tapis vert, deux cendriers et quatre verres ballons. Ces messieurs avaient leurs petites manies et j'avais intérêt à ne pas déroger à la règle sinon j'en prenais pour mon matricule. Depuis que l'affiche du transformateur avait disparu, ils s'en étaient retournés tout penauds vers leur table habituelle, celle du fond, d'où l'on ne voyait pas la mer. Celle-ci avait été en quelque sorte leur usine pendant presque toute une vie, ils n'avaient plus aucune raison de faire le pied de grue devant. Et dans cette mer, tout au fond, une bonne partie de leurs collègues avaient laissé leur peau et leurs os. Fallait les comprendre. De toute façon, depuis que Fabien avait obstrué la baie vitrée par des panneaux de bois, il n'y avait plus rien à voir. Que du bois, justement, en guise de cache-misère. Après tout, ce n'était pas plus mal.

Sans avoir fait d'études, ou si peu, ces vieux pêcheurs savaient parfaitement interpréter la course des nuages, l'orientation du vent, le sens des courants et le vol des sternes au ras de l'eau, et rien qu'à voir la grimace des mauvais jours qu'ils affichaient en s'essuyant les pieds sur le paillasson, j'ai tout de suite compris qu'on n'était pas au bout de nos peines. J'ai éteint le juke-box parce que la musique, ils ne supportaient pas, paraît que ça les déconcentrait, et j'ai posé le litron sur la table en m'abstenant de poser des questions, qui de toute façon n'auraient pas obtenu de réponses, juste un salut les gars, la tournée aux perdants comme d'habitude, appelez-moi dès que la marée sera basse.

Julien-Marie a coupé, Ifig a distribué, Hervé a rempli les verres et Marcel a lancé le jeu par un huit de trèfle jeté sur le tapis vert comme une bouteille à la mer. L'heure n'était plus aux bavardages et la musique, à présent, nous venait de l'extérieur, avec le vent comme chef d'orchestre qui nous jouait toutes voiles dehors la symphonie fantastique : cymbales, trompettes, grosse caisse et tout le bataclan. On attendait le final en serrant les fesses.

De son côté, Phanie continuait à lustrer les coupes des heureux gagnants comme si sa vie en dépendait.

Elle avait ses écouteurs sur ses oreilles et, tout en frottant, on la voyait faire des mimiques avec sa bouche, des balancements avec son cou. Elle dansait à l'intérieur de sa tête.

— Tu as embauché, à ce que je vois ? m'a demandé Julien-Marie au moment où j'ai débouché le deuxième litron.

— Une touriste de passage. Coincée comme les autres, elle s'ennuyait, la mignonne. Je lui ai trouvé de l'occupation. Une bien brave fille, ma foi.

— Tu as de drôles de fréquentations, Scarlette. Tu ne crois pas que c'est plutôt un flic que tu héberges sous ton toit ?

— Dans le lit de ta fille, paraît-il, a renchéri Marcel en même temps qu'il posait bruyamment un as de cœur sur le tapis.

Ifig a lancé un regard de biais vers Phanie, qui leur a lancé en retour un sourire ingénu. Il a ricané sous sa casquette :

— Le loup dans la bergerie.

— Un ton plus bas, vieux graillon. Je suis ici seul maître à bord et j'accueille qui je veux, quand je veux. Entendu ?

— C'est pas avec le père Quillivéré qu'on aurait vu une telle chose, pas vrai, les gars ?

— Laisse mon père là où il est, Ifig, et ferme-la. À moins que tu préfères que je raconte à tes petits copains avec qui ta fille est en train de fricoter en ce moment sur le continent.

— Atout pique. C'est à qui de commencer ? a demandé Julien-Marie, qui visiblement ne tenait pas à ce que la conversation dégénère vers de vieilles histoires mille fois ressassées.

On était tous un peu sur les nerfs et l'atmosphère commençait à chauffer. Julien-Marie n'était pas un imbécile, il savait que tous les habitants d'ici avaient plus ou moins quelque chose à se reprocher, hormis peut-être quelques bigotes, et encore. Nul n'était blanc. Des coucheries, des vols de casiers à homards, des médisances, des secrets de famille que le bon Dieu lui-même ne pouvait ni voir ni entendre. Le vieux confessionnal avait baissé sa grille depuis un bon bout de temps et tout bien réfléchi, il ne restait que le bistrot pour vider son sac. À voix basse, bien sûr, et en serrant les dents comme du temps du père Guichaoua, qui ne ratait jamais un sermon pour nous traiter de sauvages, de pilleurs d'épaves, de gens sans foi ni loi, de dégénérés, de naufrageurs et de consanguins, que tous les malheurs qui nous tombaient dessus, les tempêtes, les inondations, les sources taries, la maladie des moutons et celle qui emportait les chérubins, n'étaient que volonté divine et c'était bien fait pour nous. On avait eu que ce qu'on méritait. Ne nous attendaient que les portes de l'enfer ou, pour les moins coupables, de longues, de très longues, d'interminables années à errer dans les couloirs sombres et glacés du purgatoire, et les tempêtes en mer, à côté de ça, c'était pipi de chat et roupie de sansonnet, claironnait-il du haut de sa chaire.

On baissait la tête du temps du père Guichaoua, je me souviens encore de lui, quand j'étais gamine, on baissait la tête dès qu'on le croisait, les marins soulevaient leur casquette, l'église était pleine à craquer tous les dimanches, bien obligé, c'est lui qui faisait la loi, mais les temps avaient changé, le vieux prêtre s'était éteint d'un arrêt cardiaque, disait-on, alors qu'il rédigeait dans son presbytère le prochain sermon dominical sur le concept de la rédemption, alors que quelques langues de vipère prétendaient déjà que la jeune Française venue du continent, qu'il avait embauchée comme bonne à tout faire, n'y était pas pour rien. Bonne à tout faire, le cas de le dire, et bien trop gironde pour un homme qui avait l'âge de ses artères. Allait au marché avec une jupe si courte qu'on lui voyait les genoux. Et un de ces décolletés, Jésus Marie ! D'après les racontars, la petite bonne était repartie en pleurs le lendemain même de sa mort, par le bateau, avec tout son barda direction la première clinique venue, ne me demandez pas pourquoi, et puis on n'a plus jamais entendu parler d'elle. Les nouveaux curés qu'on nous a amenés par la suite allaient et venaient, ne restaient jamais plus d'une nuit, le temps d'une messe d'enterrement, ou d'un mariage, ce qui devenait de plus en plus rare, et le grand presbytère est resté à l'abandon durant de longues années avant que la mairie ne se résigne à en faire des logements sociaux, car telle était la loi de la République française, messieurs-dames, comme si on avait besoin d'elle pour se mêler de nos affaires. Quatre appartements de quatre-vingts mètres carrés, avec salle de bains, s'il vous plaît, et vue sur mer, tant qu'à faire.

Comme les deux équipes avaient gagné chacune leur partie à mille points, il leur a fallu attaquer la belle. Pas besoin de me faire un dessin, j'ai débouché un autre litron. Royal Menhir, c'était le seul que ces messieurs exigeaient. Royal Menhir, 12°5, du gros qui tache et qui lessive en même temps. Pas faute pourtant de leur avoir proposé autre chose. J'avais au fond de ma cave des bouteilles qui ressemblaient à du vin, plus fruité, plus goûtu, plus terroir en somme, j'en avais même en bio pour les touristes au palais délicat, ceux qui croisaient les jambes en terrasse et ne portaient pas de chaussettes dans leurs mocassins, mais ils n'en démordaient pas, mes vieux, c'était Royal Menhir sinon rien. Royal Menhir ou va te faire voir. Seulement, là aussi, le stock commençait à se réduire en peau de chagrin. Je risquais une mutinerie. J'ai jeté un œil rapide sur le baromètre. L'aiguille s'affaissait nettement sur le bas, comme un pouce retourné à l'envers. J'ai tapoté dessus pour vérifier s'il marchait encore. L'aiguille a légèrement tremblé avant de descendre encore de quelques millibars. Il fonctionnait toujours. L'air de rien, j'ai demandé dites-moi les gars, sans vouloir vous déranger dans vos atouts, la dernière fois que l'île a été isolée plusieurs jours de suite, c'était quand ?

— 1967, a déclaré Julien-Marie sur un ton qui n'aurait souffert aucune contestation.

— Février 1967 pour être précis, a renchéri Marcel, qui faisait équipe avec lui et ne voulait pas être en reste. Trois semaines et demie sans voir un seul navire nous ravitailler. Tu n'étais pas née, ma pauvre fille.

— Qu'est-ce que tu en sais, vieux schnock ?

Marcel était le seul barbu de la bande, une superbe barbe blanche de père Noël, qui lui donnait un air de vieux sage, de grand-père vénérable et respecté par tous et par toutes, mais il ne fallait pas se fier aux apparences. Contrairement aux trois autres, Marcel Couchouron n'avait jamais travaillé en mer, ni dans la pêche ni même dans la Marchande, mais s'était contenté d'une honorable carrière de notaire, ce qui lui avait permis d'amasser au fil des transactions immobilières un confortable matelas de billets et de ne pas se faire que des amis sur l'île. Retraité, il avait confié les clefs de son étude à sa fille, Géraldine, restée célibataire, mais il tenait à garder un œil sur les affaires de famille, qui pour la plupart étaient de vrais paniers de crabes. Je les tiens tous par les couilles, confiait-il à qui voulait l'entendre.

Phanie en avait presque fini avec mes coupes et mes trophées. Ils étaient maintenant si rutilants qu'on avait presque du mal à croire que ce n'était que du toc. On aurait presque cru, à s'y méprendre, que c'était d'authentiques pièces d'argenterie quand bien même il ne s'agissait que de piètres assemblages d'aluminium et de plastique, des gadgets de kermesse à quatre sous, pour la plupart cadeaux publicitaires des distributeurs de marques de boissons que personne ici ne buvait. Il y en avait qui dataient du temps de ma mère. Pschitt !, Vérigoud, Dubonnet, Cinzano. J'ai sorti le petit escabeau et on les a remis en place, sur les étagères au-dessus du juke-box, et là, c'est comme si un petit rayon de soleil était revenu d'un coup illuminer mon magasin. C'était Las Vegas ou peu s'en fallait, les Folies Bergère ou le Lido, on en avait plein les mirettes. Descendue de mon escabeau, je me suis reculée de quelques pas, histoire d'avoir une vue d'ensemble, et j'ai posé mon bras sur les épaules de Phanie en émettant un long sifflement.

— Alors là, mignonne, tu as fait fort ! Chapeau. Un coup de chiffon, un peu d'huile de coude et voilà mon petit bistrot transfiguré en palais des *Mille et Une Nuits* ! Comment je peux te remercier ? Dis-moi.

— Tu le fais déjà, Scarlette. C'est plutôt à moi de te remercier.

Elle a posé sa main sur la mienne, qui était déjà posée sur son épaule. Je l'aimais bien, cette petite. Elle avait ce je ne sais quoi de franc et de généreux. Je me suis retournée vers le quatuor à casquette qui arrivait au bout de la belle. À voir la tête de Marcel, on n'avait pas de doute quant à l'issue de la partie. Pourtant riche comme Crésus, il avait des oursins plein les poches.

— Hé, les gars, vous avez vu le travail ? Regardez-moi un peu ça.

On n'a reçu en retour que quatre grognements plus ou moins convaincants, suivis d'une cacophonie de pieds de chaise et de bottes en caoutchouc raclant le carrelage.

— Laisse tomber, ai-je dit à voix haute de manière à ce qu'ils m'entendent, inutile de donner de la confiture aux cochons. Ce sont des rustres, des culs-salés, ils savent pas ce qui est beau.

Marcel a sorti aux forceps son porte-monnaie. On sentait que ça lui faisait mal.

— Combien on te doit, la vieille taupe ?

Inutile de répondre, il connaissait parfaitement le prix des consommations. J'ai rendu la monnaie, il l'a recomptée pièce après pièce avant de hocher la tête en grimaçant.

— Tout va bien, j'ai dit. Pas d'embrouilles ?

L'instant d'après, Ifig s'est approché de moi en prenant un air de conspirateur et m'a chuchoté à l'oreille :

— Encore un mot sur ma fille et je te jure sur la tête de feu ma pauvre mère que la prochaine fois que la tienne revient sur l'île…

Il n'a pas pu finir sa phrase. La porte s'est ouverte à ce moment-là, laissant s'engouffrer une sorte de chasse d'air un peu comme il y a des chasses d'eau. On venait de libérer un chien méchant soudain détaché de ses chaînes et prêt à sauter au cou du premier venu pour l'égorger.

— La porte ! ai-je hurlé avant de m'apercevoir aussitôt que j'avais peut-être crié un peu trop fort.

Le gars s'y est pris à deux mains pour réussir à la refermer. C'était ce fameux musicien, toujours armé à son bras gauche de son étui à trompette. Il s'est tourné vers nous en arborant un sourire un peu niais pour s'excuser gauchement, mais pas si niais que ça, en fin de compte, non, pas niais du tout, même.

— Si c'est pour venir nous faire la sonnerie aux morts, ai-je dit en rigolant, c'est pas la peine ! Ça ne devrait pas tarder, mais désolé, c'est encore un peu trop tôt pour nos rois de la belote. Faudra repasser.

Il a ri. C'était déjà ça de gagné. Les joueurs de belote, non. Juste un coup de casquette pour dire au revoir à la vieille taupe. Ils ont quitté le bar l'un après l'autre, traversé la route pour le trottoir d'en face en empruntant le passage piéton qui ne servait jamais à rien et, à les voir se suivre ainsi à la queue leu leu en enjambant les lignes blanches, j'ai pensé à la célèbre pochette du disque des Beatles, sauf que bien sûr ce n'était pas la même époque, ni le même costume, ni les mêmes cheveux, ni le même âge, encore que tout bien réfléchi, John Lennon, s'il était encore vivant de nos jours, il serait aujourd'hui dans la même tranche que mes quatre lascars. Imaginez !

Du coup, j'ai rebranché le juke-box et aussitôt appuyé sur les deux touches que je connaissais par cœur. Le bras mécanique s'est glissé sur sa rampe avant de saisir le

45 tours pour le placer sur le tourne-disque en l'abaissant lentement par des petits mouvements saccadés. On a entendu quelques bruits secs d'automate, un grésillement puis les Beatles, les vrais, ont entonné *Yesterday*. Je me suis approchée du trompettiste, lui ai d'autorité enlevé son étui des mains et son manteau du dos pour poser le tout sur une chaise. Puis je l'ai regardé droit dans les yeux de manière à ce qu'il comprenne que je ne plaisantais plus.

— Vous dansez ? lui ai-je demandé tout en me calant dans ses bras sans attendre sa réponse.

J'avais rarement vu un danseur aussi maladroit, mais qu'importe, c'est d'un homme que j'avais besoin, pas d'une ballerine, et à défaut d'un Hugh Grant, celui-ci pouvait aussi bien faire l'affaire. Revenue derrière le comptoir, Phanie nous observait de loin avec un mélange d'étonnement et de curiosité. Je lui ai lancé un clin d'œil auquel elle a répondu par un sourire un peu vague. Elle devait penser que je devenais folle, elle n'avait pas tort. On devenait toutes à moitié dingues, ces derniers temps, et on avait toutes d'excellentes raisons pour ça.

Pierrot

Elle avait accepté. Du bout des lèvres et à la seule et unique condition que ce soit chez elle, aux heures qu'elle souhaitait et dans les seules poses qu'elle jugerait convenables, ce qui, tout bien pesé, faisait quand même trois conditions, jugea Pierrot, qui toutefois se garda bien de lui en faire la remarque, car enfin, elle s'y était soumise de bonne grâce. Pierrot la Lanterne était arrivé à l'heure convenue, en milieu de matinée, avec tout le matériel nécessaire, peintures, pinceaux, carnets à dessin, crayons, etc. Sous le bras, il portait deux toiles enveloppées dans du papier journal. Les pieds d'un chevalet pliable dépassaient de son sac à dos dans lequel il avait ajouté une bouteille de Paddy au cas où l'occasion se présenterait. Il frappa à la porte, mais personne ne lui répondit. Il frappa plus fort, toujours rien. La pluie tambourinait sur la verrière de l'antique marquise, il parlait ici non du titre de noblesse moqueur dont on avait affublé la Parisienne à son arrivée sur l'île, encore que plus personne n'aurait osé l'appeler ainsi maintenant que sa légitimité était plus ou moins acquise, mais de cette sorte d'auvent Art déco qu'on trouvait souvent à l'entrée des vieilles maisons bourgeoises, dites maisons de maître, que les officiers de marine avaient fait construire dans les années 1930 et qui finalement s'avéraient bien utiles, sauf que dans le cas présent, la marquise de la veuve Pochard fuyait de partout et menaçait à court terme de s'effondrer. Pierrot était trempé. Son matériel aussi. Le papier journal partait déjà en charpie. Il frappa à nouveau, osa finalement tourner la lourde poignée de cuivre et pénétra dans le couloir à pas de loup.

— Madame Solange ?

Il n'avait pas crié, pas même haussé la voix, sans doute de peur de la surprendre ou de la réveiller brutalement. Après tout, peut-être avait-elle oublié leur rendez-vous et dormait-elle encore comme une souche. Il s'essuya les pieds sur le paillasson, referma la porte après lui pour empêcher la pluie de s'engouffrer, ôta sa casquette par habitude et tendit l'oreille. Rien sinon ce rugissement extérieur qui n'avait cessé depuis le début de la semaine et qui commençait à lui ronger les tympans aussi sûrement que des acouphènes. Il toussota…

— Solange ?

… s'avança intimidé dans le couloir de trois pas, puis à nouveau de trois autres pas jusqu'à la porte de la cuisine ouverte sur sa droite. Tout semblait parfaitement en ordre. La vaisselle était faite et visiblement rangée. Sur la table, deux tasses de porcelaine posées sur leurs soucoupes et une théière de la même facture semblaient attendre que les invités veuillent bien se donner la peine d'approcher. Pierrot remarqua également une assiette sur laquelle était disposé un assortiment de chocolats fins et de biscuits secs au beurre salé de Guérande. En revanche, mais cependant bien en évidence sur un élégant plateau circulaire, une bouteille de porto et deux verres à pieds très fins avaient été laissés sur le buffet, près de l'évier.

Il fit quelques pas en arrière, avança le bout du nez dans le salon sans oser y entrer. Même chose. Tout était en ordre ou tout paraissait tel. Les volets étaient fermés, mais une petite lampe aux lueurs orangées était restée allumée tandis que les losanges de verre qui pendaient au lustre éteint oscillaient nerveusement sous le souffle d'un imperceptible courant d'air. Pierrot renifla. Il sentait quelque chose de bizarre, un mélange de poussière et d'encens. Quoi qu'il en fût, la pièce était déserte.

Il fit volte-face et posa un pied sur la première marche de l'escalier, appela encore une fois, cette fois-ci de façon plus franche, et n'eut pour seule réponse que le vague écho de sa propre voix qui lui parut étrangement lugubre. Il soupira.

Et merde.

Il ne savait que faire, se sentait gagné par un mal-être diffus, s'inquiéta d'un vague pressentiment, le jugea ridicule, puis peut-être pas si ridicule que ça, en fin de compte, préféra en avoir le cœur net, quitte à passer pour un malotru en la surprenant à son réveil ou sous sa douche, ce qui était fort improbable étant donné le silence régnant. Il baissa le regard vers ses bottes dans un pitoyable état. Il lui fallait les ôter s'il voulait monter, la moindre des choses, déjà qu'il avait souillé le carrelage du couloir. Ses grosses chaussettes de laine n'étaient pas des plus élégantes, mais il n'était pas venu pour la courtiser, juste pour lui tailler le portrait en toute amitié, en tout bien tout honneur comme on dit, rendez-vous avait été dûment fixé, il avait le droit de s'inquiéter, on ne déplace pas les gens pour rien.

Chaque marche lui semblait une épreuve à surmonter. Le bois craquait sous ses pieds. À présent, il regrettait presque de lui avoir demandé d'être son modèle. C'est vrai qu'elle avait du chien, cette Solange, de la personnalité et un charme auquel il était difficile de ne pas succomber, n'importe quel pèlerin serait tombé dans le panneau à pieds joints, et lui le premier, la preuve, comme s'il n'en avait déjà pas assez souqué par le passé, qu'il en redemandait, prêt à tendre l'autre joue dès qu'une bonne femme un tant soit peu désirable pointait le bout de son nez devant ses pauvres yeux chassieux. Quel abruti, non mais quel abruti, sans compter que la Solange, elle avait mis la barre un peu trop haut pour ses petites jambes. Il n'était pas dupe, ce n'était pas une femme de son rang. Elle faisait partie d'un autre monde, alors que lui appartenait à la caste des intouchables. Il sentait sa main poisseuse glisser le long de la rampe et son souffle rauque retentir d'une paroi à une autre. Ses genoux tremblotaient et lui faisaient mal, un début d'arthrose sans doute. Pour les doigts, ça commençait à être pareil, ce qui était bien sûr plus embarrassant dès qu'il s'agissait de tenir un pinceau, et cette humidité ambiante n'arrangeait rien. Trente-quatre ans à se cailler les miches en haut d'un phare, ça laissait forcément de vilaines traces. Des semaines, des mois qu'il repoussait sa résolution d'aller consulter la Roumaine, en partie par crainte d'avoir à subir ses méthodes pas très catholiques dont il avait eu vent, même si la plupart s'accordaient à reconnaître qu'elles étaient efficaces et patati et patata. Putain d'arthrose, putain d'âge, promis, il téléphonerait demain ou après-demain ou un autre jour, dès que cette fichue tempête se serait calmée.

En haut de la première partie de l'escalier, avant que les marches ne fassent un virage, il fit une pause pour reprendre son souffle, en profita pour regarder par l'œil-de-bœuf. Première fois qu'il voyait l'île de ce point de vue. Le village se perdait dans la brume. Seule la flèche de l'église semblait encore tenir debout. Tout le reste, les pins, les arbustes, les buissons d'ajoncs et même les vélomoteurs pliaient sous le vent et s'effaçaient sous d'épais filaments de brume.

Il parvint à l'étage dans un état d'essoufflement qu'il jugea anormal. Il en allait de même des battements de son cœur. Du calme, se dit-il, du calme, mon Pierrot. Parmi les trois portes, deux étaient restées ouvertes. L'une donnait sur la salle de bains et l'autre sur une chambre éclairée par la lumière du jour. C'était une chambre à l'ancienne. Le papier peint devait dater d'au moins un demi-siècle. Lit rustique, commode de merisier, et puis ce meuble un peu rétro où les bonnes femmes se pomponnent devant la glace et dont Pierrot ne se rappelait plus le nom. Des objets de toilette et de maquillage traînaient sur la table. Brosses, miroirs, flacons de vernis, parfums. Sur la table de nuit, une pile de bouquins et un tas de médicaments. Il n'osa pas entrer, se contenta de renifler de loin. Un mélange d'encaustique et de lavande, de vieux bois et d'étoffes, un parfum de femme. Normal. Ou plutôt rien d'anormal. Le lit était défait, des vêtements froissés étaient étendus en vrac sur l'édredon. Une combinaison noire, un chemisier à fleurs. Au pied du lit, une paire de collants tire-bouchonnés. Il aurait voulu s'en emparer et les porter à son visage, se débarbouiller de leur odeur, sentir la soie, soupçonner l'intime, s'y perdre à s'en étouffer, mais il ne bougea pas, soudain retenu par l'audace de ses pensées. Du calme, se dit-il, du calme, mon vieux.

Restait la troisième porte, juste en face. Pierrot hésita, car elle était fermée, mais bon, maintenant qu'il avait fait le premier pas, autant aller jusqu'au bout des choses. Et puis quoi ? C'était quand même bizarre ce silence, cette absence, ce vide.

Il prit une grande respiration, saisit la poignée, ouvrit presque violemment la porte en grand et se figea, soudain paralysé comme si quelqu'un derrière lui venait de braquer le canon d'un pistolet sur la nuque.

Morgane

Durant la traversée, Souleymane avait vomi cinq ou six fois. Tout le copieux dîner de la veille au soir était parti dans un seul jet par-dessus le bastingage alors que le vieux langoustier avait à peine quitté le port. Morgane lui proposa vivement de descendre en cabine pour s'allonger sur une couchette et ne plus bouger. Elle trouva une bassine qu'elle déposa au pied de son lit et posa un gant de toilette humide sur son front d'où perlaient de grosses gouttes de sueur. Emmitouflé dans sa combinaison de sauvetage orange, il avait l'air d'un cosmonaute naufragé de l'espace. Morgane lui sourit. On ne pouvait pas vraiment dire dans son cas qu'il était blanc comme un cierge, mais il avait une sale gueule, pensa-t-elle, et tremblotait de tous ses membres comme un garçonnet qui aurait vu le loup. Ses yeux étaient rouges et humides et il puait la mort.

— Bon, je vois que tu n'es pas prêt pour le Vendée Globe, Rastaman, mais ne t'inquiète pas, c'est normal quand on n'est pas habitué. Il y a juste un peu de clapot, ça va passer.

En réponse, il se redressa d'un bond, soudain pris d'une violente convulsion qui le défigura en une seconde. Morgane lui tendit la bassine dans laquelle il parvint à cracher dans un flot de gargouillement peu gracieux un épais filet de bile acide où se glissaient, çà et là, quelques résidus alimentaires. Il s'essuya la bouche d'un revers de la manche, fixa Morgane de ses deux gros yeux pareils à ceux d'un veau devant la porte d'un abattoir et fit retomber lourdement sa tête sur la couchette dans un bruit mat. Il voulait mourir, juste mourir, et qu'on n'en parle plus. Elle porta à nouveau à son front le gant de toilette qu'il rejeta sans ménagement.

— Repose-toi, ça va aller, chuchota-t-elle.

Puis elle remonta sur le pont rejoindre Véro, qui était à la barre.

— Avant de se faire une idée précise sur un mec, il faut d'abord le voir dans un tel état, lui dit Véro. Après, à toi de faire ton choix. Ça passe ou ça casse.

— Eh bien, disons qu'il a réussi cette première épreuve avec un succès disons… très relatif.

— Tu l'as déjà vu complètement bourré, j'espère ?

— Même pas.

— Tu es complètement folle, ma pauvre fille. Folle ou amoureuse, ce qui revient à peu près au même, entre nous soit dit.

Elles s'esclaffèrent comme des gamines. À sa demande, Morgane lui alluma une cigarette à l'abri du vent avant de la lui tendre vers la bouche. Les deux mains solidement accrochées à la barre et les yeux ne cessant de scruter la brume à travers laquelle le commun des mortels n'aurait rien pu distinguer, Véro remercia d'un coup de tête. Dans la seconde qui suivit, une vague de plusieurs mètres s'écrasa contre le flanc du bateau et la cigarette incandescente disparut au diable Vauvert.

— Chierie ! lança Véro.

Elles étaient obligées de crier pour s'entendre et se parler. Le jour commençait à poindre. Le *Penn-Kalet* était un langoustier qui avait été construit juste après la Seconde Guerre mondiale dans un chantier naval de Camaret. Après une soixantaine d'années de bons et loyaux services, il fut mis au rancard pour cause de non-conformité avec les normes européennes et abandonné dans un fond de rade. Véronique Kerouanton, une fille du pays, elle-même fille de pêcheur et marin-pompier de son état, eut le coup de cœur. Ni une ni deux, elle cassa sa tirelire, sollicita ses amies et sa famille, fit des pieds et des mains auprès des collectivités locales pour leur quémander quelques subventions et lança sur le Net un crédit participatif. En quelques semaines, la somme était réunie pour restaurer le vieux gréement. Elle avait dix-huit ans. Le projet de Véro était de proposer au public des promenades en mer à la découverte du patrimoine maritime ainsi que des nuitées à bord pour les amoureux en mal de sensations romantiques, et le moins qu'on puisse dire, c'est que son petit business tournait correctement, au moins pour éponger ses dettes et assurer l'entretien du navire. Comme elle avait la tête sur les épaules, elle n'avait pas renoncé à son poste de marin-pompier, mais dès qu'elle avait une minute de libre, c'est sur le *Penn-Kalet* qu'on la trouvait si on la cherchait. Morgane et Véro s'étaient connues en pension alors qu'elles préparaient leur bac au lycée de l'Immaculée-Conception. Leur marginalité géographique les avait naturellement rapprochées, l'une était îlienne et l'autre presqu'îlienne, on n'allait pas chipoter. Elles étaient devenues amies autant par nécessité que par solidarité dans un monde urbain qui n'était pas vraiment le leur. L'une était bonne élève (Morgane, bien sûr), l'autre se traînait dans le bas du tableau. Pendant que l'une lisait Proust, Duras ou Beauvoir, l'autre épluchait de long en large l'*Almanach du marin breton* et les cartes marines. L'une était plutôt frêle et menue, et l'autre assez baraquée. L'une rougissait devant les garçons, et les garçons rougissaient devant l'autre. Mais elles avaient passé ensemble tant d'heures et tant d'heures jusqu'à fort tard la nuit à discuter dans la chambre qu'elles partageaient en pension qu'elles étaient devenues inséparables au-delà de l'éloignement.

La veille, Morgane lui avait adressé un texto interminable, lui expliquant en long et en large les tenants et les aboutissants d'une demande aussi farfelue, elle en avait bien conscience, mais c'était sa dernière chance, cela dit elle comprendrait très bien si ce n'était pas possible et s'excusait par avance de son audace, ce à quoi Véro, qui n'était pas une littéraire et n'était pas non plus du genre à chercher midi à quatorze heures, se contenta de quelques mots succincts et d'un cœur rouge pour lui répondre.

Bien sûr que oui, ma poule !

C'est ainsi que Morgane et Souleymane étaient arrivés chez elle au milieu de la nuit après quatre épouvantables heures de route. Véro leur avait préparé un copieux plateau de crabes et de langoustines. La mayonnaise était faite maison. Souleymane, épuisé par la conduite et sans doute aussi par autre chose dont ils ne parlèrent pas, s'était endormi à table, la tête avachie sur ses bras croisés pendant que les deux jeunes femmes continuaient leurs palabres jusqu'à ce que leurs paupières leur ordonnent d'aller se coucher. Marée oblige, le réveil fut très matinal. Il faisait encore nuit sur le petit port de Locmaria où Véro avait élu domicile et pour elle et pour son bateau. Souleymane, encore à moitié endormi, grimpa sur le *Penn-Kalet* sans prendre vraiment conscience de ce qui l'attendait, et ce qui l'attendait n'était ni plus ni moins que l'enfer dans toute sa splendeur et sa hargne.

Plus le bateau est petit, plus la mer est grande ! hurla Véronique à la barre. Mais elle ne riait qu'à moitié. Le *Penn-Kalet* ne paraissait être qu'un bouchon de liège ballotté dans un infernal tourbillon, une misérable brindille emportée par un torrent. La seule voile qu'elle avait gréée se faisait fouetter inlassablement par les bourrasques, le bateau avançait surtout au moteur et encore heureux qu'il ait été entièrement révisé le mois dernier. Des gerbes d'eau plus hautes qu'un paquebot passaient par-dessus bord et lessivaient le pont. La coque craquait de toutes parts. Terré dans sa cabine et persuadé que sa dernière heure était venue, Souleymane pensait à présent à sa mère, à son père, à sa sœur, aux vignobles du Pays nantais au milieu desquels il avait grandi et à Bob Marley. Des larmes lui coulaient des yeux et des contractions atroces lui broyaient l'estomac. Les relents de gas-oil l'asphyxiaient. Il attrapa la bassine une nouvelle fois.

Au bout d'une heure qui leur parut une éternité, la silhouette de l'île des Maures se profila enfin à l'horizon. Une excroissance horizontale posée entre le gris de l'océan et le gris du ciel, une langue de terre qui paraissait si dérisoire, si vulnérable qu'une seule lame aurait pu d'une bouchée l'emporter. Vaille que vaille, le *Penn-Kalet* fendait les flots, frayait la houle, défiait les vagues. C'était un bateau qui n'en était pas à son premier coup de vent. Ceux qui l'avaient conçu savaient pertinemment ce à quoi il était destiné, les écueils qui l'attendaient (le golfe de Gascogne, le chenal du Fromveur...) et l'avaient construit en conséquence, raison pour laquelle Véro lui gardait toute sa confiance même si elle ne relâchait pas d'une seconde sa vigilance. La moindre inattention pouvait être fatale, et ça aussi, Morgane le savait. Elle s'était recroquevillée contre la porte de la cabine, son gilet de sauvetage faisant office de pare-chocs, et ne quittait pas du regard Véro, qui, solidement arrimée à la barre, manœuvrait inlassablement. Elle surfait. Chaque vague était à négocier. Elle se battait contre le chaos, ouvrait une route à travers l'impossible, et si Morgane avait pu garder ses lunettes sur son nez, elle aurait vu dans les yeux de son amie cette indicible lueur de cruauté, de joie et d'excitation que seuls connaissent les marins aguerris quand ils se retrouvent sur le grand ring.

— Je te parie qu'on arrivera à l'heure de l'apéro ! cria-t-elle.

— Ça sera ma tournée, répondit Morgane.

L'île approchait, se faisait plus palpable. Elles la contournèrent par le sud pour éviter les vents trop violents, aperçurent sur une grève une énorme masse noire et blanche qui ressemblait à une baleine ou à un cachalot et pensèrent toutes deux la même chose. Des relents de putréfaction arrivaient jusqu'à leurs narines.

Lucky n'en crut pas ses yeux lorsqu'il vit avancer par-delà la digue le mât d'un bateau ainsi que sa voile pourpre. Il fallait être fou pour prendre la mer par ce temps, songea-t-il, avoir des tendances suicidaires ou, pire, avoir des choses à cacher, des choses à se reprocher. Tabac de contrebande, ça ne serait pas la première fois, trafic de drogue, ce n'était pas à exclure non plus. Protégé de la pluie sous l'auvent de la petite gare maritime, Lucky observait silencieusement l'avancée du vieux gréement et ses premières manœuvres pour entrer dans le port. Il enfonça davantage sa casquette sur le crâne de peur qu'elle ne s'envole et sortit de sa poche son paquet de tabac. Un vélomoteur jaune pétarada le long du quai dans sa direction puis freina pour se poster à ses côtés. Brigitte, la factrice, mit le cale-pied et descendit de son engin sans ôter son casque. Sans échanger un mot, ils regardèrent ensemble ce qui ressemblait davantage à une apparition miraculeuse qu'à un simple accostage.

— Putain ! siffla Brigitte.

— Bon Dieu de bon Dieu ! reprit Lucky dans un même élan.

Sans lui demander quoi que ce soit, Brigitte saisit des mains de Lucky le paquet de tabac pour s'en rouler une à son tour.

— Putain ! répéta-t-elle. Faut être dingo.

— Ou contrebandier, railla-t-il.

— Tu crois ?

— Pas impossible.

Sur le pont du bateau, deux silhouettes vêtues de combinaisons rouges s'agitaient. L'une sauta sur le quai pour attraper un cordage que lui lança l'autre et l'arrima par un nœud autour d'une bitte. Lucky cracha dans le sens du vent.

— Des gonzesses, en plus, des foutues gonzesses ! On aura tout vu.

— Et alors ? Ça te défrise ?

— Elles faisaient déjà la loi sur l'île, voilà-t'y pas qu'elles voudraient la faire en mer. On ne sait pas où l'on va, ma pauvre fille, mais on y va, ça c'est sûr. Tout droit dans le mur.

Il cracha une nouvelle fois. Sans l'avoir prémédité, son jet atterrit cette fois-ci sur le pot d'échappement du vélomoteur.

— Te gêne pas, surtout !

Lucky se contenta de hausser les épaules. Histoire de pimenter leurs soirées, il leur arrivait de coucher ensemble, vite fait sur le gaz, comme disait Brigitte, mais rien qui puisse vraiment porter à conséquence. Lucky oubliait sa Slovaque l'espace d'une nuit et Brigitte, qui avait renoncé depuis longtemps à ses rêves de mariage, oubliait dans le même laps de temps sa tournée et son courrier.

Un troisième personnage apparut sur le pont du bateau. Il était grand et chancelant, s'accrochait à ce qu'il pouvait, sauta à son tour sur le quai, fit quelques contorsions. On avait l'impression d'un homme ivre qui avait du mal à tenir debout. Des sacs furent déposés à terre. Après quoi le trio s'avança au coude-à-coude en se donnant mutuellement de grandes tapes sur le dos.

— Que je sois pendu si ce n'est pas Morgane Quillivéré qui vient vers nous !

— Pas la peine de sortir la corde, Lucky. C'est bien elle. Putain, faut être vraiment dingo !

La pendule Cacolac de chez Scarlette affichait midi moins cinq. On était samedi et c'était l'heure de grande affluence, même si les temps se prêtaient davantage à la morosité qu'à la liesse, d'autant plus qu'un autre pan de la falaise s'était encore écroulé dans la nuit, certes de manière moins spectaculaire que la première fois, mais tout aussi inquiétante. Et pourtant, Scarlette rayonnait. De toutes ses dents, de tous ses yeux, de toute son âme. Elle s'était faite belle et n'avait pas lésiné sur la couleur : robe décolletée noire à fleurs rouges, gilet rose se déclinant en ondulations, collants vert fluo et bottines à talons. Rouge à lèvres assorti, bien sûr, et boucles d'oreilles en argent. Un trait de vert sur les yeux et un collier fantaisie de fausses perles à son cou complétaient le dispositif. Lorsqu'elle se penchait, on pouvait même apercevoir la dentelle savamment ciselée d'un soutien-gorge dans les tons pourpres. Elle servait avec souplesse, empressement et efficacité, ici deux verres de muscadet, là un kir royal, plus loin une bière, chantonnait en même temps que le juke-box *on ira où tu voudras quand tu voudras et on s'aimera encore lorsque l'amour sera mort*, lançait un petit mot gentil à chacun de ses clients, ne vous inquiétez pas, ça va se calmer, ça va se lever, après l'orage vient le beau temps, riait de bon cœur aux blagues les plus graveleuses que lui lançait Marcel, s'offrait de temps en temps une gorgée de vin blanc entre deux commandes.

Affairée à la caisse des tabacs, elle ne fit pas tout de suite attention aux trois personnes qui entrèrent dans le bar, toutes les trois encapuchonnées de bonnets, d'écharpes et de cirés. C'est seulement de retour derrière le comptoir qu'elle les aperçut. Elle se figea. Les deux jeunes femmes, elle les connaissait. L'une, c'était

Véronique, la bonne amie de sa fille, et l'autre, c'était sa fille, et cette dernière tenait la main d'un grand escogriffe qui avait dû se coiffer avec un bâton de dynamite et qui souriait de la manière la plus incongrue qui soit. Les traits de Scarlette se tordirent en une fraction de seconde.

— Qu'est-ce que c'est que ça ?

Au même moment apparut dans l'embrasure de la porte de l'escalier qui menait à l'étage un type qui visiblement sortait à peine de sa douche et était en train de rajuster sa chemise dans son pantalon en sifflotant *où tu voudras quand tu voudras*. Lui aussi avait l'air plutôt rayonnant. Le sourire de Morgane se transforma aussitôt en une grimace fort peu gracieuse.

— Et ça, c'est quoi ? Tu m'expliques ?

Félicité

L'île des Maures avait gardé sa réputation, méritée ou non, de repaire de pilleurs d'épaves, de gens de peu de foi prompts à s'emparer de tout ce qui s'échouait sur le rivage et qu'ils s'appropriaient impunément, sans aucun respect du bien d'autrui, qu'il soit privé ou public. La côte, hérissée de rochers vicieux pointant leur groin à fleur d'eau, est particulièrement dangereuse dans le secteur. Les courants sont traîtres et les tempêtes d'équinoxe si féroces que la liste des naufrages recensés depuis le Moyen Âge a de quoi vous glacer les sangs. Depuis l'antique goélette du temps de Richelieu jusqu'aux destroyers de la Seconde Guerre mondiale, Marcel Couchouron, notaire en retraite et historien à ses heures perdues, en aurait comptabilisé plus de cinq cents. Parmi les derniers en date, un tanker chargé de plusieurs milliers de tonnes de fuel lourd avait laissé des souvenirs bien amers, les médias en ont suffisamment parlé. Inutile d'y revenir, les gens préfèrent ici se rappeler au bon souvenir de ces bouteilles de whisky en provenance d'Irlande qui voilà maintenant une bonne vingtaine d'années se sont miraculeusement échouées par centaines sur les grèves.

Des histoires accablantes tenant plus ou moins de la légende circulent encore sous le manteau des mauvaises consciences. Certaines sources n'hésitent pas à avancer que les anciens allumaient jadis des feux en haut des falaises pour tromper les navires en perdition. Ceux-là, leurrés par les éclats de lumière, s'empressaient de mettre le cap vers ce qu'ils croyaient être leur planche de salut sans savoir qu'ils se jetaient en quelque sorte dans la gueule du loup, et bien évidemment ils se fracassaient bientôt contre les noirs écueils au milieu d'une mer en furie. Ne restait le lendemain qu'à collecter les débris apportés par la marée, comme une manne espérée, ou pire, comme un droit inaliénable et ancestral que les riverains s'étaient tacitement arrogé sous le nom équivoque de *droit de la mer*. Les ordonnances royales éditées par Colbert au XVIIe siècle dans le cadre d'une réglementation maritime n'eurent pas plus d'effets sur ces populations réputées frustes et miséreuses que le goupillon du recteur lorsqu'il bénissait la mer chaque année au pardon de Saint-Colomban, le patron de l'île des Maures.

On dépouillait les cadavres de leurs effets et, quitte à leur trancher les doigts ou les poignets, de leurs bijoux s'ils en portaient. Il arrivait parfois qu'on achève les rescapés de la noyade à coups de maillet, puis, ne sachant trop s'ils étaient chrétiens ou non, huguenots ou mahométans, on les enterrait sans davantage de cérémonie dans des fosses creusées sur la dune au-delà des marais, qu'on appelle encore aujourd'hui la dune des Trépassés. Dans les jours qui suivaient, la marée se délestait des restes de la cargaison du navire, puis du navire lui-même, s'échouant sur le sable en pièces détachées. Les fortunes du pillage se répartissaient entre les membres de la communauté selon des règles très strictes et assez obscures, mais il semble toutefois qu'elles s'en tenaient à la hiérarchie sociale établie dans le village depuis des générations, sauf lorsqu'il s'agissait de tonneaux de rhum ou de tout autre alcool dont le contenu était réparti équitablement et était d'ailleurs consommé sur place aussitôt les fûts percés. S'ensuivait généralement une navrante beuverie collective qui tenait lieu d'orgie. Les corps s'entremêlaient sur la grève, soit pour se bagarrer sauvagement pour quelques joailleries, parfois jusqu'à l'épuisement ou même la mort de l'un des protagonistes, soit pour se livrer à d'infâmes copulations. Dans ces moments-là, toute règle, qu'elle soit divine ou gouvernementale, était oubliée, voire proscrite. Même le prêtre le plus craint ne parvenait pas à faire cesser ces bacchanales. Secret de Polichinelle, tel chanoine égaré ou tel recteur libidineux ne se privait pas de s'inviter aux ébats, et monsieur Colbert, tout ministre qu'il fût depuis son cabinet du palais de Versailles, ne pouvait rien y faire sinon dépêcher un quarteron de mousquetaires tout enclins, eux aussi, à se joindre aux libations. Une pitié.

Nous parlons bien sûr ici de temps révolus bien que ce fameux « droit de la mer » ait subsisté jusqu'à nos jours, preuve en est cette habitude persistante d'aller faire le tour des grèves à la marée descendante pour glaner ici et là quelques pièces de bois flotté. Rien de bien méchant, en somme, sauf bien sûr quand il s'agit d'un container tombé d'un cargo, larguant sa cargaison venue de pays aussi lointains que nouvellement industrialisés. C'est ainsi qu'on vit récemment déferler sur ces mêmes côtes qui avaient déjà tant d'histoires cruelles à raconter des milliers de tongs en plastique, oui, des tongs de toutes tailles et toutes couleurs, mais comme elles arrivèrent en vrac et non attachées par paires, la difficulté était de retrouver la sœur de celle qu'on avait ramassée. Une sorte de marché parallèle accompagné d'une franche partie de rigolade se mit alors en place et chacun finit par trouver, si l'on peut se permettre ce bon mot, chaussure à son pied. On se souvient aussi de ces ballots de paquets de tabac à rouler qui arrivèrent par la mer, tombés du cul du camion, pour ainsi dire, et parfaitement protégés sous des emballages plastiques. De toute évidence, et sans doute comme ce whisky précédemment évoqué, il s'agissait de produits de contrebande jetés de toute urgence par-dessus bord avant que n'intervienne la police des douanes. Ce fut une véritable aubaine pour les fumeurs. Ceux qui ne savaient pas rouler leurs cigarettes furent contraints de s'y mettre, à la guerre comme à la guerre, tandis que Scarlette Quillivéré pestait de ne plus vendre, dans les semaines qui suivirent cette affaire, que du papier à cigarettes, ce qui n'était pas sans incidence sur son chiffre d'affaires. Les autorités tentèrent bien sûr de mettre le holà à cette razzia tabagique en hérissant les dunes de panneaux d'interdiction formelle sous peine de… etc., mais comme se lamentait Scarlette, que voulez-vous, on ne peut pas mettre un gendarme derrière tout le monde.

Ce soir-là, la pleine mer était prévue à dix-neuf heures trente-quatre, accompagnée d'un vent d'ouest de force 11 sur l'échelle de Beaufort. La dépression était centrée au sud de la mer d'Irlande. Certaines rafales atteignaient soixante nœuds marins, soit plus de cent vingt kilomètres à l'heure, autrement dit la vitesse moyenne d'un véhicule sur une autoroute. La visibilité était quasiment nulle. L'océan était recouvert d'une écume mousseuse qui déferlait comme une immense nappe de crème Chantilly sur les rochers de la côte basse et jusqu'au fond des anses les plus reculées. Les chaussées, les grèves et les dunes étaient à présent recouvertes de ce manteau neigeux et les flocons d'écume virevoltaient à travers les rues du village. On aurait dit une tempête de neige. Inlassablement, des lames chargées de plusieurs dizaines de mètres cubes d'eau se fracassaient contre la digue et se brisaient en de hautes gerbes aussi majestueuses que criminelles. La digue n'allait pas tenir longtemps et personne ne pouvait plus rien y faire. Les vagues s'acharnaient tel un bélier contre le porche d'une forteresse et on avait l'impression que le vent se jouait cruellement de l'île en poussant des rires sardoniques. Même chose sur la Grève Rouge, à quelques encablures du port, où la dépouille du rorqual se faisait ballotter par les rouleaux aussi aisément qu'une bouée. Elle tournait sur elle-même, s'écrasait de toute sa masse au reflux, chaque fois plus meurtrie, chaque fois plus puante et plus agonisante.

Chez Scarlette, les mines étaient sombres. La tempête Félicité les narguait, semblait attendre son heure et jouait avec leurs nerfs comme un chat vicieux joue avec la souris. On avait ici et là préparé des bougies en prévision d'une coupure d'électricité qui ne saurait tarder. Fabien, le menuisier, était revenu avec tout son attirail pour consolider les panneaux de bois. Sous l'injonction de la patronne, Baptiste et Souleymane – « autant qu'ils servent à quelque chose, ces deux-là ! » – s'étaient chargés de débrancher le juke-box et de le surélever sur une table au cas où les choses tourneraient mal. L'éventualité d'une inondation devenait plus que probable. Les cartons de tabac et les stocks de jeux à grattage avaient été montés au premier étage. Phanie et Véro s'en étaient occupées, en profitant au passage pour faire plus ample connaissance. Après tout, ces histoires de mecs entre la mère et la fille ne les concernaient pas, elles s'en amusaient volontiers. Toutefois embarrassée, Phanie avait proposé de retourner à l'hôtel pour laisser la place libre aux deux jeunes tourtereaux, ce à quoi Scarlette avait répondu que le clic-clac du salon n'était pas fait pour les chiens et qu'elle avait autre chose à s'occuper que de changer des draps. Imperturbable au comptoir bien que ce ne fût point son heure, Mon Capitaine suçotait son deuxième verre de rouge en prenant tout son temps, retardant autant que faire se pouvait le moment où il lui faudrait regagner la solitude crasse de sa masure. Deux gars des Phares et Balises jouaient aux dés sur le comptoir et, assis à une table, Julien-Marie Le Bras épluchait les pages hippisme d'un journal de la semaine précédente, en prenant bien soin de noter le nom des chevaux comme s'il n'y avait rien de plus urgent à faire. Morgane était à la cuisine et préparait, autant pour passer le temps que pour passer ses nerfs, une énorme soupe avec tous les légumes que Debbie avait apportés la veille. Au même moment, dans la chambre de Morgane et sur son lit, Phanie allumait un joint qu'elle plaça aussitôt entre les lèvres de Véro, qui inhala une grande bouffée en fermant les yeux. Phanie fit de même l'instant d'après. Après quoi elles s'embrassèrent à pleine bouche. Le vent rugissait, la pluie crépitait, des lames s'écrasaient contre la fenêtre.

— Tu perds pas de temps, toi ! lui dit Véro.

— Vaut mieux pas. C'est bientôt la fin du monde, à ce que je vois.
— Ou le début d'une histoire, va savoir.

Au même moment, à environ un kilomètre du bistrot de la Falaise, Pierrot la Lanterne achevait l'œuvre qu'il n'osait encore considérer comme celle de sa vie mais dont il pouvait d'ores et déjà tirer une légitime fierté. À présent, il se sentait épuisé, vidé de toutes ses forces. Il avait passé six heures à faire le portrait de madame Solange, qui s'était soumise de bon gré à ses exigences, six heures sans débander, se dit-il par dérision sans oser bien sûr partager avec son modèle cette métaphore un rien présomptueuse, six heures sans bouger de son tabouret, hormis pour alimenter régulièrement le poêle en bûches de bois afin de garder une température constante et pour s'avaler de temps à autre une rasade de whisky. Il essuya ses pinceaux à un vieux chiffon, referma les tubes de peinture et hocha pensivement la tête en contemplant à nouveau son travail. Il y avait sur les yeux un détail qui clochait. Les yeux, il avait toujours un peu de mal avec les yeux. Il chercha dans la poche de son manteau son paquet de tabac. Solange referma son livre.
— Je peux me rhabiller ?

Il lui lança un sourire un peu embarrassé. De la manière la plus évidente qui soit, elle avait accepté de poser quasiment nue devant lui et pour tout dire, c'est même elle qui en avait fait la suggestion, anticipant ainsi le projet du peintre. Pierrot ne s'était pas fait prier. Elle n'avait fait aucun commentaire quand elle avait surpris Pierrot à l'étage de sa maison, lui avait simplement dit vous avez trouvé la salle de bains, très bien, vous avez bien fait. Pierrot en avait été quitte pour la peur de sa vie. Elle s'était excusée de son retard. La Grève Rouge lui étant désormais devenue interdite pour les raisons qu'il connaissait – cette odeur insupportable, n'est-ce pas ! –, elle avait dû se résoudre à prendre son bain dans une autre crique, un peu plus loin, et n'avait pas vu l'heure passer. Désirait-il un thé avant de commencer ? Une petite madeleine pour se donner des forces ? Elle était à lui dans une minute.

Elle descendit un quart d'heure plus tard, parfaitement coiffée et maquillée, enrubannée d'un peignoir de soie aux motifs orientaux dans les tons rouges et noirs. S'assit sur le fauteuil médaillon de style Louis XVI, lui demanda comme ceci ? Ou bien alors comme cela ? Entre-temps, elle avait baissé son peignoir. Pierrot déglutit, articula péniblement oui, comme cela, c'est très bien, ça me va, c'est parfait, ne bougez plus. Et il se dit qu'il avait en face de lui, malgré les outrages du temps, malgré les cruautés de l'âge, le modèle dont il n'aurait jamais osé rêver et que ce n'était pas le moment de jouer au con. Il esquissa sur une toile de lin de format 80 × 120 un premier trait de crayon et durant les longues heures qui suivirent, il ne porta aucune attention aux fureurs de la tempête qui se déchaînait à l'extérieur. Il entrait en transe.

Des ardoises avaient été arrachées de leur toit, des pierres de leur muret, un agneau égaré avait été précipité du haut d'une falaise, un abri de jardin avait été littéralement soufflé, tout un pan de la dune avait été arraché par les vagues sur une profondeur d'au moins deux mètres, le coq perché au sommet de la flèche de l'église s'était envolé, les derniers arbres dignes de ce nom pliaient à en rendre gorge, le port de plaisance n'était plus qu'un amas de canots enchevêtrés les uns sur les autres contre la jetée et les eaux montaient inexorablement par-dessus les quais, refluaient en emportant avec elles tout ce qu'elles trouvaient sur leur passage, les vélos abandonnés, les poubelles béantes, les panneaux de circulation et les pavés descellés de la chaussée. Pendant que Solange, absorbée dans la lecture d'un ouvrage de Spinoza qu'on pouvait à bien des égards ranger également dans la catégorie des stoïciens, s'offrait à moitié nue au regard aiguisé de Pierrot la Lanterne, l'île des Maures était attaquée sur deux fronts, celui du ciel et celui de l'océan, assaillie par les bombardements de l'un et les mitraillages de l'autre. Le tableau à peine achevé, l'électricité fut coupée, puis rétablie, puis à nouveau coupée alors que la nuit venait de tomber. Ils tâtonnèrent dans le noir à la recherche d'une lampe, d'un briquet, ricanèrent un peu bêtement. Elle trouva une bougie dans un tiroir, Pierrot l'alluma. Dans ce troublant clair-obscur, ils se fixèrent et cessèrent de ricaner. Non, elle ne voulait pas voir le tableau. Il insista. Non, je vous en prie, dit-elle, ne m'obligez pas, ce n'est pas de votre fait, mon bon Pierrot, c'est moi, je ne supporte plus mon image. Ce portrait, c'est le vôtre. Elle ajusta son peignoir sur ses épaules et s'approcha de lui, posa sa tête au creux de sa nuque. Venez, lui dit-elle. Elle lui prit la main, l'entraîna vers l'escalier. Arrivés à sa chambre, elle l'aida à se déshabiller, constata qu'il tremblait. Elle respira son odeur d'homme. Bien qu'il eût à peine bougé de son tabouret, il avait dépensé une telle quantité d'énergie qu'il transpirait comme s'il avait labouré tout un champ à la bêche. Il le sentait également et en éprouvait de la gêne, eut un geste de recul quand elle glissa sa main sous sa chemise après l'avoir déboutonnée de haut en bas. Vous êtes sûre ? bafouilla-t-il. Elle fit oui de la tête. Personne ne l'avait prise dans ses bras depuis deux ans, depuis Pascal. Pierrot, lui, préférait ne pas compter, avait oublié, ne savait plus comment faire, maudissait ce cœur stupide qui à présent s'affolait, bordel, il n'était plus un adolescent. Une rafale claqua contre les volets, comme pour les rappeler à l'ordre. Vous êtes vraiment sûre, Solange ? En guise de réponse, elle le fit basculer sur le lit et s'écrasa sur lui de tout son long.

Dans le même temps, Marina Ceauşescu achevait de coudre à la lumière d'une lampe frontale trois points de suture à l'arcade sourcilière de Brigitte, la postière, qui avait reçu un coq en étain sur le crâne alors qu'elle traversait le bourg à pied et par conséquent sans son casque. Son ciré jaune était couvert de sang. La journée de la doctoresse avait été épuisante. La salle d'attente n'avait pas désempli. Les patients se pressaient à son cabinet soit pour un renouvellement d'ordonnance, soit pour des égratignures bénignes, soit pour des affections de type gastro-entérite ou de simples états grippaux. Les vieux se plaignaient de leurs rhumatismes, de leur arthrose, de leur hypertension ou de leur mal de dos, et l'humidité ambiante n'arrangeait pas les choses. On en profitait pour lui demander en passant ses pronostics météorologiques et son avis sur les changements climatiques qui perturbaient la planète. Certains confiaient leurs angoisses, livraient à demi-mot des secrets lourds à porter comme s'ils se trouvaient en face d'un prêtre derrière la grille d'un confessionnal. L'un n'arrivait plus à honorer son épouse, l'autre ne supportait plus que son mari la touche. Marina écoutait consciencieusement, prenait quelques notes, prescrivait des somnifères tout en conseillant des décoctions de coquelicot et discrètement tendait la boîte de mouchoirs en papier vers le patient ou la patiente comme elle aurait lancé une bouée de secours à un naufragé. C'était la misère humaine dans toute sa modestie, une succession somme toute logique de petits drames et de réelles inquiétudes. Cette satanée tempête les rendait fous, aussi bien ceux qui prenaient des risques inconsidérés pour sauvegarder leur misérable poulailler au fond du jardin ou leur vieux canot arrimé en fond de vase que ceux qui se terraient jour et nuit derrière leurs volets clos en guettant les premiers signes de l'apocalypse. Quand Brigitte, qui était la dernière patiente, la remercia, Marina poussa un immense ouf de soulagement. Elle ôta sa blouse, l'accrocha à la patère en échange de son long manteau noir et sortit à son tour. Une rafale la bouscula violemment contre la porte, qu'elle eut un mal de chien à fermer. Vaille que vaille, elle résista à la pression du vent et se fraya en rasant les murs un chemin à travers cette abominable giboulée d'écume, bien décidée à s'offrir un verre de fort, et même deux si besoin en était. Elle les méritait amplement.

Les oiseaux nichaient au creux des falaises et leurs piaillements rebondissaient contre les parois de granit. Eux aussi tremblaient d'effroi. Les goélands les plus téméraires ou les plus inconscients surfaient contre le vent, au-delà de la grande nappe blanche, jusqu'à l'épuisement, puis ils retournaient se cacher dans une mystérieuse grotte creusée dans le schiste. Les chiens qu'on avait laissés dehors hurlaient à la mort et ceux qui avaient eu le droit de partager la maison de leurs maîtres se terraient auprès de la cheminée, en poussant de petits geignements plaintifs. La nuit amplifiait leurs craintes. Même punition pour les brebis de l'île, qui se tassaient les unes contre les autres au fond d'une bergerie et se pissaient dessus à chaque fois qu'elles entendaient la tôle ondulée claquer au-dessus d'elles. Debbie, qui avait déjà perdu plusieurs têtes de son troupeau, les veillait comme une mère tandis que son compagnon, terrassé par la peur et incapable du moindre geste, restait prostré sur le siège des W-C. Vers dix-neuf heures trente, à dix milles marins au nord de l'île, le radio d'un porte-containers immatriculé à Singapour lançait un signal de détresse, aussitôt entendu par un remorqueur de haute mer stationné à Brest tout prêt à appareiller. Quatre containers chargés d'on ne sait quoi, sans doute de matériel électronique venu de Chine, étaient déjà tombés par-dessus bord. L'équipage, en grande partie composé de matelots malgaches et birmans, guettait au loin l'éclat du phare de Castel-Coz qui toutes les six secondes balayait les ténèbres grâce à l'action d'un groupe électrogène prévu pour se mettre automatiquement en route en cas de coupure de courant. C'était la dernière lumière artificielle de l'île. On s'éclairait à présent aux bougies, aux lampes de poche ou aux antiques lampes à pétrole qu'on avait dénichées dans un grenier. Solange et Pierrot faisaient l'amour dans le noir, sans échanger un seul mot, sans émettre la moindre plainte. Phanie et Véro s'embrassaient en riant à la lueur diaphane d'un téléphone portable. Scarlette, qui décidément tenait à prendre les choses du bon côté, faisait la vaisselle à la main et remplissait les verres, aidée de Morgane. Souleymane, qui venait de trouver à l'étage une vieille guitare à laquelle il manquait la corde de *ré*, s'amusait à gratter un vieil air de reggae, bientôt rejoint par Baptiste, qui pour la première fois, du moins dans ce bistrot, allait sortir sa trompette de son étui pour la douzaine de clients qui, quelles que soient les circonstances, n'avaient aucune intention de se soustraire au sacro-saint rituel de l'apéro du samedi soir.

Lorsque Marina Ceaușescu fit son entrée dans le bar, ce fut pour les autres comme une apparition. C'était la première fois qu'elle osait franchir le pas. Et l'une des toutes premières fois qu'on la surprenait ailleurs que dans son cabinet. Même à la faible lueur d'une lampe de camping et de quelques chandelles, ses lèvres étaient trop rouges, sa peau trop blanche, ses cheveux trop noirs et ses traits toujours un peu austères, mais c'est ainsi qu'on la connaissait. Et sa présence en ces lieux paraissait pour le moins décalée. Souleymane ne s'arrêta pas de jouer pour autant. Baptiste lui lança un regard entendu, comme pour lui souhaiter la bienvenue. La Roumaine s'approcha lentement du bar, salua la patronne d'un signe de tête et lui demanda si elle aurait l'obligeance de lui servir un doigt de whisky.

Bien sûr que Scarlette avait du whisky, et tant que tant, et du bon, madame Ceaușescu, vous pouvez me faire confiance, un irlandais d'au moins vingt ans d'âge dont vous me direz des nouvelles, laissez-moi deux minutes, je vais vous chercher ça dans ma réserve, et puisque vous êtes là, je vais trinquer avec vous si vous le permettez. Elles burent chacune leur verre d'un trait, cul sec, à la manière des vrais cow-boys. Marina sentit le liquide lui brûler la gorge, puis l'œsophage, enfin le cœur, et c'était bon, Seigneur Jésus Marie Joseph que c'était bon.

— Il est délicieux.

— Et comment ! Une prise de guerre ! Ou une fortune de mer si vous préférez. Toute une cargaison tombée d'un yacht de contrebandiers, il y a de cela une bonne vingtaine d'années, comme l'âge de ce whisky que vous dégustez présentement. Des litres et des litres… Ni vu ni connu. Le droit de la mer. C'est comme ça. Premiers arrivés, premiers servis.

— Vraiment délicieux, insista la Roumaine. C'est mieux que du miel. Je serais tentée par un autre verre.

— Laissez-vous aller. « On peut résister à tout sauf à la tentation », disait… disait… comment il s'appelle déjà, ce poète ?

— Oscar Wilde, je crois. Un Irlandais, lui aussi.

— Décidément, tout nous vient d'Irlande, le meilleur comme le pire : les poètes, le whisky, les tempêtes, et même ce bon vieux saint Colomban qui serait venu jusque chez nous dans une auge de pierre pour nous enseigner la bonne parole, paraît-il, et chasser le dragon par la même occasion. C'est du moins la légende…

— Vos légendes sont cruelles. Des moines décapités, des dragons revanchards, des cités submergées, englouties…

— Pas sûr que ce soit une légende ! Regardez un peu ce qu'il se trame dehors.

— Vous croyez que ça va finir un jour ?

— Un jour, oui… Sans doute. Lequel ? Mystère et boule de gomme.

La marée était montée à son plus haut point et la digue avait fini par céder. D'une puissance phénoménale, les vagues s'écrasaient maintenant contre les façades des maisons jouxtant la plage et se déployaient jusqu'aux toitures. L'anse de Porzmeur n'était plus qu'une grande vasque pleine d'un lait bouillonnant et amer. Pierre après pierre, les murets de protection s'effritaient comme un gâteau trop sec, et des pavés aussi gros que des livres de messe étaient emportés par le jusant. Toute la route côtière était inondée. On entendit un grand fracas contre les panneaux de bois, qui résistèrent malgré tout. L'eau pénétrait dans le bar, sous la porte d'entrée et à travers les interstices du bois, avant de refluer, abandonnant derrière elle quelques flaques qui brillaient tristement sur le carrelage. Scarlette partit dans la cuisine chercher des seaux et des serpillières, des serviettes et des éponges, une raclette et des balais, enfin tout ce qui pouvait servir à écoper, et les distribua pêle-mêle à tous les clients qui se trouvaient à portée de main.

— Et maintenant, au boulot ! ordonna-t-elle.

Et tous se mirent à la besogne. Le travail était vain, ils le savaient pertinemment, mais ils y mirent du courage et du cœur. De mémoire d'homme, personne n'avait gagné un combat contre les caprices de Son Excellence l'Océan. Entre espoir et inconscience, ils repoussaient l'eau audehors, raclaient et balayaient le carrelage, remplissaient des seaux, mais le flot revenait l'instant d'après, plus épais, plus coriace. Certains se souvenaient de cette fameuse marée noire de mars 1978, quand ils essayaient de ramasser sur les grèves les milliers de tonnes de fuel lourd que dégueulaient les soutes de l'*Amoco Cadiz* avec des petites pelles en plastique tandis que d'autres, plus optimistes ou plus crétins, prédisaient que ça allait passer, que la marée allait bientôt redescendre, que le ciel finirait bien par se calmer un jour ou l'autre, que ce n'était pas la première fois qu'ils affrontaient le pire. Qu'importe ceux qui croyaient au ciel et ceux qui n'y croyaient pas, ils étaient tous là à dresser un barrage dérisoire contre l'océan, à se battre contre des vagues assassines, simplement armés d'éponges et de balais, pauvres petits castors qu'ils étaient, misérables soldats tremblant dans leurs bottes, pompiers de l'inutile. La porte était restée grande ouverte pour éviter qu'elle se brise à son tour, et l'eau, excitée par les bourrasques, avait envahi toute la salle. Ils pataugeaient dans leurs bottes à la lueur de tristes chandelles posées çà et là, s'éclaboussaient les uns les autres sans le vouloir, s'invectivaient ou s'encourageaient, organisaient à présent une chaîne pour vider les seaux par-delà le parapet, ce qui était au fond désespérément inutile, insultaient le mauvais sort et enculaient bien profond ce sinistre imbécile qui avait osé baptiser cette salope de tempête du doux nom de Félicité.

Solange

Il faisait encore nuit quand elle se leva. En fait, elle n'avait que très peu dormi, à peine sommeillé, empêchée par le fracas de cette écœurante tempête, bien sûr, et cette douleur lancinante qui l'avait surprise dès son coucher. La gueule de bois, soyons clairs. Elle n'avait pas l'habitude du whisky, mais faute de grives, songea-t-elle un brin fataliste, on mange des merles.

Ces bouteilles de whisky irlandais, Scarlette les avait précieusement gardées dans ses réserves pendant de longues années. Elle n'avait pas été la seule à prendre sa part du butin, il avait suffi de se baisser pour ramasser l'aubaine, mais si les autres pilleurs n'avaient pas lambiné pour se rassasier, Scarlette avait pieusement conservé son trésor de guerre. Et c'était la première fois qu'elle débouchait une de ces bouteilles, car pour une grande occasion, pardi, c'en était une. Elle avait offert une tournée générale à tous ceux qui avaient répondu présent pour lui donner un coup de main au paroxysme de l'inondation. Cette fois-ci, à l'heure où les cloches de l'église annonçaient l'Angélus quand bien même elles auraient dû sonner le tocsin, elle avait bien cru que c'était la fin. La fin du monde, la fin des haricots, la fin de son bistrot, la fin de tout, mais la marée, une fois parvenue à son plus haut coefficient, avait fini par ordonner le cessez-le-feu tout en sachant que ce n'était que partie remise. Petit à petit, les eaux reculèrent, abandonnant dans leur sillage un champ de désolation.

Après avoir affronté une fois de plus la pluie et les rafales, Solange était arrivée chez Scarlette au bras de Pierrot environ une heure après la bataille, et le spectacle qu'ils découvrirent alors leur parut totalement hors de propos. On se serait cru, pensa-t-elle, dans une boîte de nuit, dans une cour des miracles ou dans un coin de la fameuse toile du *Jardin des délices* peint par Jérôme Bosch. L'électricité avait été rétablie, une boule à facettes tournoyait au plafond en projetant sur les murs des éclats de lumière roses et orange, et le juke-box avait repris du service par la voix de Johnny Hallyday qui braillait *Que je t'aime* à pleins poumons alors que les convives présents dansaient ventre contre ventre sur le carrelage humide du bistrot ou s'abreuvaient sur le comptoir au tonneau irlandais des Danaïdes. Leur arrivée fut acclamée par des cris de joie et des salves d'applaudissements.

— V'là les plus beaux ! cria Scarlette.

Solange se pencha à l'oreille de Pierrot, visiblement déboussolé par cette ambiance surréaliste et aussi par ce qu'il venait de vivre quelques instants plus tôt.

— Ils sont devenus fous, ma parole !

— Ou tout simplement saouls. C'est moins grave, ça dure moins longtemps.

On leur tendit d'autorité un whisky servi aux trois quarts dans des verres à bière. Pierrot l'avala presque cul sec, grands dieux il en avait bien besoin. Il avait peut-être peint dans sa journée la plus belle œuvre de sa vie, la plus achevée, ce n'était pas rien, il avait fait l'amour, ça ne lui était pas arrivé depuis la nuit des temps, il croyait avoir fait une croix dessus, mais putain il y était arrivé, et ça non plus, ce n'était pas rien, bravo, mon Pierrot, bravo. Il avait gravi les échelons un par un, avait fini par parvenir au bout de ses peines, enfin ses peines... il se comprenait, il redevenait vivant, Seigneur Dieu du ciel, oui, un whisky, un bon coup de jaja, une bonne rasade de vingt ans d'âge, il méritait bien cela.

Solange lui retira son verre des lèvres et l'entraîna dans la danse. C'était la seule façon d'adhérer à la troupe. Tout le monde reprenait le refrain en chœur en hurlant des *que je t'aime* à tout-va, c'était dingue, complètement dingue, Solange se pressait contre lui, avalait à grandes goulées son odeur d'essence de térébenthine et de sueur, plongeait son nez dans la barbe touffue, glissait ses doigts dans la longue tignasse grise, écrasait ses seins lourds contre son torse, elle aussi pensait avoir fait une croix dessus, mais tout s'était déroulé comme elle l'avait souhaité, c'est-à-dire inopinément, naturellement et même pudiquement. Elle avait aimé sa sauvagerie maladroite, elle avait aimé ses gestes brouillons et son impatience. C'était inattendu. Son désir s'était peu à peu éveillé alors qu'elle posait à moitié nue devant lui qui la scrutait plus qu'il ne la regardait, qui l'autopsiait comme un sujet d'étude. Assise sur le vieux fauteuil médaillon de la veuve Pochard, elle avait entendu dans son ventre résonner le chant perfide d'antiques papillotements qu'elle croyait disparus à tout jamais.

La fête battait maintenant son plein, le whisky coulait à flots, tout le stock allait y passer et Scarlette s'en moquait. Johnny Hallyday avait laissé la place à Michel Sardou, qui les entraînait à présent jusqu'aux rives sombres des lacs du Connemara, Marina Ceaușescu dansait seule, tournait sur elle-même en fermant les yeux, titubait d'un corps à l'autre, tanguait, Brigitte embrassait goulûment Lucky, Véro faisait de même sur les lèvres de Phanie, Scarlette frappait dans ses mains pour entraîner ses clients qui s'époumonaient comme s'ils avaient voulu crier plus fort que la tempête, souffler plus fort que le vent, braver le tohu-bohu de l'océan. D'autres gens alertés par la musique et les lumières vibrantes s'étaient invités à leur tour, le menuisier et la petite Jennifer, les frères Le Boulc'h, qui, dès qu'il y avait un coup à se jeter à l'œil dans les parages, n'étaient jamais très loin, et même Debbie, la Galloise, qui, n'en pouvant plus de ces sortilèges, avait abandonné ses brebis et son pétochard d'amant, préférant ce soir offrir sa longue chevelure rousse au premier cavalier qui l'inviterait à danser sur *Les Lacs du Connemara* et ce fut Baptiste, piètre danseur mais flamboyant ivrogne. Où c'est qu'il est, ton chéri ? lui demandait Scarlette avant de se réapproprier son bien. Il chie dans son froc, lui répondait Debbie en s'esclaffant. Passé la grande frayeur de la submersion, tous semblaient étonnés d'être encore en vie, tandis que l'océan jetait ses dernières cartouches contre l'île des Maures en se jurant bien de revenir plus armé dès la prochaine marée.

Ça n'avait aucun sens, songea Solange dans son ivresse, non ça n'avait aucun sens. Ce n'était que pure démence et pourtant, voir toutes ces silhouettes danser tels des pantins désarticulés, chanter à tue-tête et boire plus que de raison n'était ni plus ni moins qu'un fabuleux spectacle de sons et de lumières, à moins qu'on puisse résumer les choses à une simple et gigantesque beuverie collective, mais vivre, pensa-t-elle à nouveau, ce n'est pas attendre que l'orage passe, c'est apprendre à danser sous la pluie. Debout derrière le comptoir, Morgane pensait peu ou prou la même chose en regardant avec indulgence sa mère se trémousser au bras de Souleymane, qu'elle voyait ivre pour la première fois et, ma foi, il tenait correctement la marée. Debbie dansait maintenant avec Lucky, Véro avec Marina, Phanie avec Mon Capitaine, qu'on n'avait jamais vu dans une telle joie, Brigitte avec le menuisier, qui n'avait même pas remarqué ses points de suture, tandis que la femme du menuisier s'encanaillait avec un des frères Le Boulc'h. Débraillés, débauchés, défaits, ils perdaient tous la raison, dansaient, chaloupaient, tourneboulaient, chantaient, hurlaient, buvaient jusqu'à plus soif, se pelotaient les reins en insultant la mort et tous les saints du calendrier. Nul ne sait au juste combien de temps dura la ripaille, une heure, peut-être deux, sans doute la nuit entière.

Terrassée de fatigue, Solange, qui s'était assise sur les genoux de Pierrot, l'enlaça par le cou.

— Ça va ? lui demanda-t-il.

— Raccompagnez-moi, voulez-vous !

Il partit en quête des manteaux. Ils saluèrent la compagnie sans que personne s'en aperçoive vraiment, tout au plus eurent-ils droit à un signe de la main de Baptiste, un sourire de Phanie et un pincement de lèvres de la part de madame Armande, qui était venue elle aussi faire sa curieuse. À nouveau, ils affrontèrent la pluie, ils affrontèrent le vent, ils affrontèrent le froid qui s'immisçait sans relâche à travers la laine de leurs écharpes et entre les mailles de leurs vêtements. Pierrot l'enserrait par les épaules, tâchant de la protéger, de la réchauffer, autant que faire se pouvait. Les mains engoncées dans les poches de son manteau, elle se laissait faire. Chemin faisant, ils entendaient les bruits de la fête, la musique, les rires, les cris, le Connemara, les verres qui se fracassaient au sol, puis peu à peu, à mesure qu'ils s'éloignaient du bar de la Falaise, le tintamarre s'estompa, laissant place au roulement incessant des galets de la Grève Rouge. Les vents avaient tourné, les miasmes pestilentiels du rorqual s'envolaient désormais vers le nord. Ils arrivèrent devant la maison de Solange. Pierrot s'immobilisa au pied des marches. Il était ivre sans l'être, n'avait pas perdu une once de lucidité, ou plutôt, lui semblait-il, sa lucidité avait décuplé. La main déjà posée sur la poignée, elle se retourna vers lui.

— Merci de m'avoir accompagnée, Pierrot, vous êtes un parfait gentleman. Et de vous à moi, si vous m'autorisez, sachez que vous êtes un amant fort honorable.

— Solange, écoutez… je…

Elle redescendit les quatre marches, prit ses mains dans les siennes, les porta à ses joues glacées et lui sourit.

— Vous n'y pensez pas, mon cher Pierrot. Jamais le premier soir, voyons !

Puis elle fit volte-face et lui souffla du bout des lèvres un baiser avant de refermer la porte derrière elle. Pierrot tourna les talons et disparut dans la nuit. Il était un homme heureux.

Une fois chez elle, elle déboucha la dernière bouteille de champagne qui lui restait, s'alluma un cigarillo et s'assit à son bureau pour s'atteler à la rédaction de deux lettres. L'une était destinée à Pascal, dont elle n'avait plus eu de nouvelles depuis plusieurs semaines. Peut-être avait-il fini par se lasser. Chose faite, elle écrivit l'adresse, cacheta la lettre et y apposa un timbre. Sur la seconde enveloppe, elle se contenta d'écrire le prénom SCARLETTE en lettres majuscules. Une troisième lettre destinée à maître Géraldine Couchouron, sa notaire, était prête depuis plusieurs jours. Puis elle monta se coucher après avoir avalé deux gélules antidouleur. Le sommeil ne vint pas, ou alors par à-coups, pour ainsi dire par distraction ou par égarement. Elle se releva avant les premières lueurs de l'aube, prit douche et shampooing, attacha un soin particulier à son maquillage. De retour dans sa chambre, elle choisit des sous-vêtements raffinés, enfila une paire de bas et choisit une robe de satin noir qu'elle n'avait portée qu'en de très rares occasions. Le portrait qui se réfléchissait dans son miroir semblait lui convenir. Restait à peaufiner le tout par quelques bijoux, cette bague en or massif sertie d'une opale qui lui venait de sa mère, ce collier de perles offert il y a bien longtemps par son défunt mari et ces boucles d'oreilles en argent, cadeau du beau Pascal. C'est assez, jugea-t-elle, inutile d'en faire trop. Avant de descendre, elle repassa par la salle de bains pour se lancer derrière chaque oreille deux pressions de parfum.

Elle chaussa ses talons hauts, mit son manteau de laine noire dans la poche duquel elle glissa le revolver, se coiffa d'une chapka et sortit de chez elle en laissant la porte ouverte à tous vents.

Le jour s'était maintenant levé, aussi accablant que le précédent. C'était l'heure en temps normal de son bain quotidien. Elle marchait à petit trot sur la chaussée défoncée qui mène au phare, évitant tant bien que mal les détritus qui jonchaient le sol. Pas assez couverte, elle avait froid. Le vent lui mordait la peau et les embruns piquaient son visage de mille aiguilles. Plutôt que de se diriger vers le phare, elle emprunta sur sa droite ce petit chemin gravillonné sur lequel ses talons hauts l'empêchaient d'avancer convenablement. Ce chemin menait à la pointe du Dragon, la plus septentrionale de l'île, réputée la plus dangereuse aussi. Au bout d'une vingtaine de minutes, elle parvint tout essoufflée en haut de la falaise et contempla de longues secondes l'océan dont l'hystérie ne s'était nullement apaisée. En contrebas, les vagues se vautraient littéralement sur la longue bande de rochers noirs qui enrobaient le pied de la falaise, tantôt à nu, tantôt recouverts de cette immense masse d'écume blanche qui les lessivait sans relâche. Aussi prudemment que possible, Solange emprunta un petit sentier en lacet qui descendait à travers la lande. Des branches d'ajoncs s'accrochaient à son manteau, comme pour essayer de la retenir, mais il était trop tard. Plus rien ne pouvait l'arrêter, pas même les bousculades du vent, pas même l'ombre d'un doute. Ici, au cœur de ce prodigieux chaos, le vacarme était ahurissant. Arrivée non sans mal au pied de la falaise, elle se risqua sur les rochers, trébucha contre une aspérité, faillit glisser, se tordit le pied en poussant un juron, perdit une chaussure et, dans un geste rageur, jeta la seconde au fond d'un trou béant où s'engouffraient les derniers soubresauts du ressac. Elle chancela, manqua de tomber puis se ressaisit, chercha un nouveau souffle. Pas après pas, tout doucement, les bras écartés à la manière d'un funambule, elle s'avança pieds nus sur l'éperon rocheux qui pointait comme une langue de granit vers la mer, la langue fourchue du Dragon terrassé d'un unique coup de lance par le bienheureux Colomban.

Parvenue à l'extrémité de la pointe, le site le plus au nord de l'île sur laquelle elle vivait depuis maintenant deux ans et qu'elle n'avait jamais tout à fait réussi à apprivoiser même si ce fut son dernier refuge, elle ferma les yeux, empoigna dans sa poche le revolver et attendit la lame fatale. Sa chapka s'envola. Elle tremblait de tous ses membres, de toute son âme, puis elle cessa de trembler. Une déferlante haute de plusieurs mètres à l'allure d'un hideux spectre blanc s'éleva presque aussitôt et n'en fit qu'une bouchée.

Pierrot, Scarlette, Baptiste, Morgane et les autres

Saisi au réveil d'une sorte de pressentiment malsain, Pierrot s'était levé en sueur. Il avait une abominable gueule de bois, les tempes enserrées dans un étau et des copeaux plein la bouche. Il avala une demi-bouteille d'eau au goulot et s'habilla dans la précipitation. Chaussa ses bottes, ne trouva pas son bonnet et engagea sa mobylette vers la maison de Solange. La porte était grande ouverte, presque béante, mais personne ne répondit. Il monta l'escalier quatre à quatre. Le lit était fait, les vêtements soigneusement rangés ou pendus aux cintres. C'était ridicule. Elle était tout simplement partie se baigner, comme à son habitude, avait oublié de refermer la porte derrière elle, ou peut-être qu'un vicieux coup de vent l'avait rouverte. Jetant un œil sur le salon, il aperçut les trois enveloppes posées bien en évidence sur le bureau, releva par simple curiosité le nom des destinataires et se mordit la lèvre. Inutile de revenir sur la Grève Rouge, elle ne s'y baignait plus depuis que le rorqual s'y était invité. Il fallait aller plus loin, sur cette petite crique dont elle avait parlé. Pierrot posa son engin contre un tas de sable, descendit en courant sur la grève. Malgré le froid, il sentait la sueur lui dégouliner dans le dos et se demandait si cette puanteur venait du cachalot ou de sa propre haleine. Mince, il aurait au moins pu prendre deux minutes pour se brosser les dents. La crique était déserte. Il chercha une éventuelle silhouette dans le bouillonnement des vagues mais ne vit rien. Était-elle assez inconsciente pour se risquer ainsi dans cette infernale marmite ? Sans doute que non, mais peut-être que oui, tant elle était imprévisible.

Cette fois-ci, le vieux Peugeot refusa obstinément de démarrer. Les bougies étaient noyées, l'humidité s'était infiltrée partout, la rouille avait calaminé le carbu, putain de mob, il asséna deux violents coups de pied dans la roue arrière, qui lui mordit l'orteil, et poussa en retour un hurlement de douleur. Où était-elle passée, nom d'un chien ? Il continua à pied sur la route du phare, parfois en essayant de courir sur quelques mètres, mais son souffle était trop court et sa gueule de bois lui vrillait le crâne. Peut-être s'inventait-il des histoires, va savoir. Elle avait bien le droit de se balader où bon lui semblait et à n'importe quelle heure de la journée, de quoi se mêlait-il, ce n'était pas ses oignons, chacun voyait midi à sa porte et ce n'était pas au prétexte d'avoir passé ensemble un bon petit moment au lit qu'il avait un quelconque droit sur elle, pas même la moindre responsabilité, mais bordel, où avait-elle bien pu passer ? Il arriva au pied du phare, essoufflé et nauséeux, écœuré par son odeur. Le vent chargé d'embruns lui giflait le visage, de quoi le rincer une bonne fois pour toutes. Devant lui, derrière lui, autour de lui, tout n'était que désordre et exaspération, rage et confusion. Seul le phare à présent éteint lui semblait réel, tangible, palpable. Tout le reste était broyé dans la grande moulinette. Le dos appuyé contre la paroi du phare, il tâcha de reprendre son souffle, balaya l'horizon à la recherche de quelque chose de vivant, de compréhensible, de rassurant. Et lorsqu'il aperçut enfin au milieu du chaos cette silhouette immobile et noire perchée à l'extrémité de la pointe du Dragon, il sut tout de suite qu'il était trop tard. Le temps qu'il puisse émettre un cri, hurler un prénom, agiter vainement deux bras au ciel, la silhouette avait disparu. Il se retourna, s'appuya fermement des deux mains contre le phare où il avait passé les dix dernières années de sa carrière de gardien, comme s'il voulait l'arracher de son socle, et vomit tout ce qui lui restait à vomir depuis la veille.

La nouvelle fit le tour de l'île en un instant. Un accident, avait annoncé Pierrot en débarquant dans un état épouvantable au bar de la Falaise, il y a eu un accident ! Scarlette aussi avait la gueule de bois et assez de soucis comme ça, regarde-moi un peu ce bazar, j'en ai au moins pour deux heures de nettoyage, et si c'est pour venir me jouer les oiseaux de mauvais augure, tu aurais mieux fait de rester au lit, allez, accouche, dis-nous ce qui te turlupine, qu'on en finisse. Quoi, madame Solange ? Qu'est-ce que tu me chantes là ? Fallait la voir hier soir, fraîche comme un gardon, pas du genre à rester les deux pieds dans le même sabot, la mère Solange, pétante de santé, tu dois être bien placé pour le savoir, mon cochon ! Fais pas cette tête, Pierrot, on dirait que tu sors d'une fosse à lisier. Quoi ? Répète un peu ! Ne te fous pas de moi, je t'en prie, c'est pas le moment, c'est vraiment pas le moment.

Morgane, qui prenait son petit déjeuner en compagnie de Souleymane, de Véro et de Phanie, s'était levée et s'était approchée de Pierrot pour poser un bras sur ses épaules. Il tremblait de toutes parts. Ses cheveux étaient trempés, de grosses gouttes dégoulinaient sur son ciré avant de s'écraser au sol jusqu'à former une petite flaque à ses pieds. Quelques fragments d'écume étaient restés collés à sa barbe. Il tenta de se rouler une cigarette mais n'y parvint pas, broya le papier et le tabac dans son poing et jeta le tout à terre.

— Et merde !

— Dis-nous, Pierrot. Que s'est-il passé, au juste ?

Scarlette lui servit un fond de whisky rescapé de la veille. Au même moment, on entendit résonner sur le zinc trois brefs coups secs. Mon Capitaine, retourné à sa légendaire léthargie, avait besoin de sa ration, lui aussi, et plus vite que ça.

— Ça va, ça va, on arrive, deux secondes.

Pierrot raconta ce qu'il avait vu et tut ce qu'il avait pressenti. Un accident, balbutiait-il, un banal, un stupide accident. Il n'avait que ce mot-là à la bouche parce qu'il n'osait pas, ne pouvait pas en dire davantage. Qu'est-ce qu'elle avait, aussi, à aller fouiner dans ces parages ? Tout le monde, et elle la première, savait que c'était dangereux. Morgane lui tapota l'épaule, la parole n'était pas encore aux explications. Branle-bas de combat, on organisa aussitôt les recherches. On avait peut-être une chance de récupérer le corps avant que la mer ne descende. Il n'y avait pas une minute à perdre. En un instant, le bar de la Falaise fut transformé en QG. Des coups de fil furent donnés et des SMS envoyés un peu partout. Des équipes de deux furent constituées, chacune son secteur. Morgane déploya la carte de l'île sur une table. Elle connaissait mieux que quiconque chaque recoin, chaque crique, chaque piège, anticipait sur les courants, le sens de la houle et des vents, en déduisait des itinéraires. Et aussi les oiseaux, suivez le vol des goélands, insistait-elle, ces sales bêtes sont de fieffés charognards.

Il fallait ratisser large. Véro se retrouva avec Phanie, Baptiste tâcha d'épauler la Lanterne du mieux qu'il pouvait, ce dernier refusant obstinément de suivre les conseils de Scarlette, qui le sommait, vu son état, de prendre une bonne douche bien chaude et de se reposer une heure ou deux. Morgane resta sur place, afin de coordonner les recherches, et invita Brigitte à faire équipe avec Souleymane. On téléphona à la Sécurité civile, qui promit de réquisitionner un hélicoptère. La fine équipe des beloteurs partit comme un seul homme du côté sud de l'île. Marie-Geneviève, l'adjointe au maire, ne pouvait se permettre d'être en reste. Elle tira son mari de menuisier par le bras et l'entraîna à sa suite. Même ces vauriens de frères Le Boulc'h se portèrent volontaires. Imperturbable devant son verre vide dont il attendait le remplissage depuis un bon quart d'heure, Mon Capitaine observait ce remue-ménage sans sourciller. Une femme à la mer, et alors ? Était-ce une raison valable pour ne pas le servir ? Il frappa de nouveau sa piécette sur le zinc, mais nul ne l'entendit.

On retrouva la dépouille quelques heures plus tard, à marée descendante. De forts courants l'avaient emportée vers la Grève Rouge et le corps avait été violemment projeté au-delà du rorqual. C'est ainsi que Baptiste la découvrit, toute de noir vêtue, abritée derrière le monstre, nichée contre sa paroi luisante, visqueuse et pestilentielle. Étrangement, personne n'avait eu l'idée d'aller chercher du côté de la Grève Rouge, juste en face de chez elle, sans doute parce que ça paraissait trop évident. Ce n'est que sur les coups de midi, alors que, découragés et épuisés, ils songeaient déjà à renoncer, que Pierrot et Baptiste remarquèrent une tache noire au pied du rorqual. Baptiste saisit son compagnon au poignet.

— Vaut mieux que ce soit moi, dit-il.

Pierrot se contenta d'émettre un grognement qui pouvait s'apparenter à un consentement.

Baptiste descendit le chemin de la grève et s'approcha à pas de loup. Ses bottes s'enfonçaient dans le sol mou en faisant des bruits de succion quand il les soulevait. Le corps était à moitié enseveli sous les sables et le goémon, et reposait tout contre l'animal, qui semblait l'avoir volontairement protégé de toute sa masse. Baptiste s'agenouilla, ôta avec sa manche une partie du sable, découvrit quelques fragments de la robe. Solange Delahaie avait les yeux ouverts et regardait l'hélico de la Sécurité civile tournoyer sous les lourds nuages noirs qui défilaient sur le plafond de l'océan. Un filet de sang coagulait le long de ses tempes, un autre à la commissure de ses lèvres, et tout portait à croire qu'elle avait été sauvagement catapultée à bout portant contre un récif, que sa colonne avait été aussitôt brisée, aussi simplement qu'une branche de bois sec, et que son crâne avait été fracassé. Elle n'avait pas eu le temps de souffrir, se plut-il à penser, pour se réconforter peut-être, pour se soumettre à l'idée de sa mort, pour accepter l'inacceptable.

Il remonta sur la dune pour rejoindre Pierrot, qui n'avait pas bougé d'un pouce.

— Pas de doute, c'est bien elle.

— Je sais.

Baptiste remarqua sur le visage de Pierrot une grosse larme qui descendait obliquement sur sa joue en empruntant un chemin préalablement creusé par une ride, une ride de vieux, une ride de vieux couillon, ouais. Il le prit dans ses bras, lui tapota l'épaule. C'était la seule chose qu'il pouvait envisager dans l'immédiat.

On dépêcha sur place la docteure Ceaușescu pour qu'elle constate officiellement le décès, ce dont bien sûr nul ne doutait. Elle ôta son stéthoscope, se releva et se tourna vers l'assemblée. Selon elle, le décès remontait aux environs de huit heures du matin. La mort avait été instantanée et, malgré la violence du choc, les lésions apparentes étaient minimes. Phanie, qui l'avait secondée, s'agenouilla à son tour auprès du corps, l'observa soigneusement quelques instants sans le toucher, comme si elle cherchait des indices. Elle remarqua une bosse dans la poche du manteau noir. L'instant d'après, elle soupesait le revolver en hochant la tête, avant de lever les yeux vers la Roumaine. Toutes les deux ressentaient une horrible nausée.

— Inutile d'en parler, n'est-ce pas ? Ça restera entre nous.

Marina Ceaușescu se contenta dans un premier temps de baisser les paupières, puis se ravisa.

— Elle était gravement malade, le saviez-vous ? Ses jours étaient comptés, elle ne l'ignorait pas.

— Vous voulez dire que c'est un suicide ?

— Considérons plutôt cela comme un accident. C'est mieux pour tout le monde.

Phanie vida le chargeur.

Il fallait dégager les lieux au plus vite, l'odeur du rorqual était devenue insupportable. Le menuisier, aidé de son apprenti, se proposa de ramener le corps au moyen de la petite remorque charriée par son cyclo et qui lui servait en temps normal à transbahuter des planches ou des parpaings. Pour monter le corps depuis la grève jusqu'à la route, on utilisa cette sorte de brouette sans roues qui servait jadis à ramasser le goémon avant de le jeter dans les fours à pains de soude. Les frères Le Boulc'h se portèrent de nouveau volontaires. Le corps fut déposé sur la remorque et le menuisier lança son vélomoteur, à la suite duquel un étrange cortège se forma dans l'improvisation. Tous avaient été prévenus par SMS et s'étaient peu à peu rassemblés sur la dune, une vingtaine de personnes en tout qui suivaient en silence la dépouille de Solange, vêtue de son manteau lacéré. Ses pieds auraient été nus si les bas ne les avaient protégés. Ses cheveux longs et argentés, à présent défaits, se répandaient de chaque côté de son visage. Sa gorge ouverte sur sa poitrine était toute blanche, laissant apparaître un collier de perles. On devinait plusieurs bagues à ses doigts bleuis, au bout desquels les ongles vernis scintillaient comme des feux clignotants. Une pluie cinglante tombait froidement sur l'île. Oui, étrange convoi funèbre que cet attroupement d'hommes et de femmes suivant un chariot cahotant sur les gravillons du chemin qui menait au bourg. Têtes baissées, capuches rabattues, ceux-là mêmes qui, la veille, avaient sacrifié à la fête de nuit du café de la Falaise, ceux-là mêmes qui avaient appris à danser sous la pluie, se pliaient maintenant aux lois implacables des vents d'ouest et se courbaient sans broncher sous les coups de lanière que leur infligeait le mauvais sort.

Scarlette

Pierrot m'a tendu l'enveloppe. Je n'ai pas osé l'ouvrir, pas tout de suite en tout cas, on verrait cela plus tard, à tête reposée, plus rien ne pressait à présent, sinon colmater les brèches, panser les plaies et nettoyer tout ce fourbi. Ma cour n'était désormais plus qu'un amoncellement infâme de pierres et de boues qui avait l'allure d'un gros tas de fientes. J'ai été contrainte de condamner la porte d'accès. Les eaux étaient encore montées en fin d'après-midi, on a ressorti les raclettes et les serpillières. Une chance que Morgane était là, Morgane et son chéri avec sa tignasse à faire pâlir un lion mais pas fainéant pour un sou dès qu'il s'agit de manier une pelle. Un bon gars, tout bien réfléchi. Le bougre avait passé une bonne partie de sa journée à déblayer ce qu'il pouvait devant l'établissement, le sable, les cailloux, les algues, mais peine perdue, mon pauvre garçon, cette satanée marée réexpédiait le tout à l'envoyeur quelques heures après. Ne se décourageait pas pour autant, toujours avec son sourire un peu bêta, du madame Quillivéré par-ci, du madame Quillivéré par-là, tais-toi donc, jeune homme, ici, il n'y a pas de madame il n'y a que Scarlette, un point c'est tout, compris ? Il a fini par s'y mettre. J'ai coincé Morgane entre deux yeux et je lui ai demandé si c'était sérieux, cette histoire, ou s'il ne s'agissait que d'une simple amourette de passage, parce que de toi à moi, ma fille chérie, la plupart des hommes, une fois qu'ils ont fait leur petite affaire, je les connais, souviens-toi du Malouin. Elle a levé les yeux au ciel et m'a priée de m'occuper de mes fesses. Non mais tu sais à qui tu parles ? j'ai dit. Et vous savez ce qu'elle m'a répondu, cette insolente, en me regardant avec un aplomb de femme ? Je vous le donne en mille. Elle m'a répondu oui, ma petite maman, je sais très bien à qui je parle. Et on s'est prises aussitôt dans les bras, peut-être même que j'ai pleuré, sûrement que j'ai pleuré, la faute à cette Solange qui nous faisait faux bond au plus mauvais moment, qui quittait le navire au beau milieu de la tempête. Un accident, mon œil ! Fallait que la marquise fasse son intéressante jusqu'au bout, qu'elle tire sa révérence en grande pompe. Pouvait pas s'empêcher, c'est comme ça. Je savais bien qu'elle n'en avait plus pour longtemps, elle m'en avait parlé à demi-mot, après deux ou trois coupettes de champ', avait renoncé aux traitements, fumait comme un pompier et picolait dru, bref, empruntait le chemin le plus court pour se rendre au cimetière. Et voilà qu'elle laissait tout à coup un grand vide, qu'elle me manquait déjà, horriblement, et pas qu'à moi, fallait voir un peu la tête du Pierrot, qui s'était sans doute un peu trop vite monté le bourrichon. Personne n'était dupe, sauf lui, bien sûr. Pauvre Pierrot.

À propos de cimetière, il devenait maintenant urgent de s'occuper de son sort, à la mère Solange. On n'allait quand même pas la laisser pourrir au milieu de nulle part, comme cette pauvre baleine, ou pire, la rejeter à la mer. Un véritable conseil de guerre s'était réuni à l'hôtel du Grand Monarque, après que le corps eut été ramené au bourg et placé dans la chambre réfrigérée de Marie-Claude, l'ostréicultrice. Maître Géraldine Couchouron, la notaire, avait décacheté la lettre en présence de madame la maire, de la docteure Ceauşescu, d'Armande Castrec, en tant que propriétaire des lieux, et de moi-même, secondée par ma fille, Morgane Quillivéré, choisie comme secrétaire de réunion. Phanie avait été invitée au titre d'observateur étranger. La notaire a réclamé le silence. Solange Delahaie faisait don à la municipalité de sa maison pour, si possible, en faire une bibliothèque et un lieu de rencontre ouvert à toutes et à tous. Ses avoirs bancaires étaient destinés à des œuvres bienfaitrices, logements sociaux, équipements portuaires, remise en état de la digue, restauration de l'orgue de l'église, etc. Quand la notaire a énoncé le chiffre, on est toutes restées baba. Personne n'a osé émettre le moindre son, pas même un sifflement.

— Attendez, a dit Géraldine, il y a encore autre chose.

— Quoi ?

— Un appartement à Paris, boulevard Saint-Germain, dans le VIe arrondissement.

— Et… ?

— Un appartement de cent quarante mètres carrés. Au sixième étage. Avec terrasse.

— Il y a un ascenseur ? a demandé la mère Armande.

Géraldine a levé les yeux au ciel avant de les rebaisser lentement sur son dossier.

— Oui, il y a un ascenseur. D'autres questions ?

Non, personne n'avait d'autres questions. En revanche, Solange n'avait pas laissé un seul mot quant à ses funérailles, pas la moindre dernière volonté, la plus petite exigence. À ce prix, elle aurait pu se payer un petit dernier caprice, mais on aurait dit qu'elle s'en lavait les mains. Maintenant que j'ai passé l'arme à gauche, semblait-elle ricaner dans son grand sommeil, débrouillez-vous avec ça. On ne savait même pas si elle était chrétienne ou athée ou bouddhiste ou va savoir. De temps en temps, elle entrait par une porte dans l'église et en ressortait aussitôt par l'autre, c'est tout ce qu'on pouvait en dire.

L'incinération, inutile d'en parler. On ne pratiquait pas ces méthodes sur l'île et il aurait fallu l'envoyer en France, hors de question. Restait l'inhumation, et avec le pactole qu'elle léguait, la commune lui devait bien ça. Un beau cercueil et un monument de granit, la moindre des choses. Il ne fallait pas traîner. Le corps était resté au moins six heures dans la mer et le cadavre allait bientôt ne plus être présentable. On appela Fabien, le menuisier, et qu'importe s'il était débordé de travail avec toutes ces réparations d'urgence, toutes ces fenêtres brisées, ces rafistolages de dernière minute, la maire lui fit comprendre qu'il y avait des priorités et que l'heure n'était pas à la tergiversation.

— Tu nous fais ce qu'il y a de plus beau, ordonna-t-elle d'un ton cassant, ton prix sera le nôtre.

Et elle raccrocha aussi sèchement.

— Il faudrait aussi une cérémonie, lança la Roumaine avec plein de *r* dans la bouche. Ce serait plus correct.

Sur ce point, on était toutes d'accord, et d'ailleurs, de mémoire de femmes, c'était bien la première fois sur l'île des Maures qu'on ne se crêpait pas le chignon pour un oui pour un non. Oui, elle méritait de belles funérailles. Respect et dignité. La salle polyvalente, c'était non. Elle avait été dévastée par les inondations et les dégâts étaient considérables, mais quelle idée aussi d'avoir accordé un permis de construire dans une zone aussi basse ! pesta madame la maire en accusant l'ancienne équipe municipale. La salle des mariages de la mairie était bien trop petite et, de l'avis de toutes, Solange n'aurait que très moyennement apprécié d'être enterrée sous la bénédiction du président de la République. Certes, l'hôtel du Grand Monarque possédait une vaste salle pour accueillir des séminaires d'ornithologie ou des stages de pleine conscience, mais madame Armande craignait que la présence d'un cercueil nuise à la réputation de son établissement. Bref, on s'engueula pendant un bon quart d'heure avant que Morgane, qui n'avait pas encore osé ouvrir la bouche, propose l'église.

Tout bonnement l'église. Après tout, dit-elle, c'était aussi bien la maison du peuple que celle du bon Dieu, et qu'importe si le père N'Guyen, retenu sur le continent pour les raisons que nous connaissions toutes, ne pouvait être présent, on se passerait volontiers de ses services.

De l'avis général, et nous étions une bonne centaine à nous tasser dans la froidure de l'église paroissiale Saint-Colomban, ce fut une belle cérémonie, une très belle cérémonie même. Morgane a d'abord lu un poème où il était question de liberté et d'amour, puis Debbie a entonné a cappella une vieille chanson dans une langue que je n'avais jamais entendue mais qui avait les mêmes intonations que celle de nos pères et avait le don de nous arracher des larmes. C'était la langue de son pays, là-bas de l'autre côté de la mer. La nuit était tombée depuis un bon quart d'heure et l'église n'était éclairée que par la grâce de quelques cierges. Fabien avait fait du bon boulot. Le cercueil sentait encore le bois neuf et la tête apaisée de madame Solange reposait sur un coussin de velours bleu marine. Elle était belle, étrangement belle, et elle souriait. On l'avait soigneusement coiffée et maquillée, on l'avait revêtue de sa robe de satin rouge et on avait disposé entre ses doigts aux ongles vernis un petit bouquet avec les rares fleurs rescapées de la tempête. Il fallait qu'elle emporte au paradis des femmes de bonne volonté ses bagues, ses bracelets et ses colliers. Il fallait qu'elle grimpe au ciel avec ses escarpins pointus. Il fallait qu'on puisse encore l'admirer et la chérir. Il ne fallait surtout pas refermer le cercueil, qu'elle puisse entendre encore et encore le chant déchirant de Debbie, qui répondait avec autant de puissance et d'obstination aux hennissements sauvages du ciel et de l'océan.

Et quand Souleymane a pris la vieille guitare à laquelle il manquait une corde et s'est posté devant le sublime portrait de Solange qu'avait peint Pierrot la veille, pour chanter *Redemption Song*, un vieil air de Bob Marley, j'ai compris, rien qu'en regardant ses yeux, que Morgane était tombée en amour à son tour et pour de vrai. Pour sûr, ça nous changeait de Michel Sardou et de Johnny Hallyday, l'ambiance n'était plus la même, forcément. Il a reposé la guitare, a souri un rien de travers, embarrassé. Comme après le chant de Debbie, personne n'a osé moufter. On applaudissait pourtant à s'en rompre les paupières. S'il n'y avait eu ces toussotements gênés et ces quelques raclements de chaises, s'il n'y avait eu ces vagues scélérates cognant au portail de l'église, on se serait cru sur le fil du funambule avant qu'il ne tombe et ne s'écrase au sol. La minute de silence qu'on avait prévue dura bien au-delà, oui, bien au-delà. Le temps était suspendu au fil. La marée montait et montait encore, pénétrait l'église. Une fine nappe d'eau noire et salée recouvrait maintenant les dalles de schiste, léchait les pieds des chaises et s'avançait lentement mais sûrement vers le chœur. Ceux des rangées du fond avaient déjà les chaussures trempées mais ne bougeaient pas d'un pouce et se contentaient de trembler. Jamais les eaux n'avaient atteint un tel niveau depuis 1911, l'année du grand désastre. L'antique légende de la cité engloutie revenait dans toutes les mémoires.

Marina Ceaușescu s'est levée pour se diriger vers le grand orgue tout brinquebalant. On a d'abord entendu une suite d'arpèges très doux, et puis le son d'une trompette a surgi derrière un pilier. Baptiste avait préféré se cacher pour nous offrir l'*Ave Maria* de Schubert. Mes larmes, mes propres larmes m'empêchaient de voir celles des autres, celles qui coulaient brouillonnes aux yeux de Pierrot, celles qui dégoulinaient lentement sur les joues de Phanie, celles qui tombaient du ciel, implacables et meurtrières, et celles qui brillaient comme des diamants aux paupières de Notre-Dame des Maures. Nul aujourd'hui n'expliquerait le miracle sinon par le simple hasard d'un phénomène somme toute logique, toujours est-il que, lorsque Baptiste abandonna son pilier pour s'avancer vers le cercueil avant de s'engager dans l'allée centrale, on eut l'impression que les eaux reculaient devant lui, balayées par le son de sa trompette, chassées par les envolées de l'orgue de Marina, que la marée assassine se repliait enfin et que monseigneur l'océan acceptait de signer la trêve. L'heure de la décrue avait sonné.

Baptiste

Scarlette m'avait posé une drôle de question en m'apportant un café au lit. Je n'en demandais pas tant, mais pour elle, le petit déjeuner en chambre du samedi, c'était sacré. Dans ce cas, difficile de dire non. J'ai regardé l'heure sur mon portable. Huit heures quinze. Dans une suite angoissée de textos, mes filles s'inquiétaient bien au-delà du raisonnable. J'ai répondu que j'étais encore vivant, ce qui devait amplement leur suffire, même si j'étais bon pour raconter en long et en large et dans les moindres détails cette « semaine d'épouvante », comme disaient les journaux, que j'étais censé avoir vécue sur l'île des Maures et à laquelle j'avais miraculeusement survécu. Les liaisons maritimes avaient été rétablies et j'avais pris mon ticket de retour pour le bateau du soir. Il était convenu que Phanie m'accompagnerait, en espérant qu'à deux, la traversée serait moins pénible à supporter. Elle ne savait que faire, envisageait de démissionner, voulait revenir au plus vite, ne serait-ce que par solidarité avec les Maures, qui allaient avoir besoin d'un sérieux coup de main. C'était aussi dans mes intentions.

Scarlette avait laissé la fenêtre entrouverte. Ce n'était pas la grande éclaircie, ce n'était plus l'été indien, mais la tempête s'était calmée aussi brutalement qu'elle s'était déclenchée, et on pouvait à présent mettre le nez dehors sans risquer d'être emporté par une déferlante ou de recevoir une tuile sur le crâne. Un joli carré de ciel bleu plafonnait au-delà de l'anse de Porzmeur, ce qui avait pour effet de mettre davantage en valeur le désastre que cette tempête avait provoqué. C'était un fouillis sans nom. Au beau milieu de l'estran, parmi les algues, les cailloux et les débris de toutes sortes, gisait le vieux juke-box Wurlitzer du café de la Falaise, qui lui aussi avait été emporté dans la tourmente. Mais, par on ne sait quel prodige, il était resté debout, pour ainsi dire droit dans ses bottes, et semblait déjà prêt à pousser la rengaine. On aurait dit un totem lançant au destin un flamboyant doigt d'honneur.

Elle s'était recouchée. Je me suis redressé un peu contre les oreillers pour pouvoir déguster plus aisément mon café et elle s'est blottie contre moi. Tout en jouant avec la bretelle de sa combinaison, j'ai embrassé sur son épaule nue la constellation de ses taches de rousseur. Elle a posé une main sur ma poitrine, m'a titillé les poils de son index.

— Baptiste…

— Oui ?

— Je voudrais te demander quelque chose.

— Écoute, Scarlette, je ne sais plus trop où j'en suis, tout a été tellement compliqué, tellement surprenant, presque brutal. S'il te plaît, ne me demande pas quels sont mes projets dans l'immédiat ! Je n'en sais strictement rien.

— Non, ce n'est pas ce que tu crois, ça n'a rien à voir.

Elle s'est redressée à son tour, a saisi sa tasse, qu'elle a touillée avec une petite cuillère.

— Baptiste ?

— Oui, Scarlette.

— C'est quand même bizarre ! On se voit à l'envers quand on se regarde dans le creux. Tu sais pourquoi, toi ?

— Pardon ?

— Je te demande juste pourquoi on se voit à l'envers quand on se regarde dans le creux d'une petite cuillère.

— Eh bien, c'est simple, ai-je dit après avoir toussoté pour m'éclaircir la voix. Vois-tu, le creux forme un miroir concave, donc les rayons lumineux, au lieu d'être renvoyés dans la direction d'où ils viennent, vont être déviés et vont se croiser avant d'arriver à ton œil. Ton image est forcément renversée. Tu piges ?

— C'est tout ?

— Oui, je crois que c'est tout.

— Pas très romantique, ton explication.

Elle paraissait un peu déçue. Je lui ai demandé si elle avait d'autres questions du même acabit, mais elle s'est contentée de dire non avec la tête et de se blottir davantage contre moi. Sa combinaison était toute tire-bouchonnée autour de ses hanches. Il ne me fut guère difficile de la lui enlever.

Landerneau, le 20 avril 2021

Un immense merci à Sophie Lajeunesse, à Laëtitia Le Bis et à Isabelle Dupré.

Composition et mise en pages
Nord Compo à Villeneuve-d'Ascq

Imprimé en France par
CPI Bussière
en juin 2023
N° d'impression : 2072101

#lisez! engagé
www.lisez.com
Pour plus d'information :
Imprimé sur du papier issu de forêts gérées durablement.

Pocket – 92 avenue de France, 75013 PARIS

S32884/02